Dora Heldt

Herzlichen Glückwunsch, Sie haben gewonnen!

Dass ausgerechnet Walter eine exklusive Reise an die Schlei gewonnen hat, wurmt Papa Heinz gewaltig. Erst als sein Schwager ihn auf die Busfahrt mitnimmt, ist er wieder versöhnt. Als sie jedoch nur Würstchen auf Papptellern bekommen und ihr Bier selbst bezahlen müssen, geht ihnen auf, dass sie »exklusiv« mit »all-inclusive« verwechselt haben. Handelt es sich womöglich nur um eine dubiose Verkaufsfahrt? Und was soll den Senioren angedreht werden? Heinz und Walter wollen der Sache auf den Grund gehen …

Dora Heldt, 1961 auf Sylt geboren, ist gelernte Buchhändlerin und lebt heute in Hamburg. Mit ihren Romanen führt sie seit Jahren die Bestsellerlisten an, die Bücher werden regelmäßig verfilmt. Weitere Informationen unter www.dora-heldt.de

Dora Heldt

Herzlichen Glückwunsch, Sie haben gewonnen!

Roman

dtv

Dieses Buch liegt auch im Normaldruck
bei dtv vor.

MIX
Papier aus verantwortungsvollen Quellen
FSC® C019821
FSC
www.fsc.org

Ungekürzte Ausgabe 2015
8. Auflage 2023

Dieses Werk wurde vermittelt durch die
Literarische Agentur
Thomas Schlück GmbH, Hannover
Umschlagkonzept: Balk & Brumshagen
Umschlagbild: Markus Roost
Gesetzt aus der Stempel Garamond 12,5/15,5·
Gesamtherstellung: Druckerei C.H.Beck, Nördlingen
Printed in Germany · ISBN 978-3-423-25360-4

Für meine Eltern

Lottes Cremeschnittchenfabrik, einen schönen guten Tag.«

Der Anrufer schnappte kurz nach Luft, dann sagte er: »Heinz? Was soll der Blödsinn? Hier ist Walter.«

»Ich weiß.« Heinz nickte, obwohl sein Schwager es am anderen Ende nicht sehen konnte. »Dein Name steht ja im Display.«

»Ja, dann melde dich doch vernünftig und lass diesen pubertären Quatsch.«

»Ich brauche mich eigentlich gar nicht zu melden. Ich sehe, wer anruft, und du weißt, welche Nummer du gewählt hast. Also.« Heinz kratzte sich am Rücken. »Oder hast du schon vergessen, mit wem du sprechen wolltest?«

»Natürlich nicht.« Walter machte eine kurze Pause. »Wie um alles in der Welt kommst du auf Cremeschnittchenfabrik?«

»Die gibt es heute zum Kaffee. So kleine Dinger mit Creme in der Mitte. Hat Charlotte gebacken. Es gibt genug, ihr könnt auch kommen.«

»Inge ist in der Sauna. Und ich …«

Während Walter noch überlegte, ging Heinz mit dem Telefon am Ohr langsam in Richtung Küche. Da standen die beiden Platten mit den Cremeschnittchen. Sahen hervorragend aus. Walter würde es sich kaum entgehen lassen.

»… ich könnte mich eigentlich aufs Rad setzen und vorbeikommen.«

Heinz nickte. Walter kam immer, wenn es Kuchen gab. Dabei war sein Cholesterinspiegel viel zu hoch, das schob Walter aber auf die Gene.

Heinz war cholesterinmäßig topfit, er hatte sogar hervorragende Werte für sein Alter. Er war sich sicher, dass Walter das fuchste. Sechs Jahre jünger, aber schlechtere Werte. Nur vom undisziplinierten Essen. Und dabei wurde Walter erst in einem Jahr siebzig. Heinz hatte inzwischen durch das Küchenfenster den Nachbarn beobachtet, der sich mühte, den Rasenmäher auf den Friesenwall zu bugsieren, deshalb bekam er den Anfang von Walters Satz nicht mit. Nur das Ende: »… auch bekommen?«

»Was bekommen? Thomsen hat übrigens einen neuen Rasenmäher. Viel zu groß. Typisch für diesen Angeber. Und jetzt bekommt er ihn nicht den Wall hoch.«

»Diese Fahrt an die Schlei. Bist du da auch ausgewählt?«

»Wie? Schlei? Was für eine Fahrt?«

»Du hast mir nicht zugehört.« Walters Stimme klang unwirsch. »Ich erzähle dir etwas Bahnbrechendes und du interessierst dich nur für Thomsens Rasenmäher.«

Heinz seufzte. Wenn Walter sich nicht ernst genommen fühlte, war er sofort beleidigt. Das war eben seine Finanzbeamtenmentalität, sagte zumindest Charlotte.

Seit Walter mit Inge vor drei Jahren wieder nach Sylt gezogen war, sahen sie sich alle natürlich öfter als früher, deshalb fielen ihnen ihre jeweiligen Macken leider auch so auf. Wobei es nicht sehr viele waren, Heinz fand sich und Walter durchaus umgänglich. Nur manchmal war Walter anstrengend. Da hatte Charlotte ganz recht. Er müsste ihr noch schnell sagen, dass Walter gleich zum Kaffee kommen würde. In versöhnlichem Ton fuhr er fort: »Nun sei nicht so, Walter. Erzähl, was ist mit der Schlei?«

»Ich war da mal als Kind. Kurz nach dem Krieg. Dahin wurden blasse, dünne Stadtkinder geschickt, um aufgepäppelt zu werden. Es war sehr schön da. Ich habe zufällig in der letzten Zeit öfter daran gedacht.«

»Willst du wieder aufgepäppelt werden?« Heinz wusste nicht, worüber Walter redete. »Dann komm doch her. Cremeschnittchen päppeln.«

Walter blieb ernst. »Du verstehst mich nicht. Du bist so unkonzentriert am Telefon, man kann mit dir nicht über wichtige Dinge sprechen. Ich komme jetzt zu euch und zeig dir was. Du wirst dich wundern. Bis gleich.«

Umständlich schloss Walter sein Fahrrad an die Gartenlaterne. Heinz sah ihm kopfschüttelnd dabei zu. »Als ob das Rad aus dem Garten geklaut würde. Stell es doch einfach an die Hauswand.«

»Und dann ist es weg.« Mit zusammengekniffenen Augen gab Walter die Zahlen im Schloss ein. »Die Versicherung zahlt nicht und ich habe dann den Salat. Nein, nein.« Ächzend kam er aus seiner gebückten Stellung wieder hoch. »Das ist ein teures Rad gewesen. Und man weiß doch nicht, wer bei euch so durch den Garten marschiert.«

»Ausschließlich Schlepperbanden.« Heinz

sah zu, wie sein Schwager die Fahrradtasche abschnallte und sie sich unter den Arm klemmte. »Spezialisiert auf Fahrräder und Zigaretten. Aber geraucht wird ja hier nicht. Was hast du denn da alles mit?«

»Unterlagen. Ist Charlotte nicht da?«

»Äh, nein, leider.« Heinz zupfte einen unsichtbaren Fussel von seinem Ärmel. »Die Cremeschnittchen waren für den Basar vom Roten Kreuz. Charlotte bringt sie gerade hin. Wir haben aber noch eine Packung Kekse.«

»Ach so.« Ein Anflug von Enttäuschung huschte über Walters Gesicht. »Ist aber egal. Ich wäre sowieso vorbeigekommen. Hast du deine Lesebrille parat?«

Am Tisch auf der Terrasse glättete Walter einen Briefbogen und schob ihn seinem Schwager zu. »Guck dir das mal an.«

Heinz putzte mit langsamen Bewegungen seine Brille, setzte sie auf und betrachtete das Blatt. Er wendete es, legte es wieder auf den Tisch und begann, halblaut vorzulesen.

Herzlichen Glückwunsch, Sie haben gewonnen!

Sehr geehrter Herr Walter Müller,

Sie haben allen Grund, sich zu freuen, denn Sie gehören zu einem kleinen auserwählten Kreis, dem wir, die Firma »Ostseeglück«, ein Angebot machen, das Sie kaum ausschlagen können. In Zeiten der Unsicherheiten auf den Finanzmärkten, der unkalkulierbaren Risiken der Aktienmärkte und der nicht abreißenden Katastrophenmeldungen aus aller Welt fragen sich gerade die wohlsituierten Senioren: »Was passiert mit meinem Geld?« Jahrzehntelang schaffen wir Rücklagen, die uns einen sorgenfreien Lebensabend ermöglichen sollen. Doch hat man wirklich alles richtig gemacht? Wir haben es uns zur Aufgabe gemacht, diese Fragen für Sie zu beantworten. Unsere Klientel besteht ausschließlich aus gutsituierten Senioren, die auch gern unter sich bleiben wollen. In einer der malerischsten Gegenden Norddeutschlands zeigen wir Ihnen Kapitalanlagen mit hoher Renditemöglichkeit, die

Sie begeistern werden. Zusammen mit Gleichgesinnten verbringen Sie ein zauberhaftes Wochenende am Ostseefjord, wo unsere Reiseleitung kaum einen Ihrer Wünsche unerfüllt lässt. Da dieses exklusive Angebot natürlich nur einem kleinen ausgesuchten Kreis offeriert werden kann, füllen Sie doch bitte sofort das beiliegende Formular aus. Sie können eine Begleitperson Ihrer Wahl mitnehmen, geben Sie auch deren Daten an. Aus den eingehenden Zuschriften wählen wir dann die Personen aus, die an diesem exklusiven Wochenende teilnehmen werden.

Die Firma »Ostseeglück«
wünscht Ihnen viel Erfolg!
Es verbleibt mit herzlichen Grüßen aus
dem herrlichen Feriengebiet der Schlei
Ihr Dr. Theo von Alsterstätten
Geschäftsführer

Langsam nahm Heinz seine Brille ab und schob den Brief zurück zu Walter. »Wie sind die denn auf dich gekommen?«

»Ich passe doch genau in ihr Profil.« Walter beugte sich vor und tippte mit dem Zeigefinger auf den Brief. »Gutsituierte Senioren, die unter sich bleiben wollen. Hier steht es doch.«

»Ich bin genauso wohlsituiert.« Mit beleidigtem Gesicht riss Heinz die Kekspackung auf und fummelte ein Waffelröllchen aus dem Zellophan. »Als ob du mehr Pension kriegen würdest. Woher haben die denn deine Adresse?«

»Vermutlich von der Sparkasse.« Walter hielt die Hand auf, in die Heinz den Keks legte. »Da war doch vor ein paar Wochen eine Veranstaltung über Renten und Altersvorsorge. Es gab auch belegte Brötchen und Kaffee und Tee und Saft. Ich habe da kurz vorbeigeschaut.«

Sein Schwager war verwundert. »Das war doch nicht für Rentner. Wir haben doch schon alles.«

»Ich weiß.« Walter wischte sich die Schokoladenflecken mit einem Stofftaschentuch von der Hand. »Ich wollte Kontoauszüge holen und dabei sah ich die Brötchen im Nebenraum. Ich hatte so einen Hunger. Und außerdem bin ich Kunde. Aber damit keiner was sagt, habe ich dann eine Broschüre mitgenommen und einen Fragebogen ausgefüllt. Informationen über Renditen haben mich immer interessiert. Obwohl man einem ehemaligen Finanzbeamten natürlich nichts Neues erzählen kann. Ich kenne mich ja aus.«

»Ich bin auch Sparkassenkunde.« Heinz war immer noch beleidigt. »Ich finde es unmöglich, dass du eine Einladung bekommst und ich nicht. Was war das denn für ein Fragebogen, den du da ausgefüllt hast?«

»Das ist doch egal«, winkte Walter ab. »Irgendeine Werbung. Aber darum geht es jetzt nicht. Eine Einladung reicht nämlich. Pass auf: Ich trage dich hier unten als meine Begleitperson ein, siehst du? Hier unten: Heinz Schmidt. So. Und dann habe ich gesehen, dass die Anrede eine andere Schrift hat als der übrige Brief. Das haben die einfach hineinkopiert. Das geht mit Tipp-Ex weg, habe ich schon an einer Stelle probiert. Wir radieren Walter Müller weg, machen eine Kopie, schreiben einfach deinen Namen hin, du trägst mich als Begleitperson ein und schon haben wir eine höhere Gewinnchance. Wie findest du das?«

»Ich weiß nicht.« Walters Begeisterung prallte an Heinz ab. »Ist das nicht Urkundenfälschung?«

»Urkundenfälschung«, schnaubte Walter. »Das ist doch keine Urkunde, das ist eine Einladung. Und du hast doch selbst gesagt, dass du nicht verstehst, warum du nicht eingeladen bist. Wir machen da nur eine kleine Korrektur. Und dann fahren wir umsonst an die Schlei. Ich wollte da immer schon mal wieder hin. Das waren damals meine schönsten Ferien. Ich war jeden Tag schwimmen. Und es gab Streuselkuchen. Und schönes Wetter. Das wird ein Superwochenende.«

»Ich weiß nicht.«

»Heinz.« Walter war aufgestanden und starrte seinen Schwager wütend an. »Ich gebe mir hier alle Mühe, uns ein exklusives Wochenende zu verschaffen, für das wir keinen Cent bezahlen müssen, und du maulst rum. Wenn du so weitermachst, dann trage ich gleich Inge ein und ihr kommt nicht mit. Aber dann beschwer dich nicht.«

»Ach, du willst, dass wir alle zusammen fahren?« Heinz nahm den Tipp-Ex-Stift und radierte damit vorsichtig auf dem Briefbogen herum.

»Ja, natürlich«, antwortete Walter. »Aber überleg mal, was das kostet. Und so ist alles umsonst. Wir investieren nur eine Fotokopie.«

»Heinz? Hier ist Post für dich. Von einem Reiseveranstalter.«

Mit fragendem Blick reichte Charlotte drei Tage später Heinz einen Umschlag. »Hast du was gebucht?«

»Gebucht?« Heinz hob nur kurz seine Augen von der Zeitung. »Nein. Was soll ich denn buchen? Der HSV hat schon wieder verloren.« Er las weiter, bis er plötzlich hochfuhr. »Ach, das. Das war ein Preisausschreiben. Da haben wir mitgemacht, also Walter und ich. Das ging ja schnell mit der Antwort.«

Er riss den Umschlag auf und überflog das Schreiben.

»Charlotte, ich habe gewonnen. Das gibt's ja nicht.« Er blickte seine Frau strahlend an. »Wir fahren an die Schlei. Drei Nächte im Hotel, Anreise mit dem Bus, exklusiver Rahmen und ohne einen Cent Zuzahlung. Das ist ja toll. Wie findest du das?«

»Lass mal sehen.« Sie nahm ihm das Schreiben aus der Hand. Ihre Lippen bewegten sich beim Lesen, dann schüttelte sie den Kopf und sah ihren Mann zweifelnd an. »Mit dem Bus ab Bremen? Und Walter begleitet dich? Worauf habt ihr euch denn da eingelassen? Was heißt denn ›Kapitalanlagen‹? Das klingt aber nicht seriös.«

»Das ist eine Art Informationsreise.« Heinz stand schon und ging zum Telefon. »Ich muss Walter anrufen. Vielleicht hat er auch schon was gehört. Wir erklären euch alles in Ruhe. Ich habe gewonnen, das ist toll.«

Bevor er das Telefon erreicht hatte, klingelte es schon. Als er abhob, hörte er Walters Stimme. »Heinz, rate mal, was ich heute in der Post hatte …«

»Das ist doch wirklich eine Schnapsidee.« Inge schob den Brief in den Umschlag zurück und sah Charlotte hilfesuchend an. »Wie findest du das denn?«

Sie saßen zu viert in der »Strandhalle«, Inges Lieblingsrestaurant, in das Walter eingeladen hatte. Morgens hatte er noch gedacht, dass sie hier die gewonnene Reise feiern würden, jetzt sah das Ganze etwas anders aus.

Walter hatte es kaum fassen können, dass sie beide gewonnen hatten, und sofort bei der

Firma »Ostseeglück« angerufen und den Geschäftsführer verlangt. Dr. Theo von Alsterstätten hatte schließlich den Brief unterschrieben. Lang und breit hatte Walter ihm am Telefon erklärt, dass es natürlich scherzhaft gemeint war, als er seinen Schwager und sein Schwager ihn als Begleitperson eingesetzt hätte. Selbstverständlich sollten die Ehefrauen mitfahren, das ließe sich doch bestimmt noch ändern.

»Nein«, hatte Dr. von Alsterstätten geantwortet. Das gehe natürlich nicht, da die Gewinner unter notarieller Aufsicht gezogen worden seien und es deshalb keine Änderungen mehr geben könne. »Wissen Sie, Herr Müller, dieser Kreis ist so exklusiv, dass wir da überhaupt keinen Spielraum haben. Und da Ihre Einladung auch für Ihren Schwager gilt, kann nur einer von Ihnen gewinnen. Dafür ist dann ein anderer Herr nachgerückt. Unsere Veranstaltungen sind sehr begehrt, das können Sie sich ja denken. Exklusivität ist das Stichwort.«

Walter hatte sich Dr. Theo von Alsterstätten wesentlich gesetzter vorgestellt, aber vielleicht hatte er auch einfach nur eine jugendliche Stimme. Und nachdem er ihm auch noch versichert hatte, dass er, Walter, als Gewinner und Heinz als Begleitperson eingetragen war, gab er sich zufrieden.

Walter und Heinz hatten sich kurz beraten und dann einhellig beschlossen, dass man diesen Gewinn nicht verfallen lassen dürfe. Ausgewählt war ausgewählt, und wenn man schon zu einem exklusiven Kreis gehörte, dann sollte man das annehmen. Allerdings hätten sie sich gewünscht, dass ihre Angetrauten etwas begeisterter reagiert hätten. Das war trotz des guten Essens leider nicht der Fall.

Stattdessen stimmte Charlotte ihrer Schwägerin zu. »Ostseefjord. Was wollt ihr da? Heinz, du machst doch immer einen mittleren Aufstand, wenn du Sylt mal verlassen sollst, und jetzt willst du mit Walter im Bus an die Schlei? Ihr beide zusammen?«

»Warum nicht?« Heinz bemühte sich um ein freundliches Gesicht. »Es ist ein Herzenswunsch von Walter. Noch einmal die Schlei sehen.«

»Heinz.« Seine Schwester Inge hob die Augenbrauen. »Du tust so, als hätte Walter nur noch zwei Wochen zu leben. Und von wegen Herzenswunsch. Ich habe in den letzten vierzig Jahren noch nie gehört, dass er mal von der Schlei geredet hat. Walter, sag was.«

Walter verschränkte seine Finger auf dem Tisch. Verträumt sah er in die Runde. »Es waren meine schönsten Ferien. Ich sehe die Landschaft noch vor mir, pure Idylle, viel Wasser, viel Raps und ich als achtjähriger Steppke mittendrin. Ein Traum.«

»Es ist sechzig Jahre her«, warf Charlotte ein. »Da bin ich ja gespannt, was du alles wiedererkennst. Wie auch immer, habt ihr euch denn mal erkundigt, was das für ein Veranstalter ist? Ich finde ja, dass diese ganze Sache ein bisschen komisch klingt. Exklusiv. Das kann doch alles heißen. Und dann gewinnt ihr auch noch beide. Findet ihr das nicht seltsam?«

»Ich weiß wirklich nicht, warum ihr so negativ seid.« Walter stieß Heinz unter dem Tisch an. »Diese Firma ist wirklich in Ordnung, das habe ich natürlich recherchiert. Die Klientel besteht aus gutsituierten Senioren, die an Wirtschaftsfragen interessiert sind. In diese Gruppe fallen Heinz und ich eben genau rein. Und deshalb haben die uns beide ausgesucht. Wahrscheinlich gibt es den einen oder anderen Vortrag über Finanzen und Politik. Das ist ja auch nicht so spannend für euch. Ich finde das alles interessant und wir bezahlen nichts dafür. Freut euch doch einfach mit.«

»Genau.« Heinz hatte den Tritt richtig verstanden. »Immerhin sind wir ausgewählt. Da kommt nicht jeder Hinz und Kunz mit, da muss man schon besondere Fähigkeiten und Voraussetzungen haben. Und außerdem muss man auch ab und zu mal über den Tellerrand gucken. Sonst rostet man ein.«

»Ach ja?« Zum Glück kam in diesem Moment die Bedienung mit dem gebratenen Dorsch, so dass Charlottes Kommentar unterbrochen wurde. Heinz und Walter wollten ihn eigentlich auch gar nicht hören.

»Ich sage es dir, Charlotte«, Inge setzte den Blinker und fuhr zügig vom Parkplatz, »ich fahre nicht Hals über Kopf an die Schlei, um den beiden aus irgendwelchen Schwierigkeiten zu helfen.«

Walter und Heinz hatten sich entschlossen, den Heimweg zu Fuß anzutreten, sie hätten viel zu viel gegessen und könnten in diesem pappsatten Zustand sowieso nicht ins Bett gehen. »Fahrt ihr mal mit dem Wagen, wir laufen zurück. Wir müssen auch noch ein paar Reisedetails besprechen. Bis später.«

Als Inge sie überholte, winkten beide ihnen synchron nach.

»Ausgewählt.« Charlotte schnalzte mit der Zunge. »Exklusiver Kreis. Das wird ja was sein. Inge, ich sage dir, die kommen mit Schnellkochtöpfen und Salatschleudern zurück. Das rieche ich doch.«

»Ein bisschen seltsam finde ich das auch alles.« Mit einer schnellen Bewegung stellte Inge den Rückspiegel ein. »Was soll das denn mit den Renditen? Und der Finanzkrise? Na ja, aber da werden sie sich an Walter die Zähne ausbeißen. Ich befürchte nur, dass sie die beiden auf halber Strecke an die Luft setzen, weil Walter sich bei den Vorträgen einmischt und immer alles besser weiß. Ich sehe uns schon mit dem ersten Autozug aufs Festland fahren, weil wir unsere Männer aus irgendeinem abgelegenen Waldstück bei Schleswig abholen müssen. Die sollen sich bloß warme Jacken einpacken, wer weiß, wie lange sie da stehen werden.«

Charlotte seufzte und sah ihre Schwägerin an. »Ich dachte, die beiden sind langsam zu alt für solche Unternehmungen. Aber das war ja wohl ein Irrtum. Ich hoffe nur, dass es keine zu große Katastrophe gibt.«

Johanna sah ihre Tante sofort, als sie das Restaurant betrat. Sie saß an einem Tisch am Fenster, ein Glas Sekt vor sich, und war in die Speisekarte vertieft.

»Hallo, Tante Finchen.«

Mit strahlendem Lächeln hob die den Kopf. »Johanna, wie schön, dass es geklappt hat. Setz dich, Kind, du siehst abgespannt aus. Und dünn bist du geworden. Isst du nichts mehr?«

Johanna küsste sie auf die Wange und ließ sich langsam auf den Stuhl sinken. Finchen trug eine knallbunte Tunika über einer weißen Hose, ihre roten Haare standen in alle Richtungen ab. Bei jeder Bewegung klimperten mindestens zehn Armreifen. Auffällig wäre noch geschmeichelt. Keinesfalls wirkte sie so, wie man sich eine alleinstehende 75-Jährige vorstellt.

Jetzt beugte sie sich weit über den Tisch und drückte Johannas Hand.

»Das kriegen wir schon hin. Möchtest du vor dem Essen auch ein Glas Sekt?«

Abwehrend hob Johanna die Hände. »Um

Himmels willen, es ist noch nicht mal ein Uhr. Und ich habe noch Sendung. Daniel ist im Urlaub, und ich muss heute auch moderieren.«

»Ach komm. Nach einem Glas lallst du noch nicht. Das kriegen die Hörer gar nicht mit. Und außerdem haben wir etwas zu feiern.«

Sie drehte sich nach dem Kellner um und gestikulierte wild mit den Händen, während Johanna sie beobachtete.

Finchen hieß eigentlich Josefine Jäger und war die ältere Schwester von Johannas Vater. Der große Name Josefine passte nicht so recht zu der kleinen, zierlichen Person, die Johanna gerade mal bis zum Kinn ging, deshalb hatte sich die kurze Version durchgesetzt. Allerdings nur in der Familie, ansonsten bestand Finchen auf der Langform.

Sie hatte in den sechziger Jahren geerbt, genau wie Johannas Vater. Ihren Eltern hatten eine Druckerei in Hamburg und zwei Mehrfamilienhäuser gehört. Beide waren früh bei einem Autounfall ums Leben gekommen. Johannas Vater übernahm später die Druckerei, Finchen bekam die Häuser und absolvierte eine Ausbildung zur Schauspielerin. Geld verdienen musste sie nicht, sie hatte eins der Häuser verkauft und mit dem Erlös das andere ausgebaut und erfolgreich vermietet. Schauspielerin aber war sie mit ganzer Leidenschaft gewesen. Auch wenn die großen Rollen ausblieben, wurde sie immer wieder für Nebenrollen in Fernsehserien gebucht. In den letzten Jahren war es ruhiger geworden, was Finchen nicht schlecht fand. Sie hatte genug zu tun, ging ins Kino und ins Theater, besuchte ihre verstreut lebenden Freundinnen und Familienmitglieder und war ständig auf der Suche nach Abwechslung.

»Hallo, junger Mann, bringen Sie meiner Nichte bitte mal eine Speisekarte und ein Glas Sekt?« Johanna war immer wieder überrascht, wie weit die Stimme einer so kleinen Person tragen konnte. Der Kellner war zusammengezuckt, die anderen Gäste sahen zu ihnen herüber.

Finchen nickte ihnen freundlich zu und sagte leiser: »Da kann man sich ja bewusstlos winken, bis der einen mal anguckt. So. Jetzt erzähl mal, was ist mit Max?«

Mit leisem Stöhnen schlug Johanna ihre langen Beine übereinander. »Tante Finchen, bist du extra aus Bremen nach Hamburg gekommen, um mit mir über Max zu reden?«

»Nein, nein.« Finchen lächelte sie an. »Ich gehe heute Abend mit Selma in die Oper und übernachte auch bei ihr. Und vorher will ich noch in dieses schöne Hutgeschäft. Ist Max denn ausgezogen? Und wenn ja, wo wohnt er jetzt bloß?«

Mit einem Ruck setzte sich Johanna gerade hin und verschränkte ihre Hände auf dem Tisch. »Max wohnt im Moment bei einem Kollegen. Sagt er zumindest. Vielleicht ist er auch bei dieser blassen Ziege eingezogen. Das interessiert mich aber nicht.«

»Johanna, du kannst doch nicht zehn Jahre Ehe einfach wegschmeißen. Er ist doch so …«

»Er hat sie weggeschmissen. Und zwar genau in dem Moment, als er mit Mareike Wolf in die Kiste gestiegen ist.«

Finchen zuckte zusammen und legte ihre Hand auf Johannas. »Du bist brutal. Max sagt, es ist alles ganz anders gewesen. Ich habe ihn letzte Woche angerufen.«

Bevor Johanna ihre spontane Antwort loswerden konnte, kam der Kellner mit dem Sekt. Sie atmete tief durch und wartete, bis er weg war, bevor sie sagte: »Danke, Tante Josefine, für deine uneingeschränkte Loyalität. Da fühle ich mich doch gleich besser.«

Finchen schüttelte nur nachsichtig den Kopf. »Johanna, du bist vierzig und keine vierzehn. Du solltest nicht irgendwelchen Gerüchten und Verdächtigungen glauben, sondern mal mit Max …«

»Hör zu.« Johanna beugte sich vor. »Max Schulze ist nach einer Buchpräsentation der grauenhaften Jungautorin Mareike Wolf erst morgens um acht sehr derangiert nach Hause gekommen. Er hat bei ihr übernachtet, das haben mir drei Kollegen im Sender erzählt, sie schreibt ihm ununterbrochen Mails und ruft bei uns an. Er kann sich angeblich an nichts erinnern, für wie blöd hält er mich eigentlich? Und jetzt wechsle bitte das Thema, sonst steh ich auf und lass dich mit beiden Sektgläsern hier sitzen.«

»Okay, okay«, wehrte Finchen ab. »Ich höre auf. Tut mir leid. Prost, Kind, auf bessere Zeiten. Wann hast du Sendung?«

»Um drei.« Johanna nahm das Friedensangebot an. »›Radio Nord – das Nachmittagsmagazin‹. Und ich muss noch meine Moderation schreiben, also lass uns mal bestellen. Sonst lalle ich nachher doch. Ach so, du hast gesagt, es gibt einen Grund zum Feiern. Was denn für einen?«

Mit einem strahlenden Lächeln hob Finchen ihr Glas. »Ich dachte schon, du fragst gar nicht mehr. Ich habe eine Überraschung für dich. Wir beide fahren für ein Wochenende zusammen weg. Du kommst auf andere Gedanken, wir haben mal wieder ein bisschen Zeit für uns, und das in einer zauberhaften Gegend in einem schönen Hotel mit exklusivem Essen, was sagst du?«

»Wann denn? Und wohin?«

Mit großer Geste zog Finchen einen Brief aus ihrer Handtasche und glättete das Papier, bevor sie ihrer Nichte den Bogen hinschob.

»Ich habe in meinem ganzen Leben noch nie etwas gewonnen. Ich freue mich so.«

»›Herzlichen Glückwunsch, Sie haben gewonnen …‹«, las Johanna erst laut vor, dann bewegten sich nur noch ihre Lippen. Ihre Stirn krauste sich, bevor sie den Kopf hob, um ihre Tante anzusehen.

»Ostseeglück? Kapitalanlagen? Was ist das denn für ein Quatsch? Sag bloß, du hast das Formular ausgefüllt?«

»Ja, sicher.« Irritiert hielt Finchen Johannas Blick stand. »Und ich habe gewonnen, die

Antwort kam letzten Freitag. Ich habe dich gleich als Begleitperson eingesetzt, das ist schon alles angemeldet. Ich dachte, du würdest dich freuen.«

Niemand konnte so enttäuscht aussehen wie Finchen. »Ich weiß schon, was du jetzt denkst«, sagte sie mit sanfter Stimme, »aber das ist falsch. Die Schlei und die ganze Gegend dort sind wunderschön, ich war vor Jahren schon mal da. Und man kann sich doch auch mal finanziell beraten lassen, ich muss sowieso einen Teil meines Geldes neu anlegen. Es ist eine ganz exklusive Reise, die nehmen da nicht jeden mit.«

Johanna schüttelte den Kopf. »Ich …«

»Du hast an dem Wochenende dienstfrei«, unterbrach Finchen sie. »Deswegen habe ich nämlich mit Max telefoniert. Weil es doch eine Überraschung für dich sein sollte. Ach bitte, Johanna, tu mir den Gefallen. Ich hab noch nie etwas gewonnen und ich hab mich so gefreut.«

Jetzt glitzerten auch noch Tränen in ihren Augen.

»Ich habe schon allen erzählt, dass du mitkommst. Selma fand das so rührend, sie kennt dich ja nur aus dem Radio, sie hört immer deine Sendung. Und sie hat gesagt, dass sie fast neidisch ist, dass ich ein so gutes Verhältnis zu meiner Patentochter habe. Gerade weil ich doch selbst nie Kinder hatte. Was soll ich …«

»Tante Finchen, das ist Erpressung.«

Ihre Tante tupfte sich mit der Serviette über die Augen und seufzte laut. Die Gäste am Nebentisch sahen mitfühlend zu ihnen, der Kellner beobachtete sie. Johanna wandte den Blick langsam ab und gab ihm ein Zeichen.

»Können wir bestellen, bitte?«

Bevor er den Tisch erreicht hatte, beugte sie sich vor und sagte leise: »Josefine, sei bitte nicht peinlich.«

Wenn Walter irgendetwas hasste, war es schlechte Planung. Sein Schwager Heinz teilte diese Einstellung voll und ganz. Deshalb waren sie auch gute Beamte gewesen, mit einer Reihe von Bestbeurteilungen. Wenn sie etwas anpackten, hatte das Hand und Fuß.

So saß Walter auch jetzt schon seit zwei Stunden im Büro und kümmerte sich um die Reiseplanung. Es war ganz einfach mit diesem Routenplaner im Computer. Angeblich. Aber aus irgendwelchen Gründen bekam er jedes Mal eine andere Strecke angezeigt. Die letzte war bislang die kürzeste: Niebüll – Bremen 294,7 Kilometer, davor waren es 301 gewesen. Walter wusste nicht, was er falsch eingegeben hatte. Aber wenn er jetzt seine Tochter Pia anriefe, würde die wieder lachen und in diesem albernen Ton sagen. »Ach, Papa. Das ist doch ganz einfach.«

Nein, er fand es nicht einfach. Überhaupt nicht.

Als es an der Tür klopfte, drehte er sich um und rief laut: »Herein.«

Heinz kam mit einer Papiertüte in der Hand ins Zimmer. »Morgen, Walter. Wie weit bist du?«

»Weißt du, warum dieser Routenplaner jetzt 294,7 Kilometer sagt? Und davor 7 Kilometer mehr?« Walter klopfte mit einem Bleistift auf den Bildschirm.

»Ja.« Heinz beugte sich über Walters Schulter. »Guck mal auf die Zeit da oben: ein Tag, drei Stunden. Das ist zu Fuß. Und siehst du die rote Linie? Wir müssten übers Wasser laufen, das können wir aber nicht. Die andere Strecke ist die mit dem Auto. Die kannst du ausdrucken.«

»Ach so.« Walter kratzte sich am Kopf. »Zu Fuß. Habe ich das eingegeben? Das sind aber auch so kleine Schriften. So, also jetzt, drucken.«

Sie starrten gebannt auf den Drucker, der leise zischende Geräusche von sich gab. Die grüne Lampe flackerte, dann wurde sie rot.

»Der druckt nicht.« Walter schlug leicht auf das Gerät. »Wieso druckt der nicht?«

»Vielleicht ist er kaputt?« Heinz ruckelte am Stecker. »Du brauchst wohl einen neuen.«

»Glaube ich nicht. Der ist noch keine … zehn Jahre alt. Das wird nur eine Kleinigkeit sein. Aber er könnte doch noch einmal drucken. Wir brauchen doch eine Streckenbeschreibung im Wagen.«

»Haben wir, mein Lieber.« Heinz griff nach der Papiertüte und zog mehrere Straßenkarten heraus. »Ich verlasse mich doch nicht nur auf die Elektronik. Hier ist alles, was wir brauchen. Norddeutschland, Stadtplan Bremen, Radfahrkarte Schlei, Umgebungsplan Schleswig, alles dabei. Wir brauchen diesen Routenplaner also nur für die Zeiten. Wie weit bist du denn mit der Planung?«

»Die steht.« Walter hielt Heinz eine Klarsichtfolie entgegen, die ein eng beschriebenes Blatt enthielt. »Ich habe alles berechnet und aufgelistet. Es gibt keine Lücken. Wir werden aus diesem Ausflug wirklich alles herausholen. Hier, bitte.«

Heinz hatte zunächst Mühe, Walters winzig kleine Handschrift zu lesen. Dass sein Schwager grundsätzlich nur mit Bleistift schrieb, machte die Lesbarkeit nicht unbedingt besser.

Mittwoch:
Allgemeines: Reiseproviant (Schnittchen, Obst – geschnitten –, Kaltgetränke), jede Stunde Fahrerwechsel

15.45 Abfahrt zur Autoverladung Westerland
16.30 Abfahrt des Autozugs
Ca. 17.00 Ankunft des Autozugs in Niebüll
Ca. 17.15 Abfahrt in Richtung Bremen
Laut Routenplaner beträgt die voraussichtliche Fahrzeit 3 Stunden 31 Minuten bei normalem Verkehr
Ca. 18.30 kleine Pause an der Autobahnraststätte Aalbek
Ca. 20.15 kleine Pause an der Autobahnraststätte Ostetal Süd
Ca. 21.30 Ankunft im Hotel »Weserblick«, Bremen
Ca. 22.30 Nachtruhe

Heinz sah kurz hoch und nickte beifällig. »Das ist schon mal sehr gut. Ich glaube, du hast an alles gedacht. Hervorragend.«

»Walter, kommst du Kaffee trinken? Ach, Heinz, du bist ja auch da. Wieso hast du dich so reingeschlichen?«

Inge stand plötzlich hinter den beiden. Ihr Bruder fuhr zusammen. »Du schleichst, Inge. Ich bin ganz normal durch die Haustür gekommen, der Schlüssel steckte von außen. Du kannst doch anklopfen, bevor du hier einfach reinplatzt.«

»Ich wohne hier, mein Lieber.« Sie betrachtete Heinz mit einem eigenartigen Gesichtsausdruck. »Ich pflege in meinem eigenen Haus nicht an jede Tür zu klopfen. Was hast du denn da in der Hand? Lass mal sehen.«

Sie griff so schnell nach Walters Routenplanung, dass Heinz losließ. Mit einem Stirnrunzeln überflog sie das Geschriebene und schüttelte den Kopf. »Ihr fahrt mit dem Auto bis Bremen und übernachtet da?«

»Ja.« Walter lächelte seine Frau freundlich an. »Der Bus fährt am Donnerstag schon um 11 Uhr los. Das schaffen wir ja wohl nicht ohne Übernachtung. Ist aber ein günstiges Hotel, 58 Euro fürs Doppelzimmer. Ohne Frühstück, aber das gibt es im Bus.«

»Ihr schlaft im Doppelbett?« Entgeistert sah Inge ihren Mann an. »Ihr beide?«

»Das ist ja nur für eine Nacht«, versuchte Heinz sie zu beruhigen. »So schnell gewöhnt sich Walter nicht daran, keine Sorge.«

Inge ignorierte ihn und sagte: »Und dann fahrt ihr am nächsten Tag exakt dieselbe Strecke mit dem Bus zurück? Und das Auto bleibt in Bremen? Das ist doch total bescheuert.«

»Das Auto können wir ja schlecht mit in den Bus nehmen.« Walter blieb immer noch freundlich. »Das stellen wir in ein bewachtes Parkhaus. Mach dir mal keine Sorgen um den Wagen.«

»Ich mache mir keine Sorgen um den Wagen, ich mache mir ernsthaft Sorgen um euch.«

»Musst du nicht, Ingelein.« Gerührt nahm Heinz die Hand seiner Schwester. »Guck mal, Walter und ich sind wirklich topfit für unser Alter. Walter hat's ein bisschen mit dem Cholesterin und ich hab's manchmal mit der Hüfte, aber sonst geht es uns doch gut. Außerdem fahren wir doch nur an die Schlei und nicht nach Zentralasien.«

»Ich mache mir Sorgen um euren Verstand, Heinz.« Inges Augen funkelten. »Ihr könntet doch dem Veranstalter auch sagen, dass er euch in Kiel oder in Schleswig abholen soll, das liegt doch auf dem Weg.«

»Die Idee ist nicht gut.« Walter sah Inge fast mitleidig an. »Alle steigen doch in Bremen in den Bus und können sich dann fast vier Stunden lang kennenlernen. Da werden bereits die ersten Kontakte und Verbindungen geknüpft. Und jetzt stell dir doch mal vor, dass wir die Einzigen sind, die erst kurz vor dem Ziel dazusteigen. Wir sind dann Außenseiter, Inge, wir kommen überhaupt nicht mehr in den inneren Kreis.«

»Innerer Kreis.« Inge tippte sich mit dem Finger an die Stirn. »Du hast einen Vogel. Aber gut, ihr seid alt genug. Beschwer dich nur nicht, wenn wieder alles schiefgeht.«

»Was soll denn alles schiefgehen?« Heinz verschränkte entrüstet die Arme vor der Brust. »Wir machen einen kleinen, exklusiven Ausflug an die Schlei, für den wir noch nicht einmal etwas bezahlen müssen. Das ist alles. Du bist ja nur neidisch.«

Inge blickte erst ihren Bruder, dann ihren Mann resigniert an. »Wir werden sehen. Ich denke mir mit Charlotte schon mal einen Wetteinsatz aus. Und jetzt kommt, Kaffee trinken.«

Inge und Charlotte sahen dem Autozug so lange nach, bis er endgültig verschwunden war.

»So.« Charlotte drehte sich zu Inge. »Dann wollen wir mal hoffen, dass alles gut geht. Auch wenn ich mir das nicht vorstellen kann. Wenn die beiden zusammen unterwegs sind, befeuern sie sich mit ihren kruden Ideen immer gegenseitig.«

Inge steckte ihre Hände in die Manteltasche und lächelte. »Da müssen die anderen Gewinner durch. Aus diesem exklusiven Kreis. Übrigens, wenn ich noch einmal das Wort ›exklusiv‹ höre, fange ich an zu schreien. Walter hat sich dermaßen in seine Vorstellung reingesteigert, der sieht lauter Landadelige in diesem Bus sitzen. Er hat seinen dunkelblauen Clubblazer eingepackt, zwei Anzüge und drei weiße Oberhemden. Und ein Paar schwarze Abendschuhe. Die hat er vor fünfzehn Jahren zuletzt getragen. Darin kann er überhaupt nicht mehr laufen.«

»Heinz wollte auch nur gepflegte Garderobe. Genau so hat er sich ausgedrückt. ›Gepflegte Garderobe‹. Das fasst man doch nicht. Dabei ist Heinz doch so farbenblind. Ich muss ihm ja immer Schildchen schreiben, welches Hemd zu welcher Hose, zu welcher Jacke und welchen Socken. Viermal musste ich den Koffer wieder umpacken, weil der Herr es sich anders überlegt hat.«

Langsam setzten sich die beiden in Bewegung und gingen in Richtung Parkplatz, wo Charlottes Auto stand.

Walter hatte darauf bestanden, mit seinem Wagen nach Bremen zu fahren. Schließlich war das ein Mercedes und theoretisch könne es ja passieren, dass man bei der An- oder Abfahrt auf einen anderen Teilnehmer der exklusiven Seniorentour treffe, hatte er gesagt. Da sei man doch mit dem Mercedes auf der sicheren Seite. Heinz war nur einen kleinen Moment beleidigt gewesen, dann überwog die Erleichterung darüber, dass sein garagengepflegter Golf doch nicht drei Tage in einem fremden Parkhaus stehen musste, sondern sicher auf der Insel bleiben konnte.

»Wollen wir zur Feier des Tages zum Essen in die ›Sturmhaube‹ fahren?«, fragte Charlotte, während sie sich anschnallte. »Unsere Männer leisten sich sogar ein Hotel, da können wir uns doch auch was gönnen.«

Inge nickte sofort. »Feine Idee«, sagte sie. »Und ich lade dich ein. Immerhin bin ich die Gattin des Preisträgers. Er hat Heinz als Begleitperson mitgeschleppt, dann ist doch locker eine kleine Scholle für dich drin. Fahr los, Charlotte, wir machen es uns schön.«

Der Autozug fuhr ratternd über den Hindenburgdamm. Walter kontrollierte zum wiederholten Mal die Handbremse, um sich davon zu überzeugen, dass sie wirklich fest angezogen war. Sie standen hinter einem Porsche. Seine Nichte Christine hatte vor einigen Jahren die Handbremse in ihrem Polo nicht angezogen, und bei der Anfahrt des Autozuges war der auf den vor ihr stehenden Wagen gerollt. Auch ein Porsche, über 7000 Euro Schaden. Ihr Vater Heinz hatte sich über so viel Unachtsamkeit damals kaum beruhigen können.

»Ist die Handbremse fest?«, fragte Heinz jetzt. »Christine ist ja mal einem Porsche …«

»Ich weiß«, unterbrach ihn Walter. »Ich

habe gerade daran gedacht. Willst du ein Schnittchen? Inge hat genug gemacht. Ich finde, Reisen macht immer so hungrig.«

»Wir sind doch noch nicht einmal eine halbe Stunde unterwegs.« Heinz versuchte, seine Rückenlehne etwas zurückzustellen, fand aber den Hebel nicht. »Ich habe noch keinen Hunger. Aber iss du ruhig. Wo ist denn hier …«

Mit einem Ruck knallte der Sitz in die Liegestellung, Heinz verschwand aus Walters Sichtfeld.

»Was machst du denn?« Ungeduldig beugte sich Walter herüber. »Du musst doch nur an dem Hebel ziehen. Warte mal, wo ist denn …« Er hangelte sich über den Bauch seines Schwagers, bis er fast auf ihm lag. Trotzdem fehlten ihm immer noch ein paar Zentimeter. »Zieh du doch mal, du bist doch viel dichter dran.«

Mit vereinter Mühe fanden sie schließlich den Hebel, die Rückenlehne schoss genauso schnell wieder in die Grundstellung, wie sie runtergeklappt war.

»Na, bitte«, sagte Walter und rappelte sich wieder hoch. »Wie hast du das denn gemacht? Deine Haare sind übrigens ganz durcheinander.«

Heinz klappte den Sichtschutz nach unten und ordnete mit den Fingern seine Frisur. Dabei fiel sein Blick auf das hinter ihnen stehende Auto.

»Was die wohl gedacht haben?« Schnell drehte er sich um und blickte durchs Heckfenster, die beiden älteren Damen, die in dem Auto saßen, starrten zur Seite.

»Wir gehen beide in Deckung und kommen dann mit zerwühltem Haar zurück nach oben.« Er fing an zu kichern und klappte den Sichtschutz wieder hoch. »Walter. Du Tier.«

»Was?« Irritiert drehte Walter sich um, entdeckte nichts Besonderes und wandte sich wieder den Plastikdosen mit den Schnittchen zu. »Möchtest du Leberwurst?«

Heinz kicherte immer noch vor sich hin, was Walter nur zum Kopfschütteln brachte. »Dann eben nicht«, sagte er und nahm sich ein Brot mit Leberwurst. »Dass du dich über solch kindische Einfälle so amüsieren kannst. Guck, jetzt sind wir schon in Klanxbüll. Alles genau im Zeitplan.«

Zu Walters großer Zufriedenheit lagen sie bei der Auffahrt zur A7 weiterhin im Plan. Er beschleunigte und sah auf die Uhr. »Ich will mich nicht selbst loben, aber der Reiseplan zeugt doch von einer gewissen Genialität. Punktgenau. In zehn Minuten machen wir den ersten Fahrerwechsel. Ich rechne natürlich die Zeit auf dem Autozug ab. Sonst wäre ich schon viel länger gefahren.«

Heinz beugte sich vor, um den Tacho sehen zu können. »Ein bisschen mehr Gas darf es schon sein, Walter. Ich denke, die Karre hat so viel PS.«

»Hat sie auch.« Walter wandte den Blick nicht von der Fahrbahn. »Spritsparen ist das Stichwort. Wir haben noch eine weite Strecke vor uns und ich wollte nicht unterwegs tanken.«

»Aber du fährst 90.«

»Lenk mich bitte nicht ab, ich muss mich aufs Fahren konzentrieren.«

Heinz wartete einen Moment, dann sagte er: »Uns überholt gerade ein Schulbus. Die A7 ist eine Autobahn. Da darf man nicht nur, da muss man sogar schneller fahren.«

Walter warf einen kurzen Blick durchs Seitenfenster und sah den Busfahrer wild gestikulieren. »Der spinnt. Das kostet Geld, dieses Vogelzeigen. Ich könnte mir die Nummer merken und ihn anzeigen. Dann ist er seine

Busfahrerzulassung los. Und das auch noch vor Kindern.«

»Du kannst auch einfach Gas geben.«

»Heinz, ich fahre jetzt auf den nächsten Parkplatz und dann bist du dran. Alles, was wir über sieben Liter Benzin auf 100 Kilometern verbrauchen, geht auf deine Rechnung. Dafür kannst du dann auch rasen. Aber hör mit dem Gemecker auf, du bist ja schlimmer als Inge.«

Walter nutzte den Fahrerwechsel für ein paar Kniebeugen und Dehnübungen und forderte seinen Schwager zum Mitmachen auf. »Los, turn dich locker, wir müssen noch lange sitzen.«

Heinz saß schon auf dem Fahrersitz und schnallte sich gerade an. Er verstellte die Spiegel, fuhr sich kurz mit dem Kamm durch die Haare und rief durchs Fenster: »Steig ein, es geht weiter. Wir machen erst an der Raststätte Aalbek eine Pause.« Er startete den Motor. »Wenn wir bei jedem Fahrerwechsel den Affen machen, klappt der Zeitplan nie.«

»Den Affen …«, schnaubte Walter. »Wir sehen nachher, wer von uns frischer ist. Und beweglicher. Wenn wir …«

»Sag mal«, unterbrach Heinz und reihte sich auf der Autobahn ein. »Hast du den Wagen eigentlich noch durchgecheckt?«

»Der war doch erst zur Inspektion.« Walter schüttelte den Kopf. »Das ist ein Mercedes. Alles tipptopp in Schuss.«

Heinz sah seinen Schwager an. »Aber man prüft doch vor jeder Reise das Öl, das Kühlwasser, den Reifendruck ...«

»Guck nach vorn. Fahr bitte etwas konzentrierter. Mein Wagen ist auf dem allerneuesten Stand der Technik, er ist gewartet, gepflegt, gewaschen, du brauchst dir keine Sorgen zu machen. Wenn du ihn nicht kaputt machst, passiert hier gar nichts. Und jetzt würde ich gern etwas Radio hören. Wenn es dir nichts ausmacht.«

Walter lehnte seinen Kopf an das Kopfpolster und schloss kurz die Augen. Ganz kurz. Als er sie wieder öffnete, sagte er: »Wird dir eigentlich auch schwindelig, wenn du bei geschlossenen Augen Auto fährst?«

»Mir?« Heinz überlegte. »Ich weiß nicht, ob ...«

»Nein, nein.« Erschrocken legte ihm Walter die Hand auf den Arm. »Probier es jetzt nicht aus. Das hat Zeit bis zum nächsten Fahrerwechsel.«

Er beugte sich vor, um einen anderen Radiosender zu suchen. Egal, welche Musik gespielt wurde, nach wenigen Takten drehte er weiter.

»Sag mal«, Heinz warf einen tadelnden Blick auf ihn, »suchst du ein bestimmtes Lied?«

»Inge verstellt mir immer den Sender. So, hier ist er. ›Radio Nord‹, die spielen wenigstens nicht diese Hottentottenmusik. Und sie haben so eine nette junge Frau, die moderiert. Jana Förster oder so. Die höre ich gern. Wie lange brauchen wir denn noch bis Aalbek? Ich könnte jetzt eine schöne Tasse Kaffee trinken.«

»Das dauert noch einen Moment. Ich fahre ja gerade erst seit zehn Minuten.«

»Dann gib Gas.« Walter lehnte sich wieder zurück. »Eine Zeitung müssen wir auch noch kaufen. Für den Beifahrer.«

»Die Moderatorin heißt Johanna Jäger. Du meinst doch die, oder?«

Walter fuhr hoch. »Ja. Sag ich doch. Jäger.«

»Du hast Förster gesagt. Jana Förster. Du hast so ein schlechtes Namensgedächtnis. Wie kann das angehen?«

Heinz bekam keine Antwort.

Walter schreckte erst auf, als Heinz den Motor abstellte. »Was ist jetzt …?« Schlaftrunken sah er sich um. »… los? Ach, wir sind da? Ich bin wohl einen kleinen Moment eingenickt.«

»Du hast fast eine Stunde geschlafen«, antwortete Heinz, während er sich abschnallte. »Das ist übrigens für den Fahrer nicht schön, wenn der Beifahrer die ganze Zeit vor sich hin schnarcht. Ich habe eine ganze Menge Konzentration gebraucht, um nicht müde zu werden.«

»Du hättest mich doch wecken können. Außerdem habe ich gar nicht richtig geschlafen. Eher geruht.«

Heinz hatte die Tür schon geöffnet. »Du hast geschnarcht. Und wie. Ich musste das Radio ganz laut stellen. Kommst du jetzt? Oder musst du dich noch besinnen? Ich habe Hunger.«

Mit einem unterdrückten Stöhnen stieg Walter aus dem Wagen und streckte sich. »Was ist denn mit den Schnittchen? Wir haben doch Proviant mit. Die Preise an den Raststätten sind eine Frechheit.«

»Es sind nur noch Käseschnittchen. Und dann auch noch Schmierkäse. Die kannst du allein essen.«

Walter beeilte sich, seinem Schwager in die Raststätte zu folgen.

Kurze Zeit später blickte er neidisch auf eine warme Frikadelle mit Kartoffelsalat, die Heinz vor sich stehen hatte.

»7 Euro 50. Für einen Klops. Das ist doch ein Wucherpreis.«

Heinz zog den Teller näher und nahm das Besteck in die Hand. »Du kannst ja Schmierkäseschnittchen essen.« Er schob sich eine volle Gabel in den Mund und kaute. »Fabelhaft.«

Walter schluckte und schüttelte den Kopf. Betont desinteressiert wandte er sich ab und ließ seine Blicke durch den Raum wandern. Am Nebentisch sah er vier ältere Männer in Anzügen, die zusammen auf den Monitor eines Laptops starrten. Geschäftsleute, die selbst die kleine Kaffeepause nutzten, um zu arbeiten. Das gefiel ihm, auch er hatte seine Arbeit beim Finanzamt Dortmund Mitte immer äußerst ernst genommen. Im Gegensatz zu den jungen Leuten, die heute in verantwortungsvollen Jobs arbeiteten. Erst letzte Woche hatte er sich über das Kind im Anzug geärgert, das bei seiner Haftpflichtversicherung für die

Schadensregulierung zuständig war. Was ging es diesen Jüngling an, auf welche Weise die Glastür von Pias Küchenschrank zerbrochen war? Wenn er ihm sagte, dass er mit der Schulter voran hineingestürzt sei, dann müsste das doch wohl reichen. Da fing der an, mit ihm über seine Körpergröße zu diskutieren. Dabei sah der Knabe aus wie 14. Eine Frechheit.

Heinz aß aber auch langsam, er hatte noch nicht einmal die Hälfte der Frikadelle geschafft.

»Schmeckt es dir nicht?«

»Doch, doch.« Heinz nickte. »Aber ich muss ja nicht so schlingen. Hast du die vier Männer hinter dir gesehen? In den Anzügen? Die sind auch nicht mehr so jung und müssen um diese Zeit noch arbeiten. Selbst in ihrer Pause.«

»Ja.« Walter sah noch einmal hin. »Ich habe mir gerade Gedanken gemacht über die Unterschiede von Alt und Jung in der Arbeitswelt. Theoretisch könnte es sogar sein, dass die vier auch zu unserem exklusiven Club gehören. Dass die auch mit an die Schlei fahren. Vielleicht haben sie sich auf dem Laptop ihre Bankgeschäfte angesehen.«

»Aber es sind doch keine Senioren.«

»Wieso?« Erstaunt sah Walter seinen Schwager an. »Wann ist man in deinen Augen denn ein Senior?«

»Ich weiß nicht. Wenn man in Rente ist?«

»Unsinn.« Walter wischte die Antwort mit einer schnellen Handbewegung weg. »Es gibt ja auch Seniorpartner, Senioranwälte. Nein, nein, Senior meint einfach nur Erfahrung, Reife, Seriosität. So einen wie mich. Das ist wirklich gut möglich, dass die vier zu unserer Reisegruppe gehören. Ich werde gleich mal fragen. Sag mal, isst du die Frikadelle nicht auf?«

Mit einem bedauernden Blick auf den Teller legte Heinz sein Besteck zur Seite. »Ich bin satt. Möchtest du? Aber dann musst du dir ein neues Besteck holen.«

»Ich nehme deines.« Walter hatte den Teller schon zu sich gezogen. »Wir sind verwandt. Man muss das Essen doch nicht wegschmeißen. 7 Euro 50.«

»Wir sind nicht verwandt.« Heinz hielt sein Besteck fest in der Hand. »Du bist angeheiratet. Das ist ein großer Unterschied.«

Walter hob die Schultern. »Du bist kleinlich. Na gut, dann eben angeheiratet. Aber das ja nun auch seit Jahren. Also, das Besteck, bitte.«

Heinz sah seinem Schwager beim Essen zu und fragte plötzlich: »Hast du eigentlich wegen Pias Schrank mit deiner Versicherung gesprochen? Und haben die geglaubt, dass du ihn zerstört hast?«

»Das läuft.« Walter antwortete nur kurz, weil er den Mund voll hatte. »Die haben uns neulich einen Praktikanten vorbeigeschickt. Der hatte nur leider überhaupt keine Ahnung von der Versicherungsbranche. Ich muss da noch mal hinschreiben.«

Als Heinz und Walter von der Toilette kamen, waren die vier Geschäftsleute nicht mehr zu sehen.

»Schade«, sagte Walter nach einem suchenden Blick. »Und ich bin mir fast sicher, dass die zu unserer Gruppe gehören. Na ja, wir werden sie ja morgen am Bus sehen. Oder vorher in Bremen im Hotel.«

Heinz tastete nach dem Autoschlüssel, den er schließlich in der Hosentasche fand. »Walter. Es gibt bestimmt jede Menge Hotels in Bremen. Das wäre schon ein großer Zufall, wenn sie in unserem wohnen würden.«

»Es gibt auch jede Menge Raststätten an der A7«, entgegnete sein Schwager. »Und wir waren trotzdem an derselben.«

Heinz gab auf. Zumal gar nicht klar war, ob es sich überhaupt um Gleichgesinnte handelte. Aber Walter würde so lange argumentieren, bis Heinz umfiele. Und dazu hatte er jetzt keine Lust.

Ohne Zwischenfälle setzten sie die Fahrt zunächst fort. Heinz studierte die Straßenkarten, die er gekauft hatte, und machte sich Notizen zu den Sehenswürdigkeiten an der Schlei, die als besonders schön beschrieben wurden. Walter fuhr ruhig, konzentriert und nie schneller als 100 Stundenkilometer, summte ab und zu einen Schlager mit und blickte immer wieder in den Rückspiegel.

In dem Moment, als er das Autobahnschild sah, auf dem die Raststätte Ostetal in 5 Kilometern angekündigt wurde, verhielt sich das Auto anders. Walter verlangsamte das Tempo und umklammerte das Lenkrad.

»Was war das?« Heinz drehte sich hektisch um. »Da war doch ein Geräusch. Hast du das gehört?«

»Nein.« Walter trat kurz auf die Bremse.

»Aber das Auto fährt komisch. Da ist ein Parkplatz.«

Ohne zu blinken, steuerte er auf den Seitenstreifen und rollte auf die Ausfahrt.

Auf dem Parkplatz stellte er den Motor aus und atmete tief durch. »Das hätte schiefgehen können.« Seine Stimme klang gepresst. »Das war knapp.«

Stirnrunzelnd sah Heinz ihn an, stieg aus und ging um den Wagen herum. Als er zurückkam, starrte Walter unverändert nach vorn.

»Wir haben einen Platten«, teilte Heinz ihm mit, während er wieder ins Auto stieg. »Hinten rechts. Total platt. Hast du einen Wagenheber?«

»Um Himmels willen.« Walter schüttelte verzweifelt den Kopf. »Das hätte richtig schiefgehen können.«

»Hallo …« Heinz schlug seinem Schwager leicht auf die Schulter. »Wir brennen nicht. Und in dem Tempo, in dem du fährst, ist es physikalisch gar nicht möglich, dass sich der Wagen wegen eines platten Reifens überschlägt. Jetzt mach nicht so ein … Was ist denn das für ein Idiot?«

Er meinte nicht Walter, sondern den Fahrer des silberfarbenen BMWs, der mit affenartiger Geschwindigkeit auf den Parkplatz gerast kam und mit quietschenden Bremsen neben ihnen stoppte. Was dann folgte, ließ Heinz und Walter den Atem stocken und sich tiefer in ihre Sitze drücken. Zwei Männer, beide in Jeans und dunklen Jacken, sprangen aus dem Wagen. Ohne miteinander zu sprechen, montierten sie mit schnellen, geübten Handgriffen die Autokennzeichen ab und warfen sie in den Kofferraum. Genauso schnell brachten sie zwei neue Schilder an.

Heinz und Walter verriegelten mit unauffälliger Bewegung ihre Türen. »Das glaube ich nicht.« Walter versuchte, beim Sprechen seine Lippen nicht zu bewegen. »Das sind Autoschieber. Und wir sind Zeugen. Guck da nicht so hin.«

Sie guckten trotzdem, genau in dem Moment, in dem der größere der beiden Männer sich vorbeugte. Seine Jacke rutschte hoch und ein Pistolenhalfter mit einer Waffe darin kam zum Vorschein. Heinz machte ein gurgelndes Geräusch. Dann presste er die Zähne aufeinander und zischte: »Wenn wir jetzt irgendeinen Fehler machen, dann knallen die uns ab.«

Sehr langsam zog er sein Handy aus der Tasche. »Ich rufe jetzt Christine an und gebe ihr das Kennzeichen durch. Falls was passiert.«

»Bist du wahnsinnig?«, flüsterte Walter. »Wieso deine Tochter? Die denken, wir rufen die Polizei, hör auf.«

Aber Heinz schaltete das Handy bereits ein. »Wir lassen uns nicht einfach so über den Haufen schießen.« Er bewegte kaum die Lippen. »PIN eingeben, 1601, so, was machen die gerade?«

Walter drehte seinen Kopf nur millimeterweise und sah vorsichtig zur Seite. »Sie sind wieder im Auto. Und sie … sie gucken rüber. Sie sehen uns an.«

»Christine? Oh, gut, hier ist Papa … Ja, ich weiß, dass du das siehst, aber wir haben ein Problem …«

»Zu spät.« Walters Hand krallte sich in Heinz' Oberschenkel. »Einer steigt aus. Er kommt auf uns zu.«

Der kleinere der beiden stand schon vor dem Auto und klopfte an die Scheibe.

Entsetzt starrten Heinz und Walter ihn an. Heinz hatte immer noch das Handy am Ohr. »Frag jetzt nicht, aber schreib dir mal folgendes Autokennzeichen auf: HH-NF … ich ruf gleich noch mal an.«

Der Mann hielt einen Polizeiausweis an die Scheibe. Sehr langsam ließ Walter die Autoscheibe zwei Zentimeter hinunter. Noch langsamer hob er das Kinn.

»Ja?«

»Entschuldigen Sie, aber wir haben gesehen, dass Sie uns beobachtet haben. Wir müssen da wohl etwas aufklären.«

»Was denn?« Heinz hielt sein Telefon demonstrativ in beiden Händen. »Ich weiß gar nicht, was Sie meinen.«

»Zivile Fahndung. Wir wechseln die Kennzeichen aus ermittlungstechnischen Gründen. Nicht, dass Sie jetzt die Kollegen anrufen. Es ist wirklich alles in Ordnung.«

Walter hatte sich inzwischen den Ausweis geben lassen und ganz genau angesehen. »Wissen Sie …«, er räusperte sich, »wir haben überhaupt nicht auf Sie geachtet, wir haben ganz andere Probleme, wir haben einen Platten und ich … ich kann keinen Reifen wechseln.« Er wischte sich eine Schweißperle von der Schläfe.

Sein Schwager mischte sich ein. »Ich kann das auch nicht. Ich kenne mich mit Mercedes nicht aus. Wir haben übrigens gar nichts gesehen, keine Sorge. Ist die Waffe da echt?«

Er wich einem Ellenbogenstoß aus und ignorierte auch Walters bösen Blick.

»Aber können Sie nicht als Polizei, als Freund und Helfer sozusagen, diesen Reifen wechseln? Wir müssen ja auch weiter. Wir haben nämlich noch ein Treffen mit Geschäftsfreunden.« Walters Stimme klang flehend, während er die Tür öffnete und ausstieg. Die Beamten sahen einander kurz an, dann sagte einer von ihnen: »Rufen Sie doch einen Pannendienst.«

»Pannendienst.« Heinz stöhnte. »Das dauert ewig. Ich habe …«

»Er hat es am Herzen.« Walter griff nach dem Lederjackenärmel. »Ich weiß nicht, was passiert, wenn wir hier noch Stunden in Wind und Kälte stehen müssen. Ich habe seiner Frau versprochen, ihn heil wieder nach Hause zu bringen, aber so …« Er zerrte leicht, aber verzweifelt am Arm des Beamten. »Meine Herren, Sie sind doch Freund und Helfer. Schwört man da nicht sogar einen Eid?«

»Das nun nicht gerade.« Der Polizist zog seinen Arm vorsichtig aus Walters Umklammerung, bevor er sich an Heinz wandte. »Geht es Ihnen schlecht? Sollen wir einen Arzt rufen?«

»Nein.« Mit vor Schreck geweiteten Augen sah Heinz hoch. »Nein, ich ... lieber einen Reifenwechsler.«

Nach einem weiteren Blickwechsel traten die Beamten zwei Schritte zur Seite. Während einer der beiden sein Handy zückte, ging der andere langsam zu dem silbernen BMW zurück. Heinz starrte konzentriert nach vorn und zischte seinen Schwager giftig an: »Wenn die mich jetzt ins Krankenhaus bringen, klaue ich die Pistole und laufe Amok. Mit dir fange ich an. Herzkrank. Du bist doch nicht bei Trost.«

»Was soll ich denn machen? Die fahren gleich weg und wir stehen hier auf drei Reifen. Mir ist so schnell ...«

»Der Pannendienst kommt gleich.« Der Beamte hatte sein Telefon noch in der Hand. »Die sind in zwanzig Minuten hier.« Er überlegte einen Moment, dann griff er in seine Tasche und zog eine Karte hervor. »Hier ist meine Visitenkarte. Falls etwas ist ...«

Er nickte ihnen zu und ging mit schnellen Schritten zu seinem Dienstwagen.

Heinz und Walter sahen ihm stumm hinterher. Als der silberne Wagen den Parkplatz verlassen hatte, nahm Heinz seinem Schwager die Karte aus der Hand und verstaute sie umständlich in seiner Brieftasche.

»Ein Glück, dass wir so freundlich waren«, sagte er lächelnd, »gute Kontakte zur Polizei können nie schaden.«

Das war das Magazin auf ›Radio Nord‹, am Mikrofon war Johanna Jäger und jetzt hören Sie die Nachrichten mit Anne Schünke. Ich wünsche Ihnen einen schönen Abend.«

Johanna gab ihrer Kollegin ein Zeichen, drückte auf den Knopf und nahm den Kopfhörer ab. Feierabend. Während sie schon Annes Stimme hörte, schob sie ihre Unterlagen zusammen und stand auf. Sie streckte ihren Rücken und öffnete die schwere Tür. Die gewohnte Geräuschkulisse der Redaktion empfing sie, Stimmen, Telefonklingeln und das Lachen einer Kollegin. Johanna sehnte sich sofort in ihre schalldichte Kabine zurück. Was für ein Krach. Es war gut, dass sie jetzt ein paar Tage freihatte.

Daniel, ihr bester Freund und liebster Kollege, saß schon am Schreibtisch und überflog seine Texte für die Moderation.

»Hey.« Johanna ging um den Tisch und legte ihm dabei kurz die Hand auf die Schulter. »Ablösung. Bist du heute Abend zu Hause?

Du musst mir dein Aufnahmegerät leihen, meins hat eine Macke, das stoppt immer von selbst.«

»Klar.« Daniel las den Text zu Ende, dann sah er hoch. »Wie war's mit Max? Hast du dich verabschiedet?«

Johanna runzelte die Stirn. »Wann wirst du es begreifen? Wir reden nur noch beruflich miteinander und haben alles besprochen. Ich habe mich privat von ihm endgültig verabschiedet. Es ist durch. Restlos. Die Sache ist nicht mehr zu retten.«

»Johanna. Du bist so stur. Gib ihm doch ...«

»Lass es einfach.« Johanna schob ihren Stuhl mit Schwung zurück, griff nach Handy und Handtasche und sprang auf. »Ich gehe jetzt zur Redaktionskonferenz und dann nach Hause. Und es ist vielleicht ganz gut, dass ich ab morgen mit Tante Finchen weg bin und du mich nicht mehr mit deinen Max-Theorien zuschütten kannst. Wenn dir ein anderes Thema einfällt, können wir nachher ein Bier trinken. Aber nur, wenn das böse Wort mit M nicht mehr vorkommt. Bis später.«

Das böse Wort mit M. Daniel sah seiner besten Freundin kopfschüttelnd nach. Dabei waren sie so ein gutes Paar, Johanna und Max.

Daniel war sogar Trauzeuge gewesen und auch mal ein bisschen in Max Schulze verknallt, wie vermutlich jeder im Sender. Max war nicht nur attraktiv, klug und charmant, er war auch ein toller Kollege. Vor drei Jahren war er ihr Chef geworden, sie hatten es ihm alle gegönnt. Nur für Johanna war es im Moment schwierig. Sie konnte ihm beruflich nicht aus dem Weg gehen, im Sender musste sie sich zusammenreißen. Sonst würde es wohl Schlägereien in der Kantine geben. Johanna war ziemlich temperamentvoll. Besonders, wenn sie sauer war. Und das war sie. Nur weil Max eine Dummheit gemacht hatte. Daniel stützte sein Kinn in die Hand und sah ihr durchs Fenster nach. Mit wütenden Schritten marschierte sie über den Hof, die offene Jacke wehte im Wind, die große Handtasche schlug an ihre Hüfte. Sie hatte abgenommen, die Jeans war zu weit, das sah er von hier oben. Die Geschichte von Max und Johanna konnte einfach nicht vorbei sein. Dazu war sie zu gut.

Später drückte Johanna die Türklingel ihres Nachbarn und wartete auf die Schritte hinter der Tür. Es blieb still. Sie ließ den Finger auf dem Knopf und drückte weiter, kurz, lang, kurz, kurz, ganz lang.

»Ja doch.« Daniel riss die Tür auf und sah Johanna an. »Ich war auf dem Klo. Ich bin auch gerade erst nach Hause gekommen.« Er trat ein Stück zurück. »Alles klar?«

»So genau wollte ich es gar nicht wissen.« Johanna klopfte ihm leicht auf die Schulter. »Hast du ein Bier?«

»Sicher. Komm mit in die Küche.«

Johanna folgte ihm und schwang sich auf einen der Barhocker vor dem Küchentresen. Sie sah zu, wie Daniel in der Küche hantierte. Er war in der letzten Woche im Urlaub gewesen, sie hatten ja nur kurz miteinander gesprochen, also wusste er noch gar nicht, auf was für ein Abenteuer sie sich mit ihrer Reise einlassen würde.

»Hast du schon gepackt?« Daniel hebelte den Kronkorken von einer Bierflasche und reichte sie ihr. »Glas?«

»Nein, danke.« Nach einem ersten Schluck aus der Flasche fragte Johanna: »Willst du nicht wissen, wozu ich dein Aufnahmegerät brauche?«

»Zum Aufnehmen?« Daniel grinste und setzte sich auf den anderen Barhocker. »Vielleicht diktiert dir Finchen an der Schlei ihre Lebensgeschichte, damit du daraus einen Roman machen kannst. Besser als dieses Gewäsch von Mareike Wolf wird der allemal. Willst du über sie reden?«

»Daniel, bitte fang nicht schon wieder mit diesem Thema an.« Johanna hatte begonnen, das Etikett von der Flasche zu pulen, Daniels Blicke folgten den Papierfetzen, die auf den Boden rieselten. »Langsam glaube ich, dass es der reine Schwachsinn ist, mit einem schwulen Mann so eng befreundet zu sein und auch noch mit ihm zusammenzuarbeiten, vom nebeneinander Wohnen mal ganz abgesehen. Dir fehlt jegliche Distanz, mein Lieber.«

»Ach, komm.« Daniel ging in die Knie, um die Etikettenfetzen aufzusammeln. »Du musst darüber reden, sonst frisst dich dein Kummer auf. Ich frage dich jetzt nicht, wie viel du abgenommen hast, aber ich mache mir Sorgen. Auch wenn du mir gerade den Fußboden versaust. Ich habe übrigens heute Morgen geputzt.«

Johanna stellte die Flasche auf den Tisch. »Das ist doch nur Papier. Ich hör schon auf.« Sie wartete ab, bis Daniel die Schnipsel in den Müll geworfen hatte und wieder auf dem Hocker saß. »Ich weiß einfach nicht, was ich dir erzählen soll. In meinem Kopf geht alles durcheinander. Ich muss das erst mal sortieren, und das kann ich nur allein.«

Zweifelnd sah Daniel sie an. »Aber Reden hilft doch. Wenn nicht mit mir, dann aber wenigstens mit Max. Ihr müsst das doch endlich in Ruhe klären. Ich will mich ja nicht einmischen, aber …«

»Dann lass es doch«, unterbrach ihn Johanna. »Es ist unsere Sache, da kann niemand helfen. Und du musst nicht glauben, dass ich es nicht versucht habe.«

Sie schloss kurz die Augen. »Beim letzten Mal hat Max mit seiner Chefstimme nur gesagt: ›Jetzt nicht, Johanna.‹ Bei ihm braucht man nämlich einen Gesprächstermin. Weil er so wichtig ist. Und ich hatte es versäumt, mir einen geben zu lassen.«

Daniel zog die Augenbrauen hoch. »Also bitte. Jetzt wirst du albern. So ein beleidigtes Mädchenverhalten passt nicht zu dir.«

»Das hat mit Mädchenverhalten nichts zu tun. Es geht ums Prinzip. Seit Max Chef ist, sind immer andere Dinge wichtiger als ich. Wenn er glaubt, dass er nur mit dem Finger schnippen muss, um mit mir zu reden, dann hat er sich geschnitten.« Sie merkte selbst, dass sie ungerecht war, aber sie fand es leichter, wütend zu sein als traurig.

»Lass uns das Thema bitte wechseln.« Sie atmete tief durch und wartete einen Moment. »Habe ich dir eigentlich erzählt, dass Finchen die Reise, mit der sie mich überraschen wollte, gewonnen hat?«

»Hast du nicht.« Daniel hatte vor seiner Antwort kurz gezögert. »Aber deine Tante hat mich Anfang der Woche angerufen und es mir erzählt.«

»Was?« Überrascht hob Johanna den Kopf. »Wieso hat sie dich angerufen?«

»Weil …« Unter Johannas scharfem Blick entschloss sich Daniel zur Wahrheit. »Sie wollte meine Einschätzung hören. Ob ich mal mit Max reden könnte, wollte sie wissen. Und welche Möglichkeiten sie hätte, dein Problem aus der Welt zu schaffen.«

»Mein Problem?« Johanna schüttelte den Kopf, war aber entschlossen, zu einem anderen Thema zu kommen. »Sie lässt nicht locker. Aber egal, es geht um etwas anderes. Hast du dich nicht gewundert, dass sie eine Reise gewonnen hat?«

»Nein.« Seine Verwunderung war echt. »Meine Schwester hat auch mal eine gewonnen. Drei Tage Wellness beim Preisausschreiben eines Verlages. Auf Juist. Das ist doch nichts Ungewöhnliches.«

Statt zu antworten, griff Johanna in die Tasche ihrer Jacke und zog einen zusammengefalteten Briefbogen hervor, den sie ihm überreichte.

»Dann lies mal, was der Herr von Alsterstätten ihr so schreibt.«

Während Daniel den Brief las, den Finchen ihr nur schweren Herzens überlassen hatte, verbunden mit der dreimaligen Aufforderung, ihn unbedingt am Donnerstag mit nach Bremen zu bringen, beobachtete Johanna das Mienenspiel ihres Freundes, das von Belustigung über Skepsis bis zu Ratlosigkeit wechselte.

»Du lieber Himmel.« Er faltete den Brief wieder zusammen. »Das ist doch Nepp, oder? Die bitten Rentner zur Kasse und verkaufen denen irgendetwas. Zumindest hört sich das so an.«

»Eben.« Johanna nickte und wartete.

»Das sieht deine Tante aber ganz anders. Sie hat mir völlig begeistert erzählt, dass sie noch nie etwas gewonnen hat, und dann plötzlich so etwas Schönes. Ich habe gar nicht nachgefragt.«

»Aber ich habe mal ein bisschen recherchiert.«

Sehr viel hatte ihre Recherche nicht ergeben, und das wenige, was sie über Theo von Alsterstätten und seine Firma herausgefunden hatte, war aus dem Internet. »Ostseeglück« veranstaltete unterschiedliche Kurzreisen, von denen begeisterte, vermutlich von der Firma selbst eingestellte Kommentare der Reiseteilnehmer zeugten. Es gab nirgendwo einen Hinweis auf Kosten, keine konkreten Touren, es wurde nur von den traumhaften Gegenden geschwärmt. Und es gab eine Fotogalerie, in der nicht nur schöne Landschaft, sondern auch jede Menge glückliche Senioren und sehr smarte Reiseleiter zu sehen waren. Je mehr Johanna gelesen hatte, desto mehr war sie davon überzeugt, dass es sich hier um eine dieser Verkaufsfahrten handelte.

Daniel hatte Johanna mit gerunzelter Stirn zugehört. »Bist du sicher? Finchen tat so, als ginge es um ein ganz schickes und teures Luxuswochenende.«

»Das kann ich mir vorstellen. Sie sieht das

auch so.« Johanna schüttelte den Kopf. »Allein schon dieser Brief: ›Unsere Klientel besteht ausschließlich aus wohlhabenden Senioren, die auch gern unter sich bleiben wollen.‹ Sie wollen über Kapitalanlagen reden und darüber, was aus dem Ersparten der Senioren wird. Vermutlich sollen sie es ausgeben. Das klingt doch schon nach Abzocke. Und darauf fällt Josefine Jäger natürlich rein.«

»Lass sie doch.« Daniel nahm ein neues Bier aus dem Kühlschrank. »Ich glaube nicht, dass sie sich eine windige Kapitalanlage aufschwatzen lässt. Dazu ist sie zu clever.«

»Das macht sie auch nicht.« Johanna schüttelte den Kopf. »Sie wird nur total enttäuscht sein, wenn sie merkt, was es mit ihrer exklusiven Reise tatsächlich auf sich hat. Stell dir doch nur mal die anderen Rentner vor, die an solchen Fahrten teilnehmen. Finchen wird wahnsinnig, wenn sie die sieht.«

»Aber du fährst ja mit.« Daniel musste lachen. »Du hast ein großes Herz, Johanna. Ich sehe dich gerade in einem Bus mit lauter Rentnern die schönsten deutschen Wanderlieder singen. Du willst da gar nicht mehr weg. Da kann man doch was draus machen.«

»Genau.« Johanna nickte. »Das habe ich

auch vor. Deshalb brauche ich dein Aufnahmegerät. Zum einen kann ich Finchen trösten, zum anderen werde ich eine Reportage machen.«

Irritiert ließ Daniel sein Glas sinken. »Worüber?«

»Über solche Verkaufsfahrten«, antwortete Johanna. »Wenn mein Gefühl mich nicht täuscht, dann sollen die gutsituierten Senioren ordentlich über den Tisch gezogen werden. Die Veranstalter wollen ihre Kohle, egal, wofür. Ich habe auf der Redaktionssitzung mit Max darüber gesprochen und es ihm vorgeschlagen. Er fand die Idee gut. Vielleicht kriege ich den einen oder anderen Senior oder sogar jemanden vom Hotelpersonal vors Mikro.«

Daniel guckte skeptisch. »Wenn das die Reiseleitung mitbekommt, schmeißen sie dich raus.«

»Hör mal, ich bin doch keine Anfängerin. Das kann richtig spannend werden. Wenn alles klappt, verleiht man mir dafür vielleicht den Radiopreis. Es gibt im Internet jede Menge Berichte von Geschädigten, ich sage dir, das ist ein ganz brisantes Thema. Finchen hat natürlich keine Ahnung, also erzähl ihr nichts.

Auch nicht aus Versehen. Sonst weiß es gleich der ganze Bus.«

Ihre Augen glänzten. Daniel hatte plötzlich wieder die alte Johanna vor sich. Trotzdem blieb er skeptisch. »Du musst aber bitte vorsichtig sein. Diese Veranstalter sind ziemlich skrupellos. Wenn die das mitbekommen, hast du sofort eine Klage am Hals. Ich will nicht darüber nachdenken, was die sonst noch für Mittel und Wege finden könnten, um kritische Berichterstattungen zu vermeiden.«

»Daniel.« Johanna musste über den besorgten Gesichtsausdruck ihres Freundes lachen. »Wir sind doch nicht in Palermo. Ich kann mich ja jeden Tag bei dir melden und dich auf dem Laufenden halten. Und falls der Kontakt abbricht, organisierst du sofort einen Kampfeinsatz und rettest mich im letzten Moment aus der Seniorenhölle. Denk aber dran, das Aufnahmegerät laufen zu lassen. Das wird die Sensation, du wirst es sehen. Und jetzt geh ich rüber und packe meine Tasche. Ich fahre ganz früh mit dem Zug nach Bremen und treffe die wohlsituierte Seniorin am Bahnhof. Also, wir telefonieren, danke für das Bier.«

Daniel brachte sie zur Tür und umarmte sie. »Pass auf dich auf«, sagte er. »Und vielleicht kannst du auch dein Durcheinander im Kopf sortieren. Mach keinen Fehler.«

Johanna schloss die Augen und hielt ihr Gesicht einen Moment an Daniels Pullover gepresst. Er roch so gut und sie wusste nicht, ob es sein Duft oder seine besorgte Stimme war, die ihr die Tränen in die Augen trieb. Sie schluckte schnell und löste sich aus seiner Umarmung. »Falls du mit dem Fehler meine Entscheidung für oder gegen Max meinst, sei beruhigt. Weißt du, es ist nicht so, dass ich ihn nicht mehr liebe. Ich weiß nur nicht, ob wir unsere Beziehung wieder auf die richtige Bahn bringen können. Im Moment habe ich keine Ahnung, wie das gehen soll.«

Nach einem schnellen Kuss auf die Wange war Johanna verschwunden. Daniel sah ihr nach. Vielleicht war ihre Begeisterung für diese Reportage so groß, dass es ihr gelingen würde, ihre Traurigkeit eine Zeit lang zu verdrängen. Andererseits könnte sie sich mit ihrem Vorhaben auch eine Menge Ärger einhandeln. Und dazu kam auch noch Finchen, die mit diesem Wochenende ganz andere Pläne verfolgte.

Während Daniel die Gläser ausspülte, fragte er sich, warum Max diese Undercover-

Geschichte sofort genehmigt hatte. Ganz ungefährlich fand er es wirklich nicht. Aber Max Schulze würde seine Gründe haben, Daniel hoffte nur, dass es die richtigen waren.

So. Fertig.« Der freundliche Pannenhelfer wischte seine Hände an einem Lappen ab und wandte sich an Walter und Heinz. Sie standen direkt neben ihm und hatten jeden seiner Handgriffe mit Argusaugen verfolgt. »Das ist aber ein Notreifen. Sie können zwar damit fahren, aber nicht weiter als bis zur nächsten Werkstatt.«

»Wie soll das denn gehen?« Walter schnappte nach Luft. »Wir müssen noch nach Bremen. Da wartet ein reserviertes Hotelzimmer auf uns. Und ab da fahren wir morgen früh auf Geschäftsreise.«

Der Mann war kaum erstaunt, sah lediglich zwischen beiden hin und her und sagte: »Das wird nicht klappen. Die einzige Möglichkeit ist, dass Sie gleich hinter mir herfahren, etwa fünf Kilometer, da gibt es einen Autohof direkt an der A1. Ich kenne die Werkstatt dort, ich ruf mal an.«

»Aber ...« Walter hasste Planänderungen, er sah seinen Schwager gequält an. »Das ist ja alles ganz unglücklich. Was ist denn mit dem

Reservereifen nicht in Ordnung? Der ist doch neu. Der schafft das doch bis Bremen.«

»Na ja.« Heinz hatte die Hände in die Jackentaschen geschoben und trat kurz gegen den Reifen. »Du hast den Wagen seit zwölf Jahren. Und ein bisschen ärmlich sieht das schon aus. Der Reifen ist doch auch viel schmaler als die anderen. Warte doch mal, was der Fachmann sagt.«

Unterdessen hatte der Pannenhelfer sein Telefonat beendet. »Also«, teilte er freundlich mit, »die Werkstatt kann einen passenden Reifen morgen früh montieren. Um 7 Uhr ist der Wagen dann fertig und Sie können weiter.«

»Und was machen wir so lange?« Walter war jetzt richtig verzweifelt. »Sie sind sicher, dass wir nicht doch fahren können?«

»Ja.« Der Mann blieb weiterhin freundlich. »Ganz sicher. Neben der Werkstatt gibt es ein Motel. Einfach, aber sauber. Mit einem Restaurant. Sie übernachten da und fahren morgen ausgeschlafen und mit vorschriftsmäßigen Reifen nach Bremen. Das ist doch eine gute Lösung.«

»Aber …« Walter konnte sich nicht mit der Situation abfinden, was Heinz sauer werden ließ. Er unterbrach seinen Schwager. »Aber das ist doch eine sehr gute Idee. Wir müssen jetzt nur noch dem Hotel in Bremen absagen und alles ist erledigt. Vielen Dank für Ihre Bemühungen, dann wollen wir aber auch los. Komm, Walter, wir fahren.«

Er schob den unglücklichen Walter zum Wagen und stieg selbst auf der Fahrerseite ein. Während er sich anschnallte, sagte er mit schmalen Lippen: »Du benimmst dich wie ein alter, sturer Mann, Müller. Wenn du den Reifendruck kontrolliert oder einen anständigen Reservereifen im Kofferraum gehabt hättest, wären wir jetzt im Plan. Aber nein, da wird geschlampt, und nun haben wir den Salat. Jetzt brauchst du aber auch nicht den ganzen Abend beleidigt rumzumeckern. Was soll der nette Pannenhelfer denn von uns denken?«

Walter grummelte undeutlich vor sich hin. Heinz schüttelte nur den Kopf und sagte betont ruhig: »Wenn du dich weiter so benimmst, fahre ich morgen mit dem Zug zurück. Dann kannst du alleine an die Schlei. Du bist peinlich.«

»Und du? Bist du endlich fertig?«

»Nein.« Heinz lenkte den Wagen vorsichtig

hinter dem gelben Engel her. »Aber ich muss mich jetzt aufs Fahren konzentrieren.«

Das Motel machte von außen einen vertrauenerweckenden Eindruck, es standen mindestens zwanzig Lkws auf dem Hof, laut Walter ein Zeichen für eine gute Küche mit anständigen Portionen. »Berufskraftfahrer legen Wert auf gutes Essen«, teilte er seinem Schwager mit. »Da sind wir hier auf der sicheren Seite.«

Beladen mit ihrem Gepäck betraten sie kurz danach die Rezeption. Hier lief in voller Lautstärke ein Fernseher, der Krach ließ Heinz und Walter zusammenzucken. »Hallo«, brüllte Walter in Richtung Tresen. »Wir bräuchten ein Zimmer.«

Sie sahen nur einen Rücken im karierten Hemd und eine wirre Frisur, der Mann saß einen Meter entfernt vom Bildschirm und trank Bier aus der Flasche. Sehr langsam drehte er sich um. »Moin.«

»Haben Sie zwei Zimmer frei?« Heinz beugte sich über den Tresen, damit er nicht ganz so laut schreien musste. Mühsam hievte der Mann sich hoch, stellte die Bierflasche zur Seite und kam ihnen langsam entgegen.

»Meine Lieblingssendung«, sagte er mit einem Kopfnicken. »Hansi Hinterseer in den Bergen. Unsereins kommt da ja nicht hin. So, und was wollt ihr beiden?«

Heinz schluckte ob des spontanen Duzens, antwortete aber höflich: »Haben Sie vielleicht zwei Einzelzimmer für eine Nacht? Wir haben ein technisches Problem mit unserem Auto und müssen auf die Reparatur warten.«

Sein Blick fiel auf ein Namensschild an dem etwas schmuddeligen Hemd: Rüdiger.

»Nö.« Rüdiger kniff die Augen zusammen, er schien müde zu sein. »Ein Doppelzimmer mit zwei Einzelbetten. Mehr geht nicht.« Ein Schluckauf unterbrach ihn. »Fünf… fünfundvierzig die Nacht. Wollt ihr?«

»Ähm, ja.« Walter stimmte schnell zu. Er hatte Hunger. Rüdigers glasige Augen bohrten sich in den Gepäckberg, der neben Heinz stand. »Sagt mal, wollt ihr hier einziehen? Was habt ihr denn alles mit? Hast du nicht eine Nacht gesagt?«

Heinz zog Walter am Ärmel. Der reagierte nicht, sondern sagte: »Das Gepäck ist für eine andere Reise. Die Anzüge müssen nur aufgehängt werden, damit sie nicht mehr als nötig knittern. Sind genug Kleiderbügel vorhanden?«

Rüdiger starrte ihn einen Moment an, als wäre er irre, dann ging er schwankend zu einem Regal und nahm ein Holzscheit vom Haken. Daran hing ein Zimmerschlüssel.

»Der ist ja betrunken«, flüsterte Heinz seinem Schwager ins Ohr. »Der ist sternhagelvoll.«

Rüdiger ließ das Holzscheit auf den Tresen knallen. »Zimmer 20, Treppe hoch, zweite Tür links. Essen gibt es hier unten, durch die Glastür, Tischbestellung nicht nötig. Gute Nacht.«

Eine Alkoholwolke nebelte Heinz ein.

»Können wir gleich bezahlen? Wir fahren morgen ja so früh los. Und können Sie diesen Holztrumm abmachen? Man kriegt den Schlüssel ja gar nicht in die Jacke.« Walter fummelte schon seine Brieftasche aus der Hose. Rüdiger guckte wieder glasig, dann zog er eine Geldkassette aus der Schublade unter dem Tresen. »Wird aber nicht billiger«, sagte er und klappte den Deckel hoch. »Fünfundvierzig. Und das Holz bleibt dran, sonst nehmt ihr den Schlüssel mit. Alles schon passiert. Ich hab kein Wechselgeld.«

Er griff schnell nach dem Fünfziger, den Walter noch in der Hand hielt, und versenkte ihn in der Kassette. »Firma dankt.«

Walters ausgestreckte Hand ignorierend, schnappte er sich seine Bierflasche, drehte sich wieder zum Fernseher und ließ sich seufzend in den Sessel fallen. Hansi Hinterseer sang sehr laut.

Das Zimmer war klein. Eine mickrige Leuchte mit gelbem Schirm tauchte den Raum in schwaches Licht, rechts und links an der Wand standen zwei schmale Betten mit Biberbettwäsche in Regenbogenfarben. Vor dem kleinen Fenster hingen orangefarbene Frotteegardinen, neben dem rechten Bett war ein Waschbecken, auf dessen Rand ordentlich gefaltet vier Handtücher lagen. Gegenüber stand ein Kiefernschrank ohne Türen.

Heinz deutete darauf. »Wieso fehlen die Türen?«

»Vielleicht wegen der Belüftung.« Walter betrachtete die rot-gelben Kreise auf der Tapete.

»Ach so.« Heinz nickte und sah sich um. Unter dem Fenster stand ein schmaler Stuhl, auf den sich Walter jetzt vorsichtig setzte. Er strich mit einer Hand über die Wand. »Die gleiche Tapete, die wir damals in der Küche in Dortmund hatten. Da war Pia noch gar nicht geboren.«

Heinz betrachtete den Teppichboden. »Guck mal, das Muster. So was hat man heute auch nicht mehr. Das ist noch ordentliche Auslegware.«

»Die liegt bestimmt seit dreißig Jahren.« Walter stand ächzend auf und schüttelte den Kopf. »Wir müssen ja nicht barfuß laufen.«

»Nein.« Heinz atmete tief aus, lehnte sich an die Tür und blickte seinen Schwager an, der sich langsam auf ein Bett gesetzt hatte und auf und ab wippte.

»Ist die Matratze so weich? Dann habe ich morgen den ganzen Tag Rückenschmerzen. Das kann ja was werden. Und warm ist das hier. Mach doch mal ein Fenster auf.«

Walter kippte das Fenster an und zuckte zusammen. Es hörte sich an, als würden die Autos durchs Zimmer rasen. Er knallte es sofort wieder zu. »Großer Gott. Da könnten wir auch auf der Autobahn schlafen. Das ist ja grauenhaft. Dabei kriegt man doch kein Auge zu.«

»Fünfundvierzig Euro.« Heinz schüttelte

den Kopf. »Für so ein Loch. Hast du eigentlich eine Toilette gesehen?«

»Fünfzig«, korrigierte Walter. »Das war doch ein Trick mit dem Wechselgeld. Der war gar nicht so betrunken. Betrügen konnte er noch. Das Klo ist auf dem Gang, nächste Tür, sind wir dran vorbeigelaufen.«

»Ich geh mal.«

Während Heinz auf der Toilette war, hängte Walter vorsichtig seine beiden besten Anzüge auf. Er wollte morgen Abend nicht im zerknitterten Jackett beim Begrüßungsessen sitzen, schließlich war der erste Eindruck wichtig. Nach kurzem Überlegen öffnete er noch den Koffer seines Schwagers und nahm auch dessen Anzüge heraus. Schließlich reisten sie ja zusammen.

Kurze Zeit später stiegen sie die Treppe zum Restaurant hinunter. Beide hatten sich frische Hemden angezogen, Walter hatte sogar eine Krawatte umgebunden, was Heinz übertrieben fand. »Du glaubst doch nicht etwa, dass es sich um ein vornehmes Restaurant handelt? Bei solchen Zimmern und in dieser Lage? Ich hebe meinen Schlips für morgen auf.«

Er wollte Rüdiger noch mitteilen, dass es kein Toilettenpapier mehr gab, aber die Rezeption war nicht besetzt, nur der Fernseher lief immer noch in voller Lautstärke.

›Ich sage es ihm nach dem Essen‹, dachte Heinz. ›Falls er dann noch nicht umgefallen ist‹.

Heinz und Walter stießen die Flügel der Tür gleichzeitig auf und blieben irritiert stehen. Der Saal war sehr groß. Am anderen Ende war ein langer Tresen, an dem eng gedrängt zehn oder fünfzehn Männer saßen, die meisten mit breiten Schultern, einige mit langen Haaren und Lederjacken, die sich sehr laut unterhielten. Alle kehrten ihnen den Rücken zu. Hinter dem Tresen stand eine ältere, pummelige Frau im weißen Kittel, die Gläser polierte. Sie war die einzige Frau im Raum und nickte ihnen knapp zu. Aus der Musikanlage dröhnte ohrenbetäubende Countrymusik, ein Spielautomat neben dem Eingang gab Klingeltöne von sich und über allem lag der Geruch von Bier und gebratenem Fleisch.

Heinz sah Walter an, der sich schnell den Schlips abband. »Ob die hier alle schwer hören? Aber es riecht gut, komm.«

Sie setzten sich an den ersten Tisch neben

der Tür, und Sekunden später stand die Frau im Kittel vor ihnen und legte die Speisekarten neben die Teller. »Wollen Sie essen?«

»Ja, natürlich.« Walter nahm eine Karte. »Wir wohnen nämlich hier, wissen Sie, für eine Nacht.«

»Aha.« Sie war nicht richtig beeindruckt. Stattdessen rief sie in Richtung Tresen: »Jungs, könnt ihr nicht mal leiser schreien? Man versteht ja sein eigenes Wort nicht.« Sofort wurde es ruhiger, auch an der Musikanlage hatte anscheinend jemand einen Regler gefunden. Erleichtert seufzte Heinz und schlug die Karte auf. »Haben Sie auch etwas Kleines?«

In der plötzlichen Ruhe war seine Stimme sehr laut, vom Tresen kam leises Kichern, dann eine Antwort: »Nee, ihr Sohn ist auch schon über zwanzig.«

Die Frau ignorierte den Clown am Tresen und sagte: »Sie können eine Hühnersuppe haben. Und das Stammessen ist Kasseler mit Sauerkraut.«

»Das nehmen wir zweimal.« Walter klappte die Karte mit Schwung zu. »Und zwei Pils.« Er sah der Bedienung nach und sagte: »Hühnersuppe. Ich bitte dich, du bist doch nicht erkältet. Das ist bestimmt die Köchin, die freut sich, wenn man ihre Vorschläge annimmt.«

Er sah sich im Restaurant um und verschränkte die Arme vor dem Bauch.

»Das macht einen soliden Eindruck. Die kochen selbst, das sieht man. Und die Stammgäste kommen immer wieder. Und die Preise sind in Ordnung. Aber wir hätten uns nicht umziehen müssen. Das war wirklich übertrieben. Hör mal, wir müssen noch Inge und Charlotte anrufen. Die müssen doch über die Planänderung informiert werden.«

»Meinst du?« Heinz sah seinen Schwager zweifelnd an. »Nachher machen die sich Sorgen. Ach Gott, da fällt mir gerade etwas ein.« Er suchte sein Handy in der Jackentasche und schaltete es ein. Sofort meldete sich die Mailbox, Heinz rief sie ab:

»Papa? Hallo? Geh mal ran, was war das denn für ein Anruf? Was ist denn mit dem Kennzeichen? Habt ihr jemanden angefahren? Ruf zurück.«

Walter beugte sich nach vorn, als er Heinz' Gesicht sah. »Was ist?«

»Ich habe doch Christine angerufen, als wir die Polizisten noch für Autoschmuggler gehalten haben. Ich dachte, wenn die uns übern

Haufen schießen, könnte meine Tochter den Mord wenigstens aufklären.« Zerknirscht drehte er sein Handy auf dem Tisch. »Ich habe vergessen, sie noch einmal anzurufen.«

»Dann mach es jetzt. Hoffentlich hat das Kind nicht schon Charlotte und Inge verrückt gemacht. Ich hatte mein Handy aus. Mich konnte auch niemand erreichen.«

Heinz drückte langsam die Tasten, dann hob er das Telefon ans Ohr. Christine meldete sich nach dem dritten Freizeichen, ihre Stimme klang besorgt.

»Hallo, Papa. Sag mal, was war das denn vorhin? Habt ihr was angestellt?«

»Gar nichts. Der Anruf vorhin, das war eher ein Missverständnis. Wir haben da Polizisten beobachtet, also Zivile, die haben sich sehr auffällig verhalten, da wollten wir auf Nummer sicher gehen. Und ich habe gedacht, du kennst dich damit aus.«

»Mit Polizisten in Zivil? Und was war nun los? Wo seid ihr eigentlich? Das ist ja ein Höllenlärm im Hintergrund.«

»Wir, ähm, ja, wir sind beim Abendessen. Kasseler mit Sauerkraut. Du, hör mal, wenn du mit deiner Mutter telefonierst, kannst du ihr sagen, dass alles in Ordnung ist? Mein

Handyguthaben ist nämlich fast weg. Ich lade das morgen gleich auf, Walter ist aber zu erreichen. Also dann, gute Nacht, Kind.«

»Ich wollte Mama aber gar nicht ...«

Heinz hörte sie schon nicht mehr, er hatte aufgelegt.

Christine legte ihr Handy kopfschüttelnd beiseite. Sie hatte immer noch keine Ahnung, warum ihr Vater sie vorhin so panisch angerufen hatte. Dass er mit ihrem Onkel zusammen auf dem Weg zu einer etwas dubios klingenden Kurzreise war, hatte ihre Mutter ihr erzählt. Im letzten Jahr hatte sie für die Zeitung, bei der sie arbeitete, über Senioren und ihre Leichtgläubigkeit recherchiert. Worauf sie da gestoßen war, das hätte sie nicht für möglich gehalten. Als ihre Mutter ihr dann von diesem seltsamen »Gewinn« erzählte, hatten sich Christine gleich die Nackenhaare aufgestellt. Aber sie hatte nichts dazu gesagt. Weder wollte sie ihre Mutter und Tante Inge aufregen, noch hatte sie Lust, eventuell der Bitte der beiden nachkommen zu müssen, doch von Hamburg aus mal kurz an die Schlei zu fahren, um dort nach dem Rechten zu sehen. Christine stellte sich ans Fenster und verschränkte die Arme vor der Brust. Es war kein richtig gutes Zeichen, dass der erste aufgeregte Anruf schon so früh gekommen war. Heinz und Walter hatten noch das ganze Wochenende vor sich. Und sie hatte beim bloßen Gedanken daran kein gutes Gefühl.

Der kleine Reisewecker zeigte 2 Uhr 07. Walter stöhnte laut und drehte sich auf die andere Seite, wobei er fast aus dem schmalen Bett gestürzt wäre. Er hatte das Gefühl, gleich zu platzen. Ihm war übel und in seinem Inneren rumorte es. Aber während er hier in der Fremde mit Leib und Leben kämpfte, lag sein Schwager auf der gegenüberliegenden Seite und schnarchte, was das Zeug hielt. Außerdem war es stickig in diesem kleinen Zimmer. Er hatte vor einer halben Stunde noch einmal versucht, das Fenster zu öffnen, weil er gedacht hatte, dass sich doch irgendwann in der Nacht der Verkehr auf der Autobahn beruhigen müsste. Aber er hatte sich geirrt. Stattdessen fuhren immer mehr Schwertransporter vorbei, deren orangefarbene und gelbe Blinklichter durch die dünnen Gardinen ins Zimmer leuchteten. Ein Albtraum.

Das Stammessen hatte ausgesehen wie eine

Schlachtplatte. Berge von Fleisch, Berge von Sauerkraut. Trotzdem hatten sie alles aufgegessen, weil sie sich vor den Truckern keine Blöße geben wollten. Sie hatten die Witzeleien vom Tresen gehört, von wegen »Schonkost« und »Seniorenteller«. Nur weil die mitbekommen hatten, dass Heinz nach »was Kleinem« gefragt hatte. Aber denen hatten sie es gezeigt. Seniorenteller, was dachten die sich denn eigentlich?

Schließlich hatte die Wirtin, die natürlich auch die Köchin war, ihnen einen Schnaps ausgegeben. Walter hatte nicht so richtig mitbekommen, was dazu geführt hatte, dass plötzlich vier von den Truckern bei ihnen am Tisch saßen. Vermutlich hatte Heinz sie angequatscht, als er selbst kurz auf der Toilette gewesen war. Sein Schwager war schon immer sehr kommunikativ gewesen und interessierte sich für Lkws. Das hatte er zumindest vorhin behauptet. Walter war das neu. Aber die vier Trucker waren begeistert und boten ihnen nach zwei Minuten das Du und eine neue Runde Bier an. Walter musste Günni, Manni, Kai und Conny sagen und bei der nächsten Runde Korn trinken.

Er stöhnte und fasste sich an den Kopf,

spürte seinen Pulsschlag in der Schläfenader, und ihm fiel sofort ein, dass er in der ›Apothekenumschau‹ einen Artikel über Schlaganfälle gelesen hatte. Angestrengt hörte er in sich hinein. Vermutlich war es doch nur dieser furchtbare Korn gewesen.

Zu späterer Stunde war Rüdiger noch an den Tisch gewankt und hatte zwei Rollen Toilettenpapier vor ihnen abgestellt. Heinz hatte ihn daraufhin auch noch zu einem Bier eingeladen. Als Dank für den Service. Walter hatte nur noch mit dem Kopf geschüttelt.

Nachdem die Herren dann noch angefangen hatten, ihre Telefonnummern und Adressen auszutauschen, war Walter einfach aufgestanden und hatte verkündet, dass er schlafen müsse, um morgen für die Geschäftsreise fit zu sein. Wenigstens das hatte die Truppe beeindruckt, sie hatten volles Verständnis gezeigt und sich bedauernd verabschiedet, wenn auch gegen den Protest von Heinz. Es war ein echtes Stück Arbeit gewesen, seinen betrunkenen Schwager aufs Zimmer zu bringen, wo er aufs Bett fiel und augenblicklich einschlief.

Und jetzt lag Heinz mit offenem Mund auf dem Rücken und schnarchte vor sich hin, während Walter mit Pulsschlag in der Schläfe, Schwindel im Kopf und aufgeblasenem Bauch nicht in den wohlverdienten Schlaf kam. Darüber würden sie morgen auf der Fahrt nach Bremen reden müssen. Ein bisschen mehr Teamgeist und Loyalität konnte Walter wirklich erwarten.

Johanna klappte ihr Notebook zu, als der Zug kurz vor der Einfahrt in den Bremer Hauptbahnhof war. Sie hatte sich während der eineinhalb Stunden Fahrzeit mit Artikeln über Verkaufsfahrten und verschiedenen Berichten von Betroffenen beschäftigt. Die Darstellungen ähnelten einander sehr. Als sie stattdessen »Schlei« und »Ostseefjord« eingegeben hatte, konnte sie schöne Landschaften und kleine Filmchen über Segeltörns betrachten und Geschichten über Wikinger lesen. Bullesby hieß ihr Zielort, der, den Bildern nach, entzückend war.

›Es geht los‹, dachte sie, als sie aufstand, um ihre Tasche von der Gepäckablage zu heben. ›Verzeih mir, Tante Finchen, aber das wird eine sensationelle Reportage. Ganz ohne Spesen.‹

Sie sah ihre Tante schon von weitem. Josefine Jäger hatte sich neben der Treppe am Bahnsteig in Positur gestellt. Sie sah wie immer spektakulär aus. Von den Schuhen bis zum

Hut war sie in Grün gekleidet. Der Rock war knöchellang, die Jacke hatte einen Fellbesatz. Aus der Entfernung sah es aus wie Samt. Johanna verbiss sich ein Lachen. Finchen nickte den vorübergehenden Reisenden huldvoll zu, sie verzichtete lediglich auf ein majestätisches Winken. Queen Mum. Johanna verlangsamte ihre Schritte, um das Schauspiel noch einen Moment länger zu betrachten.

»Johanna! Hier bin ich.« Finchen hatte gute Augen. Johanna blieb kurz stehen, um mehrere Reisende vorbeizulassen, und schon tauchte ihre Tante vor ihr auf: Ihre Schuhe hatten ein Schlangenmuster, und der rote Nagellack passte zum Lippenstift – wie immer.

»Johanna, Liebes, ich freue mich so.«

Finchen schlang die Arme um ihre Nichte, etwa in Höhe von Johannas Gürtel. »Wie war die Fahrt? Der Zug war ja fast pünktlich, ich habe nur zehn Minuten gewartet.«

Sie trat wieder einen Schritt zurück und musterte Johanna jetzt mit etwas dünnerem Lächeln. »Sag mal, Liebes …«

Ihr Blick wanderte über die Jeans, die im Moment etwas schlotterte, über den dunkelbraunen Kapuzenpullover bis hin zu den bequemen Sneakers. »Was ist denn das für ein

Freizeitaufzug? Du siehst aus, als würdest du wandern gehen. Ich hoffe, du hast auch andere Kleidung eingepackt. Sonst müssen wir dir noch was kaufen.«

»Hallo, Tante Finchen.« Johanna ging ein bisschen in die Knie, um ihre Tante auf die Wangen zu küssen. »Wir fahren mit dem Bus an die Schlei und nicht nach Monte Carlo ins Casino. Ich glaube, du bist eher etwas overdressed. Aber du kannst es dir leisten. Geht es dir so gut, wie du aussiehst?«

»Lenk nicht ab.« Finchen trug sogar grüne Ohrringe. »Ich habe es dir doch gesagt. Das ist nicht irgendeine Busfahrt, sondern eine Art Geschäftstreffen. Es gibt Vorträge und Besichtigungen und der Kreis der Teilnehmer ist gründlich ausgewählt und sehr erlesen.«

»Dein Wort in Gottes Ohr.« Johanna legte den Riemen ihrer Reisetasche über die Schulter und drehte sich zur Treppe. »Wir haben noch zwei Stunden Zeit, bis der Bus fährt. Gehen wir jetzt frühstücken?«

Johanna stand schon auf der zweiten Stufe, musste sich aber umdrehen, weil Finchen einfach stehen geblieben war. »Was ist denn?«

Mit zusammengepressten Lippen feuerte Josefine Jäger böse Blicke auf ihre Nichte, die seufzend zurückkam und die Tasche wieder absetzte.

»Also?«

»Johanna, du hast mir die Frage nach der entsprechenden Kleidung nicht beantwortet. Ich setze mich nicht mit dir in den Bus, wenn du das ganze Wochenende wie eine Dauercamperin aus Klein Kleckersdorf herumläufst. Ich will mich nicht blamieren. Ich habe dich als meine Begleiterin eingesetzt, da kann ich doch wohl eine gewisse Kleiderordnung erwarten. Was hast du eingepackt?«

Johanna riss sich zusammen, um nicht zu sagen, was sie gerade dachte, und bemühte sich um einen freundlichen Ton. »Jeans, eine helle Hose, T-Shirts und zwei Strickjacken. Finchen, ich bin übrigens vierzig.«

»Umso schlimmer.« Ihre Tante kam jetzt in Form. »In der Nähe vom Bahnhof gibt es eine sehr schöne Boutique, da gehen wir beide jetzt hin und du probierst einen Hosenanzug oder was anderes Schickes an. Und wenn du mir diesen Gefallen nicht tun willst, dann …«

In diesem Moment hörte Johanna ihren Handyton, der eine eingegangene SMS meldete. Ohne ihren Blick von Finchens entschlossenem Gesicht abzuwenden, zog sie das Handy aus der Tasche und las die Mitteilung.

»Guten Morgen, J., stell dich besser unter einem anderen Namen vor, nicht dass dich jemand aus dem Radio erkennt. Denk dran, dass du nur deine Tante begleitest. Mach am besten, was sie will. Pass auf dich auf, LG Max.«

Johanna schob das Telefon langsam in ihre Jackentasche und schloss für einen Moment die Augen.

»Ich halte das für völlig albern, Finchen. Wo ist denn eigentlich dein Gepäck?«

Finchen sah sie neugierig an. »Wer war das?«

Mit hochgezogenen Augenbrauen hielt Johanna ihrem Blick stand. »Daniel. Er wünscht eine schöne Reise. Und? Dein Gepäck?«

»Im Schließfach am Busbahnhof. Der Taxifahrer war so nett, es für mich da einzuschließen. Ich kann es doch nicht durch die Gegend schleppen, wenn ich dich auch noch abholen muss. Und jetzt gehen wir in die Boutique. Du hast ja nur diese kleine Tasche.«

Johanna dachte an die Reportage und atmete tief durch.

»Eine Stunde, Tante Finchen, hörst du? Höchstens eine Stunde. Wenn wir nichts finden, dann lässt du mich in Ruhe. Ich will noch frühstücken, bevor ich in den Bus steige, wo mit ziemlicher Sicherheit niemand so angezogen ist wie du. Wir können wetten: Es gibt mindestens zehn beigefarbene Windjacken.«

»Unsinn.« Mit schräg gelegtem Kopf und sehr viel Charme lächelte Finchen ihre Nichte an. »Du hast doch den Brief von Dr. von Alsterstätten gelesen. Hast du den eigentlich dabei? Falls ihn jemand von der Reiseleitung sehen will.«

Johanna nickte.

»Gut«, sagte Finchen. »Dann solltest du ja alles wissen. Es ist eine sehr exklusive Gruppe, die sich gleich trifft, und du tust so, als gingen wir auf Butterfahrt. Du wirst staunen, Liebes, und du wirst mir dankbar sein, dass ich dich nicht in diesen Lotterklamotten aufs gesellschaftliche Parkett lasse. Komm, wir gehen.«

Mit triumphierendem Gesichtsausdruck und einer eleganten Tüte am Arm verließ Finchen eine halbe Stunde später höchst erfolgreich den Laden. Johanna hatte ihr die Tür aufgehalten und folgte ihr langsam. Sie hatte tatsächlich einen traumhaften braunen Hosenanzug gefunden. Eigentlich hatte Finchen ihn entdeckt. Sie war hoch konzentriert an den Kleiderstangen entlanggeschritten, hatte Bügel hin und her geschoben, Stoffe befühlt, plötzlich diesen Anzug gesehen, ihn Johanna in die Umkleidekabine gebracht und gesagt: »Das ist er. Der passt auch zu deinem Haar. Und zu deinen braunen Augen. Über deine Frisur müssen wir nachher noch mal reden. Du kannst die Haare doch vielleicht ein bisschen glatt föhnen.«

Ohne zu antworten, hatte Johanna den Vorhang zugezogen und ihre wirre Frisur im Spiegel betrachtet. Diese Locken gehörten zur Jäger'schen Erbmasse. Ihre Tante sah doch genauso aus.

An der Kasse hatte Finchen so schnell bezahlt, dass Johanna gar keine Zeit zum Protestieren geblieben war, der Anzug war eigentlich viel zu teuer. Aber ihre Tante bestand auf diesem Geschenk.

Mit schnellen Schritten liefen sie wieder zurück in Richtung Bahnhof. Die Tüte tanzte an Finchens Arm, als sie sich zu Johanna umdrehte. »Jetzt beeil dich, wir wollen doch noch frühstücken und es ist gleich zehn.«

In diesem Moment schoss ein heller Mercedes um die Kurve. Johannas Herz setzte aus, wie in einem Reflex sprang sie nach vorn und riss Finchen von der Straße zurück.

»Idiot«, brüllte sie dem Wagen nach. »Du blöder Idiot, bist du besoffen, oder was?«

Tante Finchen sah Johanna erschrocken an. »Meine Güte. Wie redest du denn?«

»Du musst aber auch gucken, wo du hinrennst.« Johanna rieb sich die Stirn, ihr Puls raste immer noch. »Der hätte dich fast über den Haufen gefahren. Hast du ihn denn nicht gesehen?«

»Ach, komm.« Finchen hakte sie unter und sah sie beruhigend an. »Der hätte bestimmt noch gebremst. Du bist so nervös, es ist wirklich ganz gut, dass du mal für ein Wochenende auf andere Gedanken kommst. So, und jetzt gehen wir frühstücken, dann zum Schließfach und dann endlich zum Bus. Ich freue mich.«

Die Stimmung im Auto war schon seit der Abfahrt unterkühlt gewesen. Walter war seit dem Aufstehen schlecht gelaunt. Ihm lagen das Sauerkraut und die Fleischberge immer noch im Magen, vom Korn hatte er Kopfschmerzen, und Heinz hatte ununterbrochen geschnarcht. Der wiederum verstand Walters Übellaunigkeit zunächst gar nicht, er hätte doch sofort mit dem Schnarchen aufgehört, wenn Walter nur etwas gesagt hätte. Darauf ging sein Schwager jedoch überhaupt nicht ein, sondern teilte nur knapp mit, dass man aus Zeitgründen nicht nur ohne Frühstück, sondern auch ohne Kaffee das Motel verlassen müsse.

Dafür hatte die Werkstatt alles Versprochene gehalten. Der Reifen war ausgetauscht, der Reifendruck der anderen geprüft, Öl und Wasserstand waren kontrolliert, der Mechaniker wünschte eine gute Weiterfahrt und überreichte Walter die Rechnung, die er in der Tankstelle bezahlen sollte. Als der die Summe sah, wurde er blass, schluckte aber jeden Kommentar runter und ging mit schleppenden Bewegungen zur Kasse.

Zum Glück kannte Heinz seinen Schwager lang genug, um zu wissen, dass es niemandem so elend gehen konnte wie ihm. Also hielt er sich zurück, bot lediglich an, die erste Strecke zu fahren, und schwieg anschließend. Auch Walter, der sich umständlich auf dem Beifahrersitz angeschnallt hatte, blieb stumm, stöhnte nur von Zeit zu Zeit leise und umklammerte demonstrativ den Seitengriff, sobald Heinz schneller als 100 Stundenkilometer fuhr.

Nach einer halben Stunde wurde es Heinz zu viel. Er blickte kurz zur Seite, umklammerte das Lenkrad noch fester und stieß den Satz aus: »Manchmal wünschte ich mir, Inge hätte damals Alfred Stuppke geheiratet.«

»Was?« Walter fuhr hoch und sah seinen Schwager ungläubig an. »Wen?«

»Alfred Stuppke.«

»Kenne ich nicht.« Mit verbissenem Gesicht starrte er nach vorn. »Der Laster da schert gleich aus.«

Heinz nahm kurz den Fuß vom Gas, um dem Lkw vor ihm Platz zu machen.

»Ich sehe das, Walter. Und Alfred Stuppke war ein Jugendfreund von Inge, der ihr den

Hof gemacht hat. Ein sehr netter junger Mann. Den hätte sie mal heiraten sollen. Unsere Eltern mochten den auch. Schade eigentlich.«

»Das hätte Inge mir ja wohl erzählt. Von diesem Steppke habe ich noch nie gehört. Wie alt waren die denn da? Zwölf?«

»Stuppke, Walter. Er hieß Alfred Stuppke. Mit U. Und sie gingen zusammen zur Tanzstunde. Also war Inge so sechzehn oder siebzehn. Von wegen zwölf. Sie war alt genug für die Liebe.«

Heinz sah Walter verstohlen an, der immer noch angestrengt nach vorn starrte und dabei die Stirn runzelte. »Alt genug für die Liebe, pah. Die waren nicht mal volljährig. Du redest manchmal ein wirres Zeug zusammen. Wenn es wichtig gewesen wäre, hätte Inge mir davon erzählt. Hat sie aber nicht. Also war es nicht wichtig, fertig aus. Alfons Steppke, was für ein blöder Name.«

Heinz machte den Mund auf und sofort wieder zu, eigentlich wollte er gar nicht streiten. Dafür war sowieso keine Zeit mehr, bis nach Bremen hatten sie noch fast siebzig Kilometer zu fahren und die Zeit lief. Also drehte er das Radio lauter, um die Nachrichten zu hören, verstellte dabei aber aus Versehen den Sender, so dass nur ein lautes Rauschen zu hören war.

»Heinz, was machst du denn?« Walter war nach vorn geschnellt, um die Lautstärke zu reduzieren. »Wenn du das Autoradio nicht bedienen kannst, dann frag mich doch. Und fahr jetzt mal zügig, sonst ist der Bus weg, bis wir eintreffen.«

Nach einem tiefen Atemzug setzte Heinz entschlossen den Blinker und fuhr auf die rechte Spur, um den nächsten Parkplatz anzusteuern. Er hatte es nicht nötig, sich von seinem Schwager beschimpfen zu lassen, er nicht. Der Parkplatz war nur noch 500 Meter entfernt, Heinz ließ den Wagen langsamer werden.

»Was ist denn jetzt schon wieder?«, fragte Walter und rieb sich entnervt die Stirn.

»Jetzt …«, antwortete Heinz und ließ den Wagen auf dem Parkplatz ausrollen, »jetzt kannst du weiterfahren und das Radio bedienen, weil ich ja zu blöde dazu bin. Dafür kann ich mir Namen merken. Er hieß Alfred, nicht Alfons. Und Stuppke, nicht Steppke. Alfred Stuppke. So. Und die nächste Stunde will ich mich nicht mehr mit dir unterhalten.

Hier hast du die Schlüssel. Ich werde mich auf den Beifahrersitz setzen und die Augen zumachen.«

Walter hatte überhaupt nichts mehr gesagt. Er schmollte. Das konnte Heinz fühlen, selbst mit geschlossenen Augen. Er merkte es auch an Walters Art, die Gänge brutal einzulegen. Sein Schwager war beleidigt, aber richtig. Das mit der Gangschaltung würde allerdings nicht lange anhalten, Walter würde gleich einfallen, dass er mit seinem heiligen Mercedes fuhr.

Heinz hielt seine Augen weiter geschlossen und dachte an frühere Zeiten. Das machte er gern. Er kniff einfach seine Augen zusammen und ließ in Gedanken einen Film ablaufen. Jetzt sah er Inge vor sich, mit siebzehn. Sie war damals abwechselnd in Peter Kraus und Jean-Paul Belmondo verliebt gewesen und deshalb ziemlich nervig. Heinz war schon mit Charlotte verlobt und musste seine kleine Schwester ab und zu mal ausführen. Da saß sie dann, die langen Haare zum Pferdeschwanz gebunden, im gelben Hemdblusenkleid, und redete davon, dass sie sich gar nicht zwischen Peter und Jean-Paul entscheiden könne. Den sanften Hinweis ihres Bruders, dass dieses Problem kaum anstünde, ignorierte sie.

Umso erstaunter war Heinz dann, als er das erste Mal Inges Tanzstundenpartner Alfred kennenlernte, der so gar nichts von einem gelockten Sänger oder einem französischen Filmschönling hatte. Alfred Stuppke war rothaarig, sommersprossig und sehr dünn. Und er redete unentwegt und immer plattdeutsch. Heinz ging die Stimme schon auf die Nerven. Aber seine Eltern mochten ihn. Sie sagten ihm eine große Zukunft voraus. Weil er so wendig war. Und so fleißig. Wenn Heinz sich richtig erinnerte, war der Grund für Alfreds Wendigkeit, dass er auf dem Schulhof oft verprügelt wurde, weil er den meisten auf die Nerven ging. Inge fand ihn auch nicht so toll, aber es gab nicht viele Jungen in ihrer Klasse, die größer waren als sie, was beim Tanzen nicht unwichtig war. Neben Alfred Stuppke nur noch Reinhold Droste. Und der hatte diesen entsetzlichen Überbiss. Mit diesem Bild im Kopf nickte er ein.

Als Heinz wenig später vorsichtig ein Auge öffnete, sah Walter immer noch beleidigt aus. Dabei war er, von seinen Launen abgesehen, kein schlechter Schwager. Und nach vierzig Jahren hatten sie sich eigentlich auch aneinander gewöhnt. Aber diese Rechthaberei machte Heinz immer noch verrückt. Noch schlimmer fand er allerdings Streitereien. Die hasste er richtig. Also müsste er einlenken. Was sollten denn die anderen gutsituierten Senioren denken, wenn Walter und Heinz völlig zerstritten gleich in den Bus steigen würden?

»Möchtest du etwas trinken?« Heinz hielt seinem Schwager eine Wasserflasche hin, deren Deckel er vorsorglich schon abgeschraubt hatte.

Walter zuckte bei dieser unerwarteten Versöhnungsoffensive zusammen.

»Was?«

»Hast du vielleicht Durst? Man muss genügend trinken, gerade bei langen Reisen, wegen Thrombose und so.«

»Ich muss meine Hände am Steuer halten.«

Heinz nickte ihm freundlich zu und sah sich interessiert um. »Oh, sind wir schon in Bremen? Ich bin wohl einen Moment eingeschlafen.«

»Du hast schon wieder geschnarcht.« Walters Feststellung kam vorwurfsvoll, er wirkte aber nicht mehr so beleidigt. »Dagegen kann man heute doch auch etwas unternehmen, mit Schlafmasken oder irgendwelchen Tabletten.«

»Du, da war eben ein Schild: Hauptbahnhof, von da aus fährt doch auch der Bus«, rief Heinz dazwischen. »Und es ist ja schon zehn durch.« Er hatte jetzt erst auf die Uhr gesehen. »Wie lange dauert es denn noch? In einer Stunde fährt der Bus und wir müssen noch einen Parkplatz suchen.«

»Dann nimm doch mal den Stadtplan zu Hilfe. Ich weiß auch nicht genau, wo ich eigentlich lang muss.«

Während Heinz versuchte, sich auf dem Plan zu orientieren, wurde Walter klar, dass ihnen nicht mehr viel Zeit blieb, und er drückte aufs Gaspedal.

Genau in diesem Moment steuerte eine sehr kleine Dame, ganz in Grün gekleidet, mit forschem Schritt auf die Fahrbahn zu.

»Pass auf, Walter!« Heinz rammte seine Füße in die Fußmatte, als wollte er bremsen. »Da vorn.« Er klammerte sich an der Konsole fest und starrte seinen Schwager böse an, der sofort bremste.

»Ja, ja.« Walter gab sich lässig, obwohl er erschrocken war. Er brachte den Wagen in einer Parklücke zum Stehen und sah erleichtert im Rückspiegel, dass die Dame im grünen Mantel jetzt ein Stück vom Straßenrand entfernt stand. »Ich habe alles im Griff. Entspann dich.«

Besorgt drehte Heinz sich um. Die kleine Frau stand neben einer jüngeren, die offensichtlich sehr wütend war. Zum Glück konnte man nicht verstehen, was sie brüllte, vermutlich war es äußerst unfreundlich. Er setzte sich wieder gerade hin und sah auf den Stadtplan, den er auf dem Schoß hatte.

»Das kommt davon, wenn man zu schnell fährt. Du hättest fast eine unschuldige Frau getötet.«

»Also … Erst fahre ich dir zu langsam, jetzt fahre ich dir zu schnell, vielleicht entscheidest du dich mal. Sag mir lieber, wohin wir müssen. Dieser blöde Bahnhof ist schon wieder auf der anderen Seite.«

»Mit Augenmaß.« Heinz sah kurz hoch, um sich zu orientieren, dann blickte er wieder auf den Plan. »Man fährt mit Augenmaß, immer der Situation angepasst. Die nächste rechts. Da muss das Parkhaus gleich kommen.«

Als Walter die Parklücke im Schritttempo verließ, hupte ein ankommendes Auto durchdringend.

»Ich kann es anscheinend heute keinem recht machen.« Walter hob kurz den Arm, um sich bei dem anderen Fahrer zu entschuldigen. Der zeigte ihm nur einen Vogel. »Als wenn ich diesen Stadtverkehr gewohnt wäre.«

Wenn Walter so einsichtig war, mochte Heinz ihn besonders gern. »So schlecht fährst du gar nicht«, sagte er. »Und die grüne Dame gerade eben ist ja rasend schnell auf die Fahrbahn gesprungen. Es ist eben schwierig, wenn sich so alte Leute nicht mehr orientieren können. Weißt du, woran ich bei dem Anblick der Dame denken musste? Jetzt links.«

»Woran?«

»An Froschwanderungen. Genauso grün, genauso plötzlich unterm Auto.«

Walter nickte und fuhr konzentriert weiter.

Auf dem Bahnhofsvorplatz blieb Finchen plötzlich stehen, hob ihr Gesicht in die Sonne und seufzte tief. »Und das Wetter spielt auch noch mit. Das ist doch herrlich.«

Die ihr folgende Johanna verlor fast das Gleichgewicht, weil sie ihr ausweichen musste. Bis auf Finchens kleine Handtasche schleppte Johanna das gesamte Gepäck, die Tüte aus der Boutique rutschte ihr bei dem Manöver aus der Hand. Finchen nahm sie an sich und musterte ihre Nichte tadelnd. »Nun wirf den teuren Anzug doch nicht in den Dreck. Soll ich dir noch etwas abnehmen?«

»Nein.« Johanna wischte sich mit dem Handrücken über die Stirn. »Das heißt: doch. Wenigstens die Tüte. Wieso hast du für drei Tage überhaupt so einen Mordskoffer mit? Da vorn rechts, an der Seitenstraße, das müsste übrigens der Bus sein.«

Der silberne Bus mit der blauen Aufschrift »Ostseeglück« glänzte in der Sonne. Eine Handvoll Menschen hatte sich bereits davor versammelt. Johanna kniff die Augen zusammen, um sie genauer sehen zu können, die Entfernung war aber noch zu groß. Außerdem blendete die Sonne.

»Sind schon viele da?« Finchen war etwas hinter ihrer Nichte zurückgeblieben. »Ich kann das nicht erkennen.« Sie japste, weil sie mit ihren kurzen Beinen versuchte, Johanna zu folgen. Mittlerweile waren sie nur noch wenige Meter von ihrem Ziel entfernt. Johanna wollte gerade antworten, als sie den silbernen Mercedes entdeckte, der ihre Tante vorhin fast über den Haufen gefahren hatte. Sehr umständlich und sehr langsam parkte er fünf Meter vor ihnen ein. Und genau in dem Moment, als sie den Wagen passierte, schlug plötzlich die Tür auf und traf Johanna mit Schwung an der Hüfte. Vor Schreck ließ sie das Gepäck zu Boden fallen und ging in die Knie.

Sie blieb einen Moment so hocken und spürte nur Finchens Koffer, der auf ihrem Fuß lag. Und dann hörte sie eine Stimme: »Aua. Ist Ihnen etwas passiert?«

Ein Mann beugte sich erschrocken über sie. Er war um die siebzig, gut angezogen und zweifelsfrei der Fahrer dieses Autos. Johanna starrte ihn durchdringend an, rappelte sich hoch und klopfte ihre Jacke ab. »Ich verklage

Sie«, sagte sie mit gefährlich ruhiger Stimme. »Sie geben Ihren Führerschein ab. Sie sind doch eine Gefahr für die Menschheit.«

»Walter. Was ist?«

Ein zweiter Mann stand plötzlich neben ihr. Etwa im selben Alter, mit weniger Haaren und sehr blauen Augen. »Guten Tag. Haben Sie sich was getan? Mein Schwager hat so einen steifen Nacken, er kann sich schlecht nach hinten drehen, um zu gucken, was da kommt. Aber Sie sind auch ganz flott von hinten angeschossen gekommen.«

Wütend schnappte Johanna nach Luft. »Das ist doch wohl das Letzte. Erst fahren Sie meine Tante fast über den Haufen und dann donnern Sie mir die Tür vor den Latz. Und ich soll schuld sein? Sie sind doch senil. Leute in Ihrem Alter sollte man gar nicht mehr hinter das Lenkrad lassen.« Inzwischen brüllte Johanna, die ersten Passanten blieben stehen. »Ich rufe jetzt …«

»Johanna, bitte.« Finchens energische Stimme brachte ihre Nichte zum Schweigen. »Wir schreien nicht auf der Straße herum. Hast du dir was getan?«

»Nein, aber …«

»Gut. Dann kannst du dich bitte beruhigen.« Sie wandte sich an Heinz und Walter. »Sie sollten besser auf den Straßenverkehr achten, meine Herren. Gerade in Ihrem Alter. Da darf man sich keine Fehler mehr erlauben. Sie entschuldigen, dieser Bus erwartet uns.«

»Ach.« Heinz schob Walter zur Seite und baute sich vor Finchen auf. »Das ist ja ein Zufall. Dann gehören wir zur selben Reisegruppe.« Er beugte sich etwas hinunter – die grüne Dame war wirklich sehr klein, was ihn sofort wieder an Froschwanderungen denken ließ – und schüttelte ihr charmant die Hand. »Ich möchte mich noch einmal in aller Form für diesen kleinen Zwischenfall entschuldigen. Mein Name ist Schmidt, Heinz Schmidt. Und das ist mein Schwager Walter Müller. Wir kommen von Sylt und haben eine anstrengende Reise hinter uns, das können wir Ihnen gern mal in Ruhe erzählen. Aber das erklärt, warum mein Schwager einen Moment lang nicht hundertprozentig konzentriert war.«

»Sylt?« Finchen lächelte. »Wie schön. Da hatte ich einmal einen Auftritt. Das muss so 1965 gewesen ...«

»Tante Finchen.« Johanna hatte mittlerweile das Gepäck aufgesammelt. »Die Ersten steigen schon ein. Vielleicht könntest du dieses Geplänkel hier abkürzen?«

Sie war immer noch fassungslos. Zumal der Kamikazefahrer jetzt zwei große Koffer an die Straße stellte und im Begriff war, das Auto abzuschließen.

»So«, sagte er prompt. »Dann können wir auch gemeinsam zum Bus gehen. Hast du alles aus dem Auto, Heinz? Kann ich zumachen?«

»Ja.« Heinz klopfte seine Jacke ab. »Brille, Taschentücher, Pfefferminz, Papiere, alles da. Auf ins Abenteuer.«

Beide Männer griffen zu den Koffern, nahmen Finchen in ihre Mitte und steuerten auf den Bus zu. Johanna blieb einen Moment stehen, dann holte sie Luft und rief: »Moment. Sie können doch den Wagen hier nicht stehen lassen.«

Walter drehte sich um und lächelte. »Doch. Schräg gegenüber ist nämlich die Polizei, da wird sich keiner trauen, den Wagen zu stehlen oder zu beschädigen.«

Nachdenklich betrachtete Johanna das Halteverbotsschild. Vielleicht könnte sie dieses Thema auch noch einbauen. Ab welchem Alter gilt ein Autofahrer als gefährlich? Und warum gibt es Straßenschilder?

Johanna bestieg den Bus tatsächlich als Letzte. Ein etwas schlecht gelaunter Busfahrer hatte ihr Finchens Gepäck und ihre Tasche abgenommen und alles mit Gewalt in den übervollen Stauraum gestopft. Beim Anblick der vielen großen Koffer fragte sich Johanna, ob sie sich vielleicht verlesen hatte und diese merkwürdige Reise nicht doch vierzehn Tage dauern sollte. Unauffällig musterte sie die anderen Teilnehmer. Es war nicht zu leugnen, dass Johanna den Altersdurchschnitt um mindestens zwanzig Jahre senkte. Sie war eindeutig die Jüngste der Gruppe. Wenn man von diesem Typen in roter Hose absah, der anscheinend der Reiseleiter war. Er war ungefähr in ihrem Alter, sein dunkles Haar war mit viel Wachs nach hinten gekämmt, die Hornbrille sollte ihm wohl einen seriösen Touch verleihen, dazu protzte er mit einer Rolex und glänzenden Lederschuhen. Grauenhaft. Er hatte sie sehr irritiert angesehen und gefragt, wessen Begleitung sie sei. Finchen hatte sofort den Finger gehoben und gesagt, dass sie altersbedingt sehr schwach sei und deshalb nur mit ihrer Nichte verreise. Daraufhin hatte die Wachsfrisur etwas gemurmelt, das wie »Das fehlt mir gerade noch« klang, anschließend hatte er gesagt, dass Finchen vergessen habe, das Alter der Begleitperson auf der Anmeldung auszufüllen.

»Kann sein«, war Finchens Antwort gewesen. »Ich weiß auch nie genau, wie alt das Kind im Moment ist. Wo sind unsere Plätze?«

Und jetzt saß Johanna neben der altersbedingt schwachen Josefine Jäger, die sich mit glänzenden Augen im Bus umsah und den beiden Kamikazefahrern, die zwei Bänke hinter ihnen saßen, verschwörerisch zuwinkte.

»Das sind wirklich zwei sehr charmante Herren«, flüsterte sie Johanna zu. »Verschwägert sind sie. Ich frage mich nur, warum ihre Frauen nicht dabei sind.«

»Vermutlich sind die nicht lebensmüde genug, um mit ihren Männern über die Autobahn zu fahren.«

»Johanna, bitte. Sag mal, meinst du, der gut aussehende Mann da vorn ist Dr. von Alsterstätten?«

»Welcher gut aussehende Mann? Du meinst doch wohl nicht diesen Fatzke in der roten Hose?«

Finchen wurde vom Eintreffen einer jungen blonden Frau in einem dunkelblauen Kostüm abgelenkt. Die Bustür schloss sich hinter ihr, die Blonde setzte sich mit dem Gesicht zur Reisegruppe auf den vorderen Sitz und reichte dem Mann mit der Wachsfrisur ein Mikrofon. Er tippte zweimal drauf, hielt es sich an den Mund, sagte »Test, Test« und »eins, zwei, eins, zwei«, bis es im Bus still wurde und alle Blicke auf ihn gerichtet waren.

Eine Hand lässig in der Hosentasche, die andere am Mikro, räusperte er sich kurz und knipste ein Lächeln an.

»Meine sehr verehrten Damen und Herren. Darf ich einen kleinen Moment um Ihre geschätzte Aufmerksamkeit bitten? Vielen Dank.«

Er wartete, bis alle schwiegen, und Johanna ließ währenddessen ihre Blicke über die Mitreisenden schweifen. Die Männer waren ganz klar in der Unterzahl. Es gab einige Paare, die beiden verschwägerten Insulaner, ansonsten bildeten ältere Frauen die Mehrheit. Die meisten von ihnen schienen vorher beim Friseur gewesen zu sein. In dieser Generation war die Dauerwelle immer noch ein Hit.

Heinz nickte Johanna verschmitzt zu, sie nickte aus Versehen zurück und wandte sich wieder nach vorn.

»Mein Name ist Dennis Tacke, ich habe das große Vergnügen, Ihr Reisebegleiter zu sein. Zu meiner Linken sitzt die charmante Lisa Wagner, sie wird sich um Ihre persönlichen Belange kümmern. Unser Busfahrer, Herr Karsten Kock, ist einer unserer erfahrensten Mitarbeiter, er wird Sie so sicher an unser Ziel bringen, wie es sonst nur eine Mutter mit ihrem Kinderwagen kann. Ha, ha.«

Johanna unterdrückte ein Stöhnen. Ein Clown war er also auch noch. Dieser Tacke. Aber Finchen hörte ihm interessiert zu.

»Kleiner Scherz am Rande. Bevor ich Ihnen einige Details zu unserer Reise schildere, ist es mir ein großes Bedürfnis, Sie alle recht herzlich von unserem Chef und Firmengründer Dr. Theo von Alsterstätten zu grüßen. Er wäre sehr gern mitgefahren, leider ist ihm ein familiärer Termin dazwischengekommen. Aber ich denke, wir werden auch so zu einer verschworenen Gemeinschaft zusammenwachsen, besondere Erfahrungen sammeln und Gemeinsamkeiten in diesen drei spannenden Tagen entdecken.«

›Das geht ja gut los‹, dachte Johanna. ›Verschworene Gemeinschaft mit Gemeinsamkeiten, du liebes bisschen.‹

Dennis Tacke lächelte in die Runde und fuhr fort:

»Der Erfolg unserer Firma entspringt der Denke unseres hochverehrten Dr. Theo von Alsterstätten. Sein großes Talent ist sein Fingerspitzengefühl, mit dem er besondere Menschen zusammenbringt. Sie alle waren in Ihrem Leben erfolgreich, haben Karrieren gemacht … oder als starke Frau Ihrem Gatten den Rücken für seine Karriere freigehalten.«

›Da hat er ja gerade noch mal die Kurve gekriegt‹, dachte Johanna und beobachtete, dass nicht nur Heinz und Walter, sondern auch der Großteil der Anwesenden bestätigend nickten.

»Jeder kennt sicher auch harte und arbeitsreiche Zeiten, die aber sind heute gekrönt von einem finanziellen Polster, das Ihnen einen goldenen Lebensabend garantiert.«

Jetzt nickten nur wenige. Dennis Tacke machte eine bedeutungsschwere Pause, senkte seine Stimme und sagte: »Für diejenigen unter Ihnen, die sich trotz eines engagierten Lebens die einen oder anderen kleinen Sorgen machen, für diejenigen haben wir ein einzigartiges Angebot, auf das ich am Abend noch ausführlich zu sprechen komme. Aber nun, bevor Herr Kock jetzt gleich den Motor anwirft, erlauben Lisa und ich uns, Sie zu einem kleinen Gläschen Sekt einzuladen, um auf die bevorstehenden schönen Stunden zu trinken.«

Unter dem Applaus der Reisegruppe reichte Lisa ihrem Kollegen ein Tablett mit gefüllten Plastiksektgläsern und folgte ihm mit einem zweiten.

Dennis Tacke war für Finchens und Johannas Sitzreihe zuständig. Er hielt ihnen das Tablett hin und wartete, bis beide sich bedient hatten. Finchen drehte sich sofort zu einer Dame hinter sich, um sich vorzustellen. Schnell beugte sich Tacke zu Johanna und sagte leise: »Frau … ähm …?«

»Johanna … ähm, Schulze, ich bin die Nichte von Frau Jäger.«

›Und die Frau von Max Schulze‹, dachte sie und schluckte trocken.

Sie hatte den kleinen Tisch am Vordersitz runtergeklappt, um den Sekt abzustellen. Dabei fiel der Plastikfuß ab und rollte unter den Sitz. Mit dem oberen Teil des Plastikglases in der Hand hielt sie dem Blick von Dennis Tacke stand. »Ist noch was?«

Den letzten Satz hatte sie sehr laut gesagt, so dass sich Finchen sofort wieder umdrehte.

»Danke für den Sekt. Johanna, bei dir fehlt unten was. Ich wollte mich auch noch für die Einladung bedanken, ich bin so froh, dass meine Nichte bei mir ist. Wissen Sie, mit 75 will man allein keine Reisen mehr machen. Es ist einfach schade, da hat man das Geld, aber keinen Mann mehr. So muss man auf die Familie zurückgreifen. Prost, junger Mann.«

Er lächelte sie flüchtig an und ging mit seinem Tablett weiter. Johanna sah ihm nach. Als er weit genug entfernt war, sagte sie leise: »Jetzt denkt er, du bist Witwe.«

Zufrieden sah Finchen sie an. »Ja, das soll er auch. Als Witwe wirkt man seriöser. Und ich kann ihm ja wohl schlecht von meinen verflossenen Liebhabern erzählen. Aber dafür hast du dich mit deinem Ehenamen vorgestellt, Liebes. Das freut mich.«

»Ich habe keinen Ehenamen, das weißt du. Ich habe meinen Mädchennamen behalten. Schulze habe ich nur gesagt, weil ich keine Lust habe, alle halbe Stunde den Satz ›Ach, ich kenne Sie doch aus dem Radio‹ zu hören.«

»Aha.« Tante Finchen beugte sich zu ihr und starrte sie an. »Und dann fällt dir als Allererstes Schulze ein? Interessant.«

Johanna verzichtete auf eine Antwort, hob

das fußlose Plastikteil an die Lippen und trank den Sekt in einem Schluck aus. Lauwarm und süß. Erlauchter Kreis. Edle Getränke. Johanna war auf einer guten Spur, davon war sie jetzt wirklich überzeugt.

Ein paar Reihen entfernt betrachtete Walter das Plastiksektglas. »Das ist doch wirklich an der falschen Stelle gespart. Das passt doch nicht zu einer solchen Luxusreise.«

Lisa Wagner hob fast unmerklich die Augenbrauen. »Möchten Sie etwas anderes? Es ist ja auch nur ein kleiner Begrüßungsdrink.«

»Begrüßungsdrink.« Heinz wiederholte es bewundernd. »Walter, da sind wir natürlich dabei. Vielen Dank, junge Frau. Lisa, nicht wahr?«

»Lisa Wagner. Ja. Zum Wohl.«

Sie ging weiter und Walter betrachtete immer noch sein Getränk. »Plastiksektgläser. Außerdem hätte ich gern mehr über das einzigartige Angebot gehört. Mir war das gerade eben zu wenig Information. Und wegen der Informationen sind wir doch hier.«

»Entschuldigen Sie.« Der Mann, der auf der anderen Seite des Ganges neben einer Frau saß, beugte sich zu Walter. »Darf ich mich vorstellen? Hollenkötter, Ewald Hollenkötter aus Castrop-Rauxel. Meine Frau Gisela.«

Walter streckte seine Hand aus. »Angenehm. Müller, Walter Müller aus Wenningstedt auf Sylt. Mein Schwager Heinz.«

Alle vier nickten sich zu. Ewald Hollenkötter beugte seinen Oberkörper in den Gang. »Ich habe gerade gehört, was Sie gesagt haben. Aber da müssen Sie sich keine Gedanken machen. Wir werden noch genug Informationen bekommen. Ich habe mich nämlich kundig gemacht. Die Firma ›Ostseeglück‹ ist ein ganz seriöser Veranstalter. Die haben sich auf eine bestimmte Klientel spezialisiert, das muss ich Ihnen ja nicht erzählen, Sie sind ja auch ausgewählt worden. Wissen Sie, Spezialisierung ist immer gut, da kann man sich auf die wesentlichen Dinge konzentrieren. Dieser Theo von Alsterstätten ist bekannt für sein glückliches Händchen. Was er anfasst, wird zu Geld. Ein ganz großer Finanzjongleur, das können Sie mir glauben. Ich habe begeisterte Briefe von Kunden und Reiseteilnehmern an ihn gelesen. Einen Teil habe ich sogar ausgedruckt. Wenn Sie wollen, kann ich Ihnen den Ordner zeigen, er ist im Koffer.«

Walter zeigte sich noch nicht überzeugt.

»Das mag ja sein, aber der Dr. von Anstätten …«

»Alsterstätten«, korrigierte Heinz.

»Alsterstätten.« Walter warf ihm einen kurzen Blick zu. »Der ist ja nicht dabei, also kann er auch keine Vorträge halten. Aber deswegen bin ich doch hier.«

»Und wegen der Schlei«, ergänzte Heinz. »Du wolltest unbedingt wieder da hin.«

Ewald Hollenkötter nickte verständnisvoll. »Ich interessiere mich auch für die Angebote. Und die sind ja von Dr. von Alsterstätten entwickelt worden. Dann ist es doch egal, wer sie uns erklärt.«

Walter ließ Lisa Wagner, die mit einer Sektflasche durch den Gang schritt, nicht aus den Augen. Er reckte den Arm mit dem leeren Plastikglas so lange in die Luft, bis sie Augenkontakt zu ihm hatte. »Hallo, ich hätte gern noch ein Schlückchen. Wenn es möglich wäre.«

Finchens Kopf lehnte an Johannas Schulter, weshalb sich Johanna kaum traute, ihre Sitzhaltung zu ändern. Dabei hatte sie furchtbaren Durst und sehnte sich nach ihrer Wasserflasche. Nur leider war die in ihrer Handtasche auf dem Boden. Im Gegensatz zu ihrer Nichte hatte sich Finchen dreimal von diesem grauenhaften Sekt nachschenken lassen, ein kurzes Gespräch mit dem hinter ihnen sitzenden Ehepaar Pieper aus Hannover geführt und sich dann zurechtgesetzt, um ein kleines Nickerchen zu machen. Das dauerte nun schon fast eine halbe Stunde.

Das Stimmengewirr hatte sich inzwischen etwas beruhigt, der süße Sekt tat seine Wirkung und die meisten Teilnehmer hatten wie Finchen ihre Augen geschlossen.

Johanna ließ ihre Blicke so gut es ging über die Sitzreihen wandern. Ganz vorn saß kerzengerade der Reiseleiter. Er meldete sich von Zeit zu Zeit übers Mikrofon. Zunächst hatte er über die Fahrzeit und das Wetter an der Schlei geredet, und Johanna hatte darauf gewartet, dass er auch noch über die Flughöhe informierte, so gut hatte er den markigen Ton aus dem Cockpit drauf. Aber ihm fiel noch rechtzeitig ein, dass sein A360 nur ein Bus war.

Hinter ihr unterhielten sich Heinz und Walter anscheinend mit dem Ehepaar, das auf der anderen Seite des Ganges saß. Ohne sich umzudrehen, konnte Johanna sie nicht sehen, nur hören, was ihr aber auch schon genügte. Sie hatte ihr Aufnahmegerät in der Handtasche eingeschaltet und hoffte, dass sie den einen oder anderen Satz von Dennis Tacke schon draufhatte. Dessen blöde Witze konnte sie sich nicht merken, aber auf dem Band müssten sie zu hören sein. Sonst würde Daniel die Beschreibung dieser Wachsfrisur übertrieben finden.

Johanna war gespannt, ob der windige Herr Tacke schon in der ersten Pause zum Thema kommen würde. Aber vermutlich wollte er nicht gleich mit der Tür ins Haus fallen. Man gibt kein Geld aus, wenn man fremdelt. Doch es lag ja noch eine lange und unbequeme Busfahrt vor ihnen.

Finchen gab ein schnorchelndes Geräusch von sich und setzte sich plötzlich gerade hin.

»Ich bin wohl eingeschlafen«, sagte sie. »Habe ich geschnarcht?«

»Nein.« Johanna bückte sich sofort und kramte die Wasserflasche aus ihrer Tasche. »Du schläfst sehr leise, Tante Finchen. Sonst hätte ich dich geweckt. Willst du auch was trinken?«

»Doch wohl nicht aus der Flasche. Hast du kein Glas mit?«

Johanna goss Wasser in Finchens Plastiksektglas und ignorierte deren skeptischen Blick.

»Dass die hier keine richtigen Gläser haben … Hast du vorhin zugehört, als Herr Tacke über den Ablauf gesprochen hat? Es gibt doch eine Kaffeepause, oder?«

Johanna nickte. »Ja. Raststätte Holmoor. Bestimmt mit abgepackten Brötchen.«

»Johanna.« Energisch hob ihre Tante die Stimme. »Das ist hier keine billige Kaffeefahrt. Es gibt bestimmt ein schönes Frühstück. Du bist schon wie dein Vater. Der ist auch immer so flott mit seinen Vorurteilen.«

»Wir werden sehen.« Johanna lächelte sie an. »Ich habe sowieso keinen Hunger. Und jetzt mache ich die Augen zu. Weck mich, wenn es Kaffee gibt.«

Richtig schlafen konnte sie nicht, aber sie hielt die Augen geschlossen und stellte sich schlafend. Sie hatte keine Lust, sich zu unterhalten, vor allem nicht über Max Schulze, ihren Ehemann.

Sie hatten sich im Sender kennengelernt. Max arbeitete als Redakteur im Kulturressort, war der schönste Mann, den Johanna je gesehen hatte, und zufällig gerade Single. Johanna verliebte sich, sie wurden ein Paar, zogen nach einigen Monaten zusammen, beschlossen zu heiraten, taten das auch und alle waren begeistert. Wirklich alle, besonders Finchen, die von Max völlig verzaubert war.

Deshalb hatte Finchen sich auch sehr großzügig gezeigt, als Max und Johanna die Eigentumswohnung besichtigten, die sehr schön, aber für ihre Verhältnisse viel zu teuer war. Finchen liebte Wohnungsbesichtigungen und war entschlossen, ihrer Patentochter eine üppige Finanzspritze zu geben, was sicher sehr viel mit Max Schulzes dunklen Locken und seinem Charme zu tun hatte.

Und dann war vor vier Wochen das Unfassbare passiert: Johanna hatte Max rausgeschmissen. Der Grund war Mareike Wolf. Ein blasses, mageres Wesen mit nichtssagendem

Gesicht. Sie hatte einen ziemlich langweiligen Roman geschrieben, auf einer Veranstaltung Max kennengelernt und sich anscheinend in ihn verknallt. Zumindest bombardierte sie ihn seitdem mit elegischen Mails, in denen sie um ein Treffen bat. Johanna verriss in ihrer Sendung den Roman und Mareike erhöhte die Taktung bei der Eroberung von Max. Was in der Nacht der Buchpremiere genau passiert war, wollte Johanna gar nicht wissen. Max behauptete, er könne sich nicht erinnern. Das konnten aber die Kollegen, die Max und Mareike an dem Abend in enger Umarmung gesehen und Johanna sofort und brühwarm davon erzählt hatten. Sie selbst fand ein paar Tage später in Max' Auto einen unglaublich hässlichen Ohrring. Auf dem Autorenfoto baumelte genau so einer an Mareike Wolfs Ohr. Das reichte.

Daniel vermutete, dass Max unter Drogen oder Alkohol gestanden hatte. »Ich bitte dich, Max kann doch nicht bei Verstand sein, wenn er sich mit so einem Fisch einlässt. Ich weiß gar nicht, wo die ihr Selbstvertrauen hernimmt, ich finde diese Frau unterirdisch.«

Johanna hatte ihn heulend darauf hingewiesen, dass er das als schwuler Mann gar nicht beurteilen könne.

Max beteuerte weiter, dass nichts von Bedeutung passiert sei, und Johanna glaubte ihm kein Wort. Zu eindeutig waren die Gerüchte im Sender, ganz zu schweigen von den E-Mails, die diese Frau geschrieben hatte. Ein paar davon hatte Johanna gelesen. Danach wusste sie, warum der Roman so schlecht war.

»Johanna.« Finchen stieß ihr den Ellenbogen in die Rippen. »Du stöhnst. Und Herr Tacke hat gerade gesagt, dass wir gleich unsere Pause machen. Das wird auch Zeit, ich muss mal. Hast du zufällig Kleingeld?«

Erschrocken rappelte Johanna sich auf und sah an ihrer Tante vorbei durchs Fenster. Der Bus ordnete sich bereits auf die Ausfahrt zur Raststätte ein. Unter den Reisenden entstand eine leichte Unruhe. Jacken wurden angezogen, Handtaschen durchsucht, Geld wurde gewechselt, Johanna konnte sich die Schlange vor den Toiletten jetzt schon vorstellen.

Fahrer Kock parkte den Bus am Ende des großen Parkplatzes, stellte den Motor aus und öffnete die Türen. Sofort drängten die Ersten zum Ausgang, doch bevor sie den Bus verlassen konnten, griff Dennis Tacke wieder zum Mikrofon.

»Einen kleinen Moment, bitte. Nur zum Ablauf. Sie können sich jetzt gern ein wenig die Beine vertreten, wir treffen uns anschließend vor dem Bus wieder. Frau Wagner und Herr Kock haben ein kleines Frühstück vorbereitet, zu dem wir Sie herzlich einladen. Also bis gleich.«

Finchen murrte leise, weil sie nicht draußen im Stehen oder sitzend im Bus essen wollte, wenn es doch hier ein Restaurant gab. Dann beeilte sie sich aber, schnell zu den Toiletten zu kommen.

Johanna folgte ihrer Tante zwar aus dem Bus, schloss sich ihr aber nicht an. Stattdessen schlenderte sie zu einer Bank, von der aus sie sowohl die Rückkehrer als auch die Vorbereitungen der Busbelegschaft beobachten konnte. Sie war nicht die Einzige, die in der Nähe des Busses blieb. Auch Walter verharrte an der Tür, sah sich kurz um und kam langsam auf sie zu.

»Sie müssen wohl auch nicht?«

»Nein.« Johanna hob den Kopf und sah ihn an. Er wirkte eigentlich ganz sympathisch, auch wenn er ein schlechter Autofahrer war. Und sie hatte ihn so angepöbelt. »Ich gehe später, wenn die Schlange sich aufgelöst hat.«

»Eine gute Entscheidung.« Er deutete auf die Bank. »Darf ich?«

»Natürlich.« Sie rutschte ein Stück zur Seite und er setzte sich.

»Und? Gefällt Ihnen die Reise bis jetzt?«

Small Talk konnte er auch nicht. Johanna sah ihn forschend an, aber er wollte wohl nur nett sein.

»Ich weiß nicht«, antwortete sie vorsichtig. »Bis jetzt sind wir ja nur Bus gefahren.«

Walter nickte zustimmend. »Das habe ich meinem Schwager auch gesagt. Heinz ist immer so schnell begeistert, ich bin da eher zurückhaltend. Ich habe es mir ein bisschen anders vorgestellt, irgendwie vornehmer. Und jetzt? Gehen wir zum Imbiss nicht einmal ins Restaurant?«

Der Busfahrer, assistiert von Lisa Wagner, baute umständlich einen Tapetentisch auf. Johanna beobachtete ihn. »Unsere Reiseleitung hat es doch gerade gesagt. Es gibt vor dem Bus ein kleines Frühstück.«

»Sagen Sie mal, finden Sie … Ach, ich habe Ihren Namen nicht behalten.« Walter sah sie zerknirscht an. »Sie sind doch die Nichte von der Frau … ähm? Jensen?«

»Jäger, Herr Müller. Meine Tante heißt Josefine Jäger und ich heiße Johanna Schulze.«

Erleichtert lächelte er. »Das ist leicht zu merken. Haben Sie etwas dagegen, wenn ich Julia sage?«

»Johanna.« Sie blickte ihn irritiert an. »Ich heiße Johanna, nicht Julia.«

»Entschuldigung, natürlich Johanna. Aber was ich fragen wollte: Finden Sie unseren Reiseleiter nicht auch etwas schmierig? Oder sind das nur die Haare?«

»Ich habe mir noch nicht so viele Gedanken über ihn gemacht. Da läuft Ihr Schwager. Es sieht so aus, als würde er Sie suchen.«

»Ja.« Walter hob seinen Arm und winkte. »Heinz, ich bin hier, hallo.«

Johanna stand auf, um Tante Finchen entgegenzugehen. »Wir sehen uns gleich beim Imbiss, Herr Müller. Ich fange mal meine Tante ein.«

Später setzte sie sich etwas abseits auf einen der aufgestellten Klappstühle und betrachtete in aller Ruhe die Menschen, mit denen sie die nächsten Tage verbringen sollten. Finchen hatte sich das dritte Mal in die Schlange gestellt, an deren Ende es belegte Brötchen und Kaffee aus Pappbechern gab. Wenn sie gerade nicht aß, unterhielt sie sich mit den Umstehenden. Nach dieser Pause würde sie jeden Namen, jeden Familienstand und die Namen der Enkelkinder wissen.

Johanna wandte ihren Blick von den »gutsituierten Senioren« ab und musterte ein paar Mitreisende, die sie vorher noch gar nicht bemerkt hatte. Es waren zwei alte Damen, die mit einem etwa fünfzigjährigen Mann zusammenstanden. Er sieht extrem gut aus, fand Johanna, kurzes grau meliertes Haar, gute Figur, schwarzes Hemd und enge Jeans. Genau in dem Moment, in dem Johanna ihm auf den Hintern starrte, drehte er sich zu ihr um.

›Von hinten sieht er jünger aus als von vorn‹, dachte Johanna, als der Graumelierte sie ansprach.

»Sind Sie auch zur Begleitung abkommandiert?« Seine Stimme war dunkel und fast erotisch, aber er war überhaupt nicht ihr Typ. Zu gut aussehend und zu alt. Wobei er immer noch etwas jünger als der Durchschnitt der Busreisenden war.

»Wie? Nein, ähm, doch.« Sie musste sich konzentrieren. »Ich meine, ja, ich begleite meine Tante. Josefine Jäger.«

Er grinste. »Mein Name ist Patrick Dengler. Ich begleite meine Mutter und ihre Schwester. Es kann sein, dass die beiden es angenehm finden, weil ich ihre Koffer trage, aber ich muss sagen …«

Johanna warf einen kurzen Blick auf Mutter und Tante, die sich angeregt unterhielten, bevor sie sich ihm wieder zuwandte. »Was müssen Sie sagen?«

Patrick Dengler stutzte kurz, bevor er sie mit seinen sehr blauen Augen fixierte.

»Vielleicht können wir beim Essen heute Abend zusammensitzen? Es wäre für mich der erste Lichtblick auf dieser Seniorenfahrt.«

»Johanna?« Finchen verhinderte Johannas Antwort. »Wir steigen wieder ein, komm.«

Johanna hatte nicht bemerkt, dass ihre Tante schon hinter ihr stand. Jetzt zog sie ungeduldig an ihrem Ärmel. »Oder was ist?«

»Tante Finchen, das ist Herr Dengler. Er ist mit seiner Mutter und seiner Tante da.«

»So?« Finchen musste ihren Kopf in den Nacken legen, um ihm ins Gesicht sehen zu können. »Nett. Ich möchte jetzt bitte wieder in den Bus. Herr Tacke will einen Vortrag halten.«

Nachdem Finchen sich gesetzt hatte, warf sie einen forschenden Blick auf Johanna, bevor sie sagte: »Er wirkt arrogant. Hat er dich angesprochen oder du ihn?«

»Er hat sich nur vorgestellt.« Johanna konnte es nicht leiden, wenn Finchen in diesem hochnäsigen Ton sprach, und den bekam sie immer, wenn ihr irgendetwas nicht passte. So wie jetzt.

»Ich habe bemerkt, wie er dich angesehen hat, Johanna. Eindeutig. Er ist interessiert. Und du hast genauso zurückgeguckt.«

»Das ist doch Unsinn. Ich habe mich acht Sekunden lang mit ihm unterhalten, bevor du kamst. Ich muss doch wohl antworten, wenn mich jemand anspricht.«

»Acht Sekunden?« Finchen legte ihr Tuch ab und setzte sich bequemer hin. »Dann bin ich ja rechtzeitig gekommen. Denk daran, dass du verheiratet bist.«

»Tante Josefine. Ich lebe getrennt und darf dich zum hundertsten Mal daran erinnern, dass dein verehrter Max mich betrogen hat. Vielleicht könnten wir dieses Thema ein für alle Mal beenden.«

»Du bist genauso stur wie dein Vater«, antwortete Finchen. »Max versteht das alles nicht. Das hat er mir gesagt. Und denk mal an die schönen Blumen, die er dir dauernd schickt. Er leidet unter der Trennung.«

Johanna presste die Lippen aufeinander. Sie hatte es befürchtet. Tante Finchen hatte eine Mission. »Ich habe auch gelitten. Und seine blöden Blumen kann er sich …«

»Darf ich einen Moment um Ihre Aufmerksamkeit bitten?« Dennis Tackes Stimme verhinderte, dass Johanna ihren Satz beendete. Sie wandte sich von Finchen ab und starrte auf Tacke mit seiner gewachsten Frisur. Er lächelte gekünstelt, bis das Gemurmel verebbt war.

»So, danke sehr. Ich hoffe, Sie haben unseren kleinen Imbiss genossen und sitzen jetzt gestärkt und gut gelaunt wieder auf Ihren Plätzen. Vielleicht kann sich jeder vergewissern, dass sein Sitznachbar auch anwesend ist, von hier vorn habe ich den Eindruck, dass wir komplett sind.«

Vereinzelt waren Rufe wie »Ja«, »Alles an Bord« oder »Jetzt geht's los« zu hören.

Johanna versuchte, unauffällig nach ihrer Handtasche zu angeln, was misslang, weil Finchen ihre Beine davorgestellt hatte und Johanna sie antippen musste.

»Was willst du denn? Lass doch mal meine Beine.«

»Meine Tasche. Ich muss da mal ran.«

Finchen schüttelte tadelnd den Kopf, griff aber trotzdem nach der Tasche und zog sie umständlich hoch. »Meine Güte, was hast du denn alles mit?«

»Pst. Der Vortrag.« Johanna nahm ihr die Last erleichtert ab. »Danke.«

Zum Glück war das Aufnahmegerät klein und nicht von außen zu erkennen, es war aber auch nicht einfach, die richtige Taste zu erfühlen. Johanna fummelte einen Moment in der Tasche herum, bemerkte Finchens Seitenblick, ertastete zum Glück den Schalter und drückte ihn. Daneben lag ein Pfefferminz, sie schob es sich sofort in den Mund. Dann lächelte sie Finchen an. »Halsschmerzen.« Bevor ihre Tante antworten konnte, räusperte sich Dennis Tacke.

»Meine verehrten Gäste.« Er trat ein paar Schritte vor, damit ihn alle bemerkten. »Ich habe gesehen, dass es während unserer kleinen Rast bereits Kontakte untereinander und die ersten Gespräche gegeben hat. Das freut uns als Veranstalter natürlich, denn genau darum geht es hier. Wir wollen Menschen zusammenbringen und Verbindungen knüpfen.«

Tacke machte eine Pause und wartete auf zustimmende Laute. Johanna unterdrückte ein Stöhnen, während Finchen sie von der Seite beobachtete.

»Ich habe Ihnen bereits einige Informationen zu unserem Reiseziel gegeben, gestatten Sie mir noch weitere, um die Vorfreude auf das vor uns liegende Wochenende zu erhöhen. Warum fahren wir mit Ihnen an die Schlei? Ich sage es Ihnen: weil es sich um ein Paradies handelt. Romantische Buchten, weite Strände, malerische Dörfer und intakte Natur, das erwartet uns. Wir nennen sie auch Ostseefjord, diese wunderbare Gegend, die die Herzen von Spaziergängern, Radfahrern, Badefreunden, Reitern, Wassersportlern, aber auch Kulturinteressierten höher schlagen lässt.«

Dennis Tacke senkte seine Stimme und setzte ein joviales Lächeln auf. »Gestatten Sie mir, privat zu werden: Ich persönlich bin ein großer Fan dieser Region. Schon als Kind habe ich hier mit meinen Eltern Sommerferien gemacht. Noch heute zehre ich von diesen Erinnerungen an die perfekten Sommer, an den

Geruch von Meer, Fisch, Wäldern und Sommerblumen. Allein die Namen der Orte: Fleckeby, Brodersby, Maasholm, Grödersby, Süderbrarup, Kappeln, Arnis, das klingt doch wie Musik.«

Tacke strich beiläufig über sein Haar, biss sich auf die Lippe und fuhr tapfer fort: »Wir hatten nicht viel Geld, aber meine Eltern hatten viel Liebe. Wir konnten uns nur einen kurzen Urlaub auf dem Campingplatz leisten, ein paar Tage im Zelt, in dem meine Mutter auch noch selbst gekocht hat. Aber wir waren im Paradies. An der Schlei. Für mich waren es die schönsten Ferien, die ich mir vorstellen konnte. Trotzdem, meine Damen, meine Herren, trotzdem habe ich seit diesen Zeiten immer und ständig nur den einen Wunsch gehabt: Ich wollte dazugehören, zu diesem Paradies, zu diesem idyllischen Fleckchen Erde, ich wünschte mir, ein kleines Stückchen von diesem Paradies zu besitzen. Irgendwann. Irgendwie.«

Tacke schwieg und fast alle im Bus verfielen in andächtige Stille. Frau Hollenkötter putzte sich lautstark die Nase. Johanna betete für die Qualität ihrer Aufnahmen.

Langsam hob Dennis Tacke eine Hand und

fand seine normale Stimme wieder. »Deshalb freue ich mich, Ihnen das Paradies meiner Kindheit zu zeigen. Und vielleicht möchten Sie auch ein Stück davon besitzen. Darüber werden wir dann reden. Ich danke Ihnen für Ihre Aufmerksamkeit und nun lassen Sie uns die Fahrt fortsetzen. Herr Kock, starten Sie den Motor, auf nach Bullesby. Und ich verspreche Ihnen eine wunderbare Zeit. Also dann.«

Unter dem Applaus der meisten Teilnehmer setzte Dennis Tacke sich stolz lächelnd und winkend auf seinen Platz, während der Bus langsam den Parkplatz verließ.

Meine Güte.« Walter beugte sich mit angewidertem Gesicht zu seinem Schwager. »Was für ein Waschlappen.«

Heinz drehte sich zur Seite. »Wer?«

Mit einer Kopfbewegung deutete Walter nach vorn. »Na, dieser Vogel in der roten Hose. Paradies der Kindheit. Arme Eltern im Zelt. Und seine Lippe hat gezittert. Wie kann man nur so ein Weichei sein? Ein erwachsener Mann. Da muss man sich doch schämen.«

»Du, ich hatte mein Hörgerät ausgeschaltet«, gab Heinz zu und sah wieder aus dem Fenster. »Ich habe mir die Lastwagen angeguckt und überlegt, wie es sich wohl in so einer Kabine schläft. Das machen die doch jede Nacht.«

»Wahrscheinlich genauso wie in einem Zelt auf dem Campingplatz. Du hast nichts verpasst. Dieser Detlef Tucke …«

»Dennis Tacke.«

»Ist doch egal, jedenfalls hat der nur sentimentalen Blödsinn über seine Kindheit an der Schlei erzählt. Das interessiert doch kein

Schwein. Ich weiß gar nicht, was das soll, ich dachte, wir hören hier interessante Vorträge. Ich muss doch nicht mit rührenden Kindheitsgeschichten gequält werden.«

Von hinten legte sich eine Hand auf seine Schulter. »Aber Herr Müller.« Hollenkötters Stimme polterte ihm ins Ohr. »Sie müssen auch zwischen den Zeilen hören. ›Ein Stück vom Paradies besitzen …‹, sagte er. Was meinte er wohl damit?«

»Was weiß ich denn?«, entgegnete Walter sofort. »Will er den Campingplatz haben? Oder ein Stück vom Strand?«

»Immobilien.« Hollenkötter tippte mit dem Zeigefinger auf Walters Rückenlehne. »Ich vermute, er meint Ferienwohnungen. Sie kennen sich doch auch aus, wie wir alle hier. Ich muss Ihnen doch nicht erzählen, was Betongold ist.«

Mit zufriedenem Gesicht lehnte er sich wieder zurück und tätschelte der Gattin das Knie. »Nicht wahr, Gisela?«

»Ja, Bärchen.« Sie erwiderte Walters fragenden Blick mit einem Nicken. »Immobilien, Herr Müller. Mein Mann sagt, das ist im Moment die beste Geldanlage. Wissen Sie, wir denken da schon lange drüber nach. Wir mögen nämlich keine Hotels. Meistens schlechter Service, alte Matratzen, dünner Kaffee, ungeschultes Personal und dann noch überteuert. Es geht doch nichts über die eigenen vier Wände im Urlaub. Wie gesagt, wir denken schon darüber nach und sind gespannt, was uns Herr Tacke heute Abend erzählt. Nach dem Essen gibt es nämlich noch einen Vortrag.«

»Was soll ich denn mit Immobilien an der Schlei? Wir sind doch nicht auf einer Verkaufsfahrt.«

Walters irritierte Frage wurde von den Hollenkötters nicht mehr beantwortet. Gisela schloss die Augen und Ewald lehnte sich zurück.

Am späten Nachmittag verließ der Bus die Autobahn. Es hatte noch zwei weitere Pausen gegeben, eine, bei der Frau Wagner und Herr Kock heiße Würstchen verteilten, und eine zweite mit Kaffee und Rosinenschnecken. Dazu ließ Dennis Tacke eine kleine historische Abhandlung über die Landesgeschichte Schleswig-Holsteins und die Entwicklung der Urlaubsregion an der Schlei vom Stapel.

Die Stimmung im Bus war gemischt. Die Mehrheit, zu der das Ehepaar Hollenkötter oder die hinter ihnen sitzenden Schwestern Hermia und Luzia Meier aus Papenburg gehörten, war begeistert, weil die Würstchen heiß waren, der Kaffee aus der Thermoskanne kam und die Pausen genügend Gelegenheit boten, mit den anderen Reisenden ins Gespräch zu kommen. Walter, Heinz und Finchen waren anderer Meinung. Sie mochten keine Würstchen zum Mittagessen, keine Mahlzeiten im Stehen, keine Geschichten mehr über die Schlei, stattdessen war Finchen ärgerlich, weil die Toilettenbenutzung nicht vom Reiseveranstalter bezahlt wurde und ihr das Kleingeld ausging, und Heinz sehnte sich nach einem Weizenbier, das es aber nicht gab.

»Apfelsaft«, hatte er mit einem verzweifelten Kopfschütteln gesagt. »Ich bin doch keine zwölf. Das ist ein Angebot wie auf einem Kindergeburtstag.«

Johanna hatte sich ein paar Stichworte in ihr kleines Notizbuch gemacht und auf Finchens skeptischen Blick hin erklärt, dass sie die Ausführungen über die Schlei so interessant gefunden habe, dass sie in Ruhe zu Hause darüber lesen wolle. Finchen sagte nichts. Ihrem Gesichtsausdruck nach schwand ihre anfängliche Begeisterung über diese Luxusreise gerade rapide. Johanna musste sich etwas ausdenken, um ihre Tante bei Laune zu halten. Eine schlecht aufgelegte Josefine Jäger war sehr schwer zu ertragen.

Finchen drückte ihre Hand auf den Magen. Wegen dieser furchtbaren Würstchen hatte sie Sodbrennen, natürlich lagen die Tabletten dagegen in ihrem Koffer, aber dieser schlicht gestrickte und nicht sehr höfliche Busfahrer hatte sich geweigert, ihr Gepäck aus dem Stauraum zu holen. Er könne es nicht so schnell finden, hatte er behauptet. Finchen mutmaßte, dass er bloß keine Lust hatte. Derselben Meinung war Heinz gewesen, zumal er auch eine Tablette gebraucht hätte. Gegen die Nachwirkungen vom Apfelsaft.

Heinz und Walter gehörten zu den angenehmen Mitreisenden, das hatte Finchen endgültig während der Kaffeepause beschlossen. Dieses Ehepaar Pieper, das hinter ihr saß, war auch nett. Sie kamen aus Hannover, waren beide pensionierte Lehrer und vor allen Dingen sehr gut angezogen. Im Gegensatz zu diesen entsetzlichen Hollenkötters. Gisela und

Bärchen, du liebes bisschen. Die waren kein bisschen kultiviert, kein bisschen elegant und überhaupt nicht so, wie Finchen sich gutsituierte Senioren vorgestellt hatte. Es war ärgerlich.

Das hatte Walter auch bemerkt. Sie hatten bei der Kaffeepause zusammengestanden und beobachtet, wie sich Ewald Hollenkötter aus einem Flachmann etwas in seinen Kaffeebecher gekippt hatte. Walter fand das unmöglich. Zum einen hatte es wirklich keinen Stil, den Kaffee aus Pappbechern zu trinken und die klebrigen Rosinenschnecken auf einer Serviette gereicht zu bekommen. Aber außer ihnen regte sich anscheinend niemand darüber auf. Und dann hatte dieser Hollenkötter Cognac oder Ähnliches dabei und bot niemandem etwas an. Walter hatte sich zu Finchen hinuntergebeugt und ihr zugeraunt, dass diese Leute kein Gewinn für die Gruppe seien. »Wichtigtuer«, beschied er. »Wissen alles besser, haben aber keine Ahnung und sind auch noch geizig. Die fahren doch nur mit, weil hier alles umsonst ist.«

Auch die beiden Damen aus Papenburg fand Finchen etwas aufdringlich. Dass es Schwestern waren, hatte Heinz ihr erzählt.

Natürlich erst, nachdem sie sich wieder entfernt hatten, um eine zweite Rosinenschnecke zu holen. Die Damen Meier hatten sich einfach in ihr Gespräch gedrängt. Ohne jegliches Gespür hatten sie dazwischengequatscht und dabei Finchen kaum beachtet. Sie redeten einfach drauflos, über die Besucherzahlen im Emsland, und dass es dort auch paradiesisch sei. Finchen hatte die beiden sofort als uninteressant abgehakt und sich stattdessen nach Johanna umgesehen. Die war schon wieder mit diesem in die Jahre gekommenen Schönling im Gespräch. Das gefiel Finchen überhaupt nicht. Heinz war ihrem Blick gefolgt und hatte sich neben sie gestellt.

»Mit diesem Herrn haben wir uns noch gar nicht unterhalten. Er wirkt etwas überheblich, oder?«

Dankbar hatte Finchen Heinz angesehen. Sie mochte Menschen, die sensibel und aufmerksam waren. »Das finde ich auch. Sehr arrogant. Und Johanna ist so leicht zu beeinflussen. Dabei hat sie einen wunderbaren Mann. Ich hoffe, sie macht keinen Unsinn.«

»Ach, da machen Sie sich mal keine Sorgen.« Heinz hatte ihr beruhigend den Arm auf die Schulter gelegt. »Ich werde sie mal im Auge behalten. Ich habe auch zwei Töchter, ich kenne mich damit aus. Egal, wie alt die Kinder sind, man will sie nicht in ihr Verderben laufen lassen.«

Finchen war froh, dass Heinz und Walter zu diesem mehr oder weniger exklusiven Kreis gehörten.

Johanna ignorierte Finchens Stöhnen und betrachtete weiterhin die Landschaft. Schleswig lag schon hinter ihnen, die Route führte jetzt an hübschen kleinen Orten, an weiten Feldern und Höfen vorbei.

Patrick Dengler war vorhin mit zwei Bechern Kaffee auf sie zugekommen. Johanna fand, dass er nicht ohne Charme und Witz war. Übertrieben gequält hatte er die Kommentare seiner Mutter und Tante wiedergegeben und sich ein bisschen über die Hose ihres Reiseleiters lustig gemacht. Er kam aus Berlin, war Betriebswirt, noch nie an der Schlei gewesen und machte diese Reise mit, weil seine Mutter ihn so eindringlich darum gebeten hatte und er sie ohnehin zu wenig besuchte. Als er Johanna nach ihrem Job fragte, antwortete sie, sie sei Sekretärin in einer Berufsschule. Das sagte sie immer, wenn sie jemanden noch nicht kannte. Wenn sie sich als Journalistin outete, fingen die Leute sofort an, ihr von ihren Erlebnissen zu erzählen.

Der Bus bog jetzt an einem Schild ab: »Bullesby 4 km«. Johanna war erleichtert, sie konnte kaum noch sitzen. In einiger Entfernung tauchte ein weißes Gebäude auf, das wie ein kleines Schloss wirkte.

»Guck mal, Finchen.« Johanna deutete in die Richtung. »Ist das unser Hotel?«

»Oh, schön.« Finchen beugte sich vor. »Das wird es wohl sein, sieht ja sehr elegant aus. Du, Johanna?«

Ohne den Blick von dem weißen Gebäude zu nehmen, antwortete Johanna: »Ja?«

»Ich mische mich auch nicht mehr ein. Versprochen. Es ist ja dein Leben, du bist alt genug.«

»Eben. Da vorn ist die Einfahrt, wieso biegt er denn nicht ab?«

Karsten Kock fuhr an der Hoteleinfahrt vorbei. Dabei konnte man den Namen deutlich lesen: »Schlosshotel Burgsee«.

»Ach.« Finchens Bedauern klang sogar einsilbig durch. »Das ist es gar nicht. Unser Hotel heißt ›Zu den drei Linden‹, das stand in dem Anschreiben. Schade. Ich hoffe, es ist genauso schön.«

Nur kurze Zeit später war diese Hoffnung zerplatzt. Der Bus hielt vor einem roten Gebäude, vor dem drei kümmerliche Linden standen. Die Beschriftung auf dem Schild war verblasst, aber immer noch lesbar. Die Eingangstür zum Hotel war offen, rechts und links von ihr standen zwei Plastikkübel, in denen die traurigen Reste von trockenen Geranien steckten.

Dennis Tacke hatte zum Mikrofon gegriffen und sich erhoben.

»Herzlich willkommen in Bullesby. Wir haben nun unser Ziel erreicht. Zum weiteren Ablauf noch ein paar Worte. Sie haben jetzt Zeit, Ihre Zimmer zu beziehen, sich etwas frisch zu machen und vielleicht auch noch ein paar Schritte zu gehen. Anschließend, so gegen 18 Uhr, treffen wir uns im Restaurant wieder. Bevor wir dort zusammen essen, können Sie sich noch auf einen sehr interessanten und kurzweiligen Vortrag freuen, bei dem Ihnen so manche neue Idee kommen wird. Ich jedenfalls freue mich jetzt schon und sage bis gleich, Ihr Dennis Tacke.«

Warum einige Mitreisende daraufhin applaudierten, konnte sich wohl niemand erklären.

Das Treppenhaus war dunkel und roch muffig, die Stufen knarrten. Johanna stieg langsam hinunter und bemühte sich, so flach wie möglich zu atmen. Der Zwiebelgeruch war schlimm genug, konnte aber kaum den nach Klostein und nassem Hund überlagern. Sie hatte seit Jahren nicht mehr in einer solchen Bruchbude übernachtet. Und damit nicht genug, sie musste auch noch mit Tante Finchen in einem Zimmer schlafen, weil es nicht genügend Einzelzimmer gab. Sie hoffte nur, dass ihre Reportage zumindest für den Radiopreis nominiert würde. Das musste bei diesen Zumutungen einfach drin sein.

An der Rezeption hatte es vorhin einen ziemlichen Aufruhr gegeben. Lisa Wagner, Dennis Tacke und die sehr junge Empfangsdame hatten zunächst leise miteinander geredet, bis die junge Dame nervös und Lisa Wagner schnippisch geworden war. Nach einigen Minuten, in denen es vor der Rezeption immer voller und unruhiger wurde, hatte Tacke schließlich das Wort ergriffen und mit allem ihm zur Verfügung stehenden Charme verkündet, dass es leider aufgrund einer Fehlbuchung ein kleines Problem gebe.

»Leider stehen uns nur vier Einzelzimmer zur Verfügung, wir hatten wie gewünscht zwölf gebucht, das Hotel hat aber nur vier reserviert. Da Sie aber alle in Begleitung unterwegs sind, hoffe ich, dass dieses Problem unsere gute Stimmung nicht beeinträchtigt. Und es kann ja ganz romantisch sein, wenn man mal wieder ein bisschen zusammenrückt.«

Romantisch. Johanna beobachtete den Blickwechsel zwischen dem verwunderten Heinz und seinem Schwager und verbiss sich ein Grinsen. Das Ehepaar Hollenkötter schlief anscheinend auch getrennt und reagierte verärgert, genauso wie einige andere. Finchen dagegen hakte sich bei Johanna unter und sagte: »Das stört dich doch nicht, Liebes, oder?«

Es störte Johanna sogar sehr, sie schluckte aber jeglichen Kommentar hinunter und fragte sich, ob Patrick Dengler vielleicht auf der Ritze zwischen seiner Mutter und Tante schlafen müsste. Zumindest sah er verzweifelt aus, während er mit Lisa Wagner und der Empfangsdame verhandelte. Johanna wartete nicht auf das Ergebnis, sondern ging in den Flur, um in dem Gepäckberg, den Kock dort gestapelt hatte, ihre Taschen und Koffer zu suchen. Sie konnte sich das Zimmer ja erst mal ansehen.

Während Tante Finchen unglücklich den Blick von ihrer eleganten Garderobe auf die drei vorhandenen Kleiderbügel richtete, machte Johanna sich wieder auf den Weg nach unten. Ein kurzer Blick hatte genügt, dann musste sie erst mal aus dem kleinen, vollgestopften Doppelzimmer raus. Es war das hässlichste Zimmer, das sie je betreten hatte. Recherche hin oder her, aber was zu viel ist, ist zu viel. Und dann noch mit Finchen in einem Bett.

Die Rezeption war, bis auf das Ehepaar Pieper, das jetzt mit der Empfangsdame verhandelte, leer. Während Johanna wartete, betrachtete sie die künstlichen Blumen auf der Fensterbank, die abgetretenen Teppiche, den Schirmständer, in dem zwei völlig zerfetzte Schirme hingen, und die bunten Prospekte aus der Region, die überall auslagen. Unter einer komfortablen Reise im Kreis gutsituierter Senioren stellte sie sich etwas anderes vor. Sie musste die Szenerie hier unbedingt fotografieren. Sobald sie allein an der Rezeption wäre, würde sie das tun.

»Ist Ihr Zimmer in Ordnung?«

Johanna hatte überhaupt nicht gemerkt, dass Frau Pieper neben ihr stand, die sofort ihrem Ärger Luft machte.

»Also, hier ist ja wohl einiges schiefgegangen. Es ist zu ärgerlich, wir haben ein Zimmer zum Parkplatz bekommen, aber es gibt keine einzige Ausweichmöglichkeit.«

»Das ›Schlosshotel‹«, antwortete Johanna. »Wir sind gerade dran vorbeigefahren. Und bevor meine Tante hier total enttäuscht in diesem furchtbaren Zimmer bleibt, zahlen wir eben zu und ziehen rüber. Das habe ich gerade beschlossen. Egal, was meine Tante sagt. Wir können ja trotzdem an den Tagestouren und den Vorträgen teilnehmen, aber dieses Zimmer kann man nicht aushalten.«

Ein bedauerndes Lächeln huschte über Frau Piepers Gesicht. »Tja, das dachten wir auch. Aber es gibt an diesem Wochenende einen Kunst- und Handwerkermarkt, deshalb ist alles ausgebucht. Wir haben gerade im ›Schlosshotel‹ anrufen lassen. Es gibt nichts.«

»Das ist nicht Ihr Ernst.« Johanna starrte ihr Gegenüber entsetzt an. »Das ist doch ein großes Haus, die müssen doch noch irgendwas frei haben. Ich versuche es noch mal. Ich habe die Nummer einer Hotelvermittlung gespeichert.«

Sie zog ihr Handy aus der Tasche, entsperrte es und hatte keinen Empfang. Anscheinend befand sich dieses schreckliche Hotel auch noch in einem Funkloch.

Mittlerweile hatte sich Herr Pieper zu ihnen gesellt. »Sie wollen auch umziehen?«

»Die Damen haben nur ein Doppelzimmer bekommen. Das ist auch unglücklich.« Frau Piepers verständnisvoller Blick wurde fragend, als sie ihren Mann ansah. »Und?«

»Nichts.« Er hob resigniert die Schulter. »Kein Hotel, keine Ferienwohnung, nichts. Entweder wir bleiben in unserem Zimmer oder wir reisen ab. Ich sage es dir, Eva, es ist keine so schlechte Idee, in schönen Gegenden eine Ferienwohnung zu haben. Die machen hier einen richtigen Reibach.« Er wandte sich zu Johanna. »Und? Was werden Sie jetzt tun?«

Ratlos sah Johanna zur Rezeption. Es wäre albern, vor der Empfangsdame einen Aufstand zu proben, trotzdem war sie kurz davor. Es würde nur nichts nützen. Sie überlegte einen Moment, dann sah sie das Ehepaar Pieper nachdenklich an. »Dann gehe ich jetzt in den Supermarkt, an dem wir gerade vorbeigefahren sind, kaufe mindestens zwei Flaschen Rotwein und hoffe, dass meine Tante nicht schnarcht. Irgendwie kriegen wir die Zeit schon rum. Also, bis später dann.«

»Ich schlafe links.« Walter hatte seinen Schlafanzug auf das linke Kopfkissen gelegt und betrachtete es zufrieden. »Das sieht doch ganz gemütlich aus.«

»Was ist denn an dem Schlafanzug gemütlich?« Heinz stand mit seinem Kulturbeutel in der Hand an der Badezimmertür. »Mir ist es egal, ich bin schlaftechnisch flexibel. Sag mal, kann ich deine Zahnpasta wieder mitbenutzen?«

»Es gibt wohl keine andere Möglichkeit. Wir sollten mal zu Hause anrufen, nicht dass Inge und Charlotte sich Sorgen machen. Dann kannst du gleich mal fragen, wo deine Zahnpasta ist.«

Heinz stellte sein Waschzeug auf die Ablage und ging zurück zum Nachttisch, wo sein Handy lag. Umständlich setzte er seine Brille auf, hockte sich auf den Bettrand und wollte die Nummer eintippen.

»Was ist das denn?« Er hielt das Gerät schräg und starrte darauf. »Walter, komm mal, mein Handy ist kaputt. Das geht nicht.«

Walter beugte sich vor und nahm es ihm ab. »Kein Netz. Gar nichts. Absolutes Funkloch.«

»Meinst du?« Heinz schüttelte das Handy. »Geht deins?«

Langsam schlurfte Walter zu dem einzigen Stuhl, über den er seine Jacke geworfen hatte. Er kramte sein Telefon aus der Innentasche, schaltete es ein und wartete. »Nichts. Genauso. Kein Netz weit und breit. Du musst das Zimmertelefon nehmen. Das wird ja wohl im Preis inbegriffen sein.«

Heinz rutschte näher an den Nachttisch, auf dem ein altes, grünes Telefon stand. Er tippte die Nummer ein, hielt den Hörer mit zwei Fingern etwas entfernt vom Ohr und wartete.

»Charlotte? Ja, hallo, ich bin es. Ich wollte nur sagen, dass wir gut angekommen sind. Und hast du meine Zahnpasta irgendwo gesehen?«

Er hörte einen Moment zu und zog dabei die Schublade auf.

»Du, Walter, hier liegt eine Bibel. Nein, Charlotte, ich meinte nicht dich. Ich will auch gar nicht so lange telefonieren, wir haben nämlich gleich ein Treffen im Restaurant mit den anderen Teilnehmern und hören vor dem Essen noch einen Vortrag. Also, es ist alles sehr schön hier. Bis auf die Tatsache, dass Walter wohl irgendeinen Fehler bei der Buchung gemacht hat. Wir haben nämlich ein Doppelzimmer.«

»Das Hotel hat den Fehler gemacht.« Walter glättete die Decke, auf die er seine Hemden gelegt hatte. »Aber für drei Nächte geht es wohl auch so. Ich zahle doch nichts dazu.«

Heinz winkte ab. »Was hast du gesagt, Charlotte? Walter hat gerade dazwischengeredet. Ich … Walter, hier liegt doch ein Zettel: 70 Cent die Einheit. Charlotte, ich muss Schluss machen, ich telefoniere vom Hotelapparat, hier ist ein Funkloch und die nehmen Wucherpreise. Wir melden uns dann morgen wieder, ja? Grüß Inge, tschüss.«

Er legte sehr schnell auf und starrte das Telefon an, als würde es gleich explodieren. »70 Cent«, sagte er, »die spinnen doch. Also, ich rufe von hier aus nicht mehr zu Hause an. Wie weit bist du denn? Ich würde mir ganz gern vorm Essen ein bisschen die Beine vertreten. Kommst du mit?«

»Wo ist denn jetzt deine Zahnpasta?«

»Die lag auf dem Schuhschrank. Keine Ahnung, wie die da hingekommen ist. Aber Charlotte meinte auch, dass du doch bestimmt welche dabeihast.«

Mit zwei Flaschen Rotwein und drei Tafeln Schokolade im Rucksack folgte Johanna dem Schild »Wanderweg zum Strand«, das sie gerade erst entdeckt hatte. Sie war an der Straße entlang zum Supermarkt gelaufen, jetzt könnte sie sich ja wenigstens einen Teil von Tackes Paradies angucken, bevor sie wieder in dieses dunkle Loch von Hotelzimmer zurückkehrte.

Als sie vor dem Supermarkt angekommen war, hatte sich plötzlich ihre Mailbox gemeldet, das Handy hatte wieder ein Netz.

»Hallo, Johanna, ich bin es. Ich wollte nur hören, ob ihr gut angekommen seid. Daniel sieht dein Unternehmen etwas skeptischer, ich hoffe, du kriegst da keine Schwierigkeiten. Du kannst dich später ja mal melden. Pass auf dich auf.«

Ihr erster Reflex war, sofort zurückzurufen, dann zählte sie bis zehn und steckte das Handy zurück in den Rucksack. Sie wollte Max' Stimme nicht hören. Da konnte er sich anstrengen, wie er wollte. Erst müsste sie das Bild von ihm zusammen mit Mareike Wolf aus ihrem Kopf verbannen.

Nach zwei Wegbiegungen stand sie plötzlich am Wasser und hielt die Luft an. Hier war es tatsächlich wie im Paradies. Der Sandstrand fiel flach ab, weiter links gab es eine Badeplattform mit einer Rutsche, daneben eine große Liegewiese. Das Wasser glitzerte in der Sonne, Johanna schirmte ihre Augen mit der Hand ab und versuchte, am anderen Ufer etwas zu erkennen.

»Hallo.« Die Stimme kam von links. »Johanna, hier.«

Patrick Dengler saß auf einer Bank, die ein paar Meter neben dem Weg stand. Der hatte ihr gerade noch gefehlt. Er ließ seinen Arm sinken, als sie langsam auf ihn zuging, und nahm die Sonnenbrille ab. »Ist es nicht schön? Das entschädigt doch für diese Bruchbude, oder?«

Johanna blieb vor ihm stehen. »Hallo, Patrick. Haben Sie wenigstens zwei Zimmer bekommen?«

Er grinste und deutete auf den Platz neben sich. »Doch, doch. Selbst die pampige Dame an der Rezeption hat eingesehen, dass ich nicht mit zwei alten Damen das Bett teilen kann. Ich habe eines der wenigen Einzelzimmer bekommen. Es ist übrigens genauso hässlich wie die Doppelzimmer, nur viel kleiner.«

Johanna ließ sich neben ihn auf die Bank sinken. Als sie den Rucksack hinstellte, stießen die Flaschen gegeneinander. »Rotwein«, sagte sie entschuldigend. »Falls wir nicht schlafen können.«

»Gute Idee.« Patrick warf einen Blick in den Rucksack. »Das passt doch gut, ich habe das Einzelzimmer, Sie den Wein.«

Johanna zog die Augenbrauen hoch und musterte ihn erstaunt. »Mit ›wir‹ meinte ich eigentlich meine Tante und mich. Aber ich kann Ihnen eine Flasche abgeben, ich weiß gar nicht, warum ich zwei gekauft habe.«

»Vorahnungen?« Er grinste schon wieder. »Vielleicht wird es doch noch ein lustiges Wochenende.«

Er baggerte sie tatsächlich an. Johanna senkte sofort den Blick und biss sich auf die Lippe, um nicht aufzustöhnen. Was dachte sich Patrick Dengler eigentlich? Dass sie sich sofort auf ihn werfen würde? Vielleicht war es nur sein verzweifelter Versuch, diese Fahrt einigermaßen kurzweilig zu gestalten. Aber dafür müsste er sich jemand anderen suchen, auch wenn zugegebenermaßen die mitreisenden Seniorinnen nicht gerade zu ihm passten.

Walter deutete in die Richtung der Bank, auf der Johanna und Patrick mit dem Rücken zu ihnen saßen. »Ach nee. Die jungen Leute aus dem Bus. Ob sich da schon was anbahnt?«

Heinz kniff die Augen zusammen und schüttelte sofort den Kopf. »Sie ist verheiratet, das hat mir ihre Tante, Frau Jäger, erzählt. Aber dieser Mann hält sich wohl für unwiderstehlich. Guck mal, wie er sein Haar immer aus der Stirn wirft. Affig.«

»Geh weiter.« Walter zog ihn am Arm. »Ich habe keine Lust, mich jetzt mit denen zu unterhalten. Wir wollten doch nur ein paar Schritte gehen. Und außerdem müssen wir uns auch noch zum Essen umziehen. Ich nehme an, dass das Abendessen etwas eleganter wird als diese Würstchen vorm Bus.«

»Bestimmt.« Jovial klopfte Heinz seinem Schwager auf den Rücken. »Deshalb sind wir doch hier.«

Die Tische im Restaurant waren schon zum großen Teil besetzt, als Johanna mit Finchen um kurz vor 18 Uhr eintrat. Die meisten saßen mit den Mitreisenden zusammen, die sie bereits aus dem Bus kannten. Deshalb überraschte es Johanna auch nicht, dass die Piepers ihnen zuwinkten, die allein einen Achtertisch hatten. Sie bahnten sich einen Weg durch den Saal und nahmen gegenüber dem Ehepaar Platz.

»Wir haben Ihnen was frei gehalten.« Eva Pieper lächelte Finchen an. »Sie sehen ja wunderbar aus, Frau Jäger, dieses Kostüm ist wirklich apart.«

Finchen trug roten Samt, der Rock war knöchellang, die Jacke hatte Stickereien und goldene Knöpfe. Johanna hatte schon im Zimmer gedacht, dass ihre Tante aussah, als wäre sie gerade eben von der Bühne gesprungen. Es fehlte nur noch die goldene Krone, dann hätte sie die Königin aus dem Weihnachtsmärchen geben können. Natürlich hatte sie sich gehütet, so etwas zu sagen, denn ihre Tante war, vorsichtig ausgedrückt, modisch völlig beratungsresistent.

Jetzt lächelte Finchen huldvoll, musterte Frau Piepers schwarzes Kleid und den Anzug ihres Mannes und nickte zufrieden. »Danke. Sie sehen aber auch sehr gut aus. Überhaupt scheinen sich doch die meisten darauf besonnen zu haben, dass es sich hier um einen eleganteren Rahmen handelt. Das war ja im Bus nicht auszuhalten, ich habe seit Jahren nicht mehr so viele beigefarbene Windjacken gesehen.«

Johannas Blick fiel auf die Hollenkötters, die ihre Jacken gegen etwas ausgetauscht hatten, was aussah wie die Oberteile von Jogginganzügen. Die beiden waren ihr suspekt, nicht nur wegen der Windjacken. Johanna hatte bei ihren Recherchen herausgefunden, dass einige dieser dubiosen Reiseveranstalter Lockvögel einsetzten. Die sollten mit ihrer Begeisterung die eventuelle Skepsis anderer Teilnehmer zerstreuen. Die Hollenkötters waren in ihrer Euphorie bislang kaum zu bremsen gewesen, und Johanna nahm sich vor, etwas genauer hinzuhören, was Bärchen und Gisela von sich gaben. Man konnte ja nie wissen. Plötzlich wurde ihr bewusst, dass Finchen sie beobachtete.

»Die meisten …«, sagte Johanna schnell und deutete mit dem Kopf in Richtung der Hollenkötters. »Nicht alle, leider.«

Finchen folgte dem Blick und schüttelte missbilligend den Kopf. »Das ist … Oh, Herr Müller, hier sind noch Plätze frei.« Sie winkte Walter und Heinz zu, die gerade nebeneinander an der Tür standen und sich suchend umsahen. Lächelnd folgten die beiden der Aufforderung.

»Das ist sehr freundlich.« Walter deutete bei Finchen einen Handkuss an, dann reichte er dem Ehepaar Pieper die Hand und stellte sich und seinen Schwager vor. Beide trugen dunkelgraue Anzüge, Walter hatte eine blaue Krawatte, Heinz eine rote, dazu passende Einstecktücher und auf Hochglanz polierte schwarze Schuhe.

Johanna fühlte sich an ihren ersten Presseball erinnert.

Etwas zu elegant waren die Schwestern Meier aus Papenburg, die in gerüschten Satinkleidern auftauchten und auf der Suche nach freien Plätzen langsam durch den Saal schritten. Sofort rammte Finchen Johanna den Ellenbogen in die Seite. »Schnell, schieb die Stühle weg, ich habe keine Lust, den ganzen Abend neben diesen schrecklichen Frauen zu sitzen. Die haben mich vorhin überhaupt nicht beachtet, das war unmöglich.«

»Aber …«

»Sind die beiden Stühle noch frei?« Patrick Dengler war mit Mutter und Tante plötzlich hinter Johanna. »Oder sitzt hier schon jemand?«

Finchen sah erst ihn, dann Johanna an und hörte Eva Piepers Antwort: »Die sind frei. Setzen Sie sich doch. Ach, einen Stuhl brauchen wir noch, hinter Ihnen steht ja einer.«

Schneller, als Johanna oder Finchen etwas sagen konnten, saß Patrick Dengler neben Johanna, seine Mutter zu seiner Rechten und deren Schwester gegenüber.

»Hallo«, er lächelte charmant in die Runde. »Mein Name ist Dengler, Patrick Dengler, neben mir sitzt meine Mutter Elfriede Dengler und gegenüber ihre Schwester Hanna Jürgens.«

Während am Tisch diese freundliche Vorstellungsrunde ablief, beugte Finchen sich zu Johanna und flüsterte: »Wenigstens sind sie gut angezogen.«

In einer Ecke des Restaurants wurde eine Leinwand aufgestellt, davor ein Tisch mit einem Beamer. Dennis Tacke hatte sich umgezogen, statt der roten Hose trug er jetzt eine schwarze, dafür einen roten Schal, die Haare hatte er nachgewachst. Mit einem großen Karton unter dem Arm ging er auf den Tisch zu, stellte ihn ab, griff nach dem Mikrofon und begann wieder sein vertrautes Procedere: »Test, Test, eins, zwei, drei, meine … meine Damen, Damen, Damen, Test, Test, ja, das ist gut so, danke, vielleicht die Höhen etwas raus? Ja? Test, Test, zwei, zwei, danke, so geht's.«

Das Stimmengewirr verebbte langsam. Nachdem Tacke das Mikrofon in den Ständer geschraubt hatte und zum Tresen gegangen war, schwoll es aber wieder an.

»Was ist denn jetzt?« Walter sah sich ungeduldig um. »Ich kann mir nicht mit trockenem Mund Vorträge anhören. Gibt es hier keine Bedienung?«

»Es geht ja noch gar nicht los«, besänftigte ihn Elfriede Dengler. »Da kommt schon jemand. Hallo, Fräulein, hierher bitte.«

Sofort stand ein junges Mädchen mit Bestellblock am Tisch. Anerkennend nickte Walter Frau Dengler zu. »Respekt. Die haben Sie aber schnell an den Tisch geholt. So, ich hätte gern ein Weizenbier.«

Die Bedienung nickte und notierte langsam alle Bestellungen. Zum Schluss zählte sie alles noch einmal auf und fragte dann: »Geht das später zusammen oder getrennt?«

»Aufs Haus.« Walter hob überrascht den Kopf. »Das ist doch all-inclusive hier.«

»Ähm, nein.« Die junge Frau guckte erst ihn unsicher an, dann sah sie zu Johanna und Patrick Dengler und errötete leicht. »Davon weiß ich nichts. Also, das Essen ist bezahlt, aber die Getränke gehen extra.«

»Nein, nein, junge Frau.« Walter blieb äußerlich gelassen, erhob aber seine Stimme. »Da fragen Sie mal Ihren Chef. Oder den Herrn Tocke da vorn. Das ist anders geregelt.«

Unsicher stöckelte die Bedienung davon, während Walter in die Runde sah. »Das wird auch immer schlechter mit dem Service in den Feriengebieten. Die müssen doch Bescheid wissen. Wir sind schließlich eingeladen.«

Heinz kratzte sich ratlos am Kopf und blickte zu Frau Pieper, die wiederum ihren Mann ansah. »Hast du gelesen, Ulrich, wie das geregelt ist? Ob das all-inclusive war?«

Ihr Mann hob nur die Augenbrauen. Dafür

hielt Elfriede Dengler plötzlich den Brief in der Hand und überflog ihn. »Nein«, sagte sie, »hier steht nur exklusiv, nicht all-inclusive. Anscheinend müssen wir die Getränke selbst zahlen. Na ja, das ist auch kein Beinbruch, man trinkt ja gar nicht mehr so viel.«

»Du hast nicht richtig gelesen.« Heinz funkelte seinen Schwager an. »Du hast das falsch verstanden.«

»Jetzt bin ich schuld, oder was?« Wütend wandte Walter sich um. »Du hast doch auch …«

»Meine Herren, bitte.« Beschwichtigend hob Patrick Dengler die Hände. »Darf ich Sie alle zu einer Runde einladen? Auf eine schöne Reise?«

»Genau«, pflichtete seine Mutter ihm bei. »Mein Sohn kann das ruhig mal tun. Und im Übrigen können wir es uns doch leisten. Wir gehören doch alle in den ausgewählten Kreis gutsituierter Senioren. Es sei denn, es hätte sich jemand eingeschmuggelt.« Sie kicherte ein bisschen und fixierte dabei Johanna.

»Darum geht es doch gar nicht.« Walter war durch die Einladung keinesfalls besänftigt. »Es ist eine Frage des Stils. Und es geht ums Prinzip. Getränke selbst bezahlen …«

Die Ankunft der Getränke unterbrach ihn.

Johanna knipste ein Lächeln an, sofort drehte Frau Dengler sich weg.

›Blöde Ziege‹, dachte Johanna, immer noch lächelnd, bis ihr einfiel, dass sie ihr teures, neues Aufnahmegerät auf dem hässlichen Tisch im hässlichen Zimmer liegen gelassen hatte. Abgesehen davon, dass sie es jederzeit brauchen könnte, fiel ihr die SMS ein, die sie vorhin von Daniel bekommen hatte.

»Pass bloß auf, dass dir niemand auf die Schliche kommt. Nicht, dass dir dein Presseausweis aus der Tasche fällt. Ich fische dich nicht aus der Schlei. LG Daniel.«

Daniel war wirklich manchmal ein Angsthase und meistens ein Pessimist, aber es musste ja auch nicht sein, dass ein Zimmermädchen das Aufnahmegerät fand und das herumerzählte. Oder das Gerät klaute.

Sie beugte sich zu Finchen und flüsterte: »Ich habe etwas im Zimmer vergessen. Ich gehe kurz hoch.«

Finchen sah ihr nach. Vielleicht holte Johanna ja ihr Handy, um keinen Anruf von Max zu verpassen.

Heinz hatte beschlossen, Walters Geknurre zu ignorieren. Sein Schwager war jetzt schon seit vier Jahren Rentner, aber es gab immer wieder Situationen, in denen bei ihm noch der Finanzbeamte aus Dortmund durchkam. Und das war Heinz jedes Mal peinlich. Die hübsche Johanna war auch schon aufgestanden und rausgegangen.

Jetzt prostete Patrick Dengler allen freundlich zu und was machte Walter? Er drehte sich um und trötete der Bedienung hinterher: »Fräulein, auf dem Bewirtungsbeleg müssen die Mehrwertsteuer und die Steuernummer ausgewiesen sein. Danke.«

Heinz stand auf und ging zur Toilette.

Er hatte sich in aller Ruhe die Hände gewaschen und ein bisschen getrödelt. Mit etwas Glück hatte Walter inzwischen einen Beleg gesehen, dann wäre er auch wieder normal. Fehlende Steuernummern beunruhigten ihn eben.

Als Heinz durch den Flur ging, hörte er plötzlich eine Stimme, ohne die Sprecherin sehen zu können, und blieb überrascht stehen.

»Es ist mein Ernst, ich gehöre zu dieser geschlossenen Gesellschaft. Ich war nur kurz auf meinem Zimmer. Haben Sie keine Liste der, ähm, Gewinner? Mein Name ist Johanna Jä... Schulze.«

Jetzt wusste Heinz, warum ihm Johanna so sympathisch war. Diese Stimme kannte er. Mit schnellen Schritten ging er um die Ecke zum Saal. Vor der geschlossenen Tür stand eine Kellnerin und hatte abwehrend die Hände gehoben. Johanna sah sie wütend an.

»Jetzt gehen Sie schon rein und holen den Reiseleiter. Und danach denken Sie sich eine Entschuldigung aus. Was soll dieser Schwachsinn …«

»Was ist denn los?« Heinz stellte sich neben Johanna und blickte erst sie und dann die Kellnerin fragend an. »Gibt es ein Problem?«

Johanna drehte sich rasch zu ihm um. »Ach, Sie sind das, gut. Ich werde nicht mehr reingelassen. Die Türsteherin hier glaubt mir nicht, dass ich zu dieser exklusiven Seniorengruppe gehöre.«

Sie wandte sich wieder zurück. »Ich bin Begleitung, verstehen Sie das nicht? Ich habe nicht gesagt, dass ich eine exklusive Seniorin bin, ich begleite eine. Jetzt lassen Sie mich schon vorbei.«

»Die junge Dame gehört tatsächlich zu uns.« Heinz lächelte die Bedienung verbindlich an und griff nach Johannas Arm. »Haben Sie Angst, dass jemand Fremdes sich hier einschmuggelt? Die Getränke müssen doch sowieso bezahlt werden. Lassen Sie uns bitte durch?«

Unter Johannas ungeduldigem Blick machte die Kellnerin den Eingang frei.

»Wir haben hier Anweisungen. Und ich mache nur meinen Job.«

»Schon klar.« Nach ein paar Schritten wurde Johanna von Heinz zurückgehalten. »Einen Moment, bitte.«

Sie blieb abwartend stehen. »Ja?«

Er zog Johanna mit sich weiter. »Ich muss Sie etwas fragen. Das braucht ja nicht jeder zu hören. Ist aber nichts Verwerfliches.«

Johanna sah ihn verständnislos an. In einer Ecke angekommen, ließ er sie los und beugte sich zu ihr. »Ich habe Sie eben nur gehört, aber nicht gesehen. Deshalb habe ich es gerade erst begriffen. Ich bin ganz aufgeregt, weil ...«

Er strahlte sie an. Johanna guckte zurück und verstand immer noch nichts.

»Ja? Was haben Sie begriffen?«

Sie drehte sich um und sah kurz an ihren Tisch. Finchen unterhielt sich mit Frau Pieper, niemand nahm von Heinz und ihr Notiz.

»Sie sind Johanna Jäger«, platzte es aus Heinz raus. »Ich kenne Sie aus dem Radio.

Ich höre Sie so gerne. Meine Frau auch, die wird das gar nicht glauben, ich …«

»Bitte.« Johanna packte seinen Jackenärmel und schüttelte ihn leicht. »Bitte nicht so laut. Das ist nicht gut.«

Erschrocken hielt sich Heinz die Hand vor den Mund. »Entschuldigung. Aber es stimmt doch, oder? Sie wollen nur nicht, dass es jeder weiß?«

»Ja, genau.« Erleichtert stellte Johanna fest, dass anscheinend niemand etwas mitbekommen hatte. »Ich habe extra gesagt, dass ich Schulze heiße. Sonst werde ich dauernd angequatscht. Und ich habe doch frei.«

Sie hoffte, dass er sich damit zufriedengeben würde. Heinz nickte verständnisvoll. »Und ob ich das verstehe. Wissen Sie, eine meiner Töchter schreibt Kolumnen für eine Zeitung. Da ist auch immer ein Foto dabei, deshalb wird sie jetzt ganz oft angesprochen. Damit sie mal über andere Sachen schreibt. Das ist schon anstrengend.«

Er schwieg einen Moment, dann lächelte er sie wieder an. »Aber dass Sie das sind, also das freut mich. Obwohl ich Sie mir ganz anders vorgestellt habe. Eher älter und breiter. Nicht so hübsch. Aber ab jetzt sind meine Lippen versiegelt. Ich sag's noch nicht mal Walter. Oder? Könnte ich ihm das vielleicht doch sagen? Er hört ja auch gerne Radio.«

Johanna sah ihn nachdenklich an. Dann nickte sie langsam. »Nur, wenn er auch dichthält. Versprochen?«

Mit ernstem Gesicht legte Heinz seine Hand aufs Herz. »Ehrenwort. Sie können sich auf uns verlassen, Johanna. So, und jetzt sollten wir zurück zum Tisch. Die werden sich schon wundern, wo wir bleiben.«

Als Johanna und Heinz an den Tisch zurückkehrten, griff Dennis Tacke immer noch nicht zum Mikrofon, sondern hockte neben Karsten Kock vor einem Kasten, an dem er verschiedene Knöpfe ausprobierte. Dabei diskutierte er mit dem Busfahrer, der anscheinend auch als Tontechniker eingesetzt wurde. Johanna wandte ihren Blick ab und richtete ihn auf Heinz. Der lächelte sie strahlend an und legte den Zeigfinger auf seinen Mund. Johanna lächelte zurück und sah sich langsam um. Dieser Raum, der hier als Restaurant bezeichnet wurde, passte zu dem dunklen, muffigen und in die Jahre gekommenen Hotel. Der alte Holzboden war seit hundert Jahren nicht abgeschliffen worden, an den hohen Fenstern hingen dunkelgrüne Gardinen, die langen Holztische sahen aus, als wären sie klebrig, was auch die gelben Papiertischdecken nicht abmildern konnten.

Johanna entdeckte in einer Ecke leere Getränkekisten, die neben zusammengeklappten Sonnenschirmen gestapelt waren. Leider reichte der zerschlissene Vorhang nicht aus, um das Gerümpel zu verdecken.

Sehr exklusiv, das Ganze.

Tief ausatmend drehte Johanna sich zur anderen Seite. Es war wirklich eine äußerst gemischte Gruppe, die sich hier versammelt hatte. An einem der Tische saßen acht Frauen zusammen. Ein Problem von Seniorenreisen schien der Frauenüberschuss zu sein. Eine von ihnen, offensichtlich die jüngste, war jedenfalls tonangebend, sie redete mit Händen und Füßen und zeigte schon die ersten Familienbilder. »Gucken Sie, das ist meine kleinste Enkelin. Sie heißt Chiara, schöner Name, nicht?«

Die Dame gegenüber rümpfte die Nase und tuschelte mit ihrer Sitznachbarin. Beide hatten sich viel Mühe mit ihrer Garderobe gegeben, gestärkte Blusen, pastellfarbene Westen, Perlenketten und frisch geföhnte Haare. Johanna hatte vorhin mitbekommen, dass sie aus Hamburg kamen, seit dreißig Jahren Nachbarinnen waren und sich auserwählt wähnten, weil sie als Bahnwitwen gute Renten bezogen.

Chiaras Großmutter hatte etwas mehr modischen Pep, sie trug sogar einen Hut auf der blond gefärbten Kurzhaarfrisur. Jetzt beugte sie sich zu den Bahnwitwen und fragte nach: »Was sagten Sie?«

Der Klangfärbung nach kam sie aus dem Rheinland. Die Hamburgerinnen sahen sie hanseatisch zurückhaltend an.

»Chiara ist doch kein schöner Mädchenname. So kann man vielleicht ein Kaninchen nennen, aber doch kein kleines Kind.«

Am Nebentisch saß eines der stillen Paare mit den Hollenkötters zusammen. Sie teilten sich eine kleine Flasche Orangensaft und beobachteten interessiert Dennis Tacke und Karsten Kock, die immer noch versuchten, die Technik in Gang zu bringen. Die anderen vier Frauen am Tisch lauschten mit großen Augen den Geschichten von Ewald Hollenkötter, die Johanna leider nicht verstehen konnte.

»Möchten Sie noch etwas anderes trinken?« Patrick Dengler berührte Johanna leicht am Arm. »Ein Glas Wein vielleicht?«

»Meinen Sie, dass die hier guten Wein haben?« Johanna wies in Richtung Tresen. »Ich befürchte, dass es nur Kopfschmerzflaschen gibt.«

»Ich würde es lassen.« Walter tippte mit dem Finger auf eine Getränkekarte. »Da steht nur rot und weiß und es gibt nur Gläser. Das heißt, dass die hinter dem Tresen einen Kanister mit Billigzeug stehen haben und wir zahlen die teuren Preise. Nehmen Sie lieber ein Bier, Johanna.«

»Misch dich doch nicht immer ein.« Heinz guckte seinen Schwager böse an. Wenn er jemanden in sein Welpenschutzprogramm aufgenommen hatte, dann wurde er stur und legte sich zur Not auch mit Verwandten an.

»Sie kann doch wohl trinken, was sie will. Wenn Sie einen Wein möchten, Johanna, dann bestellen Sie ruhig einen. Das ist ein guter Reiseveranstalter, die werden auch auf solche Dinge geachtet haben. Und …«

»Ich möchte gar keinen Wein.« Johanna lächelte Heinz an. »Ich kann auch …«

»4,50 Euro«, schnaubte Walter. »Aus einem Kanister.«

Die junge Bedienung stellte vier Weingläser auf ein Tablett am Tresen und schenkte aus einer grünen Flasche ein. Dann ging sie damit an den Tisch, an dem die acht Frauen saßen. Heinz folgte ihr mit seinen Blicken.

»Kanister.« Er sah seinen Schwager triumphierend an. »Du kennst dich aus in der Gastronomie.«

»Meine sehr verehrten Damen und Herren!«

Dennis Tacke hatte die Technik überlistet und stand jetzt mit dem Mikrofon in der Hand neben dem Tresen.

»Darf ich einen Moment um Ihre Aufmerksamkeit bitten?«

Die Gespräche im Raum verstummten nach und nach. Dennis Tacke drehte sich zu Karsten Kock um, der noch die weiße Leinwand geraderückte, dann den Daumen hob und sich zurückzog.

»Dank Herrn Kock funktioniert jetzt auch die Technik, und deshalb kann der Ablauf des Abends wie geplant vonstattengehen. Bevor wir uns gemeinsam dem Abendessen zuwenden, werde ich den kleinen, feinen und sehr interessanten Vortrag halten, den ich Ihnen versprochen habe. Lisa, sind Sie so nett? Ja, da ist es schon.«

Auf der Leinwand erschien eine Luftbildaufnahme der Schlei. Das blaue Wasser schlängelte sich durch grüne Wiesen, gelbe Rapsfelder und kleine Dörfer bis zur Ostsee. Zufrieden folgte Dennis Tacke mit einem Leuchtstab dem Flusslauf.

»Die Schlei war in den Zeiten der Wikinger der bedeutendste Verkehrs- und Handelsweg.

Die Wikinger fielen damals in Europa über alles her, was ihnen über den Weg lief. In Haithabu am Haddebyer Noor, ganz in unserer Nähe, kurz vor dem heutigen Schleswig, lagen der Hafen und der zentrale Warenumschlagsplatz. Denn, meine Damen und Herren, die Wikinger waren nicht nur ein raues Volk, sie waren auch Kaufleute. Und hier haben wir die Brücke zu unserer Reisegruppe.«

Er machte eine Pause, um dem allgemeinen Gemurmel Einhalt zu gebieten. Inzwischen projizierte Lisa Wagner ein Foto aus dem Freilichtmuseum an die Wand: dicke Männer in Wikingerkostümen, die um ein Feuer saßen. Einige der Anwesenden kicherten, Frau Hollenkötter rief: »Guck mal, Ewald, das ist wie dem Hannes sein Karnevalskostüm.«

Finchen stieß Johanna an und verdrehte die Augen. Dann wandte sie sich wieder Tacke zu.

»Einige von Ihnen waren in ihrem aktiven Berufsleben ebenfalls Kaufleute, andere haben Handel getrieben, vielleicht sind auch ein paar über alles in Europa hergefallen, was nicht niet- und nagelfest war, ha, ha, ha.«

Niemand lachte, deshalb beeilte sich Dennis Tacke fortzufahren.

»Gemeinsam ist Ihnen allen finanzieller Erfolg im Leben. Hätten Sie den nicht gehabt, tja, dann wären Sie nicht hier. Die Firma ›Ostseeglück‹ ist bekannt dafür, sehr gründlich bei der Auswahl ihrer Gäste zu sein.«

Johanna betrachtete die Hollenkötters und die Großmutter von Chiara und biss sich auf die Lippe, um nicht vor Lachen herauszuplatzen. Diese Gruppe war sensationell gut ausgesucht.

Karsten Kock saß mittlerweile allein an einem Zweiertisch neben dem Tresen, hatte sich ein Bier bestellt und starrte mit schwer zu deutendem Gesichtsausdruck auf den gestikulierenden Tacke. Walter notierte irgendetwas auf einem Bierdeckel.

»Warum haben wir uns hier versammelt?« Dennis Tacke machte wieder eine seiner wirkungsvollen Pausen und wippte dabei auf den Zehenspitzen. »Ich sage es Ihnen: weil wir nicht länger zusehen wollen, wie die Finanzwelt Kapriolen schlägt und Lebensleistungen zunichtemacht.«

Karsten Kock gähnte, ohne sich die Hand vor den Mund zu halten. Finchen stupste Johanna an und flüsterte: »Was redet er denn da? Ich habe Hunger.«

Im Hintergrund wurden neue Motive gezeigt: reetgedeckte Fischerkaten in Maasholm, der Ellenberger Heringszaun, die Schifferkirche von Arnis. Bei jedem neuen Bild wurde vereinzelt geraunt.

»Sie fragen sich, warum ich über so trockene Dinge rede, während hinter mir das Paradies gezeigt wird. Aber noch einen kleinen Moment Geduld, ich komme gleich zum Thema.«

Kock hob die Hand, Dennis Tacke hielt kurz und irritiert inne, sah dann, dass der Busfahrer lediglich ein neues Bier bestellen wollte, und fuhr fort: »Sie alle kennen sich mit Geld aus. Das sage ich so selbstbewusst, weil wir Sie ja in diesem Zusammenhang ausgesucht haben. Ihnen kann kein Bankberater mehr ein X für ein U vormachen. Es ist doch, wie es ist; es gibt keinen Staat in der Welt, der nicht hoch verschuldet ist. Keinen, meine Damen und Herren. Und wie entledigen sich Staaten ihrer Schulden?«

Finchens Magen knurrte, die hanseatischen Nachbarinnen unterhielten sich schon leise, Frau Hollenkötter gähnte, hielt sich aber die Hand diskret vor den Mund, Karsten Kock hatte sein Bier in einem Zug ausgetrunken und hob die Hand für ein neues.

Johanna sah verstohlen auf ihre Armbanduhr, es war schon kurz vor sieben, sie erwartete die ersten Unruhen aus Hunger in wenigen Minuten. Walter ließ seinen Kugelschreiber zwischen Daumen und Zeigefinger federn und wirkte nachdenklich.

Johanna gähnte jetzt auch. Es war einfach nicht zu fassen, was diese gewachste Frisur an Schwachsinn von sich gab. Aber er schien sich jetzt in Fahrt geredet zu haben. Sie tat so, als würde sie in ihrer Handtasche ein Taschentuch suchen, das grüne Licht signalisierte, dass ihr Aufnahmegerät lief.

Dennis Tacke schaute bedeutungsvoll ins Publikum. »Sie entledigen sich ihrer Schulden durch Inflation. Und das auf Kosten ihrer Bürger. Was passiert also? Ich sage es Ihnen: Kluge Menschen geben ihr Geld aus, bevor es so weit kommt. Natürlich kann man alles Mögliche kaufen, Möbel, Kunst, Autos, Gold oder, meine Damen, natürlich auch Schuhe oder schöne Hüte …«

In diesem Moment klappte die Schwingtür zur Küche auf und fünf Kellner marschierten mit jeweils einer Suppenterrine in den Saal. Dennis Tacke fuhr herum und bellte in sein Mikro: »Jetzt doch noch nicht. In zehn Minuten.«

An den Tischen wurde getuschelt, die Kellner sahen sich unsicher an und drehten langsam wieder um. Nachdem die Tür hinter dem letzten zugeklappt war, schüttelte Tacke den Kopf.

In die Stille, die sich auftat, drang ein Ruf vom hinteren Tisch. »Was ist denn jetzt mit Suppe?«

Johanna konnte nicht sehen, wer da gerufen hatte, pflichtete ihm aber insgeheim bei. Dennis Tacke ließ sich jedoch nicht mehr aus dem Konzept bringen.

»Diese Gegend, in der wir Glücklichen uns gerade aufhalten dürfen, diese Gegend gehört zu den aufstrebenden Ferienzielen Deutschlands. Es werden hier in den nächsten Jahren Projekte entwickelt, Subventionen getätigt, Pläne realisiert, dass sich die übrigen und jetzt noch beliebten Tourismushochburgen warm anziehen können. Dieses hier, meine verehrten Teilnehmerinnen und Teilnehmer, dieses hier ist auf dem besten Weg, in den nächsten Jahren das neue Sylt zu werden.«

»Unsinn.« Dieser Zwischenruf kam von Walter. »Das ist ja völliger Unsinn.«

Er guckte gar nicht hoch, konnte deshalb

auch nicht den bösen Blick sehen, mit dem Dennis Tacke ihn bedachte.

»Herr Müller, wenn Sie ein Problem haben, können wir uns im Anschluss unterhalten. Ich würde nur jetzt gern meine Ausführungen zu Ende bringen.«

»Von mir aus.« Walter zuckte gelangweilt mit den Achseln. »Aber hinterher will ich essen. Danach können wir mal sehen.«

Heinz stieß ihn an und flüsterte: »Lass doch mal. Sonst wird er nie fertig.«

Walter nickte und schwieg.

Dennis Tacke suchte seinen Anschluss, sah kurz zu Karsten Kock mit dem neuesten Bier, dann zu Lisa Wagner, die sofort auf die Fernbedienung drückte und ein neues Foto, diesmal einen Ausflugsdampfer in der Schleimündung, auf die Leinwand projizierte. Trotzdem schwoll das Stimmengewirr an. Dennis Tacke räusperte sich ins Mikrofon.

»Ah, ja. Die Wassersportmöglichkeiten, zu denen wir auch während unseres Ausflugs kommen werden. Ich bin fast am Ende, meine Damen und Herren. Wir werden morgen einen sehr interessanten Tag erleben, wir werden mit interessanten Menschen sprechen, Sie werden aufregenden Ideen und Projekten begegnen, kurz gesagt, Sie werden einen Tag erleben, der Ihr Leben verändern kann. Also, ich wünsche Ihnen jetzt einen guten Appetit, seien Sie unsere Gäste, und einen schönen Abend wünscht Ihnen Ihr Dennis Tacke. Bis später.«

»Gäste!« Walters brummige Stimme war in der Stille deutlich zu hören. »Ich höre immer Gäste, aber die Getränke selbst bezahlen. Ist ja wohl ein Witz.«

Als die fünf Kellner samt Suppenterrinen wieder durch die Schwingtür kamen, setzte endlich Applaus ein.

Das ist …« Heinz wedelte sich mit der Hand den Dampf ins Gesicht und schnupperte. »Spargelcremesuppe. Schön.«

Walter zeigte sich unbeeindruckt und hielt Patrick Dengler den Teller hin. »Füllen Sie doch mal auf, junger Mann, Sie sitzen strategisch günstiger.« Und zu Johanna gewandt sagte er: »Also, was man sich hier alles anhören muss. Gäste. Pah. Und dann noch die Nummer mit Sylt. Auch wenn wir noch nicht so viel gesehen haben, aber das neue Sylt … Der träumt doch.«

»Nicht so laut, Walter.« Heinz sah sich nach Dennis Tacke um, der am Nebentisch stand und sich mit Ewald Hollenkötter unterhielt. »Wir wollen doch keinen Ärger.«

»Was denn für Ärger? Ich kann doch wohl mal Fehlinformationen korrigieren. Vielleicht war Tucke noch nie auf Sylt.«

Walter griff verärgert zum Löffel und begann, hektisch in der Suppe zu rühren. »Aber mein Herr Schwager ist empfindlich. Ich sehe schon. Und …«

»Bitte, meine Herren.« Eva Pieper hob ihr Bierglas in Walters Richtung. »Wir wollen doch am ersten Abend nicht streiten. Herr Müller, der Vergleich mit Sylt bezog sich sicherlich auf Gästezahlen und Fremdenbetten, ansonsten sind die Unterschiede doch viel zu groß.«

»Waren Sie denn schon mal auf Sylt?«, fragte Heinz.

Sie setzte ihr Glas wieder ab. »Sehr oft sogar. Wir haben uns vor einigen Jahren eine kleine Wohnung gekauft. In Keitum.«

»Ach«, griff Heinz begeistert den Faden auf. »Das trifft sich ja gut. Dabei sind wir uns auf der Insel noch nie begegnet. Und das, obwohl ich als Gästebetreuer die Dorfführung in Keitum mache, ich bin einmal in der Woche da.«

Ohne den Blick von Ulrich Pieper abzuwenden, hielt Walter seinen Suppenteller erneut vor Patrick Denglers Nase. »Sie wohnen doch in Hannover. Steht denn die Wohnung die ganze Zeit leer? Die muss doch geheizt und belüftet werden.«

Er nickte Dengler knapp zu und balancierte den vollen Teller langsam zurück.

»Nein, nein«, antwortete Eva Pieper lachend. »Leer steht die Wohnung nicht. Sie wird natürlich vermietet. Wir haben eine ortsansässige Wohnungsvermittlung beauftragt, dadurch haben wir überhaupt keine Arbeit damit. Die Kinder können natürlich jederzeit blocken, aber ansonsten haben wir fast durchgehend Feriengäste. Das ist für uns auch noch ein hübsches Zubrot zu unserer Pension.«

Johanna war auch schon mal in Keitum gewesen. Vor drei Jahren im Mai, mit Max, drei zauberhafte Tage. Damals, als die Welt noch in Ordnung war. Max hatte sie mit einem langen Wochenende überrascht. Er hatte eine entzückende kleine Wohnung in Keitum gemietet, Champagner im Kühlschrank verstaut und ihre Handys ausgestellt. Sie waren, bis auf zwei Restaurantbesuche, für sich geblieben. Die meiste Zeit verbrachten sie im Bett oder bei langen Spaziergängen am Strand. Johanna hatte geglaubt, dieses Glück hielte für die Ewigkeit. Sie versuchte, den Gedanken zu verscheuchen.

»Möchtest du noch Suppe, Tante Finchen?«

Ihre Tante sah zu ihr hoch. »Ich habe doch noch. Und außerdem kommt die aus der Tüte. Schmeckt nur nach Chemie. Widerlich.«

Heinz schüttelte nachsichtig den Kopf. »So schlecht ist die auch nicht. Und eine Vermietung bringt tatsächlich so viel Geld?« Die letzten Worte waren wieder an die Piepers gerichtet. Auch Walter wartete mit gespannter Miene auf die Antwort.

»Ja.« Ulrich Pieper schob seinen leeren Teller zur Seite. »Man wundert sich wirklich, wie viele Menschen noch Urlaub machen. Alle reden von Wirtschaftskrise, aber Ferien werden bezahlt. Und zwar prompt und ohne Diskussionen. So eine Rendite kriegen Sie auf keinem Festgeldkonto. Sagenhaft.«

Die Bedienung erschien, um die Suppenteller abzuräumen. Beim Aufeinanderstapeln der Teller klecksten einige Tropfen auf Heinz. Der zuckte zusammen und wischte über seinen Ärmel.

»Du hast dich bekleckert.« Walter deutete auf den Fleck. »Ärgerlich.«

»Soll ich das jetzt auswaschen, oder was?« Heinz rieb den Fleck unentschlossen etwas größer. »Das kann ich doch nach dem Essen machen. Vielleicht kommt noch was dazu.«

Walter zog seine Augenbrauen hoch, woraufhin Heinz laut seufzte, aufstand und Richtung Tür ging.

Unwillkürlich fiel sein Blick auf Karsten Kock, der ganz allein an dem kleinen Tisch saß und auf seinen leeren Teller starrte. Heinz hatte ein großes Herz und schnell Mitleid mit einsamen Gestalten. Er blieb am Tisch stehen und sagte mit schief gelegtem Kopf. »Herr Kock, ich wollte Ihnen noch ein Kompliment machen für Ihre umsichtige Fahrweise. Man spürt doch gleich Ihre große Erfahrung und fühlt sich wie in Abrahams Schoß.«

»Was?« Kock sah verblüfft hoch. Seine Augen waren glasig.

»Sie fahren sehr gut Auto, äh, Bus. Finde ich.« Heinz stützte sich mit den Händen auf dem Tisch ab. »Das wollte ich Ihnen nur sagen.«

»Aha.« Karsten Kock beugte sich nach vorn. Sein Atem roch nach Bier, Heinz wich etwas zurück. »Sie finden also, ich fahre gut? Ja? Das mache ich jetzt seit Jahren. Immer neue Touren, immer neue Reiseleiter. Wissen Sie eigentlich, wie nervig das ist? Jeden Tag eine Busladung voller Rentner, die immer nur quatschen, aufs Klo müssen, Hunger kriegen, frieren, schwitzen und was weiß ich noch alles? Wissen Sie nicht? Dann sage ich es Ihnen.«

Er hatte sich langsam erhoben und war jetzt

auf Augenhöhe mit Heinz. Trotz seines Lallens war er aber noch gut zu verstehen. »Das ist…«

»Herr Kock.« Lisa Wagners scharfe Stimme verhinderte Kocks Wahrheit. »Kommen Sie bitte mal mit zu Herrn Tacke? Sofort.« Sie blieb neben Heinz stehen und starrte Kock durchdringend an. »Es ist wichtig.«

»Ja, ja.« Etwas unsicher schlurfte der Busfahrer an Heinz vorbei. Er nuschelte leise. »Und das Allerschlimmste sind diese Reiseleiter. Alle gleich. Alles Idioten.«

Nachdenklich kehrte Heinz nach dem Fleckenauswaschen an den Tisch zurück, gleichzeitig mit der Bedienung, die eine Platte mit gemischtem Braten abstellte.

»Rechts Schwein, links Rind«, sagte sie. »Sauce kommt gleich.«

Heinz ließ sie vorbei, bevor er sich setzte. Vor ihm stand eine Schüssel mit Kartoffeln, daneben die obligatorische Gemüseplatte mit einem ganzen Blumenkohl in der Mitte.

Walter stach mit der Gabel hinein. »Genau dasselbe gab es schon bei Christines Konfirmation«, bemerkte er. »Es gibt doch Dinge, die nie aus der Mode kommen.«

»Leider.« Johanna musterte die dicke Béchamelsauce auf dem Blumenkohl. »Davon ist mir als Kind schon schlecht geworden.«

»Das Fleisch sieht doch gut aus.« Patrick Dengler schob die Platte in Finchens Richtung. »Nach Ihnen.«

Als Heinz an der Reihe war, musste Walter ihn anstoßen. »Heinz, träumst du? Willst du Rind oder Schwein?«

»Egal.« Heinz fuhr zusammen und sah seinen Schwager an. »Nicht so fett. Mager. Ich glaube, der Kock ist nicht so zufrieden mit seinem Arbeitsplatz.«

»Wie kommen Sie darauf?« Patrick Dengler ließ die Schüssel sinken und blickte neugierig zu Heinz. »Hat er Ihnen das erzählt?«

»Nein, nein.« Heinz musterte Patrick Dengler. »Natürlich nicht. Er sieht nur müde aus. Das ist ja ein anstrengender Job, den er macht: Busfahren, Würstchen ausgeben, Tontechnik und der Allerjüngste ist er auch nicht mehr.«

»Och.« Finchen arrangierte das Gemüse auf ihrem Teller. »Der ist doch noch ein junger Hüpfer. Höchstens sechzig. Könnte fast mein Sohn sein. Johanna, du kannst wenigstens das Fleisch essen. Ist alles bezahlt.«

Johanna war dem Geplauder nur mit einem Ohr gefolgt. Es gab auch nicht viel zu verpassen.

Finchen genoss die Tischgespräche sichtlich, mischte sich ein und flirtete abwechselnd mit Heinz, Walter und Ulrich Pieper.

Johanna fingerte in ihrer Tasche nach dem Aufnahmegerät und stellte es aus. Sie musste den Speicherplatz schließlich nicht mit Tischgesprächen unter Rentnern füllen. Für heute hatte sie genug Albernheiten aufgezeichnet.

Jetzt wurde ihre Aufmerksamkeit auf den Eingang gelenkt. Dort begrüßte Dennis Tacke gerade lautstark einen Neuankömmling. Der Mann war älter als Tacke, trug einen gut sitzenden Anzug, über dem Arm einen Mantel und klopfte dem Reiseleiter jovial auf die Schulter. Der wirkte leicht aufgeregt und gab Karsten Kock unermüdlich Zeichen, die aber ignoriert wurden. Der Busfahrer saß an seinem Tisch, kaute langsam und starrte vor sich hin.

Als Dennis Tacke den älteren Mann in den Saal zog, blieb er kurz neben Karsten Kock stehen, blaffte ihn an, offensichtlich ohne Erfolg, und ging dann an die Tonanlage. Mit dem Mikrofon in der Hand drehte er an verschiedenen Knöpfen, das Ergebnis war ein gellendes Pfeifen, dann ein Rauschen. Die meisten der Anwesenden zuckten zusammen, einige lachten. Kock kaute weiter und Tacke fand schließlich, unterstützt von Lisa Wagner, den richtigen Knopf.

»Hallo, hallo, Test, Test, eins, eins, ja, Lisa, der isses gewesen. Meine Damen und Herren.«

Er stellte sich vor den Tisch des Busfahrers, der dadurch verdeckt wurde, und winkte den neuen Gast lässig zu sich.

»Ich möchte Ihnen gern jemanden vorstellen. Wir haben die große Freude, heute Abend Herrn Michael Kruse bei uns begrüßen zu dürfen. Herr Kruse ist der Fremdenverkehrsbeauftragte des Urlaubsgebiets Schlei und wird uns morgen bei der exklusiven Rundfahrt begleiten. Kaum jemand kennt die Zukunft dieses Paradieses so gut wie er, kaum jemand kann uns so viele Traumecken und zauberhafte Ziele in dieser Gegend zeigen und davon erzählen.«

Johanna beobachtete Lisa Wagner, die hinter Tackes Rücken leise auf den angeschlagen wirkenden Karsten Kock einredete und ihm dabei leicht auf die Schulter schlug. Der schüttelte unwirsch ihre Hand ab, starrte sie wütend an und stand schließlich wankend auf. An den Tisch gelehnt wischte er sich über die Stirn und wartete ab. Tacke hatte ihn nur kurz angesehen und auf den Gast gedeutet. »Herr Kruse, möchten Sie vielleicht ein paar Worte sagen?«

»Sehr gern.« Michael Kruse breitete seine Arme aus und verbeugte sich in alle Richtungen. »Auch von mir ein herzliches Hallo, liebe Anwesende. Ich heiße Sie herzlich willkommen in der schönsten Gegend des Nordens.«

Walter sah hoch und öffnete schon den Mund, um etwas zu sagen. Sein Schwager stieß ihn an und schüttelte warnend den Kopf, während Finchen nur leise sagte: »Es muss doch nun wirklich nicht jeder hier eine Rede halten. Meine Güte.«

Dennis Tacke schoss einen ungeduldigen Blick in ihre Richtung, lenkte seine Aufmerksamkeit aber gleich auf Michael Kruse.

»Keine Angst, es kommt jetzt keine lange Rede, ich will ja nicht mein ganzes Pulver verschießen, Sie sollen auch morgen noch gut unterhalten werden. Nur so viel: Sie können sich auf den morgigen Tag freuen, Sie werden sich in ein Stück Land verlieben, das mich schon vor Jahren auf den ersten Blick verzaubert hat. Darauf erhebe ich mein Glas und …«

Er hielt ein Glas Bier in die Luft und wartete offensichtlich auf etwas, das aber nicht kam. Unsicher sah er sich nach Dennis Tacke um, der wiederum Karsten Kock Zeichen gab. Nichts passierte. Nur Frau Hollenkötter lachte laut, was einen kleinen Applaus aus ihrer Ecke auslöste.

»Also dann …«, setzte Michael Kruse etwas lauter nach. »… lassen Sie uns das Glas erheben. Auf eine gelungene Reise und auf … eigentlich sollte jetzt ein Tusch kommen … Herr Kock?«

Der Angesprochene stand unsicher vor der Musikanlage, grinste schief, hob den Arm und drehte am Regler. Mit ohrenbetäubender Lautstärke setzte Musik ein, nach wenigen Takten erkannte Johanna den Schlager. ›Olé, wir fahr'n in den Puff nach Barcelona.‹

Karsten Kock wiegte sich im Takt, Tante Finchen rief: »Oh mein Gott«, das Ehepaar Hollenkötter sprang auf und erklärte einen Gang zwischen den Tischen zur Tanzfläche, Walter drehte sich irritiert in ihre Richtung, die Piepers schüttelten im Gleichklang den Kopf, Heinz summte mit und Dennis Tacke brüllte: »Kock, verdammt, Kock, schalten Sie das Ding aus.«

Patrick Dengler wirkte versteinert, Johanna drückte sofort wieder auf die Aufnahmetaste.

Inzwischen hatten sich drei weitere Paare zu den Hollenkötters auf die improvisierte Tanzfläche gesellt. Tacke rang mit Kock, der sich aber als erstaunlich standhaft erwies und seinem Reiseleiter den Zugriff zur Anlage verwehrte.

»Lesbisch, lesbisch und ein bisschen schwul …«, sang ein Chor, wenn man denn von singen reden wollte. Dennis Tackes Stimme überschlug sich. »Kock, machen Sie … Lisa!«

Lisa Wagner versuchte, die beiden zu umkreisen, schaffte es aber in der Enge nicht. Michael Kruse hatte immer noch das Mikrofon in der Hand. »Meine Damen und Herren, entschuldigen …«

Die Schwestern aus Papenburg begannen eine Zweierpolonaise und steuerten genau auf ihn zu. Walter stieß Heinz an und deutete auf Kock, der die Anlage bis aufs Blut verteidigte und dabei den Text mitsang. Tacke ruderte inzwischen wie wild mit den Armen und Lisa Wagner ließ sich plötzlich auf die Knie sinken und kroch an den beiden vorbei. Tante Finchen stellte sich auf ihren Stuhl, um besser sehen zu können, und rief empört: »Tacke schlägt unseren Busfahrer.«

Unvermittelt war der Spuk zu Ende. Lisa Wagner hatte den Stecker gezogen und hockte mit hochrotem Kopf neben dem echauffierten Tacke, der Kock anbrüllte: »Du Idiot, du bist gefeuert!«

Johanna lehnte sich zurück und knöpfte ihre Jacke zu. Sie atmete tief durch und spürte ihre Rippen, nach unkontrollierten Lachkrämpfen bekam sie sofort Muskelkater. Aber sie hatte sich nicht mehr beherrschen können, immer noch hatte sie das Bild vor sich: Dennis Tacke, der den blöde grinsenden Karsten Kock anbrüllte, während im Gang nach einer kleinen Schrecksekunde einfach weitergetanzt wurde. Immer noch zum ›Puff in Barcelona‹, der jetzt von Bärchen Hollenkötter geschmettert wurde. Heinz und Walter hatten sich indes drohend vor Tacke aufgebaut und verkündet, dass Karsten Kock der beste Busfahrer sei, mit dem sie je gefahren seien, und Tacke ihm doch gar nicht kündigen könne. Auch Finchen hatte sich dazugestellt und nach Tackes Chef gerufen. Sie wolle sofort mit Theo von Alsterstätten reden, notfalls auch am Telefon. Tacke könne froh sein, wenn sie ihn nicht anzeigen würde, das sei Gewalt am Arbeitsplatz, sie habe auf einem Stuhl gestanden und alles genau beobachtet. Johanna hatte vergeblich versucht, ihre Tante zu beruhigen, Finchen hatte ihr aber gar nicht zugehört.

Letztlich hatte Patrick Dengler die Gemüter beruhigt. Mit sanfter Hand und leiser Stimme hatte er Busfahrer und Reiseleiter voneinander getrennt. Was er zu ihnen gesagt hatte, war nicht zu verstehen gewesen, genützt hatte es trotzdem. Dennis Tacke hatte sein Jackett glatt gezogen und war dann mit Lisa Wagner an seinen Tisch zurückgegangen, an dem schon der konsternierte Michael Kruse saß und Schnaps trank.

Die Schwestern aus Papenburg und die Bahnwitwen aus Hamburg, angeführt von Chiaras Großmutter, hatten am Tresen lauthals Musik gefordert. Eine der Bedienungen hatte schlecht gelaunt die Achseln gezuckt, worauf Patrick Dengler erst mit Tacke, dann mit Kock redete, der sich anschließend wieder an der Anlage zu schaffen machte und unter großem Beifall im Saal Roland Kaiser erklingen ließ.

Gleich darauf hatte der Busfahrer sich auf seinen Stuhl gesetzt und war eingeschlafen.

An dieser Stelle war Johanna aufgesprungen, hatte sich an den tanzenden Schwestern vorbei einen Weg nach draußen gebahnt und minutenlang hysterisch gelacht.

Jetzt saß sie auf einer Bank im Hotelgarten und rauchte eine Zigarette. Langsam beruhigte sie sich, obwohl die absurden Bilder immer wieder auftauchten. Es war zu schade, dass niemand gefilmt hatte und dass es hier niemanden gab, mit dem sie das Geschehene noch einmal hätte durchhecheln können. Zumal derartige Geschichten mit jedem Erzählen besser wurden.

Plötzlich fiel ihr eine Szene ein, an die sie lange nicht mehr gedacht hatte. Damals hatte sie Max erst wenige Wochen gekannt und war mit ihm von einem Sommerfest gekommen. Nach Mitternacht hatte der Discjockey nur noch die größten Partykracher gespielt, das Fest war fast aus den Fugen geraten. Immer noch lachend hatten sie viel später auf Johannas Bett gelegen und zusammen alte Schlager wie ›Anita‹ und auch den ›Puff von Barcelona‹ gesungen. Unvermittelt hatte Johanna Max gefragt, ob er schon mal in einem Puff gewesen sei. Er hatte sie angelächelt und genickt. »Ich war damals 23 und mein bester Freund hatte seinen Junggesellenabschied. Wir sind in einen Club gegangen, sechs Jungs, alle ziemlich angetrunken. Bei der Rechnung haben wir dann gemerkt, dass es kein normaler Club war. Und die Damen nicht einfach nett waren, sondern auch noch professionell.«

»Oh.« Johanna war überrascht gewesen. »Und? Habt ihr nur getrunken oder auch die professionellen Damen ausprobiert?«

»Dafür, meine Schöne«, hatte Max geantwortet und sie an sich gezogen, »dafür hätten wir kein Geld mehr gehabt. Wir waren arme Studenten.«

»Hättest du es denn gemacht?«

Er hatte einen Moment überlegt. »Vielleicht.«

Erstaunt hatte Johanna ihn angesehen. Jeder andere hätte diese Frage vermutlich sofort verneint. Max Schulze war ehrlich. Auch deshalb hatte sie sich in ihn verliebt.

Johanna schnippte den Zigarettenstummel auf den Kiesweg und schüttelte den Kopf. Sie wurde sentimental. Es war lange her, seit sie zuletzt lachend mit Max auf dem Bett gelegen und intensive Gespräche geführt hatte. Nicht, weil nichts mehr passiert war, sondern weil sie kaum noch Zeit miteinander verbrachten, und wenn sie zusammen waren, dann redeten sie über den Job, die Steuererklärungen, die nötigen Einkäufe oder andere Banalitäten.

Johanna hatte sich natürlich gefreut, als Max den Karrieresprung in die Chefetage geschafft hatte. Sie hatte sich aber nicht vorstellen können, dass sich dadurch etwas in ihrer Beziehung ändern würde. Trotzdem war es so gewesen. Er hatte immer mehr zu tun, musste ständig auf irgendwelche Geschäftsreisen und Veranstaltungen und war deshalb wenig zu Hause. Sie hatte immer häufiger schlechte Laune, stritt sich mit ihm über Kleinigkeiten und hatte manchmal sogar im Gästezimmer geschlafen. Max aber hatte so getan, als wäre nichts. Bis diese Sache mit Mareike Wolf passierte. Und jetzt wusste sie überhaupt nicht mehr, wie sie sich verhalten sollte, nur, dass sie sehr unglücklich war.

Eine Bewegung neben ihr riss sie aus ihren Gedanken und ließ sie hochblicken. Patrick Dengler sah auf sie herunter, eine Zigarette in der Hand. »Haben Sie Feuer? Ich rauche eigentlich seit fünf Jahren nicht mehr, die Zigarette habe ich mir bei der muffeligen Bedienung geschnorrt, ihr Feuerzeug wollte sie aber nicht rausrücken.«

Johanna zündete ihr Feuerzeug an und hielt es in seine Richtung.

»Danke.« Als die Glut aufleuchtete, fragte er: »Darf ich?«

Er saß schon, bevor Johanna antworten konnte, zog an der Zigarette und hustete kurz. »Nichts mehr gewöhnt«, teilte er ihr mit. »Aber besondere Abende erfordern besondere Opfer.«

»Dabei haben Sie doch schon Mord und Totschlag verhindert«, antwortete Johanna. »Das war doch Opfer genug. Was haben Sie den beiden Streithähnen eigentlich erzählt, damit die plötzlich friedlich wurden?«

»Ach«, winkte Patrick Dengler ab. »Nichts Besonderes. Ich habe Herrn Tacke nur daran erinnert, dass er vermutlich nicht über Nacht einen neuen Busfahrer bekommt, und Herrn Kock habe ich noch ein Bier versprochen, wenn er danach ins Bett geht. Das war schon alles.«

»Und noch Musik macht.« Johanna grinste. »Roland Kaiser.«

»Genau. Sonst wäre die Stimmung gekippt. Das hat auch Herr Tacke kapiert. Die Vorträge kann man ja morgen fortsetzen. Jetzt tanzen die alle noch eine Runde und dann wird sich die Party auch bald auflösen.«

Johanna spürte die ersten Tropfen auf ihrer

Hand. »Es fängt an zu regnen«, sagte sie, hob ihre Zigarettenkippe auf und warf sie in einen mit Sand gefüllten Blumentopf. »Ich glaube, ich gehe wieder rein. Und kümmere mich um meine Tante.«

»Okay.« Dengler erhob sich langsam. »Vielleicht können wir uns später mal in Ruhe unterhalten. Ich komme gleich nach, ich muss nur noch schnell telefonieren.«

›Viel Glück, ohne Netz‹, dachte Johanna und ging vor ihm in das Restaurant zurück.

Als sie wieder an ihrem Platz saß, lehnte sich Finchen zu ihr und sagte leise tadelnd: »Du hast geraucht. Das finde ich ekelhaft. Und dann noch mit dem Herrn Dengler. Verbrüdert ihr euch gerade?«

»Quatsch.« Johanna tippte sich an die Stirn. »Du hast vielleicht Phantasien. Er ist nicht mein Typ. Zu alt, zu glatt, zu smart.«

Das Restaurant begann sich schon zu leeren. Johanna sah auf die Uhr, es war kurz vor halb zwölf, von ihr aus hätte man den Abend nun auch beenden können. In diesem Moment sah sie Patrick Dengler auf sich zukommen. Sie beugte sich zu Tante Finchen und sagte: »Ich würde ganz gern aufs Zimmer gehen. Was ist mit dir?«

»Jetzt schon?« Finchen schüttelte energisch den Kopf. »Nein, Kind, schlafen kann ich zu Hause. Ich wollte mit Heinz und Walter noch an die Bar. Du kommst mit, wir haben ja auch nur einen Zimmerschlüssel und ich habe keine Lust, nachher stundenlang an die Tür zu hämmern, weil du mich im Tiefschlaf nicht hörst.«

Heinz und Walter. Johanna stellte erstaunt fest, dass die drei schon bei den Vornamen gelandet waren. Das ging ja gut los. Finchen gab ihren neuen Duzfreunden ein Zeichen und stand im selben Moment auf, als Patrick Dengler sich setzte. Höflich nickte sie ihm zu.

»So, dann wünsche ich noch viel Spaß, bis morgen. Kommst du, Johanna?«

Auf dem Weg zur Bar raunte sie ihrer Nichte zu: »Du kannst sagen, was du willst, Liebes, irgendetwas stört mich an dem. So, und jetzt freue ich mich auf einen Cocktail.«

Johanna bezweifelte, dass auch nur eine der mürrischen Bedienungen jemals einen Cocktailshaker gesehen hatte.

»Sabotage«, verkündete Heinz, als sie später zu viert am Tresen der Bar saßen und alle ein kleines Pils vor sich hatten. »Ich halte das für eine geplante Sabotage. Der Karsten Kock war ärgerlich und wollte keine Reden und Vorträge mehr hören, sondern einfach in Ruhe bei schöner Musik essen. Und deshalb hat er das selbst in die Hand genommen.«

»Das war doch keine schöne Musik«, protestierte Finchen. »Ich habe anfangs den Text gar nicht verstanden. Aber als Hollenkötter das auch noch mitsang, irgendetwas mit ›Tausend nackte Weiber …‹. Also bitte.« Sie war wohl ein bisschen enttäuscht, weil es keine Cocktails gegeben hatte. Walter hatte einfach eine Runde Pils bestellt. Sie trank ihr Bier jetzt mit Todesverachtung.

»Aber es war sofort Stimmung.« Walter setzte sein Glas wieder ab. »Dagegen kann man nichts sagen. Der Kock ist schon ein guter Discjockey, oder wie heißt das? Auch wenn er ein bisschen betrunken war.«

Mehrere Teilnehmer ihrer Reisegruppe drängten sich plötzlich in die Bar und schoben mit viel Lärm drei kleine Tische in der Ecke zusammen. Hollenkötters waren wieder dabei, ebenso die Großmutter von Chiara und zu Johannas Verwunderung auch das Ehepaar Pieper.

Walter nickte ihnen kurz zu und sagte leise: »Die Begriffe ›gutsituiert‹ und ›exklusiv‹ bedeuten hier auch alles Mögliche. Na ja. Morgen sehe ich wenigstens die Schlei wieder.«

Michael Kruse betrat allein die Bar. Er sah sich kurz um, dann fiel sein Blick auf den Tresen und er schlenderte langsam auf die vier zu.

»Entschuldigen Sie, darf ich mich auf ein Bier zu Ihnen setzen?« Er hatte sehr höflich gefragt, Walter guckte ihn nachdenklich an, bevor er die Schultern hob. Kruse lächelte und sagte: »Darf ich Sie zu einem Bier einladen?«

Walter rutschte freundlich zur Seite.

Michael Kruse bestellte die nächste Runde und fragte, woher sie kämen. Er war beeindruckt, als Walter und Heinz sich als Sylter vorstellten. Er selbst mochte die Insel sehr, verbrachte seit Jahren einige Tage im Sommer dort.

»Leider wird es ja immer voller dort. Dadurch geht die Qualität natürlich verloren: Man braucht nur an die vollen Restaurants, die verspäteten Züge und die Staus zu denken.« Heinz stimmte ihm sofort zu und Michael Kruse begann gleich, davon zu erzählen, dass er seit vier Jahren für die Erschließung dieser wunderbaren Urlaubsgegend hier verantwortlich sei. Morgen werde er ihnen die schönsten Ecken zeigen. Ganz besonders gespannt sei er darauf, wie sie eines seiner Lieblingsprojekte beurteilen würden. Ein Freund von ihm, ein Architekt, habe lange nach einem Grundstück gesucht, auf dem er Häuser bauen könnte, die so durchdacht und schön werden würden, dass man sofort einziehen wollte.

»Und jetzt hat er es gefunden«, fügte er mit stolzem Lächeln hinzu. »Das heißt, eigentlich haben wir es gefunden. Ich habe in der Gegend selbst mal ein Haus gesucht, weil dort alles so zauberhaft ist. Aber ich will Ihnen gar nicht so viel erzählen, Sie sehen es morgen selbst.«

Johanna gähnte und fragte sich, woher Finchen ihre Kondition hatte. Sie selbst war hundemüde, während ihre Tante sich einen Kaffee bestellte und überhaupt keine Anstalten machte, diesen Abend zu beenden.

»Tante Finchen, ich muss ins Bett.« Sie stand auf und streckte ihre Hand aus. »Gib mir mal den Schlüssel, ich lasse die Tür offen, es wird schon keiner …«

»Ich finne ihm«, unterbrach sie eine laute Stimme.

Der Mann, der schwankend am Türrahmen der Bar lehnte, war offensichtlich ein Bauer und sternhagelvoll. Kleine Erdbrocken lösten sich von seinen Gummistiefeln und fielen auf den Boden. Strohhalme hingen noch an seiner Mütze, sein Gesicht war rot, seine Augen verquollen. Hinter ihm stand eine der Bedienungen des Restaurants und zog ängstlich an seinem Ärmel.

»Sie können hier nicht …«

»Hau ab.« Der Bauer schlug ins Leere und verlor dabei fast das Gleichgewicht. Die Bedienung floh mit entsetztem Blick.

»Ich finne ihm. Wo ssind ssie? Ich will mein …«

In der Bar war es jetzt mucksmäuschenstill. Johanna rutschte langsam wieder auf ihren Barhocker und hielt die Luft an. Das wurde hier ja noch spannend. Finchen griff nach ihrer Hand.

»Was ist denn hier los?« Plötzlich stand Dennis Tacke hinter dem Bauern und legte ihm entschlossen die Hand auf die Schulter. Der Stallgeruch breitete sich langsam in der Bar aus. »Kann ich Ihnen helfen?«

Der Bauer drehte sich langsam um und starrte Tacke mit zusammengekniffenen Augen an. Er hob seinen Arm und deutete unsicher auf ihn.

»Du warss dabei. Ich will mein Ge…Geld. Ssofort. Ich geh nich wweg.«

Dennis Tacke trat einen Schritt zurück und musterte den Mann von Kopf bis Fuß. Mit eisigem Blick sagte er: »Sie sind betrunken und Sie haben sich anscheinend im Lokal geirrt. Sie gehen jetzt sofort nach Hause, sonst rufe ich die Polizei.«

Der Bauer stierte ihn weiter an. »Ja. Hol die Polissei. Dann sag ichs denen. Das is Betruch.«

Er stolperte auf Tacke zu, verlor das Gleichgewicht und stürzte mit lautem Krachen in den Gang.

Finchen und Frau Pieper schrien auf, während Ulrich Pieper und Michael Kruse von ihren Plätzen sprangen, um zu helfen. Gemeinsam hoben sie den Mann auf und schleppten ihn langsam zum Ausgang. Dennis Tacke bewegte sich keinen Meter, sah dem Betrunkenen, der jetzt auch noch seine Retter anpöbelte, ungerührt nach und wandte sich dann an die Gäste in der Bar.

»Ich hoffe, er hat sie nicht belästigt«, sagte er locker. »Es ist fürchterlich, wenn man nicht mit Alkohol umgehen kann. Na ja, irgendeiner wird ihn ja wohl kennen und nach Hause bringen. Also dann, schönen Abend noch und bis morgen.« Er drehte sich auf dem Absatz um und folgte dem Bauern, der von Pieper und Kruse durch den Flur getragen wurde.

Heinz sah zu Walter, der auf dem Bierdeckel noch eine Notiz hinzufügte.

Johanna lag mit offenen Augen auf dem Rücken und starrte in die Luft. Der Wecker zeigte 4 Uhr und sie war hellwach. Das passierte fast jede Nacht, völlig egal, wann sie ins Bett gegangen war. Immer um 4 Uhr. Jede Nacht, seit Max ausgezogen war. Normalerweise stand sie dann auf, kochte sich einen Tee, setzte sich in ihren alten Sessel im Wohnzimmer und dachte nach. Über sich, über das Leben, darüber, wie sie sich Max gegenüber verhalten sollte, über ihren Job, über die Vergangenheit, über die Zukunft. Nach einer Stunde schlief sie meist im Sessel ein und wachte morgens durchgefroren und mit steifem Hals wieder auf.

Jetzt aber lag sie neben Tante Finchen in einem Hotel am Ende der Welt, weit weg von ihrem alten Sessel und ihrem Wasserkocher, und war trotzdem hellwach. Früher hatte sie es schön gefunden, mitten in der Nacht aufzuwachen. Sie hatte auf ihren Wecker geblickt und sich gefreut, noch stundenlang schlafen zu können. Dann hatte sie sich an Max geschmiegt und die Augen wieder geschlossen. Und sich umarmt und beruhigt gefühlt.

Jetzt waren diese Stunden die schlimmsten, endlos, dunkel und anstrengend. Johanna seufzte leise.

Finchen redete im Schlaf. Johanna verstand nicht alles, vertrieb sich aber die Zeit damit, herauszufinden, zu welchen Träumen Sätze wie »Ich kann Ihnen dieses Haus nicht allein bauen, ein bisschen Hilfe bräuchte ich schon« oder »Lassen Sie mich mal durch, ich muss die Gruppe retten« passten. Vermutlich fuhr Finchen die ganze Nacht Bus.

Johanna drehte sich zu ihr. Ihre Tante lag auf dem Rücken, trug ein dunkelrotes Nachthemd mit voluminösem Kragen und hatte die Hände auf der Decke gefaltet.

Ihr Gesicht glänzte im Halbdunkel. Die Menge an Nachtcreme, die sie benutzte, brauchte wohl auch acht Stunden, um komplett einzuziehen. Sie kämmte sich jeden Abend und fixierte die Frisur anschließend mit Haarklammern.

»Weißt du, Liebes«, hatte sie gesagt, während sie ihre Hände sorgsam eincremte, »wenn ich mir nicht jeden Abend so viel Mühe geben würde, hätte ich auch bald ein Gesicht wie diese Frau Hollenkötter. Willst du das?«

Johanna hatte nur den Kopf geschüttelt. Frau Hollenkötter war nicht nur zehn Jahre jünger, drei Köpfe größer und etwa fünfzig Kilo schwerer als Tante Finchen, sie war auch noch rothaarig und sehr blass. Johanna bezweifelte, dass man die Unterschiede mit handelsüblicher Kosmetik begründen könnte. Aber Finchen wollte auch gar keine Antwort, sie hatte sich zufrieden seufzend ins Bett gelegt und war keine drei Minuten später eingeschlafen.

Jetzt war es zehn nach vier. Johanna schob einen Arm unter ihren Nacken und winkelte ein Bein an. Vielleicht könnte sie auch im Liegen nachdenken. Zum Beispiel darüber, wie sie die Reportage machen würde. Es war zu schade, dass kein Fernsehteam den bunten Abend gefilmt hatte. Johanna sah wieder den derangierten Kock vor sich, der mit hochgereckten Armen den Takt vorgab, während Dennis Tacke ihn anbrüllte. Trotz der Aufnahme würde kein Mensch glauben, dass die Szene tatsächlich so abgelaufen war, alle würden sie für nachgestellt halten. Und vermutlich würde Tacke sie verklagen, falls er sein

Gebrüll im Radio wiedererkannte. Das würde sie riskieren.

Sie würde auch darüber berichten, warum die einzelnen Personen überhaupt mitfuhren. Von Einsamkeit bis Unternehmungslust gab es genügend Gründe.

Die Hollenkötters, die Schwestern aus Papenburg und selbst Chiaras Oma waren die typische Klientel solcher Kurzreisen. So hatte Johanna es sich vorgestellt. Billigreisende, die andere Gegenden und neue Leute kennenlernen wollten, was aber nichts kosten sollte. Irgendwie würde sich die Gelegenheit zu einem kleinen Plausch mit den Papenburger Schwestern schon ergeben. Oder mit Mutter Dengler und ihrer Schwester. Sie musste unbedingt herausfinden, was Patrick Dengler hier tat. Seine Mutter machte nicht den Eindruck, als würde sie es wahnsinnig genießen, in Begleitung ihres Sohnes zu reisen. Während des Essens hatte sie kaum mit ihm gesprochen, geschweige denn, sich groß um ihn gekümmert. Tante Finchen redete auch nicht so viel mit Johanna, aber sie lächelte sie immer mal wieder an oder drückte ihre Hand.

Finchen seufzte im Schlaf und bewegte ihren Kopf zur Seite. »Max …«

Johanna legte ihre Hand über die Augen. Dieser Traum war klar. Finchen träumte sich wohl Max in den Bus, damit die große Versöhnung vor Publikum an der Schlei stattfände. Aber es war eben nur ein Traum, da konnte ihre Tante sich noch so sehr anstrengen. Max würde hier nicht auftauchen. Das Problem war nur, dass Finchen die Lage anders sah: Sie mochte Johanna, sie mochte Max, also sollten sie zusammenbleiben.

Gequält stöhnte Johanna auf. Warum war er bloß auf diese Ziege hereingefallen und warum log er die ganze Zeit?

Sie zwang sich zu anderen Bildern, Heinz und Walter, der freundliche Michael Kruse, das Bier in der Bar. Die Hollenkötters. Johanna war sich schon fast sicher, dass dieses Paar die anderen, vermutlich gegen eine kleine Provision, ermutigen sollte, wozu auch immer. Sie müsste morgen dichter an die beiden ran. Ewald Hollenkötter hörte sich so gerne reden, sie brauchte nur die richtigen Fragen zu stellen.

Plötzlich fiel ihr der betrunkene Bauer ein. Was hatte er gelallt? Er suche jemanden und er wolle Geld. Jetzt wusste Johanna es wieder: Der Betrunkene hatte auf Dennis Tacke gezeigt und gesagt, dass er dabei gewesen sei. Und Tacke hatte ihn nur angestarrt und mit der Polizei gedroht. Das war doch komisch gewesen. Ein Betrunkener ist in einer Bar ja nicht ungewöhnlich oder gar bedrohlich. Ganz im Gegenteil, man kann damit rechnen. Dieser Mann hier war zwar sehr betrunken gewesen, aber er hatte niemanden angegriffen und weder Mobiliar noch fremdes Eigentum beschädigt. Wenn jemand das Recht hatte, ihn rauszuwerfen, dann die Bedienung oder das Hotelpersonal. Aber dass ein Reiseleiter, der lediglich ein Gast des Hotels war, sich dermaßen einmischte, das war schon eigenartig. Johanna glaubte auch bemerkt zu haben, dass die überforderte Bedienung Dennis Tacke geholt hatte, was ebenfalls eigenartig war.

Als Johanna einige Minuten später die Bar verlassen hatte, war von dem Betrunkenen weit und breit nichts zu sehen gewesen. Nur ein einsames, mit Matsch bespritztes Mofa stand im Hof, das Johanna vorher noch nicht aufgefallen war. Man konnte nur hoffen, dass der arme Bauer mittlerweile heil im eigenen Bett lag.

»Bist du wach?« Finchens verschlafene

Stimme holte Johanna aus ihren Gedanken. »Wieso bist du schon wach?«

»Ich bin immer um vier wach.« Johanna drehte sich auf die Seite und stützte ihren Kopf auf die Hand. »Ich denke dann eine Stunde nach und danach schlafe ich weiter. Und du?«

»Ich denke nicht nach.« Finchen setzte sich mühsam auf. »Ich habe Durst. Bist du so gut und gibst mir mal ein Glas Wasser?«

Johanna knipste die Lampe auf dem Nachttisch an und schwang die Beine aus dem Bett. Während sie auf nackten Füßen durchs Zimmer lief, versuchte sie, nicht auf den Teppichboden zu sehen, der vermutlich schon ewig hier lag.

»Danke«, sagte Finchen, nahm ihr das Glas ab und wartete, bis Johanna wieder im Bett lag. »Seit wann hast du diese Schlafstörungen?«

»Keine Ahnung.« Johanna stopfte sich die Decke um die Füße. »Seit einiger Zeit. Ich schlafe ja aber auch irgendwann wieder ein.«

»Kann es sein, dass es so ist, seit Max weg ist? Dass dir dein Liebeskummer den Schlaf raubt?«

»Tante Finchen, es ist halb fünf. Kann ich das Licht wieder ausmachen?«

»Nein, noch nicht. Und du hast Liebeskummer. Ich kenne dich. Max geht es auch nicht gut. Ich wollte es dir ja eigentlich gar nicht sagen, aber ich habe ihn letzte Woche angerufen. Wir haben lange telefoniert.«

»Tante Finchen …«

Auch wenn Johanna sich vorgenommen hatte, mit ihrer Tante mal etwas offener zu reden, hatte sie jetzt überhaupt keine Lust dazu. Nicht um halb fünf morgens.

»Wir können doch nachher darüber reden. Jetzt solltest du noch ein bisschen schlafen, um halb acht klingelt nämlich der Wecker.«

Finchen richtete sich wieder auf. »Du musst doch nur über deinen Schatten springen.«

»Ja, Tante Finchen. Aber das besprechen wir jetzt nicht. Gute Nacht.«

Entschlossen knipste Johanna die Lampe aus und legte sich hin.

»Johanna?«

»Ja?«

»Ruf ihn an. Ihr seid doch erwachsene Menschen.«

»Jetzt schlaf gut, Tante Finchen.«

Zwei Zimmer weiter knipste Heinz das Licht an.

»Walter.« Er rüttelte seinen Schwager am Arm. »Wach auf. Walter.«

Verschlafen hob der den Kopf und blinzelte. »Was denn?«

»Dein Bein.« Heinz klopfte verzweifelt auf die Decke. »Ich habe einen Krampf und du hast dein Bein um meins geschlungen. Nimm das weg. Aua.«

Langsam zog Walter sein Bein zurück und seine Decke über sich. Heinz stöhnte erleichtert und schüttelte seine Wade aus. »Du rutschst immer wieder zu mir rüber. Bleib doch mal auf deiner Seite. Das ist auch so warm.«

»Du musst Magnesium nehmen«, brummte Walter und knuffte das Kissen zusammen. »Dann kriegst du auch keine Wadenkrämpfe. Das ist eindeutig Magnesiummangel.«

»Du hast mir das Bein abgeschnürt.« Heinz griff zum Wecker, um die Uhrzeit zu erkennen. »Total abgeschnürt, da kriegt jeder einen Krampf. Es ist halb fünf. Ich liege seit einer halben Stunde wach. In drei Stunden geht der Wecker los. Da kann man ja noch schlafen.«

»Dann mach es doch.«

Heinz streckte seinen Arm zur Lampe und hielt plötzlich inne. »Du, Walter?«

»Was?« Seine Stimme klang dumpf, er antwortete ins Kissen.

»Mir geht die ganze Zeit etwas im Kopf herum, deshalb liege ich auch wach. Ich glaube, dass mit dem betrunkenen Bauern etwas nicht stimmt. Ich war doch danach noch auf der Toilette, und da habe ich gehört, dass sich Herr Tacke mit jemandem unterhalten hat, draußen auf dem Hof. Das Klofenster war nämlich offen.«

»Ja, und?«

Heinz setzte sich auf. »Ich konnte nicht alles hören, aber zum Schluss hat Tacke etwas lauter geredet, da habe ich ihn gut verstanden. Weißt du, was er gesagt hat?«

Walters Antwort war nur ein Knurren. Sein Schwager nahm es als Aufforderung und klopfte ihm kräftig auf die Schulter. »Jetzt, wo ich darüber nachdenke, jetzt begreife ich es erst. Er hat gesagt: ›Erledigen Sie das. Und zwar ein für alle Mal. Kann ich mich auf Sie verlassen?‹ So, und jetzt kommst du.«

Walter rappelte sich hoch und starrte Heinz schlaftrunken an. »Und? Was ist da zu begreifen?«

»Na, hör mal.« Heinz schüttelte fassungslos den Kopf ob der Begriffsstutzigkeit seines

Schwagers. »So einen Satz habe ich das letzte Mal von Robert De Niro gehört. ›Erledige das.‹ Du, der meinte den besoffenen Bauern. Denk doch mal nach. Das ist so eine Geheimsprache bei der Mafia. Ich habe es ganz deutlich gehört.«

Walter fuhr sich mit beiden Händen durch die völlig verstrubbelten Haare und guckte hoch. »Willst du mir erzählen, dass Tucke zur Mafia gehört? Du spinnst. Das kommt davon, dass du immer Krimis im Fernsehen siehst. Immer nur Tote und Verschwörungen, da wirst du doch blöde im Kopf.«

»Walter.« Heinz umklammerte das Handgelenk seines Schwagers. »Ich nehme das nicht auf die leichte Schulter. Da war auch so etwas in Tackes Stimme. So was Zwingendes. Ich meine das ernst. Ich sage nur: Robert De Niro. Wenn jetzt etwas passiert, war ich Zeuge, und wenn ich nichts unternehme, werde ich mir mein Leben lang Vorwürfe machen.«

»Du weißt doch gar nicht, ob die den Bauern gemeint haben. Vielleicht hat er auch nur zu dem Busfahrer gesagt, dass er noch tanken fahren soll. Und jetzt mach mal das Licht wieder aus.«

»Busfahrer.« Heinz wischte den Vorschlag

mit einer unwirschen Handbewegung weg. »Karsten Kock war doch schon lange im Bett. Nein, nein, ich habe da so ein Gefühl, dass ich tatsächlich Zeuge einer ganz großen Geschichte geworden bin. Walter, wir müssen das mit den anderen besprechen. Und wir müssen rausfinden, wie es dem Bauern geht.«

»Wie soll es dem gehen? Verkatert.« Walter setzte sich jetzt auf. »Und mit welchen anderen willst du das besprechen? Mit Hollenkötters? Oder mit diesem arroganten Dengler? Dann viel Spaß.« Er stand langsam auf und schlurfte auf die Tür zu.

Heinz sah ihm nach. »Was willst du jetzt unternehmen? Um diese Zeit?«

An der Tür drehte Walter sich zu ihm um. »Ich muss mal und gehe aufs Klo. Wenn ich in zwanzig Minuten nicht zurück bin, kannst du die Polizei anrufen. Dann hat mich die Mafia auf dem Flur erschossen. Mit Schalldämpfer, deshalb wirst du nichts hören. Dann guck einfach mal nach.«

»Du musst das ernst nehmen, Walter.« Heinz wurde jetzt ärgerlich. »Hier stinkt was zum Himmel. Du hast dir vorhin Notizen gemacht, also bist du doch auch unsicher, ob das hier alles seine Richtigkeit hat.«

»Ich mache lediglich eine Mängelliste, die ich hinterher Theo von Alsterstätten schicken werde. Leider ist er persönlich nicht hier, er sollte aber wissen, wie seine Angestellten mit den geladenen Gästen umgehen. Das halte ich für wichtig. Allerdings besteht zwischen einer Mängelliste und dem Verdacht auf Mafiazugehörigkeit ein kleiner Unterschied, dafür müssen wir erst Beweise sammeln.«

»Also glaubst du mir?«

Walter sah ihn skeptisch an. »Na ja, so richtig gut hörst du ja nicht.«

Wütend holte Heinz Luft. »Ich hatte mein Hörgerät an. Und Tacke hat laut und deutlich gesprochen. Und außerdem habe ich so ein Gefühl. Ich bin mir sicher. Wir müssen Augen und Ohren offen halten. Ich werde mal mit Johanna reden. Sie scheint mir vernünftig und überlegt zu sein. Und sie arbeitet beim Radio, sie hat Kontakte. Sie ist nämlich die schöne Stimme, die ich so gern höre.«

»Ach ja?« Walter trat an der Tür schon von einem Bein aufs andere. »Ich weiß nicht, welche Stimme du meinst. Aber Heinz, wir wollen uns doch nicht blamieren. So, ich muss.«

Daniel verharrte mit der Zahnbürste im Mund und lauschte. Als es wieder klingelte, warf er einen Blick auf die Badezimmeruhr. Tatsächlich. Er hatte sich nicht verhört. Irgendein Vollidiot klingelte um kurz vor Mitternacht Sturm an seiner Wohnungstür. Mit der Zahnbürste in der Hand lief er in den Flur und riss die Tür auf.

»Maksch«, stieß er überrascht hervor, »wasch mascht du denn hier?« Er schluckte den Zahnpastaschaum runter und verzog das Gesicht. »Komm rein.«

Während Max im Flur stehen blieb, spülte Daniel den Mund aus und fuhr sich schnell über die verstrubbelte Frisur.

»Hast du was von Johanna gehört?«, fragte Max mit besorgter Miene.

Er hätte sich die Mühe mit den Haaren sparen können. Max sah einfach durch ihn hindurch und ging mit schnellen Schritten ins Wohnzimmer.

»Sie geht nicht ans Handy oder hat es abgestellt. Hast du was gehört?«

»Möchtest du was trinken? Kaffee? Tee? Bier? Rotwein? Weißwein ist aus.«

»Ich … ach, ein Bier. Ob du was gehört hast?«

»Ich?« Daniel drehte sich um. »Kalt oder nicht so kalt?«

»Egal.« Max folgte ihm in die Küche.

»Egal habe ich nicht. Aus dem Kühlschrank? Oder zimmerwarm?«

»Ach, Daniel, gib mir irgendein Bier. Und antworte doch mal.«

»Ich habe nichts gehört. Ich hatte auch Dienst, wie du weißt.« Daniel hebelte den Kronkorken weg und reichte Max die Flasche. »Glas dazu?«

Mit leisem Stöhnen ging Max kopfschüttelnd zurück ins Wohnzimmer und ließ sich in einen Sessel fallen. Er fixierte Daniel einen Moment, trank aus der Flasche und stellte sie hart auf den kleinen Tisch. »Ich glaube, es war eine Schnapsidee. Ich habe mal ein bisschen über diese Art der Verkaufsfahrten recherchiert. Da gibt's jede Menge schwarzer Schafe. Und einige mit richtig krimineller Energie. Hoffentlich geht das gut.«

»Machst du dir plötzlich Sorgen um sie?« Daniel hatte sich aufs Sofa gesetzt und hielt sein Wasserglas in der Hand. »Das hast du doch in den letzten Wochen auch nicht gemacht, und ihr geht es nicht besonders gut. Oder hast du nur Angst um deine beste Journalistin und Mitarbeiterin? Du hast dich drei Wochen lang nicht blicken lassen, dann brauchst du jetzt auch nicht zu glauben, dass du nur hier aufkreuzen musst, um alles wieder in Ordnung zu bringen.«

»Daniel.« Max ließ seinen Kopf genervt an die Sessellehne sinken. »Ich weiß nicht, was Johanna dir erzählt hat, aber das Ganze ist der allergrößte Schwachsinn. Ich habe mich nicht blicken lassen, weil sie mich nicht sehen will, außerhalb des Senders zumindest. Meine Güte, Daniel, du kennst Johanna viel länger als ich, du weiß doch, wie sie ist, wenn sie sich in etwas verrennt. Das mit der Wolf war ganz anders, als du und die anderen, einschließlich Johanna, denken. Und wenn meine Frau mir mal die Gelegenheit geben würde, ihr alles in Ruhe zu erklären, dann wäre die Sache auch vom Tisch. Aber stattdessen knallt sie mir meine Tasche vor die Tür und spielt anschließend toter Käfer.«

Daniel musterte ihn skeptisch. »Johanna ist nicht hysterisch, mein Lieber. Und du spielst doch auch toter Käfer. Sie hat dich nicht aus Spaß rausgeschmissen, sie hatte ihre Gründe. Das hat sie zumindest gesagt.«

»Ich weiß. Das ist es ja. Ich kann noch nicht mal was erklären.« Max rutschte ungeduldig im Sessel nach vorn. »Es ist wirklich alles ganz anders.«

»Das sagen alle Männer, die erwischt werden.« Daniel stand plötzlich auf. »Was willst du denn machen?«

»Mit ihr reden.«

Loyalität hin oder her, Daniel hatte Mitleid. Er setzte sich wieder hin. »Du merkst schon, dass die Geschichte ziemlich schwach klingt, oder? Ein Schnaps, dann komatöser Schlaf und keine einzige Erinnerung? Und die Wolf bombardiert dich mit Mails. Johanna hat einige gelesen.«

»Mails?« Max starrte ihn an. »Wenn ich wirklich eine Affäre hätte, würde ich garantiert nicht unsere private Mailadresse rausgeben. Mareike Wolf hat mich damit auch nicht bombardiert, es waren genau vier Stück.«

Daniel zuckte nur die Schultern. Einen Rest von Loyalität sollte er sich bewahren. Max schüttelte den Kopf. »Du glaubst mir auch nicht. Super.«

»Darum geht es doch nicht«, widersprach Daniel sofort. »Johanna muss dir glauben, wenn denn alles so stimmt. Jetzt lass sie doch mal dieses Wochenende überstehen, das wird sowieso eine schräge Sache, und dann seht ihr weiter.«

»Weitersehen.« Müde hob Max den Kopf. »Das höre ich seit Wochen. Finchen hat mir vorgeschlagen, dass ich am Samstag wie zufällig dort an der Schlei vorbeikomme. Was meinst du?«

»Wie zufällig?« Daniel lachte. »Das ist genauso überzeugend wie der eine Schnaps, nach dem man nicht mehr denken kann. Für wie blöd haltet ihr Johanna?«

»Findest du das falsch?«

»Nein. Aber lass die Geschichten. Fahr hin, damit ihr redet, und gut. Dann wirst du sehen, was passiert. Im schlimmsten Fall schlägt sie dich nieder.«

»Das ist doch Blödsinn.«

»Sicher.« Daniel fand das Gespräch mittlerweile beinahe unterhaltsam. »Vielleicht ist sie auch ganz froh, dich zu sehen, weil sie die ganze Zeit unter dubiosen Verkäufern und senilen Rentnern hockt. Bei dem Vergleich schneidest du doch gut ab. Oder du rettest sie aus der Finanzhölle, die sich da aufgetan hat. Oder sie hat sich in den flottesten und reichsten der alten Säcke verliebt und es ist sowieso endgültig aus. Dann weißt du aber wenigstens Bescheid.«

»Sag mal, was trinkst du da eigentlich?«

»Wasser.« Daniel sah kurz in sein Glas. »Ich hatte ja schon Zähne geputzt. Aber das kann doch ganz lustig werden. Ich bin gespannt, was ihr erzählt. Du, sorry, aber ich habe morgen früh Dienst. Ich muss ins Bett.«

»Ja, klar.« Max trank das Bier mit einem Zug aus und stand auf. »Daniel, es war … Falls du mit Johanna redest, dann sag ihr …«

»Das musst du allein machen«, unterbrach Daniel ihn. »Ich sage ihr, dass du hier warst, um den Rest kümmert euch bitte selbst. Ich bin nicht Dr. Sommer. Also, gute Nacht.«

Er sah Max nach, der langsam an seiner eigenen Wohnung vorbei die Treppen nach unten ging.

»Max?«

»Ja?«

»Wieso schläfst du nicht in eurer Wohnung? Johanna ist doch nicht da.«

»Eben. Gute Nacht.«

Finchen sprühte eine Haarspraywolke über sich, die bei Johanna einen Hustenreiz auslöste. Sie riss das winzige Badezimmerfenster auf und hielt sich die Hand vor die Nase. »Tante Finchen, du bringst uns um. Du musst doch nicht die ganze Flasche verbrauchen.«

Finchen sah sie tadelnd an und zupfte sich ein paar Strähnchen in die Stirn. »Du stellst dich an. Wenn du jetzt auch noch mit den Ozonwerten anfängst, kriegen wir Streit. Willst du nicht mal unter die Dusche gehen?«

Johanna lehnte sich entspannt an den Türrahmen. »Wenn diese Giftgaswolke abgezogen ist. Ich frühstücke nicht, ich komme später dazu und trinke einen Kaffee, warte einfach nicht auf mich.«

»Du musst doch was essen.« Finchen drehte den Lippenstift auf und öffnete ihren Mund. »Es ist ungesund, mit leerem Magen aus dem Haus zu gehen.«

Sie rieb mit dem Zeigefinger Lippenstift vom Schneidezahn. »So, ich bin fertig. Du kannst duschen.«

Johanna drehte sich zur Seite, um Finchen vorbeizulassen. Sie sah zu, wie ihre Tante einen dunkelblauen Samthut aufsetzte. »Der ist aber schön.«

»Ja«, stimmte Finchen ihr zu und musterte sich abschließend im Spiegel. »Wobei man zugeben muss, dass dieses teure Stück hier ist, wie Perlen vor die Säue zu werfen.«

»Josefine!«

»Ist doch wahr.« Finchen nestelte noch einmal an der Hutnadel, bevor sie sich zu ihrer Nichte umdrehte. »Du warst ja so nett und hast nichts gesagt, aber diese Geschichte gestern Abend, das war wirklich zu viel. Dieses Lied … also wirklich. Und das Allerschlimmste waren diese … Damen, die am Tresen nach mehr Musik gerufen haben. Um dann miteinander Standard zu tanzen. Diese Blondgefärbte aus dem Rheinland hat immer den Mann gemacht. Gruselig.«

»Die hat eine Enkelin namens Chiara.« Johanna verbiss sich jeden weiteren Kommentar.

»Das wundert mich nicht. Na ja, es hilft ja nichts, die Gruppe ist leider nicht sehr sorgsam zusammengestellt. Ich bin froh, dass die beiden Sylter dabei sind. Und das Ehepaar

Pieper, die sind auch nett. Aber den Rest, den kann man ja wohl vergessen. Wenigstens lernen wir nachher die Schlei kennen. So, und jetzt gehe ich frühstücken. Willst du wirklich nichts essen?«

»Nein.« Johanna stieß sich vom Türrahmen ab. »Ich mache mich in Ruhe fertig und komme dann nach. Wann fährt der Bus los?«

»Um zehn. Also bis gleich.«

Johanna schloss die Tür hinter Finchen und griff zu ihrer Tasche. Sie wollte unbedingt wissen, ob sie die Aufnahmen von gestern würde verwerten können. Mit viel Glück hatte sie sogar den besoffenen Bauern drauf. Und anschließend sollte sie sich mit den anderen gutsituierten Senioren unterhalten. Mit dem netten Heinz würde sie beginnen. Bei ihm müsste sie noch nicht mal lügen.

Heinz kämmte sich schnell über die Haare und schob den Kamm anschließend in die Hosentasche.

»Walter? Bist du fertig?«

Sein Schwager antwortete nicht, stattdessen kauerte er an dem zu kleinen Tisch und schrieb in sein Notizbuch. Seine Lippen bewegten sich lautlos, seine Stirn war gerunzelt.

»Was machst du da? Ich denke, wir wollen gehen. Walter?«

Heinz tippte ihm auf die Schulter, erschrocken fuhr Walter hoch. »Was …?«

»Frühstücken.« Neugierig beugte Heinz sich über die beschriebenen Seiten, er konnte kein einziges Wort entziffern. Walter schrieb immer winzig klein, um die Bleistiftmine nicht zu schnell zu verbrauchen. »Wir wollten frühstücken gehen. Was schreibst du denn da? Kannst du das eigentlich lesen?«

»Natürlich.« Walter warf einen prüfenden Blick auf die Seiten und danach auf seinen Schwager. »Sehr gut sogar. Ich habe eine ganz klare Handschrift, das haben schon alle Kollegen damals gesagt. Vielleicht hast du eine falsche Brille. Von wegen, deine Augen sind stabil geblieben. Du solltest die mal testen lassen.«

»Die sind gut. Aber was schreibst du denn überhaupt?«

Walter lehnte sich auf dem Stuhl zurück und ließ seinen silbernen Drehbleistift zwischen Daumen und Zeigefinger federn. »Zum einen habe ich eine Liste der Kosten erstellt, die hier auf uns zugekommen sind. Also die Getränke, die Telefongebühren, das Toilettengeld und so weiter. Und die wird sich ja noch verlängern.« Er hielt ein Blatt Papier hoch. »Das hier ist Anlage K, wie Kosten. Und dann habe ich meine Notizen von gestern Abend übertragen. Ich hatte ja nur Bierdeckel zum Schreiben, das wollte ich rasch noch ordnen. Bevor ich etwas vergesse.«

Er stoppte seinen Redefluss und sah Heinz an. »Du bist ja schon gewaschen und rasiert. Dann können wir auch gehen. Ich habe Hunger.«

Johanna nahm zufrieden die Kopfhörer ab und schaltete das Gerät aus. Das war doch schon mal ein guter Anfang. Sie schob es wieder in ihre Handtasche und steckte das Notizbuch und zwei Kugelschreiber dazu. Natürlich würde sie nachher ihre Interviews ganz unauffällig führen. Zum einen wollte sie keinen Ärger mit Dennis Tacke, zum anderen würde Finchen durchdrehen, wenn sie mitbekäme, dass ihre Nichte hier auf der Pirsch war.

Sie zog die Zimmertür hinter sich ins Schloss und stieg die enge Treppe hinunter. An der Rezeption, hinter dem Tresen, stand ein junges, pummeliges Mädchen, das sie gestern noch nicht gesehen hatte.

»Guten Morgen.« Johanna blieb vor ihr stehen und lächelte sie an. »Ich habe eine Frage.«

Das Telefon klingelte.

»Moment, bitte.« Das Mädchen drehte sich etwas unbeholfen um und nahm den Hörer ab. »Gasthaus zu den drei Linden. Mein Name ist Melanie Ippen, schönen guten Tag.« Angestrengt sah sie an Johanna vorbei. »Nein, ich kann nicht ins Zimmer durchstellen. Tut mir leid. Wenn Sie später noch mal anrufen könnten, dann ist auch mein Chef da … Das kann ich wirklich nicht … Ich darf … Hallo? Haallo? Oh, aufgelegt.«

Verdutzt legte sie auch auf und drehte sich zurück zu Johanna. »Einfach aufgelegt. Ich weiß nicht, ob ich Ihre Frage beantworten kann, ich bin nur die Aushilfe.«

»Was heißt ›nur‹?« Johanna lächelte Melanie fast liebevoll an. »Mein Name ist Schulze, ich wohne mit meiner Tante im Zimmer 3. Kann es sein, dass ich hier überhaupt keinen Handyempfang habe?«

Melanie kaute Kaugummi und nickte. »Funkloch. Überall hier.«

»Aha.« Johanna beugte sich etwas näher und senkte ihre Stimme. »Sagen Sie mal, kommt der Herr Tacke mit seinen Reisegruppen eigentlich öfter hierher?«

»Tacke?« Wie konnte ein junges Mädchen nur so stumpfsinnig gucken? Johanna lächelte weiter. »Der nette Reiseleiter. Von der Firma ›Ostseeglück‹.«

Melanies Kaubewegung stockte, dann setzte sie wieder ein. »Kenne ich nicht.«

»Na, der Mann, der gestern Abend Ärger mit einem Betrunkenen gehabt hat. In der Bar. Haben Sie nichts davon gehört?«

»Ich hatte gestern frei.«

»Aber hat denn keiner Ihrer …«

»Guten Morgen, Johanna. Gut geschlafen?« Wie vom Himmel gefallen stand plötzlich Patrick Dengler neben ihr und sah erst sie und dann die kauende Melanie an. »Gibt es ein Problem?«

»Nein, nein«, antwortete Johanna und trat einen Schritt zur Seite, um den Abstand zu ihm zu vergrößern. »Ich wollte gern eine Karte von der Schlei haben. Damit ich sehen kann, welche Strecke der Bus gleich fährt.«

»Hier.« Unentwegt kauend schob Melanie eine zusammengefaltete Karte über den Tresen. »Ein Euro fünfzig.«

Johanna wühlte nach ihrem Geld, während

sie sich bemühte, die Handtasche so zu halten, dass Patrick Dengler nicht hineinsehen konnte. Er hingegen holte mit einem Griff ein paar Münzen aus seiner Jackentasche und legte sie hin. »Stimmt so. Nehmen Sie es als Morgengabe, Johanna, Sie können mich ja mal mit draufgucken lassen. Bis später.« Mit einem breiten Grinsen stieg er die Treppe hoch. Johanna, die ihm kurz nachsah, musste sich beherrschen, um sich nicht zu schütteln. Melanie sah sie weiterhin kauend an.

Finchen tupfte sich mit der Serviette die Krümel aus den Mundwinkeln, bevor sie sagte: »Sie hat sich doch wohl nicht wieder hingelegt? Nicht, dass Johanna noch die Abfahrt des Busses verpasst.«

»Meine Tochter frühstückt auch nie.« Walter häufte sich Marmelade auf ein Stück Weißbrot. »Die jungen Frauen trinken fünf Tassen Tee nach dem Aufstehen, brauchen zwei Stunden im Badezimmer und hetzen dann zur Arbeit. Und wundern sich, dass ihnen dauernd schwindelig wird.«

»Christine und Ines trinken Kaffee«, sagte Heinz. »Und essen auch nichts. Glaube ich wenigstens.«

»Das ist ja noch schlimmer.« Walter wandte sich wieder an Finchen. »Seine Töchter«, erklärte er. »Die sind auch so. Gab es auf dem Büfett nicht frischen Obstsalat?«

»Der ist aus der Dose.« Finchen verzog das Gesicht. »Die reine Chemie. Überhaupt ist das kein sehr gutes Frühstücksbüfett. Alles abgepackt in Plastik. Ich hoffe sehr, dass unser Mittagessen in Kappeln besser sein wird. Sonst verliere ich langsam die Lust.«

»Wozu verlierst du die Lust?« Johanna stand hinter Finchen und legte ihr die Hände auf die Schultern. »Guten Morgen, die Herren.«

Sie zog einen Stuhl zurück und setzte sich neben ihre Tante.

»Die Lust am Essen verschwindet«, antwortete Walter. »Guten Morgen, Julia.«

»Johanna«, korrigierte ihn Heinz und fragte: »Trinken Sie Kaffee oder Tee?«

»Kaffee.«

Heinz lächelte und griff nach der Thermoskanne. »Wie meine Töchter.«

»Walter hat eine Mängelliste erstellt.« Finchen hielt Heinz ihre Tasse hin. »Was hier alles nicht gut war. Wenn dir auch noch etwas einfällt, kannst du es ihm sagen.«

»Aha.« Johanna hielt ihre volle Kaffeetasse in der Hand. »Und wozu?«

»Für ein Feedback.« Nachdem Walter sich kurz vergewissert hatte, dass sich an den Nebentischen niemand nach ihm umsah, sagte er: »Ich kann mich ja schlecht über die Art der anderen Reiseteilnehmer beschweren, aber so geht's auch nicht. Der Hollenkötter quatscht alle Leute zu. Ob sie ihm zuhören wollen oder nicht. Und hat Tischmanieren wie ein Pavian. Unmöglich. Ansonsten sind natürlich die versteckten Kosten ein Thema, die Zimmerbelegung, die ganze Organisation. Das sind doch keine Reiseprofis. Das kann man sich doch nicht gefallen lassen.«

Johanna warf einen Blick auf den Tisch, an dem das Ehepaar Hollenkötter saß. Sie frühstückten zusammen mit den Schwestern aus Papenburg und Chiaras Großmutter. Die Frauen hingen Bärchen an den Lippen, der lautstark über einen Urlaub in Tunesien schwadronierte. »Und überall diese Fliegen. Und kaum einer vom Personal sprach Deutsch. Eine Frechheit. Also nein, Gisela, nicht wahr? Das müssen wir uns nicht mehr antun.«

Johanna nickte. »Ich weiß, was Sie meinen. Aber dagegen kann man nicht viel machen.

Hat eigentlich schon jemand den Busfahrer gesehen? So voll, wie der gestern Abend war, kann es ihm heute nicht besonders gut gehen.«

»Der war doch nicht voll«, widersprach Heinz. »Ich glaube, er war einfach nur sehr erschöpft, und wenn man dann ein, zwei Biere trinkt, hat man schnell einen sitzen. Tun Sie ihm nicht unrecht, Johanna, der Mann hat keinen leichten Job. Ich möchte auch nicht mit so einem Typen wie Dennis Tacke zusammenarbeiten.«

Genau in diesem Moment betrat Karsten Kock den Frühstücksraum. Nach einem kurzen Blick ging er grußlos an allen vorbei zu dem Tisch, an dem Lisa Wagner saß. Er beugte sich zu ihr, sagte etwas, woraufhin sie ihn mit aufgerissenen Augen ansah und sofort aufsprang. Sie verließen hintereinander den Raum.

»Vielleicht ist etwas mit dem Bus«, brach Finchen das Schweigen. »Platten oder so.«

»Oder es ist etwas passiert …« Heinz sah immer noch auf die Tür. »Ich habe nämlich gestern Abend etwas durchs Toilettenfenster gehört. Da hat Tacke zu jemandem …«

»Heinz, bitte.« Walter stieß seinen Schwager an. »Nicht jetzt. Ich gehe noch mal aufs

Zimmer. Und in einer halben Stunde ist der Treffpunkt am Bus. Kommst du mit?«

»Ich möchte noch zu Ende essen.« Heinz klang beleidigt. »Geh ruhig schon.«

»Ich komme mit«, sagte Finchen und knüllte ihre Papierserviette zusammen. »Muss mir noch schnell die Nase pudern. Johanna, du kannst in Ruhe austrinken, wir haben noch Zeit.«

Walter zögerte einen Moment. Erst als Finchen aufstand und ging, beeilte er sich, ihr zu folgen, und hielt ihr die Tür auf.

Nach einem kurzen Moment des Schweigens hob Johanna den Kopf.

»Und?«, fragte sie mit gesenkter Stimme. »Was haben Sie gehört?«

Heinz wartete eine Sekunde, dann beugte er sich vor. »Sie kennen doch bestimmt die Mafia-Filme mit Robert De Niro.«

Die Abfahrt des Busses verzögere sich, hatte Lisa Wagner der Reisegruppe über das Mikrofon mitgeteilt und sich dafür entschuldigt. Alle saßen bereits auf ihren Plätzen und warteten.

»Wir haben heute nämlich einen Gast, der uns begleitet. Sie konnten ihn bereits am gestrigen Abend kennenlernen. Michael Kruse ist der Fremdenverkehrsbeauftragte, der die Gegend hier wie seine Westentasche kennt und wunderbar und anregend darüber sprechen kann.« Sie lächelte in die Runde, bevor sie fortfuhr.

»Nun, die Tücken der Technik, sein Auto springt nicht an, deshalb müssen wir noch einen Moment warten, bevor wir zu unserem kleinen Schleiausflug aufbrechen können. Herr Tacke kümmert sich bereits um alles Weitere, wir können bald starten. Danke für Ihr Verständnis.«

»Verständnis«, brummte Walter, der hinter Johanna und Finchen neben Heinz saß. »Das strapazieren die aber ein bisschen zu häufig.«

»Wenn ein Auto nicht anspringt, dann springt es eben nicht an«, sagte Frau Pieper über den Gang. »Das kann ja passieren.«

»Wer weiß, was der für einen Wagen fährt.« Walter ließ sich nicht beirren. »Bestimmt so ein ausländisches Modell. Und die nächste Werkstatt ist dann fünfzig Kilometer weiter. Da sitzen wir noch heute Mittag hier.«

»Walter, jetzt lass doch mal«, beschwichtigte ihn Heinz. »Die werden schon gleich eintreffen. Guck mal, da kommt ein Taxi.«

Tatsächlich stiegen Michael Kruse und Dennis Tacke gemeinsam aus dem Wagen und unter großem Hallo in den Bus.

»Einen schönen guten Morgen.« Dennis Tacke hatte das Mikrofon schon in der Hand. »Alle Mann an Deck? Entschuldigung, die Damen sind natürlich auch gemeint. Ja, ich sehe, alle Plätze sind besetzt. Das freut mich ungemein, ich hoffe, Sie freuen sich auch, denn wir haben einen wunderschönen Tag vor uns. Herr Kruse, wollen Sie gleich mal anfangen?«

Das Mikrofon wurde übergeben, und der Fremdenverkehrsbeauftragte fischte einen Zettel aus seiner Jackentasche.

»Auch von mir ein herzliches Willkommen und ich hoffe, Sie haben sich die Zeit gut vertrieben, auch wenn ich einen Moment verspätet war. Aber Sie werden gleich sehen, es hat sich gelohnt zu warten. Ich werde, oder besser, wir werden Ihnen zuerst einen Überblick über diesen einzigartigen Landstrich geben. Wir werden einige der schönsten Plätze aufsuchen, unter anderem Sieseby, eines der schönsten Dörfer Schleswig-Holsteins, das Gut Bienebek, das Naturschutzgebiet Schwansener See oder auch die kleinste Stadt Deutschlands, das zauberhafte Arnis.«

Mit einem Räuspern übergab er das Mikrofon an Lisa Wagner. »Danke, Herr Kruse. Natürlich ist auch für Ihr leibliches Wohl gesorgt. Wir werden gegen Mittag im schönen Kappeln eintreffen, dort gibt es dann ein gemeinsames Essen in einem exklusiven Lokal. Falls jemand von Ihnen bereits vorher Hunger oder Durst bekommen sollte: Herr Kock und ich haben kleine Snacks und Kaltgetränke dabei. Die Preisliste entnehmen Sie bitte den Flyern, die in der Rückenlehne vor Ihnen stecken. Vielen Dank für Ihre Aufmerksamkeit und eine schöne Fahrt.«

»Ich sage jetzt mal nichts dazu.« Walter hatte den Flyer überflogen und wieder in das Netz zurückgestopft. »Gar nichts.«

Johanna drehte sich um und musste lachen, als sie die erleichterte Miene von Heinz sah. Er bemerkte ihren Blick und beugte sich vor. »Ich mag morgens keinen Streit. Und Walter eigentlich auch nicht.«

»Ich streite doch gar nicht.« Walter setzte sich bequemer hin und faltete seine Hände über dem Bauch. »Ich weigere mich nur, zu völlig überteuerten Preisen alte Brötchen oder lauwarme Getränke zu kaufen. Aber ich möchte diese sogenannte Reiseleitung sehen, wenn hier die ersten Teilnehmer umkippen, weil sie sich kein Getränk leisten können. Die meisten der Herrschaften sind nämlich in einem Alter, in dem man ziemlich schnell dehydriert. Dass man das ausnutzt, ist unanständig. Wirklich unanständig. Aber ich trinke hier nichts, da könnt ihr euch drauf verlassen.«

»Ja, ja«, antwortete Heinz und sah aus dem Fenster. Der Bus fuhr auf einer schmalen Landstraße an einzelnen Höfen, reetgedeckten Häusern und blühenden Bauerngärten vorbei. Heinz waren die Bordpreise ganz egal, er hatte genügend gefrühstückt, mochte im

Moment nichts trinken und fand die Fahrt gerade sehr schön. Er überlegte, ob er nicht auch mal mit Charlotte in dieser Gegend Urlaub machen könnte. Es gab so viele Radwege hier, ganz gerade und neu geteert. Und Charlotte liebte Stockrosen, die fast an jedem Haus blühten. Sie könnten ja ein anderes Hotel buchen, ein hübscheres, in dem der Obstsalat nicht aus der Dose kam. Heinz beschloss, während dieser Rundreise die Augen offen zu halten und sich schon mal die schönsten Orte zu merken.

Nach etwa einer Stunde hielt der Bus auf einem Parkplatz am Ufer der Schlei. Die Sonne ließ das Wasser glitzern, Johanna setzte ihre Sonnenbrille auf und verließ nach Finchen den Bus. Am gegenüberliegenden Ufer sah man einen kleinen Hafen, Segelboote glitten lautlos vorüber und selbst Ewald Hollenkötter hielt für einen Moment den Mund.

»Wenn jemand einen kleinen Snack oder ein Kaltgetränk möchte, dann wende er sich bitte an Frau Wagner.« Dennis Tacke zerstörte die Idylle. »Hier rechts ist eine öffentliche Toilette, wer sich die Beine einen Moment vertreten möchte, der kann bis zum Ufer laufen. Ansonsten geht es in einer halben Stunde weiter. Pünktlich, bitte. Viel Spaß.«

Sofort bildete sich vor Lisa Wagner, die mithilfe von Karsten Kock einen Tisch aufstellte, die übliche Schlange. Auch Walter reihte sich ein. Als Johanna ihn verdutzt ansah, sagte er leise: »Ich kaufe nichts, ich will mir nur das Angebot ansehen. Und das Preis-Leistungs-Verhältnis. Fürs Feedback.«

Finchen verkündete, ihm dabei Gesellschaft leisten zu wollen, und Heinz musste zur Toilette. Als Chiaras Großmutter langsam in Richtung Ufer ging, beschloss Johanna, ihre Recherche aufzunehmen.

»Hübsch, nicht wahr?« Johanna hatte schon bessere Interviewanfänge hinbekommen, aber für eine unauffällige Befragung war der nicht der schlechteste. Chiaras Großmutter drehte nur kurz ihren Kopf und nickte, bevor sie ihren Blick wieder auf das andere Schleiufer richtete.

»Ich habe mich noch gar nicht vorgestellt«, versuchte Johanna es weiter. »Mein Name ist Johanna Schulze, ich begleite meine Tante. Gehören Sie nicht zu dieser Damengruppe?«

»Nein.« Wenn man dicht neben ihr stand, sah man den grauen Haaransatz unter der hellen Blondierung. »Ich heiße Annegret Töpper. Aus Krefeld. Und ich reise allein. Wir saßen gestern nur beim Essen zusammen, an diesem Frauentisch. Es gibt ja nicht besonders viele Männer in dieser Truppe. Na ja, hätte ich mir auch denken können. Entweder Paare oder Bekloppte. Ich hoffe, Sie suchen hier keinen Mann.«

»Ich?« Johanna lachte. »Um Himmels willen, nein. Meine Tante hat die Reise gewonnen, inklusive einer Begleitperson. Sie hat mich dazu verdonnert. War der Gewinn bei Ihnen nur für eine Person?«

Annegret Töpper schüttelte den Kopf. »Meine Freundin Karla ist angeschrieben worden, die gehört auch zu den Gutsituierten. Hat sie mir gleich erzählt. Die hatte ein Damenoberbekleidungsgeschäft in Recklinghausen. Das ging sehr gut, das erste Haus am Platz, wurde immer gesagt. War aber nie meine Preisklasse. Jedenfalls hat Karla diese Reise gewonnen und mich als Begleitung eingetragen. Ich gewinne nämlich nie etwas. Und dann ist sie letzte Woche mit dem Fahrrad in eine Hecke gefahren. Besoffen, wenn Sie mich fragen. Schlüsselbeinbruch, jetzt liegt sie im Krankenhaus. Aber ich habe gleich gesagt, dass ich ja nichts dafür kann und es keinen Grund gibt, die Reise verfallen zu lassen. Man kriegt ja kein Geld wieder. Das sah sie auch so. Also bin ich jetzt hier.«

»Ja.« Johanna fragte sich, warum jemand namens Karla besoffen in eine Hecke radelt, wollte aber nicht fragen. Stattdessen besann sie sich auf ihren Job. »Machen Sie denn öfter Kurzreisen?«

»Nö«, antwortete Annegret und kramte ein zerknülltes Taschentuch aus ihrer Jackentasche. »Wovon denn? Ich habe vierzig Jahre als Schneiderin gearbeitet. Hätte ich gewusst, was ich mal für eine Rente kriege, wäre ich morgens länger im Bett geblieben. Ich war mit meiner Tochter mal auf Borkum, aber seit die ihr Kind hat, unsere Chiara, ist mit ihr auch nichts mehr los. Deshalb wollte ich ja unbedingt mitfahren. Aber Karla hat das alles etwas schicker beschrieben. Es ist vielleicht ganz gut, dass sie nicht mitkonnte. Sie ist immer so etepetete, die Karla. Die hätte sich schon mindestens zwanzigmal aufgeregt.«

Sie schwieg einen Moment, um sich lautstark die Nase zu putzen, und sagte, während sie das Taschentuch zurück in ihre Jackentasche steckte: »Allergie. Birke und Haselnuss.

Furchtbar. Hatte ich früher auch nicht. Es wird nichts besser im Alter. Wie alt sind Sie?«

»Vierzig.«

»Geht ja noch.« Annegret musterte Johanna von oben bis unten. Dann fragte sie: »Sie gehören auch nicht zu den Gutsituierten, oder? Hat Ihre Tante Geld? Natürlich, sonst hätte sie nicht den Brief bekommen.«

Johanna musste feststellen, dass ihr die Gesprächsführung aus dem Ruder lief. Also nutzte sie die Atempause und fragte: »Wie kommen Sie darauf, dass nur Leute mit Geld den Brief bekommen haben? Es war doch ein ganz normales Preisausschreiben.«

Mit hochgezogenen Augenbrauen sah Annegret sie an. »Blödsinn. Ich habe diese Einladung nicht bekommen, sondern Karla. Genauso war es bei den beiden Schwestern aus Papenburg. Die eine ist eine Zahnarztwitwe, die hat ordentlich geerbt, die andere hat nichts auf der Naht und hilft ihrer Schwester im Haushalt. Deshalb ist sie auch nur die Begleitperson. Und eine andere Dame aus Vechta war früher Apothekerin und hat auch gewonnen. Sie hat ihre Freundin mitgenommen, die war Haushälterin beim Pastor und kriegt auch keine große Rente. Nein, nein, Frau Schulze, die wollten nur die Reichen einladen, damit sie denen was verkaufen können. Das werden Sie schon noch sehen.«

»Meinen Sie?« Johanna nickte beeindruckt. »Und was sollen die kaufen?«

»Ich tippe auf Wohnungen.« Annegret reckte ihr Kinn. »Zumindest will dieser furchtbare Hollenkötter eine kaufen. Soll er. Er redet die ganze Zeit darüber, das geht einem schon auf die Nerven.«

Sie drehte sich um und sah über Johannas Schulter. »Oh, die anderen winken schon. Wir sollten gehen, sonst fährt der Bus ohne uns weg. Herr Tacke kann Sie sowieso nicht leiden.«

»Was?« Johanna trat einen Schritt zurück und war sich nicht sicher, richtig verstanden zu haben. »Tacke kann mich nicht leiden? Wie kommen Sie denn darauf?«

Annegret Töpper blieb stehen und sah sie freundlich an. »Mir macht kein Mann mehr was vor, meine Liebe. Das erkenne ich schon daran, wie er Sie anguckt. Er ist nicht besonders groß, falls Sie das noch nicht bemerkt haben, er geht Ihnen gerade mal bis zur Nase. Das kann ein Typ wie Tacke überhaupt nicht ertragen. Also sind Sie seine Feindin. Außerdem hat er gestern Abend bei uns am Tisch gefragt, ob wir uns vorstellen könnten, was eine junge Frau wie Sie dazu bringt, an einer Fahrt teilzunehmen, die sich doch eigentlich an Senioren richtet. Ihre zarte, kleine Tante könne Sie doch wohl nicht dazu gezwungen haben.«

»Das hat er Sie gefragt?« Johanna war fassungslos. »Das ist ja eine Unverschämtheit.«

»Genau«, pflichtete ihr Annegret bei. »Das haben wir ihm auch gesagt. Nicht wörtlich natürlich. Also, ich habe ihm gesagt, dass es ihn überhaupt nichts angeht, und die reiche Frau Meier aus Papenburg hat ihm erklärt, dass sie auch lieber einen hübschen jungen Neffen statt ihrer älteren Schwester mitgenommen hätte. Daraufhin haben sich die Schwestern in die Haare gekriegt und Tacke ist gegangen. Ich sage Ihnen: Er ist ein Idiot. Aber wir müssen jetzt zum Bus, sonst fahren die wirklich ohne uns weiter. Und ich will unbedingt in Kappeln die Praxis vom Landarzt sehen. Das war eine meiner Lieblingsserien, deshalb wollte ich auch unbedingt mit. Hier ist das alles gedreht worden, wussten Sie das?«

Johanna kannte die Serie noch nicht einmal und hatte außerdem Mühe, das, was sie gerade gehört hatte, zu verkraften. Tacke konnte sie also nicht leiden. Nun gut. Sie ihn auch nicht. Wenn diese Wachsfrisur Ärger wollte, dann sollte sie ihn kriegen. An Johanna sollte es nicht liegen. Sie beeilte sich, Annegret zu folgen, und sagte, als sie wieder auf ihrer Höhe war: »Das war ein nettes Gespräch, Frau Töpper, das sollten wir beim Mittagessen vielleicht fortsetzen.«

»Gern.« Ihre Absätze knirschten auf dem Kiesweg. »Ich habe auch keine Lust, immer nur mit diesen alten Weibern zu essen. Sie reden nur über tote Ehemänner, über Sauerbratenrezepte und ihre Krankheiten. Das macht mich ganz bekloppt.«

Sie waren die Letzten, die in den Bus stiegen. Johanna fand Dennis Tackes Blick giftig und überlegte, ob ihr das auch ohne das Gespräch mit Annegret Töpper aufgefallen wäre. Vermutlich nicht. Sie war anscheinend keine gute investigative Journalistin und Chiaras Großmutter war, trotz der scheußlichen Blondierung, eine kluge Frau. Johanna gelobte sich Besserung.

Der Bus nahm jetzt Kurs auf Kappeln. Michael Kruse wechselte sich mit Dennis Tacke am Mikrofon ab. Während Kruse mit wachsender Begeisterung über die Geschichte des Fischfangs, über Heringszäune und Seefahrer referierte, ergänzte Tacke in den Pausen die wirklich wichtigen Informationen.

»Wenn Sie bitte einmal rechts an dieser wunderschönen Mühle vorbeisehen, dann entdecken Sie ein weißes Haus mit blauen Fensterrahmen. Das gehört Ben Bommer.«

Ein Raunen ging durch den Bus. Fragend sah Johanna sich um, sie hatte diesen Namen noch nie gehört. Heinz half. »Ein Schlagersänger«, flüsterte er durch die Lücke zwischen den Sitzen. »Sehr beliebt. Der hatte einen ganz großen Hit, warten Sie, mir fällt gleich die Melodie ein.«

Er musste nicht lange überlegen. »Du bist zu schön, um wahr zu sein, ich wär mit dir jetzt gern allein«, tönte es lautstark aus weiblichen Kehlen. Heinz summte lächelnd mit. »Das kennen Sie doch auch, oder?«

Johanna hörte es zum ersten Mal.

Dennis Tacke wartete die erste Strophe ab, dann hob er die Hand. »Ich merke schon, dass es sich um eine musikalische Reisegruppe handelt. Vielen Dank. Aber Ben Bommer ist nicht der einzige Prominente, der den Zauber der Schlei für sich entdeckt hat. Auf der rechten Seite liegt ein Hof, gleich hinter der Bushaltestelle, ein bisschen langsamer, bitte, Herr Kock. Jetzt sehen wir die Einfahrt, ja, da, genau dort wohnt die Schauspielerin Marita Kessler mit ihrer Familie.«

»Die Kessler.« Finchen wiederholte verächtlich, aber leise den Namen. »Furchtbare Person. Hat Talent wie ein Weißbrot.«

Trotzdem wurde wieder geraunt. Dieses Mal hatte Johanna wenigstens ein Bild vor Augen: groß, blond, dünn und um die sechzig. Wenig Ähnlichkeit mit Weißbrot, aber Finchen bescheinigte lebenden Schauspielerinnen ohnehin nur selten Talent. So war sie eben.

Dennis Tacke kam in Fahrt. »Sie kennen sie alle, eine Vollblutdarstellerin, die jeden von uns schon zum Weinen gebracht hat.«

»Mich nicht.« Walter machte sich von hinten bemerkbar. »Ich weiß nicht, wen das interessieren soll. Solange uns dieser Bammel nicht zum Kaffee einlädt, ist mir völlig egal, wo der wohnt.«

»Bommer«, korrigierte ihn Heinz. »Ben Bommer. Vielleicht ist Tacke ein Fan von ihm und will damit angeben, dass er weiß, wo der wohnt.«

Dennis Tacke sah kurz in ihre Richtung, bevor er fortfuhr: »Nur die wenigsten von Ihnen werden wissen, dass es eine ganze Reihe von prominenten Menschen gibt, die den Reiz der Gegend für sich entdeckt haben. Dazu gehören zum Beispiel auch Gunda Gise, Dave Berlin oder auch Manni Merten. Dieser schöne Landstrich wird immer mehr zum Treffpunkt der Reichen und Schönen, was natürlich auch die Immobilienpreise höher klettern lässt.«

Johanna rutschte etwas tiefer in ihren Sitz und zog ihre Handtasche neben sich, um das Aufnahmegerät einzuschalten. Es wurde interessant, anscheinend kam die Wachsfrisur zum Thema.

»Das ist doch alles nur B-Prominenz«, hörte sie plötzlich Walter. »Ich kenne keinen von denen. Die Reichen und Schönen sind auf Sylt.«

»Herr Müller.« Dennis Tacke wurde jetzt

ungehalten. »Wenn es Ihnen nicht passt, dann können Sie gern diesen Bus verlassen. Wir haben es nicht gern, dass ständig gestört wird. Es gibt hier auch Teilnehmer, die ein großes Interesse an unseren Ausführungen haben. Also?«

Nach einem Ellenbogenstoß von seinem Schwager hob Walter die Hände. »Okay, okay. Ich sage jetzt gar nichts mehr.«

Michael Kruse rettete die Stimmung, indem er das Mikrofon ergriff und mit begeisterter Stimme über die romantischen kleinen Orte hier berichtete. Dennis Tacke ließ Walter nicht aus den Augen und Johanna hoffte, dass ihre Handtasche nicht in den Fokus seines Forscherblicks geriet.

Der Bus rollte langsam auf den Marktplatz des kleinen Städtchens. Bevor er zum Stehen kam, gab es noch eine Ansage von Lisa Wagner.

»So, meine Damen und Herren, wir haben unser Zwischenziel erreicht. Unser Bus bleibt für etwa zwei Stunden hier stehen. Jetzt haben Sie die Möglichkeit, sich dieses zauberhafte Dorf anzusehen, einen kleinen Spaziergang zu machen oder vielleicht einige Kleinigkeiten für die Lieben zu Hause zu erstehen. Ich kann

Ihnen die Töpferstube hier rechts wärmstens empfehlen, dort gibt es alles, was für diese schöne Gegend typisch ist. Um 13 Uhr treffen wir uns in der ›Fischerstube‹, das ist das Lokal, das genau gegenüber der Kirche liegt. Dort ist für uns das Mittagessen bestellt. Bitte seien Sie pünktlich, damit wir in Ruhe essen und unsere Schleirundfahrt wie geplant fortsetzen können. Viel Vergnügen und bis gleich.«

Johanna ließ Finchen den Vortritt beim Ausstieg und fing dabei den Blick auf, den Dennis Tacke auf Walter richtete. Es war unschwer zu erkennen, dass die beiden nicht die allerbesten Freunde werden würden, zumindest nicht, wenn Dennis Tacke das zu entscheiden hätte. Johanna klemmte ihre Handtasche unter den Arm und stieg aus dem Bus.

Als Walter neben Dennis Tacke angekommen war, hielt der ihn wie zufällig am Ärmel fest. »Herr Müller?« Seine Stimme klang sehr sanft. »Wenn Sie ein Problem mit dieser Rundfahrt haben, dann sagen Sie es mir gern. Aber bitte, lassen Sie Ihre Zwischenrufe.«

»Ach?« Langsam zog Walter seinen Arm weg und starrte Tacke durchdringend an. »Sehen Sie, ich mag dieses Anfassen überhaupt nicht. Und verschonen Sie mich doch bitte mit den sinnlosen Informationen über irgendwelche halbseidene Promis und sentimentale Kindheitsgeschichten, dann haben wir beide kein Problem. Mahlzeit.«

Er ließ ihn stehen und trat draußen neben Finchen und Johanna. »Der Blödmann, der. Wo ist denn mein Schwager? Ach, da bist du ja. Was machen wir jetzt? Andenken kaufen?«

Johanna betrachtete ihre Tante, die von beiden Männern eingerahmt wurde. Sie war in guten Händen.

»Tante Finchen, ich würde mich ganz gern vor dem Essen einen Moment allein hier umsehen. Ist das in Ordnung?«

»Natürlich, Kind. Ich habe ja Begleitung. Geh ruhig los, du musst ja nicht die ganze Zeit mit uns Alten zusammenstecken. Wir sehen uns beim Essen.«

Sie hakte sich bei Heinz und Walter ein und lächelte.

Johanna sah ihnen nach, dann wandte sie sich in die andere Richtung und schlenderte langsam in den Ort, auf der Suche nach einem Café mit vernünftigem Milchkaffee. Sie kam an kleinen Läden vorüber, Mode, Schmuck, Schuhe, einer Buchhandlung. Als sie an der fast vorbei war, fiel ihr Blick auf ein Plakat. Abrupt blieb sie stehen. Es war nicht zu fassen. Ihr blieb fast die Luft weg. Dieses blasse Gesicht mit den kleinen Augen und dem schmalen Mund tauchte jetzt sogar hier auf.

»Zu Gast in unserer Buchhandlung: Mareike Wolf«, las Johanna. »Samstag, 20 Uhr, Eintritt 5 Euro.«

Das war morgen. Diese eingebildete Ziege würde in diesem hübschen Ort aus ihrem grässlichen Buch lesen. Sofort zog Johanna ihr Telefon aus der Tasche, schaltete es ein und tippte hektisch auf Daniels Namen.

Er ging nicht dran, stattdessen sprang die Mailbox an. Johanna hatte keine Lust mit einem Band zu reden. Sie unterbrach die Verbindung und tippte auf »Anne«, ihre Kollegin.

»Anne Schünke.«

»Hallo, Anne, hier ist Johanna.«

»Hey, wie geht es bei der Recherche? Wir sind schon alle ganz gespannt.«

»Geht so. Im Moment kriege ich gerade schlechte Laune. Ich stehe vor einer Buchhandlung in Kappeln und sehe eine Ankündigung für eine Lesung mit, rate mal … Mareike Wolf. Die blöde Ziege verfolgt mich bis hierher.«

»Oh Gott. Und nun? Willst du da hingehen? Das wäre vielleicht gar nicht schlecht. Es gibt doch nach Lesungen immer die Möglichkeit, Fragen zu stellen. Dabei kannst du sie doch schön vor Publikum fertigmachen. Und allen erzählen, wie doof sie ist.«

Johanna seufzte. »Ach, Anne. Ich kann das noch nicht. Sag mal, ist … Max eigentlich im Sender?«

»Ja. Zumindest war er heute Morgen bei der Redaktionskonferenz. Du, ihm geht's nicht besonders gut.«

»Mir auch nicht.« Johanna schluckte. »Na ja, dann werde ich mich mal wieder um meine Senioren kümmern. Mach's gut, Anne.«

Johanna schob das Handy zurück in die Tasche und sah wieder ins Schaufenster. Plötzlich nahm sie ihr Spiegelbild wahr und nur wenige Meter entfernt auch das von Patrick Dengler. Sie hatte keine Ahnung, wie lange er da schon gestanden hatte.

»Ist hier noch frei?« Annegret Töpper stand plötzlich vor der Bank, auf der Finchen, Heinz und Walter, alle mit einer Eiswaffel in der Hand, nebeneinandersaßen.

»Aber sicher.« Heinz rutschte ein Stück

zur Seite. »Bitte. Soll ich Ihnen auch ein Eis holen?«

»Nein danke.« Chiaras Großmutter ließ sich neben Heinz auf die Bank sinken. »Alles Kalorien. Ich möchte nur einen Moment die Sonne genießen. Waren Sie schon in diesem Töpferladen?«

Finchen beugte sich vor, um sie ansehen zu können. »Es war gerade so voll. Ich glaube, der ganze Bus ist in diesem Laden. Und das Ehepaar Hollenkötter erklärt lautstark jede Tasse. Lassen Sie es lieber.«

»Die sitzen vor mir im Bus«, sagte Annegret Töpper. »Und er erklärt nicht nur Tassen, er kennt sich mit allem aus. Oh, wenn man vom Teufel spricht, kommt er, und zwar genau auf uns zu.«

»Hallihallo, da sind ja unsere Leute«, posaunte Ewald Hollenkötter ihnen entgegen. »Na? Kleines Päuschen?«

Niemand antwortete, was Hollenkötter aber überhaupt nicht störte. »Waren Sie gar nicht im Töpferladen? Meine Holde muss ja immer Geld ausgeben, sonst fehlt ihr was. Aber ich habe ihr gesagt, dass wir Schnickschnack genug haben, von hier sollten wir uns mal lieber ein größeres Andenken mitbringen.«

»So?« Finchen schaute ihn fragend an. »Was ist denn was Größeres? Der Gepäckraum im Bus ist doch jetzt schon so voll.«

Hollenkötter fing an zu lachen, schob seine Hände in die Hosentaschen und wippte auf den Zehenspitzen. »Das soll auch gar nicht mit, gnädige Frau. Das bleibt natürlich hier. Und jetzt geht's zum Essen. Ich habe einen Kohldampf, der geht auf keine Kuhhaut. Los, los, wir sollten pünktlich sein.«

Ohne abzuwarten, drehte er sich auf dem Absatz um und marschierte Richtung Restaurant. Finchen sah ihm verwirrt nach, dann blickte sie ihre Sitznachbarn an. »Haben Sie ihn verstanden? Was meinte er denn?«

»Ich glaube, der gehört zu den Veranstaltern«, sagte Annegret Töpper und folgte Hollenkötter mit ihren Blicken. »Der hat andauernd über Wohnungskäufe geredet und alle schon ganz heiß gemacht. Das hört sich an, als wäre es abgesprochen.«

»Wieso Wohnungskäufe?«, fragte Finchen überrascht. »Wer will denn hier eine Wohnung kaufen?«

Frau Töpper zuckte mit den Achseln. »Keine Ahnung. Irgendwas ist mit Wohnungen. Das habe ich schon mitbekommen. Aber mir ist das ganz egal, ich kann mir sowieso nichts leisten. Gehen Sie jetzt auch zum Lokal?«

»Natürlich«, antwortete Finchen und stand auf. »Wollen wir zusammen gehen? Von mir aus kann sich der Herr Hollenkötter so viele Wohnungen kaufen, wie er will, aber damit haben wir überhaupt nichts zu tun.«

»Sagen Sie, Josefine, wo ist denn eigentlich Ihre Nichte? Wollen wir die mitnehmen?« Heinz sah sich suchend um.

»Da kommt sie doch.« Mit dem Zeigefinger deutete Annegret Töpper nach vorn. »Zusammen mit dem smarten Dengler. Da wird sich doch wohl nichts anbahnen?«

»Unsinn.« Finchen und Heinz antworteten im Chor. Ungläubig sah Heinz Johanna entgegen, an deren Seite Patrick Dengler lief. »Der ist doch viel zu alt für sie. Und so glatt. Das ist doch gar nicht ihr Typ.«

Finchen presste ihre Lippen zusammen und beschloss, ab sofort wieder mehr an ihrem Plan zu arbeiten, für den sie diese ganze Reise überhaupt angetreten hatte.

Johanna unterdrückte ein Aufstoßen und sah Finchen an, die eine bequeme Stellung auf ihrem Sitz suchte. »Ist dir nicht schlecht?«

Finchen schüttelte den Kopf. »Ich habe dir ja gesagt, trink einen Schnaps. Aber du wolltest ja keinen.«

Das Mittagessen hatte aus Brathering mit viel Zwiebeln und Bratkartoffeln mit noch mehr Zwiebeln bestanden. Johanna hatte Hunger gehabt und diesen Zwiebelalbtraum zügig in sich hineingeschaufelt. Heinz und Walter hatten sie gewarnt und zum Schnaps eingeladen, aber Johanna hasste klare Schnäpse und etwas anderes gab es nicht. Deshalb hing sie jetzt mit dieser Übelkeit auf ihrem Platz im Bus herum und hoffte, dass sie sich nicht gleich übergeben müsste.

»Möchten Sie eine Tablette gegen Sodbrennen, Johanna?« Heinz beugte sich nach vorn und reichte ihr eine Schachtel. »Die helfen bei mir immer ganz schnell. Auch gegen Übelkeit. Versuchen Sie es mal, kann nicht schaden.«

Johanna nahm dankbar zwei Pillen und zerkaute sie.

Es war ja nicht nur der Hering, der ihr quer im Magen lag. Patrick Dengler war zusammengezuckt, als sie sich vor der Buchhandlung plötzlich in seine Richtung gedreht hatte. Er hatte ganz überrascht getan. »Ach, Johanna, ich habe Sie gar nicht gesehen. Brauchen Sie etwas zu lesen? Gehen Ihnen die Vorträge von Tacke und Kruse auch so auf den Geist?«

Johanna hatte ihn harmlos angelächelt. »Ich kann nicht im Bus lesen. Dabei wird mir übel. Was haben Sie denn gegen die Vorträge?«

»Nichts«, hatte er schnell gesagt. »Sie sind vielleicht etwas zu lang. Und ich weiß nicht, was mir die Herren damit sagen wollen. Wissen Sie es?«

Johanna hatte plötzlich ein komisches Gefühl. »Was soll ich wissen?«

»Was die Reiseleitung mit uns vorhat?«

Sein Gesichtsausdruck war neutral gewesen, trotzdem hatte Johanna das Gefühl, dass er etwas anderes von ihr wissen wollte. Was auch immer. Sie hatte nur gelassen die Schultern gehoben und ihn angeschaut. »Was sollen sie schon mit uns vorhaben? Das ist mir eigentlich völlig egal, Hauptsache, meiner Tante gefällt es. So, und nun suche ich ein Café, in dem es vernünftigen Milchkaffee gibt. Diese Hotelbrühe ist ja das Grauen.«

Er hatte sich ihr angeschlossen.

Und jetzt schoss Johanna ein Gedanke durch den Kopf. Was wäre, wenn er zur Reiseleitung gehörte? Einer dieser Lockvögel wäre, die unauffällig, aber vehement die anderen Teilnehmer begeistern sollen. Allerdings wurden die wohl mehr beim Verkauf von Matratzen oder wirkungslosen Medikamenten eingesetzt. Auf dieser Reise machte das überhaupt keinen Sinn. Und Patrick Dengler war auch nicht begeistert genug. Trotzdem war etwas mit ihm, da war sie sich sicher. Er stellte sich oft dazu, hörte mit, sagte aber nichts. Sie würde ihn im Auge behalten.

Langsam bekam sie ihre Informationen zusammen.

Beim Mittagessen hatten sich Annegret Töpper, Heinz, Walter und das Ehepaar Pieper zu ihnen an den Tisch gesetzt. Finchen hatte anfangs etwas skeptisch auf Frau Töpper reagiert, die sich über das Organ von Herrn Hollenkötter und sein Vorhaben, »in Immobilien zu machen«, wie sie es ausdrückte, ausgelassen hatte.

Johanna hatte kaum zugehört und sich den Piepers zugewandt. »Hat Herr Hollenkötter mit Ihnen auch über seine Immobilienpläne gesprochen?«

»Nein.« Eva Pieper hatte gelacht. »Er hat uns noch nicht in den inneren Kreis berufen. Oder, Ulrich? Hat er dir etwas erzählt?«

Ihr Mann hatte eine abwehrende Handbewegung gemacht. »Mir doch nicht. Er sammelt doch nur mitreisende Damen um sich, denen er die Welt erklären kann. Da stört ein weiterer Kerl bloß. Er redet nur so laut und heute Morgen beim Frühstück war ich gezwungen, ihm zuzuhören. Viel Ahnung hat der Gute vom Immobiliengeschäft leider nicht. Er tut nur so.«

»Aha.« Abwartend hatte Johanna ihn angesehen.

»Sie müssen wissen, dass mein Mann ein echter Immobilienexperte ist«, hatte Eva Pieper ihr erklärt. »Bitte, lassen Sie sich bloß nicht von diesem Wichtigtuer Hollenkötter abschrecken.«

Johanna hatte darauf verzichtet, ihr zu erklären, dass sie weder die Absicht habe, sich eingehend mit Hollenkötter zu unterhalten, noch sich spontan mit einer Wohnungsfinanzierung zu beschäftigen. Vielmehr hatte sie beschlossen, ihre Interviews fortzusetzen. Sie war der Bahnwitwe aus Hamburg gefolgt, die langsam zum Ausgang schlenderte.

Und jetzt saß Johanna mit einer Hand auf ihrem grummelnden Bauch im Bus und betrachtete die an ihr vorbeifliegende Landschaft.

Michael Kruse und Dennis Tacke bestritten abwechselnd das Unterhaltungsprogramm, während Johanna in Gedanken bereits den Anfang ihrer Reportage formulierte. Plötzlich spürte sie den Anflug eines schlechten Gewissens. Nicht wegen der Clowns dort vorn, sondern wegen des Vertrauens, mit dem Martha Paulsen ihre Geschichte erzählt hatte.

Sie hatte es Johanna leicht gemacht und sie gefragt, ob ihr diese Tour unter so vielen alten Leuten gefallen würde. Johanna hatte natürlich genickt und dann hatte Frau Paulsen erzählt, dass sie schon oft solche Reisen gemacht habe.

»Wissen Sie, mein Mann war ja bei der Bahn, deshalb habe ich eine gute Rente. Aber er ist viel zu früh gestorben, ich bin schon zehn Jahre Witwe, da ist man oft ziemlich einsam. Und meine Töchter leben beide in Süddeutschland, sie kommen nicht so oft nach Hamburg. Ich habe also viel Zeit, solche Ausflüge zu machen.«

Sie hatte erzählt, dass sie entweder allein oder wie jetzt mit ihrer Nachbarin verreise. Aber an diesen Verkaufsfahrten wolle sie nicht mehr teilnehmen, sie habe schon zwei aus Versehen gebucht.

»Das war ganz furchtbar, Frau Schulze. Einmal war ich in Holland und sollte Kaschmirdecken kaufen. Das war aber nie im Leben Kaschmir, das habe ich sofort gefühlt. Und den anderen auch gesagt. Und wissen Sie, was passierte? Ich wurde des Raumes verwiesen. Stellen Sie sich das mal vor. Ich habe mich sofort beschwert, das hat aber nichts genützt. Gekauft habe ich nichts, gar nichts. Aber die Fahrt hat nur zweiundzwanzig Euro gekostet. Und ich war mal in Holland. Und dann gab es noch eine Reise in den Harz. Nach dem Mittagessen wurden Töpfe verkauft. Was heißt Töpfe? Ganze Küchenausrüstungen. Das braucht doch keiner. Das war auch unangenehm, das Verkaufspersonal dort wurde sehr unfreundlich. Mit Verkaufsfahrten bin ich durch.«

»Und warum sind Sie hier mitgefahren?« Johanna hatte einen Moment gezögert, bevor sie die Frage gestellt hatte. Aber die Antwort von Martha Paulsen war ganz unbekümmert gewesen.

»Das ist doch etwas ganz anderes. Das ist keine Tour für zweiundzwanzig Euro, sondern hier wurde ein Auswahlverfahren gemacht. Und man konnte dann gewinnen. Außerdem habe ich damals meine Hochzeitsreise an die Schlei gemacht und mir immer gewünscht, noch einmal hierherzukommen. Aber alleine würde ich doch nie fahren. Und so kann ich alles wiedersehen und bekomme noch dazu jede Menge Informationen. Das gefällt mir gut.«

Johanna hatte nicht mehr nachgehakt. Und das nicht nur, weil ihnen in diesem Moment Ewald Hollenkötter entgegengekommen war, sondern auch, weil er Martha Paulsen zugerufen hatte: »Ich habe den Herrn Kruse noch mal gefragt, wir fahren auf dem Rückweg daran vorbei.«

»Woran fahren wir vorbei?«, hatte Johanna gefragt, während sie Hollenkötter hinterhergesehen hatte. Frau Paulsen hatte gelächelt. »Herr Kruse wollte uns etwas zeigen. Und das macht er gleich, vielleicht …«

Ein lautes Hupen vom Busparkplatz hatte

sie unterbrochen. Aufgeregt hatte sie Johanna am Arm gezogen. »Wir müssen uns beeilen, sonst fährt der Bus ohne uns.«

Leider hatte Johanna nicht mehr herausbekommen, was Michael Kruse ihnen hatte zeigen wollen. Vielleicht war es auch nur wieder ein renovierter Bauernhof, der jetzt einem in die Jahre gekommenen Fernsehkoch oder einer geliftteten Schlagerprinzessin gehörte.

Frauen wie Martha Paulsen waren die geeigneten Kandidaten für solche Reisen. Sie lebten allein, fühlten sich manchmal einsam, wollten noch etwas erleben und trauten sich das nicht ohne Begleitung. Und sie waren gutgläubig, mit etwas Charme und viel Aufmerksamkeit konnte man sie schnell für neue Dinge begeistern. Das durften nur keine Töpfe oder schlecht kopierte Kaschmirdecken sein, damit kannten diese Frauen sich aus. Tacke und Kruse hatten mit den Teilnehmern etwas vor. Aber im Gegensatz zu Annegret Töpper konnte Johanna sich nicht vorstellen, dass hier Immobilien verkauft werden sollten. Die erstand man doch nicht so einfach wie eine getöpferte Tasse.

Johanna glaubte aber auch, dass Annegret Töpper mit ihrer Vermutung, das Ehepaar Hollenkötter gehöre zum Programm, recht hatte. Die könnten solche Lockvögel sein. Aber wofür ein so nerviges Paar die anderen begeistern sollte, das war Johanna noch nicht klar.

Finchen stieß sie an. »Guck mal da, Johanna, da kann man das Meer sehen.«

Johanna folgte ihrem Blick. Als sie zuletzt das Meer gesehen hatte, war sie mit Max am Strand gewesen. Damals hatte sie auf einer Decke im Sand gesessen und mit einem Glas Rotwein und Max' Hand auf ihrem Rücken den Sonnenuntergang beobachtet. Sie konnte sich sogar noch an den Geruch nach Meer und Sonne erinnern und daran, dass sie gedacht hatte, wie schade es sei, so einen Moment nicht festhalten zu können. So einen wunderbaren, zärtlichen Moment. Hätte sie ihn bloß festgehalten.

Johanna spürte, dass ihr die Tränen kamen, im selben Moment legte sich von hinten eine Hand auf ihre Schulter und eine Stimme fragte: »Wird die Übelkeit nicht besser?«

Heinz tätschelte unbeholfen ihren Oberarm und sah sie mitleidig an.

»Doch, doch«, sagte Johanna schnell. »Alles gut, ich habe mir nur irgendetwas ins Auge gerieben.«

Sie wischte sich die Tränen entschlossen weg und lächelte ihn angestrengt an.

»Augentropfen habe ich auch dabei«, erklärte Heinz. »Ich bin immer gut ausgerüstet. Ich kann mir das Auge auch gerne angucken.«

»Jetzt lass doch mal.« Walter schob seinen Schwager zur Seite. »Julia, Sie müssen nur das Auge ganz doll zusammendrücken, dann schwimmt der Fremdkörper raus.«

»Johanna«, korrigierte ihn Finchen. »Sie heißt Johanna. Liebes, was ist denn mit deinem Auge?«

»Nichts.« Johanna lehnte sich zurück an die Kopfstütze. »Gar nichts. Alles in Ordnung.«

Es war nicht möglich, unter Beobachtung dieses Trios auch nur einen Moment lang Liebeskummer zu haben.

Während Inge auf Sylt ihre Haustür aufschloss, hörte sie schon das Telefon klingeln. Bevor sie es erreichen konnte, sprang der Anrufbeantworter an.

»Einen schönen guten Tag wünscht Ihnen der Anrufbeantworter von Walter und Inge Müller. Leider rufen Sie außerhalb unserer Geschäftszeiten an, deshalb müssen Sie aufs Band sprechen. Nummer nicht vergessen. Tschüss.«

Inge hatte sich schon mehrfach vorgenommen, das Band neu zu besprechen, Walters rüder Ton schreckte die meisten Anrufer ab. Er aber fand es perfekt so, weil er ohnehin keine Lust hatte, jeden Tag stundenlang das Band abzuhören. Als ob ihn täglich Millionen Menschen erreichen wollten.

Dieser Anrufer ließ sich allerdings nicht abschrecken. »Guten Tag, Polizeirevier Innenstadt in Bremen, mein Name ist Fiedler, bitte rufen Sie …«

Inge ließ ihre Einkaufstasche fallen und riss den Hörer von der Station.

»Müller, ich komme gerade zur Tür herein. Um was geht es denn?«

Am anderen Ende entstand eine irritierte Pause. »Hallo? Wer spricht da, bitte?«

»Müller«, wiederholte Inge. »Inge Müller. In Wenningstedt auf Sylt.«

»Ach ja, ich konnte es eben nicht verstehen. Guten Tag, mein Name ist Fiedler, Polizeiobermeister Fiedler, Polizeirevier Bremen Innenstadt. Ich wollte Herrn Walter Müller sprechen. Wohnt er bei Ihnen?«

»Natürlich.« Inge fand die Frage seltsam. »Er ist mein Mann.«

»Ist Ihr Mann der Halter des Kraftfahrzeugs mit der Zulassungsnummer NF-HH 674?«

Inge wurde schlagartig heiß. Sofort hatte sie Bilder von Unfällen vor Augen, neblige Straßen, dunkle Waldwege, Blaulicht, Absperrband, Walter und Heinz mit Blut in den Gesichtern …

Ihre Knie wurden weich, ihre Hand, die den Hörer hielt, schweißnass. Zitternd ließ sie sich auf den Hocker sinken und antwortete mit unsicherer Stimme: »Ja, unser Mercedes hat diese Nummer. Ist mein Mann … Und mein Bruder …?«

Ihr Herz raste und das Rauschen in ihren Ohren ließ die Antwort von Polizeiobermeister Fiedler sehr leise klingen. »Ja, ich wollte Ihren Mann gern sprechen, er ist ja der Halter. Wo kann ich ihn denn erreichen?«

»Meinen Mann?« Inge versuchte, ihre Fassung wiederzugewinnen. »Ja, mein Mann ist gerade an der Schlei. Mit meinem Bruder, also seinem Schwager. Aber er hat da keinen guten Handyempfang. Gab es … einen Unfall? Ist meinem Mann etwas … Oder Heinz? Also meinem Bruder?«

»Wissen Sie denn, wie Ihr Auto nach Bremen gekommen ist?«

»Bremen?« Inge musste einen Moment überlegen, dann war sie wieder im Bilde. »Ach so, Bremen. Die beiden Männer sind mit dem Auto nach Bremen gefahren. Von dort aus ist der Bus gestartet, mit dem sie jetzt an der Schlei sind. Was ist denn überhaupt passiert?«

»Der Wagen ist abgebrannt. Heute früh. Vermutlich gegen fünf Uhr.«

»Abgebrannt? Der Wagen?« Inge fühlte eine Welle der Erleichterung. Der Polizist hatte fünf Uhr gesagt. Gegen acht Uhr hatte Walter ganz kurz angerufen. Wirklich nur ganz kurz. Er hatte gesagt, dass alles gut sei, er eine Mängelliste erstelle und die Telefoneinheit siebzig Cent koste. Und dass ihr Bruder schnarche. Aber es war egal, wichtig war, dass er nicht verbrannt war.

»Also nur das Auto.« Inges Stimme klang fast fröhlich. »Das ist nicht so schlimm.«

Polizeiobermeister Fiedler war irritiert. »Was heißt ›nicht so schlimm‹? Der Wagen stand im absoluten Halteverbot genau gegenüber der Polizei und ist völlig ausgebrannt.«

»Gegenüber der Polizei?«, fragte sie nach. »Ja, warum haben Sie ihn denn verbrennen lassen? Hätten Sie das nicht verhindern können?«

»Wir … ähm. Die Polizeistation ist kein Parkhaus, und überhaupt darf hier gar nicht geparkt werden. Jedenfalls steht das Wrack jetzt bei uns und wird noch kriminaltechnisch untersucht, wir müssen die Brandursache klären. Wir schicken Ihnen zunächst ein Formular zu und dann müsste Ihr Mann oder ein Bevollmächtigter kommen und sich den Wagen ansehen.«

»Ja.« Inge war immer noch erleichtert. »Aber mein Mann kommt erst am Sonntag, also übermorgen, zurück. Dann haben Sie zu, oder?«

»Natürlich nicht.« Polizeiobermeister Fiedler wurde ungeduldig. »Wir sind ein Polizeirevier, kein Supermarkt. Wir sind aber heute mit der Untersuchung durch und dann muss der Wagen hier weg. Können Sie jemanden schicken?«

»Ich weiß nicht …« Inge stellte sich gerade Walters Reaktion vor, wenn an der Stelle, wo er seinen gepflegten Mercedes geparkt hatte, plötzlich ein Haufen verkohlten Metalls lag. Bei dem Bild schloss Inge kurz die Augen. Dann atmete sie tief ein und hatte eine Idee.

»Kann ich Sie zurückrufen?«, fragte sie eilig. »Ich versuche, meine Nichte zu erreichen, danach melde ich mich bei Ihnen.«

Sie schrieb die Nummer mit und legte danach langsam auf. Die arme Christine. Es war nicht das erste Mal, dass sie ihren Vater und ihren Onkel retten musste. Aber sie war die Einzige, die dicht genug dran war und freitags frei hatte. Das Leben ist kein Ponyhof, sagte Walter immer. Vielleicht könnte Christine diesen Satz als Einleitung benutzen, bevor sie ihrem Onkel beschrieb, wie ein verbrannter silberner Mercedes aussieht.

Christine ging schon nach zwei Freizeichen ran. »Schmidt.«

»Hallo, Christine, hier ist Tante Inge. Ich habe gar nicht gedacht, dass du bei diesem schönen Wetter zu Hause bist.«

»Und wieso hast du dann angerufen?«

»Ich wollte mal hören, was du so machst.«

Christine setzte sich wieder auf ihren Balkonstuhl und zog ihre Tasse näher zu sich heran. Jetzt war sie gespannt, was Inge wollte. Sie wartete. Und räusperte sich. Und wartete wieder. Das hielt Inge nie lange aus.

»Also? Was machst du gerade?«

»Ich sitze auf dem Balkon und lese.«

»Aha.« Inges Stimme klang viel zu fröhlich. »Und? Gutes Buch?«

»Es heißt ›Sommerliebe und ich‹.«

»Klingt ja schön.«

»Ist es aber nicht.« Mit einem Blick auf das Foto der blassen Autorin schob Christine das Buch zur Seite. »Es ist ein entsetzlich kitschiges, sentimentales und langweiliges Teil. Ich höre gleich damit auf und lese nur noch den Schluss. Das hält man kaum aus.«

»Ich finde ja auch, dass man nicht jedes Buch zu Ende lesen muss. Und was fängst du dann noch mit dem Tag an? Du hast doch jetzt Wochenende, oder nicht?«

Christine wappnete sich innerlich gegen das, was sie nun erwartete. Tante Inge würde sie gleich um etwas bitten. Sie hatte aber keine Lust, sich an den Computer zu setzen, um Fahrkarten zu buchen, Rezepte zu finden oder zum hundertsten Mal zu erklären, wie man Geburtstagskarten ausdruckt. Sie wollte überhaupt nicht mehr an ihren Schreibtisch. Dazu war das Wetter viel zu schön. Vorsichtig sagte sie: »Ich will gleich mal ein bisschen raus. Vielleicht fahre ich auch noch übers Wochenende weg. Warum?«

»Unser Auto ist verbrannt.«

»Was?«

Inge machte eine kleine theatralische Pause. Dann sagte sie laut und sehr langsam: »Der Mercedes von Walter ist abgebrannt.«

»Im Ernst? Und was ist mit Papa und Walter? Wo und wann ist das denn passiert?«

»Heinz und Walter sind an der Schlei, hat Mama dir das nicht erzählt? Und das Auto ist heute Nacht in Bremen abgebrannt, stell dir vor, genau neben der Polizei. Das denkt man doch auch nicht. Anstatt aufzupassen, lassen die den Wagen brennen.«

Christine zupfte, ohne es zu merken, verwelkte Blüten aus dem Balkonkasten. »Ja, und was passiert jetzt?«

»Genau das ist das Problem.« Inges Antwort kam so prompt und begeistert, dass Christine die Lösung schon ahnte, bevor ihre Tante sie formulierte.

»Sieh mal, du bist doch näher dran als wir. Und einer müsste zur Bremer Polizei und ein Protokoll unterschreiben.«

»Wann?«

»Na, heute.« Inge schien verwundert, dass ihre Nichte so langsam kapierte. »Dieses Autowrack kann ja schlecht tagelang vor der Polizeistation stehen bleiben. Was macht das denn für einen Eindruck?«

Christine antwortete nicht. Ihr fielen sofort die Anrufe ihres Vaters ein. Sie hatte sich gestern schon ins Auto springen sehen, um die beiden zu retten. Aber es war nichts passiert, alles war gut und Christine erleichtert gewesen. Und nun war dieses blöde Auto abgefackelt worden.

Inge wurde ungeduldig. »Bist du noch dran?«

»Ja.«

»Ich dachte schon, die Verbindung wäre

unterbrochen, ich habe deine Antwort gar nicht gehört.«

Christine seufzte gottergeben. »Ich habe auch nicht geantwortet. Ganz ehrlich, Tante Inge, habe ich eine Chance abzulehnen?«

»Nein.« Christine meinte, Inges Lächeln durchs Telefon zu sehen. »Du bist die Einzige, die Zeit, ein Auto und sonst keine Pläne hat. Du fährst doch höchstens eine Stunde von Hamburg nach Bremen.«

»Eineinhalb.« Christine dachte noch über etwas anderes nach. »Wie hat Onkel Walter denn auf die Nachricht reagiert?«

»Er weiß es noch nicht«, antwortete Inge. »Dein Vater und er haben die ganze Zeit ihre Handys abgestellt, deshalb konnte ich es ihm noch nicht mitteilen. Das erfährt er dann ja in Bremen, wenn er zur Polizei geht, um das Auto suchen zu lassen.«

Christine war entsetzt. »Er kriegt doch einen Herzinfarkt, wenn ihm die Polizisten das erst dann sagen. Das kannst du doch nicht wirklich wollen.«

»Kind, du kennst doch deinen Onkel. Mir ist es lieber, er brüllt die Beamten an als mich. Und wenn er es jetzt schon erfährt, bricht er diese Reise ab. Das nützt doch auch nichts mehr, der Wagen ist sowieso hin.«

Nachdenklich zerkrümelte Christine ein Blatt aus dem Blumentopf zwischen ihren Fingern. Vielleicht wird man so brutal, wenn man vierzig Jahre mit einem Mann wie Walter verheiratet ist. Aber Christine hatte plötzlich ein anderes Bild vor Augen: ihren unglücklichen Vater, der neben dem schimpfenden Walter in Bremen steht und nicht weiß, wie er ohne Auto zurück nach Sylt kommen soll. Er fährt nicht gern Bahn. Und zu allem Überfluss ist er bereits am Telefon etwas durcheinander gewesen. Es hat doch da schon dubiose Szenen mit irgendwelchen Polizisten gegeben.

»Christine, bist du noch dran? Fährst du jetzt nach Bremen?«

»Ähm. Ja.« Es nützte nichts, Christine war unruhig geworden. »Dann fahre ich also an die Schlei und versuche, Onkel Walter das Desaster schonend beizubringen. Bei der Gelegenheit gucke ich mir noch Schleswig an, das wollte ich immer schon mal, übernachte bei Papa und Walter im Hotel und bringe die Herren nach Niebüll zum Zug. Dann haben sie es nicht mehr so weit. Das ist vielleicht am einfachsten. Sie müssen ja nicht mehr zurück nach Bremen.«

»Fein.« Tante Inge war zufrieden. »Das ist doch gut so. Und du kommst auch mal vor die Tür. Dann sag ich Charlotte Bescheid, die wird auch froh sein. Und dir wünsche ich viel Glück und gute Fahrt.«

»Viel Glück?«

»Och«, Inge räusperte sich. »Das sagt man doch so. Und wenn Walter schreit, dann nimm es einfach nicht persönlich. Bis bald, Kind.«

Unvermittelt hielt der Bus auf einem Parkplatz, von dem aus ein schmaler Waldweg Richtung Schlei führte. Karsten Kock stellte den Motor aus und Michael Kruse nahm das Mikrofon.

»Meine sehr verehrten Damen und Herren, wenn ich Sie noch einmal um Ihre Aufmerksamkeit bitten darf? Vielen Dank.«

Er stand lächelnd im Gang, umrahmt von Lisa Wagner und Dennis Tacke, die ihm aufmunternd zunickten. Es sah aus wie eingeübt.

»Wir stehen hier auf einem Parkplatz, von dem aus ein Weg zu einem kleinen Paradies führt. Ich hatte am gestrigen Abend und vorhin beim Mittagessen bereits Gelegenheit, mit einigen von Ihnen über dieses Fleckchen Erde zu sprechen. Dabei stieß ich auf so großes Interesse, dass ich es den anderen nicht vorenthalten möchte. Wer also Lust hat, den dürfte ich bitten, mir zu folgen. Es ist nur ein kleiner Spaziergang von vielleicht fünf Minuten. Danke.«

Johanna überlegte, was sie überhaupt noch aufnehmen könnte. Sie hatte zwar eine zusätzliche Speicherkarte als Ersatz mit, aber die lag in ihrem Zimmer. Es wäre zu ärgerlich, wenn jetzt etwas Aufregendes passieren sollte und der Speicher wäre voll. Aber vielleicht gab es hier auch nur irgendwelche seltenen Froscharten oder die eine oder andere spezifische Schleipflanze. Sie würde es ja gleich sehen.

Finchen wandte sich beim Aussteigen an die Piepers, die hinter ihr standen. »Wissen Sie, warum wir anhalten? Dieser Stopp war doch gar nicht geplant. Oder?«

Eva Pieper half ihr beim Aussteigen und antwortete: »Das stimmt. Aber wir saßen vorhin mit Herrn Kruse am Tisch und kamen im Gespräch auf die schönsten Plätze im Leben oder so ähnlich.« Sie lachte etwas verlegen und drehte sich zu ihrem Mann um. »Weißt du noch genau, wieso eigentlich?«

»Keine Ahnung. Aber bei den Schwestern aus Papenburg war es der Deich vor der Werft, der heute ganz anders aussieht.« Er kam näher und sah sich neugierig um.

»Genau.« Frau Pieper fand den Faden wieder. »Bei mir war es ein Strandabschnitt an der

Ostsee, an dem heute ein Schwimmbad steht. Bei Herrn Kruse ist es ein Ort in der Nähe, der immer noch so aussieht wie früher. Angeblich das Paradies. Und jetzt will er sich hier seinen Lebenstraum erfüllen, jedenfalls hat er das so ähnlich ausgedrückt. Er hat sich aber geweigert, uns zu erzählen, worum es sich handelt. Wir haben ihn dann natürlich gelöchert und ihn überredet, es uns zu zeigen.«

»Aha.« Finchen war vor dem Bus stehen geblieben und drehte sich nach Johanna um. »Interessiert dich das?«

»Warum nicht? Wir können doch ruhig mal ein paar Schritte gehen. Und wenn es da auch noch so schön ist …«

Sie schob sich den Riemen ihrer Handtasche über die Schulter und blieb neben der Bustür stehen. »Aber du musst ja nicht mit. Du kannst doch sicher im Bus sitzen bleiben.«

»Ach, kommen Sie …« Eva Pieper berührte sanft Finchens Arm. »Sie hätten seine Beschreibung hören sollen. Es muss wunderbar sein.«

Bevor Finchen protestieren konnte, hatte Frau Pieper sie schon mitgezogen. Johanna musste sich beeilen, ihnen zu folgen.

Annegret Töpper blieb neben Walters Sitz stehen. »Wollen Sie nicht aussteigen?«

»Nein, schönen Dank.« Er drehte sich mit erhobenen Händen um. »Mein Bedarf an Sehenswürdigkeiten ist gedeckt. Ich will nichts mehr über naturbelassene Buchten, über frühere Handelswege, Wikinger oder Segelreviere hören. Gar nichts mehr. Ich bleibe hier schön sitzen und mache einen Moment die Augen zu.«

»Im Bus bleiben ist doch langweilig«, sagte Annegret Töpper. »Außerdem muss ich mal, da wird es doch wohl irgendeinen Knick im Wald geben.«

Heinz guckte etwas irritiert, stand aber auf. »Ich gehe mit. Mir tut schon mein Kreuz vom Sitzen weh, ich muss mich ein bisschen bewegen. Willst du nicht doch mitkommen?«

»Nein.« Walter schloss sofort die Augen. »Du kannst mich wecken, wenn irgendjemand anfängt, etwas vorzutragen, was wirklich interessant ist. Für diesen Mädchenkram bin ich nicht mitgefahren.«

Heinz klopfte ihm noch kurz auf die Schulter, bevor er sich der Gruppe, die schon vor dem Bus stand, anschloss.

»Mein Schwager will nicht«, teilte er Johanna mit, die plötzlich neben ihm stand. »Den interessiert das nicht.«

»Macht ja nichts.« Mit einem Seitenblick hatte sie bemerkt, dass Patrick Dengler schon wieder Kurs auf sie nahm. Kurz entschlossen hakte sie sich bei Heinz unter. »Kommen Sie, Heinz, reden Sie auf mich ein, ich habe keine Lust, schon wieder von Patrick Dengler angebaggert zu werden.«

Geschockt blieb Heinz stehen. »Er baggert …«

»Pst«, zischte sie und zog ihn energisch weiter. »Nicht so laut. Gehen Sie weiter, ich erzähle es auf dem Weg.«

Während sie einen breiten, sandigen und ausgesprochen romantischen Waldweg entlangschlenderten, erzählte Johanna leise von ihrem Zusammentreffen mit Dengler.

»Ich stand vor der Buchhandlung und hatte mich gerade so über diese Lesung geärgert, dass ich eine Freundin anrufen musste, deshalb habe ich Dengler gar nicht bemerkt. Ich glaube, er hat einen Teil meines Telefonats mitgehört. Und danach hat er mich zu einem Kaffee eingeladen und mich betont unauffällig ausgefragt. Warum ich an dieser Reise teilnehme, was ich über die anderen Teilnehmer wisse, was ich über Tacke denke, das war alles sehr eigenartig.«

Johanna biss sich auf die Zunge, sie wollte gar nicht so viel erzählen. Heinz sah sie verwundert an. »Mögen Sie keine Lesungen?«

»Was?«

Treuherzig sah er sie an. »Na, weil Sie sich geärgert haben. Meine Frau und meine Töchter gehen gern zu Lesungen. Das ist doch nichts Schlimmes.«

Johanna hatte das Plakat sofort wieder vor Augen und fühlte ein Ziehen in der Magengegend. Und weil Heinz sie so anguckte, platzte es einfach aus ihr heraus. »Die Autorin, die da heute liest, ist mit meinem Mann ins Bett gegangen. Ich habe es herausgefunden, er kann sich angeblich an nichts erinnern, ich habe ihn rausgeschmissen, meine Tante hält es für einen Fehler und jetzt fehlt er mir. Es ist alles total vertrackt.« Sie holte tief Luft. »Entschuldigung.«

Heinz sah sie an, nahm vorsichtig ihren Arm und drückte ihre Hand.

»Jetzt mal halblang. Wissen Sie, Johanna, ich habe ja auch Töchter. Und meine Älteste hat immer zu Dramen geneigt. Was ich da schon an Liebeskummer und Tränen erlebt habe, das kann man sich kaum vorstellen. Ich will damit sagen, dass ich ein ausgezeichneter Fachmann in diesen Dingen bin. Sie können mir also vertrauen. Wir setzen uns heute Abend mal mit Finchen zusammen, die ist ja anscheinend eine kluge Frau, und dann beraten wir die weiteren Schritte. Es wird nie so heiß gegessen, wie es gekocht wird.«

Noch einmal drückte er ihre Hand, bevor er sie wieder losließ und sich räusperte.

»So. Und was ist jetzt mit Dengler? Mit dem stimmt doch was nicht, oder? Und die Dame ist auch nicht seine Mutter. Die hat ihn nämlich heute Morgen am Frühstücksbüfett aus Versehen gesiezt. Das habe ich genau gehört.«

Jetzt blieb Johanna stehen. »Im Ernst? Das gibt es ja gar nicht.«

»Doch. Ich habe es wirklich gehört. Ach, ich glaube, wir sind angekommen.«

Hinter einer Kuppe sahen sie am Ende des sanft abfallenden Grundstücks das Meer. So weit das Auge reichte, nur Natur. Die ersten Ahs und Ohs ertönten, während Michael Kruse, an einen Baum gelehnt, lächelnd darauf wartete, dass die Gruppe sich um ihn versammelte.

Eva Pieper stand weit vorn und hatte Finchen noch immer untergehakt. Jetzt winkte sie Johanna und Heinz zu. »Kommen Sie, von hier ist der Blick phantastisch.«

Sie hatte recht, trotzdem musste sich Johanna zwingen, ihre Gedanken zu sortieren. Das kommt davon, wenn man sich zu unbeherrschten Ausbrüchen hinreißen lässt, nur weil ein freundlicher Rentner verständnisvoll guckt.

Hinter ihr räusperte sich Ulrich Pieper. »Das ist ja wirklich ein schönes Fleckchen Erde. Hier möchte man doch sofort Urlaub machen. Oder?«

»Aber wirklich«, stimmte seine Frau ihm zu.

»Guck mal, Bärchen, dat Meer.« Frau Hollenkötter zerrte ihren schnaufenden Gatten ungeduldig hinter sich her. »Nein, ist das schön. Wir hätten Decken mitnehmen sollen und ein Picknick. Wieso hat denn keiner was gesagt? Bärchen, setz dich mal hier neben den Baum zum Herrn Kruse. Du bist ja ganz kaputt. Wissen Sie«, sie wandte sich jetzt an Annegret Töpper, »mein Mann läuft ja nicht so oft. Der hat nicht viel Kondition. Aber dieser Gang hat sich doch gelohnt.«

Die Euphorie ebbte langsam ab, als Michael Kruse die Hand hob. »Ja, meine Damen und Herren, ich habe wohl nicht zu viel versprochen, wie ich an Ihrer Reaktion feststelle. Das hier ist mein Lieblingsplatz, schon seit ich Kind war. Und ich kann Ihnen sagen, ich habe genug Orte auf dieser Welt gesehen. Ob Amerika, Australien, ob Toskana oder Italien, ich war schon überall, aber hier, genau hier ist der Platz, an dem mir das Herz aufgeht. Mein Leben lang bin ich immer wieder hergekommen, zu Fuß, mit dem Rad, mit dem Auto, ja sogar mit dem Boot, da vorn ist nämlich ein Anleger. Und hätte ich hier ein Grundstück kaufen können, meine Damen und Herren, dafür hätte ich mich sogar mit Haut und Haaren verschuldet. Aber es blieb immer ein Traum. Bis heute.«

Ein Knacken von links ließ die Köpfe in die andere Richtung schnellen. Annegret Töpper stapfte über Zweige und Gräben zu der Gruppe und knöpfte sich dabei die Jacke zu.

»Tut mir leid. Ich musste mal in die Wicken. Reden Sie ruhig weiter.«

Michael Kruse hatte den Faden verloren.

»Ja, wo war ich? Bei unberührter Natur, bei Stille und prickelnder Luft …«

»Lebenstraum«, soufflierte Eva Pieper. »Sie sprachen heute Mittag davon, dass Sie sich bald einen Lebenstraum erfüllen werden.«

»Das stimmt.« Michael Kruse strahlte sie an. »Ganz genau. Man muss nur lange genug seine Träume träumen, dann gehen sie vielleicht doch irgendwann in Erfüllung. Wenn wir gleich zum Bus zurückgehen, dann laufen wir mal rechtsherum zum Waldweg. Von hier aus kann man nämlich nicht sehen, was ich Ihnen zeigen möchte.«

Während seiner Rede hatte Johanna die Gesichter der Zuhörer gemustert. Kruse wirkte sehr sympathisch, alle hörten ihm gebannt zu. Fast alle. Walter war nicht der Einzige, der im Bus geblieben war, es fehlten mindestens zehn oder fünfzehn Teilnehmer, auch Dennis Tacke und Lisa Wagner. Hoffentlich ließ Tacke Walter in Ruhe schlafen.

Die Gruppe setzte sich in Bewegung, Johanna folgte langsam und mit einem kleinen Abstand. Der Weg führte um eine Baumgruppe und nach ein paar Metern hielten alle wieder an. Mit zurückgelegten Köpfen starrten sie nach oben, Johanna war noch zu weit entfernt, um zu erkennen, was sie sahen. Aber nach den aufmerksamen Gesichtern der Hollenkötters und selbst der Piepers zu urteilen, musste es etwas Beeindruckendes sein.

Sie bog um die Kurve und sah es sofort. Es war eine große Holztafel, die auf drei hohen Stelzen stand. Darauf war das Foto einer weißen Wohnanlage zu sehen und mit dunkelblauer Schrift stand darüber: »Hier entsteht das Wohnensemble ›Strandglück‹ – Für Strandliebhaber und Kapitalanleger. Zwei- bis Dreizimmerwohnungen in Größen von ca. 50 bis 70 Quadratmeter, hochwertig ausgestattet, mit Einbauküche, Balkon oder Terrasse, Aufzug im Haus, barrierefrei, Fußbodenheizung, lichtdurchflutet, mit eigenem Pkw-Stellplatz. Baubeginn Sommer. Nur noch wenige Wohnungen verfügbar.«

Heinz setzte seine Brille wieder ab und sagte zu Johanna: »Die müssen auch jeden schönen Fleck zubauen. Kann man nicht irgendetwas mal so lassen, wie es ist?«

»Soll ich Ihnen was sagen?« Ewald Hollenkötter hieb Heinz jovial auf die Schulter. »Man soll ja nicht vorgreifen, bevor die Tinte auf dem Vertrag trocken ist, aber meine Holde und ich wollen hier wohl einsteigen.«

»Ernsthaft?«, fragte Heinz und sah ihn erstaunt an. »Haben Sie sich vorher schon informiert? So etwas macht man doch nicht aus dem Bauch heraus. Und wohnen Sie nicht im Ruhrgebiet?«

Angespannt fingerte Johanna in ihrer Tasche nach den Tasten des Aufnahmegeräts. Jetzt wurde es hier doch spannend. Der Lockvogel genau vor dem Mikrofon. Hoffentlich fragte Heinz weiter, sie selbst wollte nicht auffallen. Mit gleichgültiger Miene schob sie die Tasche in Hollenkötters Richtung. Auf Heinz konnte sie sich verlassen. Er wartete ab, bis Frau Hollenkötter zu ihnen gestoßen war, bevor er sie fragte: »Wollen Sie denn an die Schlei ziehen?«

»Hat mein Mann schon wieder alles erzählt?« Sie schüttelte missmutig den Kopf. »Typisch, er plaudert alles aus und anschließend kriegen wir keine Wohnung mehr. Komm, Bärchen, wir gehen zurück zum Bus.«

Heinz und Johanna sahen sich verwundert an.

»Ein unmögliches Paar.« Eva Pieper stand plötzlich hinter ihnen. »Das wird wirklich eine sehr gute Wohnanlage. Man sollte es sich überlegen. Und Wohnungen sind in Zeiten wie diesen nicht zu unterschätzen, das sagt zumindest mein Mann. Und der kennt sich in Wirtschaftsfragen aus, er ist studierter Volkswirt.«

»Oh.« Heinz zeigte sich beeindruckt. »Das werde ich meinem Schwager erzählen, der interessiert sich sehr dafür, er war früher beim Finanzamt. Und ich glaube, es würde helfen, wenn er sich nachher beim Essen mal mit Ihrem Mann unterhalten könnte. Über Geld und Steuersparen und so. Damit er mal wieder in seinem Element ist. Langsam bekommt er nämlich schlechte Laune, weil er sich diese Reise ganz anders vorgestellt hat.«

»Ich sag es ihm.« Eva Pieper lächelte. »Es wird meinem Mann ein Vergnügen sein. Ich glaube, wir müssen jetzt zum Bus.«

Mit einem kurzen Blick in die Tasche stellte Johanna fest, dass das Aufnahmegerät gestoppt hatte, die Speicherkarte war voll. Es war nicht schlimm, es hatte ohnehin niemand von der Reiseleitung eine Silbe zu diesem Neubauprojekt gesagt. Johanna war sehr gespannt, ob dieser kleine Abstecher etwas mit den Vorträgen zu tun haben würde, die nach dem Abendessen auf dem Programm standen.

Finchen wickelte eine Haarsträhne um den Lockenstab und betrachtete ihre Nichte im Spiegel. Johanna saß im Schneidersitz auf dem Bett, ein Notizbuch auf den Beinen, und schrieb. Sie kaute dabei auf ihrer Unterlippe, einige Strähnen hatten sich aus ihrem Zopf gelöst. Finchen hatte plötzlich das Gesicht ihrer achtjährigen Nichte Johanna vor Augen. Wann war dieses Kind eigentlich so erwachsen geworden?

»Was schreibst du denn die ganze Zeit?«

Johanna sah erschrocken hoch. »Was? Ach so, ich habe mir überlegt, dass ich doch mal einen Bericht über den neuen Tourismus in Schleswig-Holstein machen könnte. Kruse hat heute so viel erzählt, ich schreibe nur ein paar Stichworte auf. Das kann ich dann zu Hause recherchieren.«

»Neuer Tourismus in Schleswig-Holstein?« Finchen wickelte die Strähne wieder aus und drehte eine neue ein. »Was ist denn daran so spannend? Ein paar Hotels und schöne Landschaft. Also sensationell finde ich das nicht.«

Achselzuckend klappte Johanna das Notizbuch zu und warf es auf den Nachttisch. »Vielleicht hast du recht. Sag mal, ist dieser Lockenstab nicht wahnsinnig schädlich für die Haare? Das macht doch heute kein Mensch mehr.«

»Leider.« Finchen ließ sich nicht aus der Ruhe bringen und drehte weiter. »Deshalb gibt es auch so viele Frauen ohne Frisuren. Hast du dich mal im Bus umgeguckt? Lauter praktische Kurzhaarfrisuren, das ist doch fürchterlich. Und alle haben denselben Schnitt, die meisten kannst du gar nicht voneinander unterscheiden. Das muss doch nicht sein. Willst du nicht mal duschen? Und dich ein bisschen hübsch machen? Ich habe dir extra diesen schicken Hosenanzug gekauft. Den kannst du doch zum Essen tragen.«

»Wozu?«, fragte Johanna überrascht. »Für dieses Restaurant reicht wirklich eine Jeans. Ich kann ja eine Bluse anziehen.«

»Johanna, bitte.« Finchens Stimme wurde schmeichelnd. »Du weißt, wie ich es hasse, wenn man nachlässig zum Essen geht.«

»In diesem Saal riecht es dermaßen nach alter Fritteuse, dass ich den Anzug sofort danach in die Reinigung bringen muss.«

»Die zahle ich dir.« Aus dem schmeichelnden wurde ein Befehlston. »Jetzt komm. Tu es mir zuliebe.«

Mit einem langen Blick auf ihre Tante erhob Johanna sich zögernd vom Bett. »Manchmal wirst du komisch, Tante Finchen. Okay, ich gehe jetzt unter die Dusche. Aber komm nicht auf die Idee, mir auch noch mit dem Lockenstab die Haare machen zu wollen.«

Freundlich hielt Finchen ihrem Blick stand. »Du würdest bestimmt hübsch aussehen mit ordentlichen Locken. Aber du kannst die Haare auch hochstecken. Das geht dann schneller.«

Sie wartete, bis sie hörte, dass Johanna die Dusche angestellt hatte. Dann griff sie zum Telefon auf dem Nachttisch und tippte eine Nummer ein.

»Hallo, Max, hier ist Josefine … hörst du mich nicht?« Offensichtlich funktionierte die Verbindung nicht. Sie legte den Hörer wieder auf.

»Und warum sollte man sich das jetzt angucken?« Walter saß auf dem Bett und beobachtete seinen Schwager beim Schuheputzen. »Für ein blödes Baugrundstück hast du dir so die Schuhe eingesaut. Da vorn an der Spitze klebt immer noch ein halber Wald.«

Unbeeindruckt bürstete Heinz das braune Leder und ließ die kleinen Lehmbrocken auf die ausgebreitete Zeitung fallen. »Das war sehr hübsch. Auch die Zeichnung auf dem Schild. Der Herr Kruse hat uns auf dem Weg zum Bus erzählt, dass er schon immer an dieser Stelle wohnen wollte. Und jetzt gibt es endlich eine Baugenehmigung und er hat da wohl eine Wohnung gekauft. Anscheinend ist er so stolz darauf, dass er die Baustelle jedem zeigen muss. Dir hätte dieser kleine Spaziergang auch nicht geschadet. Hat Dennis Tacke eigentlich noch mal was zu dir gesagt?«

»Was soll der mir denn sagen«, knurrte Walter. »Der Wichtigtuer soll bloß kommen, dann hat es sich aber ausgetuckert.«

»Tackert.« Heinz hob kurz den Kopf. »Es muss ›ausgetackert‹ heißen, wenn du schon solche Wortspielchen machst. Weil er Tacke heißt.« Konzentriert putzte er weiter. »Johanna ist ganz unglücklich. Stell dir mal vor, der Mann von ihr hat ein Techtelmechtel mit einer Schriftstellerin gehabt. Und die hat heute Abend in Kappeln auch noch zufällig eine Veranstaltung.«

»Woher weißt du das denn?«

»Das hat sie mir beim Spaziergang erzählt. Johanna hat heute Mittag in der Buchhandlung ein Ankündigungsplakat gesehen. Sie war ganz durcheinander. Das ist aber auch ein blöder Zufall.«

Walter rappelte sich umständlich vom Bett hoch und streckte sich. »Du willst mir aber nicht vorschlagen, dass wir heute Abend zu der Veranstaltung gehen und die Sache in Ordnung bringen, oder? Deine Tochter hat kürzlich schon gedroht, dich ins Altersheim zu stecken, wenn du dich noch mal in ihr Leben einmischst. Hast du das vergessen?«

Heinz polierte die Schuhe mit Zeitungspapier und antwortete: »Das hat Christine nicht so gemeint. Man sagt manchmal etwas Unüberlegtes, wenn man ärgerlich ist. Das ist dir auch schon passiert.«

»Nein. Mir noch nie. Wie lange brauchst du eigentlich noch? Ich habe Hunger.«

»Ich bin fertig.« Zufrieden betrachtete Heinz seine glänzenden Schuhe. »Natürlich will ich nicht zu der Veranstaltung gehen. Johanna ist doch nicht meine Tochter. Ich will mich da überhaupt nicht einmischen. Das soll ihre Tante machen. Es gibt übrigens nach dem

Essen interessantere Vorträge als gestern, das hat Herr Kruse mir erzählt. Er hat mitbekommen, dass ich Frau Pieper gesagt habe, dass du dich bestimmt gern mit ihrem Mann unterhalten würdest, der ist nämlich Volkswirt und hat viel Ahnung von Finanzen.«

»Ich denke, der ist Lehrer.«

»Pensionierter«, nickte Heinz. »Aber auch Volkswirt. Jedenfalls habe ich erzählt, dass du dich gern über solche Themen unterhältst, und darauf sagte Kruse, dann kämst du nachher aber auf deine Kosten.«

»Das wird auch mal Zeit.« Walter zog eine dunkelblaue Weste über, die er bedächtig zuknöpfte. »Bis jetzt konnte man die Vorträge ja vergessen. Gehen wir?«

Heinz zog die Krawatte zurecht und griff nach seinem Jackett. »Wolltest du Inge nicht noch mal anrufen?«

»Für siebzig Cent?« Walter schüttelte den Kopf. »Ich bin doch nicht verrückt. Ich habe heute Mittag von unterwegs kurz auf den Anrufbeantworter gesprochen, dass wir schlecht zu erreichen sind und sie eine SMS schreiben soll, wenn was ist. Da kam aber nichts, also ist alles in Ordnung. So, und jetzt komm.«

Finchen musterte zufrieden die neben ihr sitzende Johanna. Der Hosenanzug saß, als wäre er für sie gemacht, sie hatte ihre Haare locker hochgesteckt, der Lippenstift passte zu dem Tuch, das sie trug, sie war perfekt geschminkt. Max würde Augen machen, wenn er sie hier erleben könnte. So klug und so schön.

Zu Finchens Unmut machte auch Patrick Dengler Augen. Er saß schon wieder neben Johanna, überhaupt war die Tischordnung unverändert. Für die Küche galt das leider auch. Es war zwar schneller serviert worden, dafür war das Essen aber genauso schlecht wie gestern. Statt Blumenkohl gab es Sauerkraut, statt gemischtem Braten Kassler, aber die Suppe kam wieder aus der Tüte. Vorsichtshalber hatte Johanna sich gleich einen Schnaps bestellt und den schon zum Essen getrunken.

Mit einem Ohr folgte Finchen den Gesprächen am Tisch. Patrick Dengler und Eva Pieper unterhielten sich über die Wohnung auf Sylt, die Piepers seit zehn Jahren hatten und die Jahr um Jahr im Wert stieg. Ulrich Pieper fragte Walter nach seiner Tätigkeit im Finanzamt Dortmund und seinen bevorzugten Geldanlagen, der antwortete aber lediglich einsilbig und warf seinem Schwager böse Blicke zu.

Als Pieper zur Toilette ging, beugte Walter sich zu Heinz und flüsterte: »Wieso kaut der mir eigentlich ein Ohr ab? Das hab ich dir zu verdanken, oder?«

Heinz sah ihn an, als wüsste er nicht, wovon Walter redete.

Finchen sprach mit allen und jedem, bekam von Minute zu Minute bessere Laune, und das trotz des schlechten Essens. Johanna sah sie fragend an.

»Ist was?«

»Ich freue mich.« Finchen strich ihr über den Arm und strahlte sie an. »Dass du mit mir hier bist, dass die Schlei so schön ist, dass wir nachher noch in die Bar gehen. Das ist doch alles wunderbar.«

Johanna bestellte sich noch einen Wein.

Lisa Wagner und Karsten Kock hatten anscheinend geübt, mit der Technik umzugehen. Unbemerkt hatten sie während des Essens alles vorbereitet, so dass das Pfeifen des Mikrofons gänzlich unerwartet ertönte.

»Test, Test, Test, eins, eins, eins, ja, das passt. Einen wunderschönen guten Abend, meine Damen und Herren.«

Dennis Tacke hatte sich in einen dunkelblauen Nadelstreifenanzug geworfen, er sah aus wie ein Konfirmand. Johanna bemerkte amüsiert die Blicke, die Heinz und Walter mit Finchen tauschten.

»Ich hatte schon das Vergnügen, mit einigen von Ihnen zu sprechen, und ich darf hoffen, dass auch alle anderen diesen Tag als einen ausgesprochen schönen empfunden haben. Sie sind durch wunderschöne Landschaften gewandert, haben viel gehört und wunderschöne Plätze gesehen. Ich danke an dieser Stelle auch Herrn Michael Kruse, der Ihnen die Kostbarkeiten der Schlei mit so viel Charme gezeigt hat.«

»Kostbarkeiten«, wiederholte Walter kopfschüttelnd, sein Kommentar ging aber im Applaus unter.

»Aber wir haben es hier ja schließlich nicht mit einer Nullachtfünfzehn-Touristenreise zu tun. Wir sind in dieser homogenen Gruppe ja auch zusammengekommen, um über unsere finanzielle Zukunft, über unsere Wünsche und Erwartungen zu sprechen. Sie erwarten

Informationen von uns, wir wollen sie Ihnen geben.«

»Och nö.«

Alle drehten sich nach dem Zwischenrufer um. Er hatte sich angehört wie Ewald Hollenkötter. Johanna konnte ihn aber nicht entdecken, er duckte sich wohl weg. Ohne Tacke aus den Augen zu lassen, zog sie ihre Handtasche hoch, um das Aufnahmegerät anzuschalten. Jetzt kamen endlich die Vorträge. Ihre Finger tasteten über Taschentücher, Puderdose, Notizbuch.

›Verdammt‹, dachte sie und biss die Zähne zusammen. Sie hatte das Gerät im Zimmer aus der Tasche genommen, um die Speicherkarte zu wechseln. Die volle Karte hatte sie ertastet, nur das Gerät war nicht da.

Sie atmete tief durch und beugte sich zu Finchen. »Kannst du mir mal den Schlüssel …?«

»Pst.« Finchen legte den Finger auf die Lippen. »Gleich.«

Sie starrte gebannt auf Dennis Tacke, der mit ausgestrecktem Finger in die Richtung zeigte, aus der dieser Zwischenruf gekommen war. »Um es noch einmal ganz deutlich zu machen: Wenn sich irgendjemand unter uns befindet, der hier ein Problem hat, dann möge er das bitte sagen. Sie wurden aufgrund verschiedener Informationen ausgewählt. Und ich kann Ihnen versichern, es gab sehr viele Interessenten für diese Reise, wir konnten nicht alle mitnehmen und deswegen kann es nicht sein, dass unter uns Teilnehmer sind, die hier gegen den Strom der Mehrheit schwimmen. Sie können diesen Saal auch gern verlassen, Ihre Anwesenheit ist keine Pflicht, dies ist lediglich ein Angebot.«

Johanna biss sich auf die Lippen. Tackes Augen funkelten, der größte Teil der Anwesenden schwieg betreten. Tacke sah zu ihrem Tisch und Walter murmelte, zum Glück leise: »Der spinnt doch. Strom der Mehrheit …«

Heinz rammte ihm den Ellenbogen in die Seite und Johanna beschloss, ihr Aufnahmegerät keinesfalls jetzt aus dem Zimmer zu holen. Warum machte sie schließlich regelmäßig Gedächtnistraining?

Das Licht im Saal wurde gedimmt und auf der großen Leinwand begann ein Film. In Schwarz-Weiß-Bildern sah man einen alten Mann, der in Mülltonnen stöbert, eine alte Frau, die mit Anstrengung einen langen Flur wischt, eine andere, die sich erschöpft an eine

Haustür lehnt, nachdem sie eine Zeitung mit letzter Kraft durch den Postschlitz geschoben hat. Im Hintergrund lief dramatische Klaviermusik, Johanna schüttelte den Kopf ob dieser miserablen Tontechnik.

Der Film stoppte, das Licht ging wieder an und Dennis Tacke hob ergriffen das Mikrofon.

»Ja«, begann er mit gebrochener Stimme, so dass er sich erst mal räuspern musste. »Das nimmt einen mit, oder? Altersarmut ist das Stichwort, das immer öfter fällt. Ich sehe, Sie nicken, auch wenn Sie sich nicht – oder soll ich sagen, noch nicht? – gemeint fühlen. Worüber müssen wir reden?«

Er machte eine Pause, in der er seine Blicke über die Zuhörer schweifen ließ. Nicht alle guckten zurück. Trotzdem fuhr Dennis Tacke fort: »Wir müssen über die Finanzkrise reden. Noch vor einigen Jahren haben Sie, meine Damen und Herren, gedacht, nein, Sie waren vermutlich sogar davon überzeugt, dass Ihr Lebensabend gesichert wäre. Lange genug haben Sie dafür gearbeitet und sich lange genug auf Ihren verdienten Ruhestand gefreut.«

Hinter dem Tresen krachte ein Tablett auf

den Boden, Scherben kreiselten auf den Fliesen. Vereinzelt hörte man ein Kichern. Dennis Tackes scharfe Blicke brachten Ruhe.

»Die aktuelle Finanzkrise hat alles ins Schwanken gebracht. Überall drohen Jobverluste. Ja, ja, ich weiß, das ist nicht mehr das Problem der meisten von Ihnen. Das denken Sie.«

In der folgenden Pause war es mucksmäuschenstill. Nach einem langen Atemzug redete er weiter: »In Zeiten, in denen Banken machen, was sie wollen, europäische Länder kurz vor der Pleite stehen, in diesen Zeiten werden viele von uns – ich sage sogar: die Mehrheit – entsetzt zusehen, wie ihre Vermögen einfach wegschmelzen.«

Er machte wieder eine Pause. Diesmal fiel nichts um. Dann stieß er mit erhobenem Zeigefinger ein einziges Wort aus: »Inflation.«

Er legte den Finger an den Mund und ging langsam auf und ab.

Johanna stellte sich das Seminar vor, in dem er sich auf diese Sternstunde der Verkaufspsychologie vorbereitet hatte.

Er blieb wieder stehen und musterte die Teilnehmer. Plötzlich lächelte er.

»Sie werden sich fragen, warum wir uns

überhaupt mit diesen Dingen beschäftigen. Das kann ich Ihnen erklären. Die Firma ›Ostseeglück‹ hat sich die Worte ›Verantwortung für unsere Senioren‹ auf die Fahne geschrieben. Unser geschätzter Firmengründer Dr. Theo von Alsterstätten hat schon vor Jahren erleben müssen, wie seine geliebte Mutter ein Opfer von gewissenlosen Anlagespekulanten wurde. Sie hatte das Erbe der Familie einem sogenannten ›Berater‹ anvertraut. Naiv, blauäugig, vertrauensvoll war sie. Was hat es ihr genützt? Sie ahnen es schon, meine verehrten Damen und Herren, nichts. Gräfin von Alsterstätten hat alles, ja wirklich alles verloren.« Walter beugte sich zu Johanna und murmelte: »Ich muss mich gleich übergeben. Was redet der denn da?«

»Herr Müller?« Dennis Tacke hatte ein unfassbar gutes Gehör. »Haben Sie eine Zwischenfrage?«

Walter sah ertappt hoch, hatte sich aber sofort wieder im Griff. »Nein – oder doch. Wie hieß denn der Berater?«

Dennis Tacke starrte ihn ratlos an. »Ich glaube, das tut hier nichts zur Sache. Kennt man einen, kennt man alle.«

»Also, das sehe ich …« Walter war aufgestanden, wurde aber sofort von Heinz zurückgezogen. »Walter, bitte. Herr Tacke, fahren Sie ruhig fort.«

»Ja. Danke. Wo waren wir stehen geblieben? Ach ja. Die sogenannten Berater.«

Ein kurzer warnender Blick in Walters Richtung, dann war er wieder in der Spur.

»Jahrelang wurde in diesem Land gespart, angelegt und in Rentenkassen oder in Lebensversicherungen eingezahlt. Man freute sich auf den goldenen Herbst des Lebens, in dem man es sich gut gehen lassen wollte. Eine kleine Reise ab und zu, Geschenke für Kinder und Enkelkinder, hier und da ein Restaurant- oder Theaterbesuch. Was waren das für Zukunftsaussichten. Und dann kamen die Finanzmärkte ins Trudeln und alle fragen sich, wohin das noch führen soll. Fragen Sie sich das auch? Denken auch Sie gerade darüber nach, wo Ihr schwer verdientes Geld liegt und wie viel davon noch übrig ist?«

Johanna sah sich um, einige der Zuhörer nickten betroffen. Andere, wie Annegret Töpper oder die Schwestern aus Papenburg, starrten mit leeren Gesichtern auf einen beliebigen Punkt im Raum. Finchen versuchte aus ihrer Papierserviette einen Flieger zu basteln, während Walter sich wieder Notizen auf Bierdeckeln machte. Patrick Dengler wirkte angespannt und Heinz lächelte ihr zu.

»Was machen denn die Fachleute?« Tacke hatte seine Stimme erhoben. »Die Banker, die Manager, all die, die sich mit Finanzen auskennen? Soll ich Ihnen sagen, was die tun?«

Wieder eine Pause. Wieder sehr wirkungsvoll.

»Sie kaufen andere Produkte. Sie kaufen Edelmetalle wie Gold und Silber, sie kaufen Rohstoffe wie Öl, auch Kupfer, und sie investieren in Immobilienfonds. Aber was hat das mit uns zu tun, werden Sie mich fragen. Ich kann es Ihnen sagen. Ich kann Ihnen helfen, die richtige Entscheidung zu treffen, um auf die Finanzkrise zu reagieren. Frau Wagner? Das Bild bitte.«

Hinter ihm löste die Zeichnung der weißen Wohnanlage, die sie vorhin auf dem Schild gesehen hatten, das graue Gesicht der alten Dame ab, die in ihrem grauen Mantel vor der grauen Mülltonne stand.

»Wohnensemble ›Strandglück‹.«

Ein erleichtertes Raunen ging durch den Saal.

»Ein Stück vom Paradies«, tönte Dennis Tacke und zeigte dabei auf Michael Kruse, der aufgestanden war. »Und er hat es gefunden. Herr Kruse, bitte, Sie haben das Wort.«

Mit Blick auf das Display ihres Handys war Johanna den Parkplatz abgeschritten. Sie hatte es auf der linken Seite versucht, dann rechts, war in Richtung Straße gegangen, alles ohne Erfolg. Es gab hier einfach kein Netz. Dieses Funkloch musste riesig sein. Entmutigt hatte sie sich auf einen Baumstumpf gesetzt. Sie musste unbedingt Daniel anrufen, es sollte nur niemand mithören. In ihrem Zimmer war das Telefon angeblich kaputt, das hatte zumindest die Frau an der Rezeption gesagt. Johanna hatte sie skeptisch angeguckt, aber auch das hatte nicht geholfen.

Und jetzt saß sie hier draußen mit einem Prospekt vom »Wohnensemble ›Strandglück‹« in der Hand. »Timesharing – Ferien, wann immer Sie wollen« stand in großen roten Buchstaben über dem aufwendigen Faltblatt. Johanna hatte den Begriff schon mal gehört, aber keine Ahnung, was dahintersteckte. Sie brauchte dringend Informationen, aber sie kam nicht ins Internet und sie konnte nicht telefonieren. Es war zum Verrücktwerden.

»Ist alles in Ordnung mit Ihnen?«

Johanna zuckte zusammen. »Patrick Dengler. Müssen Sie sich immer so anschleichen? Da kriegt man ja fast einen Herzinfarkt.«

»Dafür sind Sie zu jung.« Ohne zu fragen, setzte er sich neben sie. »Was halten Sie von diesem Projekt? Herr Tacke hat das ja sehr gut verkauft.«

»Was soll ich davon halten?« Johanna setzte ihr gleichgültiges Gesicht auf. »Ehrlich gesagt habe ich das System nicht richtig verstanden. Aber es gibt ja nachher noch diese Einzeltermine, bei denen man alles genau erklärt bekommt.«

»Gehen Sie da hin?« Patrick Dengler saß zu dicht neben ihr. Leider gab es keinen Platz zum Ausweichen, noch ein kleines Stück, und sie würde vom Baumstumpf fallen.

»Ich weiß noch …« Bevor sie den Satz beenden konnte, stand Heinz vor ihr.

»Störe ich?« Seine Stimme war zuckersüß, sein Blick scharf auf Dengler gerichtet. »Ich habe Sie gesucht.«

»Mich?« Patrick Dengler sah überrascht hoch. »Warum?«

»Sie doch nicht«, antwortete Heinz. »Ich wollte etwas von Frau Schulze. Aber Ihre Mutter sitzt ganz allein am Tisch.«

»Meine ...?« Patrick Dengler hatte sich erhoben und klopfte seine Hose ab. »Ach so, ja, ich wollte sowieso wieder rein. Bis später.«

Johanna und Heinz sahen ihm nach, dann drehte sich Johanna zu Heinz um. »Danke«, sagte sie. »Ich habe keine Ahnung, was der von mir will, aber langsam wird er lästig.«

Jetzt setzte sich Heinz auf den freien Platz. »Vielleicht hat er sich in Sie verguckt. Ich glaube, er sucht eine Frau.«

Johanna sah ihn lange an. »Irgendetwas stimmt nicht mit ihm. Na ja, egal. Warum haben Sie mich denn gesucht?«

»Das war gelogen.« Heinz lächelte sie an. »Ihre Tante und ich haben gesehen, dass Dengler Ihnen gefolgt ist, und da wollte ich sichergehen, dass nichts passiert. Sie waren vorhin so durcheinander und das kann ja schnell mal ausgenutzt werden. Da habe ich dann lieber ein Auge drauf.«

»Aha.« Johanna lachte. »Deshalb. Hätten Sie ihn auch niedergeschlagen?«

»Das wäre situativ zu entscheiden gewesen.

Warum nicht?«, antwortete Heinz und stand auf. »Jetzt muss ich wieder zum Tisch. Mein Schwager war gerade etwas gereizt. Nicht, dass es zwischen ihm und Herrn Tacke doch noch zum Streit kommt.«

Er drehte sich schon zum Eingang, als Johanna noch etwas einfiel.

»Ach, Heinz?«

»Ja, Johanna?«

»Haben Sie eigentlich ein Telefon im Zimmer?«

Er nickte. »Das kostet aber siebzig Cent die Einheit. Warum?«

»Dürfte ich gleich mal telefonieren?«

»Natürlich. Zimmer 16, der Apparat steht auf Walters Nachttisch, das sehen Sie schon. Ach, mein Schlüssel ist in der Sakkotasche und das Sakko hängt überm Stuhl. Soll ich ihn holen?«

»Das wäre nett. Es muss ja keiner die Schlüsselübergabe sehen, sonst kommt noch jemand auf falsche Gedanken.«

Heinz sah sie überrascht an, dann kicherte er. »Sie haben aber auch eine Phantasie. Ich hole den Schlüssel.« Leise lachend ging er zum Eingang.

Johanna blickte ihm gerührt hinterher. Es

war ein schönes Gefühl, dass er sie vor Dengler beschützen wollte. Schade, dass sie ihn nicht schon früher kennengelernt hatte.

Als Johanna nach einiger Zeit wieder zum Tisch zurückkehrte, saß Walter mit vor der Brust verschränkten Armen und süffisantem Lächeln auf seinem Platz.

»Leute, Leute, ich kaufe doch nicht mit Hunderten von fremden Menschen zusammen eine Wohnung. Die machen alles dreckig und ich ärgere mich anschließend.«

»Sie kaufen nicht die Wohnung, sondern die Nutzungsrechte«, erklärte ihm Eva Pieper mit Engelsgeduld. »Das hat Herr Kruse doch gerade sehr schön erläutert. Sie haben dann das Anrecht, während bestimmter Wochen im Jahr die Wohnung zu nutzen.«

»Ja, nachdem wildfremde Menschen vorher schon alles auf den Kopf gestellt haben.« Walter war nicht zu überzeugen. »Ich sehe es vor mir: Haare in der Dusche, Käserinden im Kühlschrank, Krümel im Bett. Vielen Dank auch.«

»Es gibt doch Reinigungspersonal«, mischte sich Uli Pieper ein. »Das ist genauso wie in einer Hotelanlage. Also, ich finde die Idee nicht schlecht. Man kann Urlaub machen, wann man will, und muss sich um nichts kümmern. Ich sehe doch, wie das auf Sylt ist mit unserer Wohnung. Dauernd ist etwas kaputt. Dann müssen wir uns ums Rasenmähen kümmern und im Winter ums Schneeschippen. Erholung ist anders.«

»Rasenmähen macht meine Frau«, entgegnete Walter. »Immer schon, das hat sie gern. Und wenn ich Urlaub habe, gehe ich ins Hotel. Fertig.«

»Wenn Sie ein Zimmer bekommen«, sagte Eva Pieper. »Denken Sie mal an gestern. Wir wollten sofort umziehen, dieses Hotel ist doch wirklich eine Zumutung, und was war? Alles andere ist ausgebucht. Das ist hier eine sehr begehrte Gegend.«

Walter sah erst sie, dann ihren Mann und schließlich seinen Schwager an. »Gibt es in dieser begehrten Gegend die Möglichkeit, noch ein Pils zu bestellen, oder sind alle nur noch mit diesem Ferienquatsch beschäftigt?«

Heinz hob den Arm und winkte der Bedienung.

So, hier unten bekomme ich dann noch eine Unterschrift.« Polizeiobermeister Fiedler schob Christine das Protokoll zu und wies auf eine Linie. »Dann hätten wir alles.«

Sie überflog den getippten Text, griff nach einem Kugelschreiber und setzte schwungvoll ihren Namen darunter. Somit hatte sie im Auftrag ihrer Tante Inge den Unbekannten angezeigt, der aus Onkel Walters ganzem Stolz einen Haufen verschmortes Blech gemacht hatte.

»Wie hat Ihr Onkel denn reagiert?« Fiedler zog das Blatt zu sich und sah Christine an. »Je älter die Halter sind, desto mehr hängen sie ja an ihren Autos.«

»Das stimmt.« Christine lehnte sich zurück. »Und mein Onkel ganz besonders. Er weiß es noch nicht, er ist ja mit meinem Vater an der Schlei und aus irgendeinem Grund haben sie keinen Handyempfang. Ich fahre selbst hin und bringe es ihm schonend bei. Und nehme die beiden bei der Gelegenheit am Sonntag auch mit zurück nach Sylt.«

»Aber warum stand das Auto denn in Bremen?«

»Sie sind mit einem Bus an die Schlei gefahren. Von Bremen aus. Eine Gruppe gutsituierter Senioren mit Interesse an wirtschaftlichen Fragen. So stand es im Prospekt, sagt zumindest meine Mutter. Und sie haben die Reise gewonnen.«

»Klingt wie eine Verkaufsfahrt.« Fiedler grinste, während er das Blatt abheftete. »Hoffentlich haben sie da nicht den nächsten Ärger. Meine Mutter hat letztes Jahr so etwas Ähnliches gemacht und anschließend haben wir drei Monate geklagt. Sie dachte, sie hätte 2500 Euro Bargeld und einen Fernseher gewonnen, stattdessen hat sie für 600 Euro Nahrungsergänzungsmittel gekauft. Sie war völlig frustriert.«

»Weder mein Vater noch mein Onkel geben freiwillig Geld aus, da mache ich mir überhaupt keine Gedanken. Mein Onkel war beim Finanzamt, und falls ihm irgendetwas nicht ganz seriös erscheint, jagt er den Veranstaltern die Steuerfahndung auf den Hals. Die beiden würden sich zu nichts überreden lassen, sie haben eher das Talent, alles durcheinanderzubringen.«

Als sie wieder im Auto saß und in Richtung Hamburg fuhr, stellte sie das Radio lauter, um die Nachrichten zu hören.

»Guten Tag, Sie hören die Nachrichten auf Radio Nord, am Mikrofon ist Anne Schünke. Bremen, erneuter Brandanschlag auf Autos, diesmal brennt ein Auto direkt vor den Augen der Polizei …«

Christine verfolgte den Bericht gespannt und nahm sich vor, gleich eine E-Mail an den Sender zu schreiben und um einen Mitschnitt der Nachrichten zu bitten. Walters Wagen war zwar im Eimer, dafür war er eine Meldung im Radio wert. Das müsste ihn doch über das Schlimmste hinwegtrösten.

Zwei Sekunden nach dem Beitrag klingelte ihr Handy.

»Hier ist Inge. Wir waren im Radio.« Ihre Stimme klang begeistert. »Charlotte und ich haben es gerade gehört, nur schade, dass sie Walters Namen nicht genannt haben. Den kannten sie wohl nicht. Hast du es auch gehört?«

»Ja. Ich hoffe nur, dass Papa und Walter an der Schlei kein Radio haben.«

»Da mach dir mal keine Gedanken, die sind gerade auf einem Ausflug, das hat Walter vorhin erzählt.«

Christine verschluckte sich. »Hat er bei dir angerufen? Hast du es ihm erzählt? Was hat er gesagt?«

Am anderen Ende entstand eine Pause. Im Hintergrund liefen weiterhin die Radionachrichten. Dann antwortete Inge fröhlich: »Du, ich hatte gar keine Zeit, mit ihm darüber zu sprechen. Die Einheiten sind so teuer und du kennst doch Walter, er ist dann immer ganz knapp. Und solche Neuigkeiten erzählt man auch besser von Angesicht zu Angesicht. Du siehst ihn ja, fahr vorsichtig, wir hören uns. Und Grüße von deiner Mutter.«

»Warte mal, Tante Inge. Hat er dir erzählt, was genau das für eine Reise ist? Der Polizist in Bremen meinte nämlich, dem Text der Einladung nach könnte es sich um eine Verkaufsfahrt handeln. Seine Mutter ist auf so was reingefallen. Worum geht es denn da an der Schlei?«

Ihre Tante schwieg einen Moment. Dann sagte sie: »Walter hat mir nur empört erzählt, dass er bislang schon über sechzig Euro für Getränke und andere Kinkerlitzchen ausgegeben hat. Und dass die Telefoneinheit siebzig Cent kostet. Du glaubst doch wohl nicht im Ernst, dass er für irgendein Produkt, egal was es ist, freiwillig bezahlt? Im Leben nicht. Du musst dir keine Gedanken machen, Kind, es kann höchstens passieren, dass er sich mit dem Reiseveranstalter in die Wolle kriegt. Aber dein Vater ist doch dabei, der hasst Streit und wird schon rechtzeitig einlenken.«

Daniel fuhr sich mit allen zehn Fingern durch die Haare und starrte wütend den Telefonhörer an. Er hatte stundenlang im Internet zum Thema »Timesharing« recherchiert und hätte Johanna genau jetzt die Ergebnisse mitteilen sollen. Und was war? Er bekam keine Verbindung. Wenn er die Telefonnummer wählte, die Johanna ihm gegeben hatte, kam ein dumpfer Dauerton, ließ er die beiden letzten Ziffern, die für die Zimmernummer standen, weg, hörte er ein Besetztzeichen. Und das seit einer Viertelstunde. In was für einer Absteige saß die denn bloß? Er versuchte es wieder und wieder, das Ergebnis blieb dasselbe.

»Ich gehe jetzt.« Anne stand an seinem Schreibtisch und klopfte leise mit dem Finger aufs Holz. »Was machst du da eigentlich noch?«

»Johanna hat mich gebeten, über Timesharing-Modelle für Wohnungen zu recherchieren. Das hat mit ihrer Reportage zu tun.

Aber die Nummer, unter der ich sie jetzt anrufen sollte, die funktioniert eben nicht.«

Wütend warf er den Hörer wieder auf die Gabel. »Wie auch immer, ich kann es ihr nicht mitteilen.«

»Was bedeutet denn dieses Timesharing?«

Daniel sah kurz auf seine Notizen. »Man erwirbt ein Wohnrecht, oder besser, Teilzeitwohnrecht. Du zahlst eine Summe dafür, dass du für eine bestimmte Zeit im Jahr in einer voll ausgestatteten Wohnung in einer Ferienanlage oder in einem Hotel wohnst. Was Johanna damit will, hat sie nicht gesagt. Ich kann mir nicht vorstellen, dass es so etwas auch an der Schlei gibt. Na ja, ist jetzt auch egal. Ich fahre nach Hause und versuche, sie von dort zu erreichen. Ist Max eigentlich noch im Büro?«

»Nein.« Anne hing einem Gedanken nach. »Der hat am Wochenende was vor. Sag mal, hast du die E-Mail gesehen, die vorhin kam? Wegen eines Mitschnitts? Da war doch auch was mit der Schlei. Guck mal eben in deinem Rechner, ich habe sie dir weitergeleitet.«

Daniel überflog seinen Posteingang. »›Mitschnitt, Nachrichten‹, da ist es.«

Er rief die Mail auf.

Scholl, Daniel

Von: Christine Schmidt
An: Radio Nord
Betreff: Mitschnitt

Werte Nachrichtenredaktion, ich habe eine Bitte. Der Mercedes meines Onkels ist in Bremen abgefackelt worden. Totalschaden. Ich muss die schlechte Nachricht überbringen, bin jetzt auf dem Weg an die Schlei, um meinen Onkel und meinen Vater dort von einer Seniorenreise abzuholen, und suche verzweifelt nach einem Trostpflaster für meinen Onkel. Habe gerade die Nachrichten Ihres Senders gehört, in denen der abgebrannte Wagen eine Meldung war. Deshalb hätte ich sehr gern einen Mitschnitt, vielleicht ist diese Radiomeldung ein kleiner Trost. Mein Onkel hört jeden Tag Radio Nord, und so kommt er bzw. sein Auto wenigstens vor.
Mit Dank im Voraus und herzlichen Grüßen auf dem Weg nach Bullesby, Christine Schmidt

Von meinem iPhone gesendet

Daniel sah Anne grinsend an. »Das ist ja süß. Vielleicht sind die auf derselben Tour wie Johanna. Die ist doch in einem Kaff, das Bullesby heißt.«

»Keine Ahnung.«

»Das wäre ja lustig.« Daniel las die Mail ein

zweites Mal. »Ich antworte ihr sofort. Dann kann sie Johanna wenigstens grüßen. Und den Mitschnitt kriegt sie sowieso.«

Anne stieß sich vom Tisch ab. »Wie auch immer. Ich gehe. Schönen Abend noch.«

Daniel tippte mit gesenktem Kopf schon die Antwort an Christine.

Johanna hatte zehn Minuten auf Walters Seite vom Bett gesessen und auf Daniels Anruf gewartet. Er kam nicht. Sie hatte ihm extra die Durchwahl des Zimmers gegeben und eine feste Uhrzeit vereinbart. Schließlich wollte sie nicht, dass Walter bei der Abreise wegen einer astronomischen Telefonrechnung kollabierte. Aber Daniel rief nicht an. Kurz entschlossen hob sie den Hörer ab und hielt ihn ans Ohr. Sie hörte nichts, die Leitung war tot. Mausetot. Johanna drückte auf die Knöpfe, legte wieder auf, hob ab, versuchte es erneut, aber das Ergebnis blieb dasselbe. Der Apparat funktionierte nicht mehr. Dieses Hotel war tatsächlich die allerletzte Kaschemme.

Wütend stand sie auf und verließ das Zimmer. Als sie die Tür abschließen wollte, hörte sie plötzlich schnelle Schritte, dann eine Stimme: »Oh, Frau Schulze, haben Sie sich etwa im Zimmer geirrt? Sie wohnen doch im ersten Stock, Zimmer 26, oder?«

Lisa Wagner stand mit einem falschen Lächeln vor ihr. Johanna drehte den Schlüssel in aller Ruhe um und schob ihn anschließend in die Jackentasche.

»Das ist toll, dass Sie alle Zimmernummern im Kopf haben, Frau Wagner, Respekt.« Johanna drehte sich genauso falsch lächelnd zu ihr. »Ich kann mir Zahlen immer ganz schlecht merken. Aber Herr Schmidt hat mich gebeten, seine Jacke aufs Zimmer zu bringen. Sie war ihm im Weg.«

Etwas Blöderes war ihr auf die Schnelle nicht eingefallen. Lisa Wagner sah auch nicht so aus, als würde sie ihr glauben.

»Aha.« Wenigstens tat sie so. »Man hilft sich ja gern gegenseitig, nicht wahr? Nehmen Sie denn nicht an den Beratungsgesprächen teil? Ihre Tante machte den Eindruck, als wäre sie interessiert.«

Wenn jemand beratungsresistent war, dann war das Finchen, aber das konnte Lisa Wagner ja nicht wissen. Also sagte Johanna, dass sie selbstverständlich zusammen mit ihrer Tante an den Einzelgesprächen teilnehmen werde. »Genau dafür sind wir ja hier«, schob sie nach. »Damit meine Tante sich mal vernünftig über die Möglichkeiten, die sie so hat, beraten lassen kann.«

Lisa Wagner musterte sie skeptisch.

»Ich kann nicht mehr sitzen.« Walter trank sein Bier aus und stand auf. »Mein Hintern schläft gleich ein. Was ist, Heinz, kommst du mit? Ein paar Schritte laufen?«

Sein Schwager unterbrach das Gespräch mit der neben ihm sitzenden Eva Pieper und sah zu Walter hoch. »Jetzt sofort?«

»Ja. Ich muss mich mal bewegen. Und mein Hirn braucht frische Luft.«

Heinz entschuldigte sich bei seiner Sitznachbarin und ging Walter nach.

Der stand draußen, hatte seinen Kopf in den Nacken gelegt und starrte in den Himmel. Nach einem tiefen Atemzug blickte er Heinz an und sagte: »Dass du dich so von der Frau Pfeifer vollquatschen lässt, wundert mich.«

Gleichmütig sah Heinz in die Ferne und fasste sich mit seiner Hand ans linke Ohr. »Was hast du gesagt?« Ein hoher Ton signalisierte, dass er sein Hörgerät einstellte.

»Frau Pfeifer hat dich so vollgequatscht. Was redet die denn die ganze Zeit?«

»Du meinst Frau Pieper. Die Leute heißen Herr und Frau Pieper. Aus Hannover. Ich weiß es nicht so genau. Erst hat sie über ihre Wohnung auf Sylt geredet und dann über die Urlaubsgewohnheiten der Deutschen. Ich habe irgendwann mein Hörgerät ausgestellt, die letzten zehn Minuten habe ich nichts mehr mitgekriegt. Aber man will ja nicht unhöflich sein.«

»Du hast es gut.« Walter lenkte seine Schritte in Richtung Einfahrt. »Ich kann immer alles hören. Ich knöpfe mir übrigens gleich bei diesen Einzelgesprächen Tucke und Krause vor. Das ist vielleicht ein Unsinn, ihre Renditerechnung bei diesen Wohnanteilen, die nehme ich nachher aber auseinander.«

»Walter, bitte.« Heinz war stehen geblieben und hielt seinen Schwager am Jackenärmel fest. »Du bist immer gleich so negativ. Dabei hast du dich noch gar nicht mit diesem Modell befasst, du kennst es überhaupt nicht. Vielleicht ist da doch was dran. Die Piepers wirken jedenfalls sehr angetan, und das sind wirklich keine dummen Leute. Und die Herren heißen Tacke und Kruse. Konzentrier dich wenigstens bei den Namen. Das ist doch nicht normal, dass du das nicht hinkriegst. Und ich habe auch keine Lust darauf, aus dem Saal geworfen zu werden, weil du die auseinandernimmst. Was sollen denn bloß die anderen von uns denken? Dass da zwei alte Männer Theater machen, oder was?«

»Zwei alte Männer.« Walter schüttelte nachsichtig den Kopf. »Ich möchte dich daran erinnern, dass ich noch nicht mal siebzig bin. Und ich nehme die nicht vor allen Leuten auseinander, sondern schön im Einzelgespräch. Die sollen mir ihre feine Renditerechnung mal in aller Ruhe aufmachen, das überfordert die anderen Teilnehmer nur. Du kannst ja neben mir sitzen und zuhören. Damit du mal lernst, wie man Finanzgespräche führt. Mir macht da nämlich niemand was vor. Zweiunddreißig Jahre Finanzamt Dortmund, da sollen die beiden Grünschnäbel sich mal warm anziehen. Was ist denn das da vorn?«

Heinz folgte seinem Blick und erkannte den Bauern vom gestrigen Abend wieder, der umständlich sein Moped abschloss. »Das ist der Mann, der gestern Abend so betrunken in der Bar war. Ach, da bin ich aber erleichtert, ich hatte gedacht, dass Herr Tacke irgendetwas mit ihm ... Lass uns mal eben ...«

Heinz zog Walter mit sich, bis sie vor dem Mann standen und er mit entschlossenem Blick sagte: »Guten Abend, können wir Ihnen helfen?«

Sowohl Walter als auch der Bauer sahen Heinz verdutzt an.

»Beim Abschließen vom Moped?«, fragte der Bauer und schüttelte den Kopf. »Nee, das kann ich allein.«

Er zog den Schlüssel ab und wandte sich zum Eingang. Heinz hielt ihn fest.

»Sind Sie oft hier?«

»Ja.« Eine Alkoholfahne wehte Heinz entgegen.

»Aha.« Heinz wippte auf den Zehenspitzen und überlegte kurz. »Geschäftlich oder privat?«

Der Gesichtsausdruck des Bauern war ein einziges Fragezeichen. »Wie?«

»Ich meine ...« Heinz nahm einen neuen Anlauf. »Trinken Sie hier nur mal ein Bier oder anders?«

»Was? Wie trinkst du denn Bier?« Der Bauer starrte Heinz an, als wäre der gerade vom Himmel gefallen. »Ich mache das so wie immer. Tschüss.«

Er ging zum Eingang, während Walter und Heinz ihm nachsahen.

»Er sagt nichts«, flüsterte Heinz. Dann hob er entschlossen den Kopf. »Moment, bitte. Warten Sie doch mal.«

Der Bauer blieb stehen und drehte sich langsam um. »Was denn noch?«

Heinz war ihm gefolgt. »Sind Sie in Schwierigkeiten? Also, ich meine, ich will mich ja nicht einmischen, aber wir sind ja gestern Abend Zeugen von Ihrem Streit mit Herrn Tacke geworden. Wenn Sie ein Problem mit ihm haben, dann würden wir gern wissen, warum. Wir gehören zu seiner Reisegruppe und konnten uns gestern keinen Reim auf das Geschehen machen.«

Der Bauer musterte ihn von oben bis unten. »Das geht euch überhaupt nichts an, ihr Klugscheißer. Und jetzt habe ich zu tun. Also dann.«

Er ließ den verdatterten Heinz stehen, der sich empört zu Walter umdrehte. »Ich wollte ihm nur helfen. Hoffentlich holt ihn diese Geheimniskrämerei nicht ein.«

»Was wolltest du denn jetzt von ihm wissen?«

»Ich wollte wissen, was da gestern Abend los war. Er hatte doch Streit mit Tacke. Da ging es eindeutig um Geld. Und danach habe ich dieses Gespräch gehört. In dem Tacke zu Kock gesagt hat, dass er etwas erledigen soll. Das habe ich dir schon erzählt.«

»Ach, diese Mafia-Geschichte.« Walter winkte ab. »Das ist doch Unsinn, das hast du ja jetzt gesehen. Der Mann hatte keine betonierten Füße und auch kein Schussloch in der Stirn. Du hast zu viel Phantasie.«

Johanna schloss die Tür zu ihrem Zimmer auf und blieb wie angewurzelt stehen. Finchen lief gegen sie.

»Aua! Was ist denn?«

»Hier war jemand.« Johanna ging langsam weiter und starrte aufs Bett. Jemand hatte den Inhalt ihres Rucksacks und ihrer Reisetasche auf dem Bett entleert, die Schranktür stand offen, die Schublade des Nachttisches war aufgezogen. »Das glaube ich nicht. Wo ist dein Schmuck? Und dein Geld?«

»Alles am Körper.« Finchen sah sich erschrocken um. »Ach herrje. Hattest du Wertsachen in der Tasche?«

Johanna hatte schon ihr Portemonnaie in der Hand. »Es ist alles da«, sagte sie erleichtert. »Papiere, Geld, Karten. Was haben die denn gesucht?«

Im selben Moment sah sie, was fehlte: das Aufnahmegerät.

Finchen ließ sich langsam aufs Bett sinken. »Was fehlt denn?«

»Das Aufnahmegerät. Es gehört Daniel.«

Johanna schüttelte die Tasche aus und sah sich hektisch um. Es bestand kein Zweifel. Das Ding war weg.

»Kannst du mir mal erklären, wozu du hier ein Aufnahmegerät brauchst?« Finchens Stimme war sehr ruhig. »An einem Wochenende, das du mit mir verbringst?«

Johanna sah sie schuldbewusst an. »Ach, Tante Finchen, ich wollte es dir erst erzählen, wenn wir wieder zu Hause sind.«

»Du erzählst es mir jetzt.« Finchen saß kerzengerade. »Auf der Stelle. Und mach keine Schlenker. Ich will gleich in die Bar.«

Gute Nerven hatte sie, das musste auch Johanna zugeben.

»Ich wollte hier zum Thema Verkaufsfahrten recherchieren. Und ich habe ein paar von den Teilnehmern gefragt, warum sie mitgefahren sind. Und ich habe einen Teil von Tackes Vorträgen aufgenommen. Ich kann ja schlecht die ganze Zeit mitschreiben.«

Finchen warf ihr einen bösen Blick zu. »Verkaufsfahrt. Ich habe dir gesagt, dass es keine ist. Bei Verkaufsfahrten geht es um Heilsteine und Küchengeräte, hast du hier davon etwas gesehen? Ich habe dich mitgenommen, damit du mal Abstand von deiner Arbeit hast, damit du mal über Max und dich nachdenken kannst. Du machst da nämlich einen großen Fehler, mein Kind, aber am Telefon bist du ja nicht in der Lage, mir mal zehn Minuten zuzuhören. Und was machst du? Du arbeitest. Ach, Johanna, ich bin schon ein bisschen entsetzt.«

»Findest du wirklich, dass hier alles ganz sauber ist?«

»Darum geht es doch jetzt gar nicht.« Entrüstet stemmte Finchen ihre Hände in die Hüften. »Es ist mir doch völlig egal, was Tacke oder Kruse uns erzählen. Da kann man doch auch weghören. Aber was du mit Max machst, das ist mir nicht egal. Deshalb wollte ich, dass du mitkommst. Damit du mir mal zuhörst. Stattdessen lässt du dich von diesem Dengler anschmachten und nimmst Gespräche auf. Also ehrlich …«

Johanna hatte sie selten so wütend gesehen. »Aber Finchen …«

»Aber Finchen, aber Finchen«, ahmte ihre Tante sie nach. »Das nützt dir auch nichts. Ich sage dir jetzt mal was: Max ist sicher kein Heiliger, aber er hat bestimmt keine Affäre mit dieser schrecklichen Frau gehabt. Ich hätte gemerkt, wenn er mich angelogen hätte.«

Johanna blickte sie lange an. »Ich weiß es nicht«, sagte sie schließlich. »Ich wünschte, dass … Aber darum geht es doch im Moment gar nicht.«

Ein lautes Klopfen an der Zimmertür unterbrach sie.

»Ja?« Johanna war mit wenigen Schritten an der Tür.

»Wir sind's. Heinz und Walter.«

Sie schoben sich durch die geöffnete Tür und blieben überrascht mitten im Zimmer stehen. Heinz fing sich als Erster.

»Das ist ja hier sehr … kreativ.«

»Das ist nicht unsere Schuld«, begann Finchen zu erklären, wurde aber von Heinz unterbrochen.

»Machen Sie sich keine Mühe, Josefine, ich habe zwei Töchter, deren Zimmer sahen immer so aus.«

Johanna begann, die auf dem Bett liegenden Sachen wieder in ihre Tasche zu stopfen. »Das ist keine Unordnung«, sagte sie. »Hier war jemand drin und hat mir mein Aufnahmegerät geklaut. Nachdem er oder sie vorher alles durchwühlt hat.«

»Was?« Walter fuhr herum und sah sie entsetzt an. »Dann müssen Sie alles so lassen. Ich rufe die Polizei. Heinz, gib mir mal dein Handy, meins ist auf dem Zimmer.«

»Hier ist ein Funkloch.« Heinz strich unbeholfen die Bettdecke glatt. »Und unser Telefon ist auch tot. Sollen wir zur Rezeption gehen?«

»Nein.« Johanna drehte sich zu ihm. »Wir rufen nicht die Polizei. Unsere Wertsachen sind alle noch da. Ich will selbst rauskriegen, welcher Idiot das hier war.«

»Johanna hatte nämlich ein Aufnahmegerät dabei«, fügte Finchen etwas schmallippig hinzu. »Das ist weg.«

»Machen Sie eine Reportage fürs Radio?«, fragte Heinz neugierig. »Über die Schlei? Für Ihre Sendung? Josefine, habe ich Ihnen erzählt, dass ich der allergrößte Fan von Johanna Jäger bin? Ich habe ganz schnell gewusst, dass Ihre Nichte meine Lieblingsmoderatorin ist. Ich habe ein gutes Gedächtnis für Stimmen.«

»Danke, Heinz, aber meine Tante ist verärgert darüber, dass ich hier recherchiere.«

»Du hast vertrauliche Gespräche mitgeschnitten«, mischte Finchen sich ein. »Du machst nichts über die Schlei, du hast die Vorträge von Herrn Tacke und Herrn Kruse aufgenommen. Und wahrscheinlich auch die Gespräche bei Tisch.«

»Stimmt das?« Walter hielt Johanna am Ellenbogen fest. »Haben Sie die ganze Zeit aufgenommen?«

»Ja.« Johanna sah ihn an.

Walter legte die Stirn in Falten. »Aber jetzt ist das Gerät weg?«

»Ja.«

»Alles umsonst?«

»Nein.« Johanna zog langsam eine Karte aus der Innentasche ihrer Jacke. »Die Speicherkarte im Gerät war gerade neu eingelegt. Die bespielte hatte ich gewechselt.«

Ein Lächeln setzte sich in Walters Gesicht fest. »Das ist sehr schön, Julia. Ich kann nämlich meine Notizen auf den Bierdeckeln kaum lesen. Das ist ja so schlechte Pappe, die saugt den Kugelschreiber regelrecht weg.«

»Du denkst wirklich immer nur an dich, Walter.« Heinz war erschüttert. »Johanna ist ausgeraubt worden und du redest über deine Bierdeckel. Hier stimmt doch was nicht. Ganz und gar nicht. Dieser Bauer von gestern Abend ist auch wieder aufgetaucht, ein gruseliger Typ, wenn ihr mich fragt. Aber wenigstens war er ganz.« Er atmete tief ein und aus. Dann fuhr er entschlossen fort: »Wir sollten doch die Polizei alarmieren.«

»Oh nein!« Finchen hatte sich vor ihm aufgebaut und klopfte mit ihrem Zeigefinger auf seine Brust. »Das machen wir nicht. Wenn ich irgendetwas hasse, dann sind es Menschen, die sich zum Affen machen. Zu denen gehören wir bitte nicht. Was sollen wir der Polizei denn erzählen? Dass sich meine Nichte unter dem Vorwand, ihre alte Tante zu begleiten, in eine ahnungslose Reisegruppe eingeschmuggelt hat, um die armen Leute auszuspionieren? Nein, danke, das passiert nicht.«

»Aber sie hat doch nicht die armen Leute …?« Ungläubig sah Heinz seine Lieblingsmoderatorin an. »Das haben Sie doch nicht, Johanna, oder?«

»So«, unterbrach Walter das Gespräch. »Jetzt ist hier gut. Wenn man einen Job hat, dann macht man ihn richtig. Und wo gehobelt wird, fallen Späne. Sagt man doch, oder? Als wenn es hier Staatsgeheimnisse auszuplaudern gäbe, das ist doch lächerlich. Ist jetzt was Wertvolles geklaut worden oder nicht?«

»Nein!«, antworteten Johanna und Finchen im Chor.

»Na also.« Walter wandte sich zur Tür.

»Dann gehe ich jetzt zu den Einzelgesprächen, um mit den Jungs da unten mal Klartext zu reden. Vielleicht machen sie mir ja noch ein tolles Angebot, wenn sie mitkriegen, dass ich Ahnung von Anlagen habe. Kommt jemand mit?«

Finchen legte sich einen Schal um und nickte. Johanna blieb auf dem Bett sitzen, auch Heinz rührte sich nicht vom Fleck. »Geht ruhig vor«, sagte er zu Walter. »Ich helfe Johanna noch schnell beim Aufräumen und dann kommen wir nach.«

Walter und Finchen sahen ihn erstaunt an. Während Walter langsam die Tür öffnete, drehte Finchen sich zu ihrer Nichte. »Ich möchte, dass du nachher noch in die Bar kommst. Bis später.«

Als sich die Tür schloss, lächelte Heinz Johanna an. »Das war ein Befehl. Aber wir sollten uns noch einmal überlegen, ob wir nicht doch die Polizei rufen. Ich habe nämlich einen Bekannten bei der zivilen Fahndung. Und zufällig habe ich seine Visitenkarte dabei.«

Demnächst links abbiegen.«

Die blecherne Stimme des Navigators leitete Christine durch die schöne Landschaft. Sie nahm etwas Gas weg und hielt nach dem Hotel Ausschau.

»Jetzt links abbiegen. Danach haben Sie Ihr Ziel erreicht.«

Sie war froh über ihren spontanen Entschluss, gleich an die Schlei zu fahren. Der Weg von Hamburg nach Bullesby war sogar kürzer gewesen, als sie gedacht hatte.

In den letzten Wochen hatte sie ununterbrochen gearbeitet. Zwei Kolleginnen aus ihrer Redaktion waren krank, der Stapel auf ihrem Schreibtisch wurde und wurde nicht kleiner und zu allem Überfluss hatte David auch noch jedes Wochenende irgendwelche auswärtigen Termine. Christine hatte außer Büro und Redaktion nichts mehr im Kopf. Deshalb wäre doch ein spontanes Wochenende in einem hübschen Hotel an der Schlei nicht das Schlechteste. Das hatte sie schon beschlossen, bevor die Antwort von Daniel

Scholl gekommen war; die hatte sie nur noch bestärkt. Außerdem gefiel es ihr, dass sie hier die Frau mit der angenehmen Stimme, diese Johanna Jäger, kennenlernen würde, auch wenn sie das Thema Verkaufsfahrten nicht besonders aufregend fand. Was sollte denn dabei herauskommen? Dass es schwarze Schafe unter den Veranstaltern gab, war ja hinlänglich bekannt. Aber wie auch immer, es war doch interessant, mal zu sehen, wie die Journalistin eines Radiosenders arbeitet, ob das Thema einen nun beeindruckte oder nicht.

Christine hatte das Hotel von unterwegs über die Auskunft gefunden, sofort angerufen und ein Zimmer bekommen. Sie hatte ganz vergessen zu fragen, ob Heinz und Walter abends überhaupt im Hotel waren. Es war doch die Rede von irgendwelchen Vorträgen gewesen. Aber es würde ja auch reichen, die beiden am Morgen beim Frühstücken zu treffen. Dann hätte sie wenigstens noch einen ruhigen Abend und eine kleine Schonfrist, bevor sie die schlechte Nachricht übermitteln musste.

Endlich war sie angekommen. Auf dem Parkplatz standen auch ein paar Autos, aber weit und breit war kein Bus zu sehen. Christine lenkte ihren Wagen in eine Parklücke und stellte den Motor ab. Vielleicht gab es hinter dem Hotel einen gesonderten Busparkplatz. Bullesby war nicht besonders groß, das »Schlosshotel Burgsee« war das einzige Hotel im Ort, sie würde Heinz und Walter schon finden.

»Guten Tag.« Die ältere Dame an der Rezeption lächelte ihr entgegen. »Herzlich willkommen.«

»Vielen Dank.« Christine stellte ihre kleine Reisetasche ab und lächelte zurück. »Mein Name ist Christine Schmidt. Ich habe vorhin angerufen.«

»Ach ja. Wir haben telefoniert. Ich bin Hanna Helms.« Sie drehte sich um, nahm den Schlüssel von einem Haken und schob ihn Christine zu. »Zimmer 32. Im ersten Stock. Brauchen Sie Hilfe mit Ihrem Gepäck?«

»Nein, danke, ich habe nur eine kleine Tasche.« Christine behielt den Schlüssel in der Hand und sah sich um. »Mein Vater und mein Onkel sind hier Gäste. Sie gehören zur Reisegruppe ›Ostseeglück‹. Wissen Sie vielleicht, ob die noch Vorträge hören? Oder wo ich sie finden kann?«

»›Ostseeglück‹?« Hanna Helms guckte fragend. »Wir haben hier keine Reisegruppe, die so heißt. Das tut mir leid. Ich habe den Namen auch noch nie gehört.«

Christine spielte mit dem Schlüssel. »Das ist seltsam. Mein Onkel hat erzählt, dass sie in einem schicken Hotel in Bullesby wohnen. Das ist doch hier das einzige Hotel im Ort, oder?«

»Zumindest das schönste.« Hanna Helms lächelte. »Es gibt natürlich noch Pensionen und Ferienwohnungen. Und dann noch das Gasthaus ›Zu den drei Linden‹, das ist ungefähr drei Kilometer von hier entfernt. Aber ...«

Sie überlegte kurz, dann sprach sie doch weiter. »... es ist ein bisschen, na ja ... Ich kann mir nur nicht vorstellen, dass da eine ganze Reisegruppe bucht. Die haben gar nicht so viele Zimmer. Aber ich kann gern mal anrufen.«

»Das wäre sehr nett.«

Hanna Helms zog eine Liste aus der Schublade und fuhr mit dem Finger von oben nach unten, bis sie die Nummer gefunden hatte. Während sie die Zahlen eintippte, hob sie den Kopf und fragte: »Wollten Sie denn lieber drüben wohnen?«

»Nein, nein«, wehrte Christine ab. »Es ist sehr gut so. Ich wollte nur wissen ...«

Hanna Helms ließ den Hörer sinken und tippte die Zahlen erneut ein. »Komisch«, sagte sie. »Ich bekomme keinen Anschluss.« Kopfschüttelnd probierte sie es weiter, schließlich reichte sie das Telefon an Christine. Statt eines Freizeichens war nur ein dumpfes Schnarren zu hören.

»Das ist wohl eine Störung.« Christine gab den Hörer zurück. »Ist auch egal. Ich bringe meine Tasche aufs Zimmer und mache einen kleinen Spaziergang zu dem Gasthaus. Ich werde die Männer schon finden. Danke für den Versuch.«

Sie griff nach ihrer Tasche und wollte sich gerade zur Treppe wenden, als ein junger Mann durch die Eingangstür kam.

»Jörg, du kommst genau richtig«, rief Frau Helms. Zu Christine gebeugt ergänzte sie: »Jörg ist unser Kochazubi und seine Schwester hilft manchmal im Gasthof.«

»Tach, Chefin.« Der angehende Koch blieb stehen. »Was gibt's?«

»Hat Melanie dir vielleicht erzählt, ob die drüben einen Reisebus haben? ›Ostseeglück‹ heißt der Veranstalter. Ich kann nicht anrufen, das Telefon scheint kaputt zu sein.«

»Ja.« Jörg guckte freundlich.

»Was ja?«

»Beides ja.«

Hanna Helms hob die Augenbrauen. »Kann ich bitte ganze Sätze haben?«

»Melanie hat gesagt, dass sie kein Telefon haben. Also, sie haben Telefon, aber das ist kaputt. Und sie haben auch einen Reisebus. Irgendwas mit Glück. Vierzig Leute. Mela ist gestresst. Noch was?«

»Nein. Danke.« Sie wartete, bis Jörg im Gang verschwunden war, dann sah sie seufzend zu Christine. »Im Service könnte man ihn vergessen, aber in der Küche ist er nicht schlecht. Haben Sie es gehört? Dann muss Ihr Vater dort sein. Ich weiß gar nicht, wie die das machen. Das müssen lauter Doppelbelegungen sein, die haben keine dreißig Zimmer.«

Heinz und Walter im Doppelzimmer. Christine sah sofort Bilder vor sich und musste husten. Die Stimmung würde im Keller sein. Und dann kam sie auch noch mit der Hiobsbotschaft von dem abgebrannten Auto. Nach einem kleinen Moment drehte sie sich zu Frau Helms. »Kann ich hier noch etwas essen? Es reicht völlig, wenn ich später hingehe. Die rechnen sowieso nicht mit mir.«

Auf dem Weg zu ihrem Zimmer hatte sie

einen Blick in das Hotelrestaurant mit der anliegenden Bar geworfen. Bis auf einen gut aussehenden Mann am Tresen war sie leer, im Restaurant waren ein paar Tische belegt. Sie würde gleich eine Kleinigkeit essen und sich anschließend auf den Weg zu dem seltsamen Gasthof machen. Vielleicht waren die beiden Herren aber auch sensationell gut gelaunt, weil sie die ganze Veranstaltung schon ausgehebelt hatten. Bei den beiden konnte man nie sicher sein.

»Wir machen das.« Eva Pieper klappte die Broschüre entschlossen zu und sah in die Runde. »Mein Mann ist so begeistert von dieser Gegend hier und ist sich ganz sicher, dass der Tourismus an der Schlei in den nächsten Jahren richtig boomen wird.«

Sie saß mit Heinz, Finchen, Annegret Töpper und Frau Hollenkötter an einem kleinen Tisch im Hinterhof. Es war warm geworden. Im Saal liefen noch Einzelgespräche, die sie gerade hinter sich hatten.

»Ja, aber sechstausend Euro?«, wandte Heinz zögernd ein. »Das ist nicht gerade ein Schnäppchen.«

»Sie können doch auch einen kleineren Anteil kaufen«, sagte Eva Pieper. »Das hat uns Herr Kruse genau erklärt. Es gibt schon Anteile für tausend Euro, da kann man dann eben nur eine Woche oder zehn Tage hier Urlaub machen. Und wo können Sie heute schon für tausend Euro hinfahren? Dafür bekommt man höchstens so eine Spelunke wie dieses Gasthaus hier. Da bleibe ich lieber zu Hause.«

»Schön werden diese Wohnungen ja«, räumte Heinz ein. »Meiner Frau würde das bestimmt gefallen. Sie fährt auch so gerne Fahrrad. Und sie mag diese Stockrosen. Die sind auf dem Prospekt auch überall drauf.«

»Sehen Sie.« Eva Pieper nickte zustimmend. »Und es ist Erstbezug. Alles neu. Hat Ihnen Herr Kruse auch gesagt, wie viele Interessenten es schon gibt? Nein? Es gibt eine Liste mit mindestens fünfzig Interessierten. Wir waren ja nicht die einzige Reisegruppe, die sich das angesehen hat. Mein Mann hat auch gemeint, dass wir uns jetzt ganz schnell entscheiden müssen.«

Finchen beobachtete abwechselnd Heinz und Eva Pieper. Sie hatte das ungute Gefühl, dass Heinz hier langsam überredet wurde. Dabei hatte Walter ihr vorhin erzählt, dass sein Schwager überhaupt nie verreise.

»Wenn ich ihn nicht gezwungen hätte und wenn es hier nicht alles, oder besser, fast alles umsonst gegeben hätte, dann hätte ich ihn nicht von der Insel runtergebracht«, hatte er ihr vertrauensvoll erzählt. »Heinz mag überhaupt keine fremden Orte, alles außer Sylt ist ihm suspekt. Da hat sich der Krause aber genau den Richtigen ausgesucht, dem er eine Ferienwohnung verkaufen will. An dem beißt er sich die Zähne aus.«

Aber Heinz studierte gerade noch einmal die Broschüre.

»Und gucken Sie mal hier.« Eva Pieper tippte mit dem Finger auf eine Stelle im Text. »Das ist auch eine ganz sichere Geldanlage, weil …«

»Sie haben mich rausgeschmissen.« Walter stand plötzlich mit hochrotem Kopf am Tisch. »Tucke hat mich am Arm gepackt. Ich glaube, es geht los.«

»Wie bitte?« Entgeistert blickte Finchen ihn an. »Das darf ja wohl nicht wahr sein.«

»Was hast du ihm denn gesagt?« Heinz hatte die Broschüre immer noch aufgeklappt in den Händen.

»Was soll ich ihm schon sagen?« Walter hielt seine Hand an die Brust. »Ich soll mich nicht aufregen, aber das ist ja wohl der Gipfel. Heinz, ich brauche einen Stuhl und ein Glas Wasser.«

Annegret Töpper war schon aufgesprungen. »Setzen Sie sich, ich hole Wasser.«

Schwer atmend ließ Walter sich auf den Stuhl fallen und wischte sich mit der Hand über die Stirn. »Die können ja überhaupt keine Kritik vertragen. Und rechnen können sie auch nicht.«

»Ja, und?« Heinz sah ihn immer noch abwartend an. »Weshalb haben sie dich rausgeschmissen?«

Plötzlich tauchte Johanna vor ihnen auf. Sie hatte die letzte Frage gehört und antwortete. »Weil Herr Müller die Herren anbrüllen musste, um ihnen die steuerlichen Rechenfehler zu erklären. Was heißt erklären? Er hat geschrien, dass diese Renditeeinschätzung ja wohl der größte Schwachsinn ist, seit der liebe Gott das Geld erfunden hat.«

Sie hatte am Eingang des Saals gestanden und sich gerade mit Lisa Wagner gestritten, die frech behauptete, dass alle Informationsgespräche für heute Abend vergeben seien.

»Vielleicht ergibt sich ja morgen früh eine Gelegenheit, sich bei Herrn Kruse über die

Modalitäten zu informieren. Heute sind die dran, die sich sofort interessiert haben.«

Johanna hatte nach Luft geschnappt und auf einem Gespräch bestanden. Lisa Wagner hatte abgewehrt und gemurmelt, dass die kostbare Zeit keineswegs für Leute gedacht sei, die den Ernst der Lage gar nicht erfassen würden. An dieser Stelle hatte Walter angefangen zu brüllen und Johanna hatte die zickige Lisa Wagner einfach stehen lassen.

»Du hast sie angeschrien?« Heinz war erschrocken. »Warum?«

»Weil sie mich nicht verstanden haben«, sagte Walter. »Ich habe es ihnen dreimal vorgerechnet, aber sie haben wohl gedacht, ich bin blöde. Und dann habe ich es etwas lauter noch mal vorgerechnet. Also, richtig gebrüllt habe ich nicht. Ihr solltet mich mal brüllen hören.«

Annegret Töpper kam mit dem Glas in der Hand wieder zurück. »Frau Pieper, Ihr Mann sucht Sie.« Sie stellte das Glas vor Walter ab. »Es klang dringend.«

»Ja, ja, ich komme«, antwortete Eva Pieper, bevor sie sich Walter zuwandte. »Wie kommen Sie denn …«

»Ihr Mann hat gesagt, es sei dringend.« Annegret Töpper ließ nicht locker und blieb einfach stehen. »Sehr dringend.«

Eva Pieper hob irritiert den Kopf, schluckte den Rest ihres Satzes runter und stand auf. »Dann gehe ich mal zu ihm. Bis gleich.«

Nach einem kurzen Moment des Schweigens, in dem alle Eva Pieper nachsahen, holte Annegret Töpper Luft und sagte leise: »Sie gehört zum Veranstalter. Und sie soll uns belauschen.«

»Wie bitte?« Verblüfft riss Finchen die Augen auf. »Frau Töpper. Wie kommen Sie denn darauf? Das ist doch Unsinn.«

»Nein«, antwortete Heinz langsam und blickte Annegret Töpper anerkennend an. »Das stimmt. Das haben Johanna und ich vorhin auch herausgefunden. Und das war nicht einfach.«

Sein Schwager starrte ihn verständnislos an. »Was redest du denn? Warum soll sie uns belauschen? Meinst du, sie gehört auch zur Mafia?«

»Walter«, fing Heinz an und rutschte ein bisschen näher zu seinem Schwager. »Ich glaube, wir sind einer ganz großen Geschichte auf der Spur.«

Hat es geschmeckt?«
Die Bedienung griff nach Christines leerem Teller und sah sie freundlich an.

»Danke, ja.« Christine hatte sie gar nicht kommen sehen, sie war voll und ganz damit beschäftigt gewesen, zu überlegen, in welche Worte sie gleich den abgebrannten Blechhaufen verpacken könnte.

»Darf es noch etwas sein?« Die junge Frau war abwartend stehen geblieben. »Kaffee, Espresso?«

Nach einem Blick auf die Uhr schüttelte Christine bedauernd den Kopf. Sie würde es jetzt hinter sich bringen. Außerdem wollte sie auch wissen, wie es ihrem Vater und Onkel in dieser Reisegruppe ging, egal ob sie etwas kaufen sollten oder nicht.

»Nein, danke, nichts mehr. Ich habe noch etwas vor.« Sie zog ihre Handtasche von der Stuhllehne und kramte nach dem Portemonnaie. »Ich zahle gleich. Und können Sie mir dann erklären, wie ich zu dem Gasthof ›Zu den drei Linden‹ komme?«

Erstaunt hielt die Bedienung inne. »Was gibt es heute denn da?«, fragte sie. »Sie sind jetzt schon die Zweite, die mich nach dem Weg fragt.«

»Wirklich?« Jetzt war Christine erstaunt. »Das muss Zufall sein. Ich will meinen Vater und meinen Onkel besuchen, die übernachten dort. Sie sind mit einer Reisegruppe unterwegs.«

»Das scheint ja was ganz Besonderes zu sein«, antwortete die junge Frau lächelnd. »Ein anderer Gast, der heute angekommen ist, Herr Schulze, will da auch jemanden besuchen. Dann gehen Sie doch zusammen.« Ihrem Gesichtsausdruck nach hatte sie den Vorschlag nicht ernst gemeint, sie zeichnete den Weg auch sofort auf ihren Bestellblock.

Während Christine sich bemühte, die etwas komplizierte Wegbeschreibung zu verstehen, erschien plötzlich der gut aussehende Mann in der Tür, den sie schon bei ihrer Ankunft in der Bar gesehen hatte.

»Entschuldigen Sie«, sagte er und nickte Christine kurz zu. »Ich wollte nur fragen, ob ich den Schlüssel mitnehmen muss.«

»Oh, bitte mitnehmen«, antwortete die Bedienung schnell. »Wir schließen nachher die

Haustür ab, dann kommen Sie nicht mehr rein. Gehen Sie jetzt los, Herr Schulze?«

Er nickte. »Ja. Dann noch einen schönen Abend.«

»Moment.« Manchmal redete Christine doch schneller, als sie denken konnte. »Warten Sie einen Moment.«

Irritiert hielt Herr Schulze inne und sah Christine fragend an.

»Ich habe gehört, dass Sie auch zu dem Gasthof wollen. Bis ich den Weg kapiert habe, dauert es ewig. Nehmen Sie mich mit?«

Max Schulze betrachtete Christine lange und fragte sich, was um alles in der Welt mit ihm los war, dass schon wieder eine Frau ihn bat, sie irgendwohin zu begleiten, nur weil sie sich nicht auskannte. Aber er war zu höflich, um Nein zu sagen.

Christine hatte inzwischen bezahlt und stand neben ihm. Als sie seinen Gesichtsausdruck sah, lachte sie leise. »Ich will mich nicht aufdrängen«, sagte sie. »Es war nur eine spontane Idee, damit ich nicht hinter Ihnen hergehen muss. Das sähe so nach Verfolgung aus. Aber ich muss in diesen Landgasthof, um meinem Vater und meinem Onkel schonend etwas beizubringen und die beiden anschließend zu retten. Das mache ich häufig. Retten Sie auch jemanden? Mein Name ist übrigens Christine Schmidt.«

Sie gingen langsam zur Tür. Max Schulze ließ ihr am Ausgang den Vortritt und sagte: »Wir könnten auch das Auto nehmen. Oder wollen Sie laufen?«

»Ich laufe.« Christine sah zu ihm hoch und hatte plötzlich das Gefühl, sich doch aufgedrängt zu haben. »Sie können natürlich gern fahren. Aber es ist noch so schönes Wetter, und ich habe den ganzen Tag gesessen. Tut mir leid, ich wollte Sie nicht zu etwas überreden.« Sie lächelte dabei, um nicht unhöflich zu wirken.

»So war das nicht gemeint.« Max war zusammengezuckt. »Ich gehe auch gern noch ein paar Schritte.«

Als sie langsam über den Parkplatz des Hotels liefen, schauten sie in den Himmel, der sich über der Schlei langsam rot färbte. Das Taxi, das vorfuhr, bemerkten sie zwar, die schmale, blasse Person, die ihm entstieg und mit entsetztem Gesicht hinter ihnen hersah, erkannten sie aber nicht.

Heinz, Walter, Finchen und Johanna saßen allein in der Bar. In derselben Ecke wie gestern, aber dieses Mal in eine Art konspiratives Gespräch vertieft. Finchen lauschte ungläubig den Ausführungen von Heinz, Walter schüttelte ab und zu den Kopf und Johanna beobachtete Karsten Kock, der wieder einmal allein an einem Tisch saß und nervös einen Bierdeckel in winzige Fetzen zerlegte. Als er den Kopf hob und zum wiederholten Mal zu ihnen sah, stand Johanna kurz entschlossen auf, bestellte ein Bier und ging damit zu ihm.

»Na, Herr Kock«, sagte sie betont munter und stellte das Glas vor ihm ab. »Schöne Grüße vom Tisch in der Ecke. Sie können sich auch gern zu uns setzen.«

Sie drehte sich um und fing den Blick von Heinz auf, der zustimmend nickte.

»Schönen Dank.« Karsten Kock sah kurz zum Eingang und zog das Glas näher. »Das wird nicht gern gesehen.«

»Was?«

»Personal und Gäste. Prost.«

»Warum nicht?« Johanna lehnte sich an den Tisch. »Es ist doch keiner von der Reiseleitung hier.«

Kock sah wieder zur Tür, dann auf Johanna. Er zögerte einen Moment, dann sagte er: »Sie sollten nicht so viel fragen. Tacke kann giftig werden.«

»Kann er gerne«, antwortete Johanna und musste fast lachen. »Damit werde ich fertig. Noch ein Pils?«

»Ja.« Schnell trank er das Glas leer. »Falls Sie was verloren haben, dann gucken Sie doch mal in die Mülltonne am Hintereingang. Da …«

»Herr Kock?« Lisa Wagners Stimme war schon im Gang zu hören. Schneller, als Johanna es ihm zugetraut hätte, war Kock auf den Beinen. Bevor sie etwas sagen konnte, war er hinter der Tür verschwunden.

»Und?« Heinz beugte sich vor, als Johanna an den Tresen zurückkam. »Wollte er sich nicht zu uns setzen?«

»Darf er nicht«, antwortete Johanna knapp. »Aber er hat mir gesagt, dass ich in die Mülltonne am Hintereingang gucken soll. Die werden doch nicht so blöd sein, das Aufnahmegerät einfach wegzuwerfen.«

»Dann sehen wir doch gleich mal nach.« Finchen wollte aufstehen, aber Heinz legte ihr sanft die Hand auf die Schulter.

»Um Himmels willen. Das kann eine Falle

sein. Er lauert im Hinterhalt, und sobald wir den Mülltonnendeckel öffnen, dann: Wumm!«

»So«, mischte sich Walter ungehalten ein. »Jetzt ist es aber gut. Ich entschuldige mich in aller Form für die kruden Phantasien meines Schwagers. Heinz, du bist doch nicht bei Trost. Dass man uns auf dieser Fahrt mehr versprochen hat, als wir bekommen haben, das ist die eine Sache. Dass man uns die zusätzlichen Kosten dieser Reise verschwiegen hat, ist auch ärgerlich. Und über die Unterbringung müssen wir uns gar nicht unterhalten. Aber dass du mit Anschlägen rechnest, nur weil Frau Josefine einen Mülltonnendeckel hochklappt, also das geht mir jetzt zu weit.«

Milde lächelnd sah Heinz ihn an. »Walter, täusch dich nicht«, sagte er. »Johanna hat den sogenannten Journalisteninstinkt und sie hat mir in weiten Teilen zugestimmt. Du gehst etwas zu naiv in die Beurteilung.«

»Na ja«, entgegnete Johanna vorsichtig. »Also, ›in weiten Teilen‹ würde ich jetzt nicht …«

Beleidigt drehte Heinz den Kopf und wollte antworten, kam aber nicht dazu, weil Walter seine Bierdeckel auf den Tisch legte.

»Ich habe immer noch nicht alle Notizen

übertragen«, sagte er, sortierte die Deckel und rückte seine Brille zurecht. »Aber es geht auch so. Wir haben hier verschiedene Punkte missbilligt. Ihr erlaubt, dass ich mal zusammenfasse?

Punkt 1: Organisation und Durchführung.

A. Die versprochene Exklusivität konnte nicht festgestellt werden. Weder in der Zusammensetzung der Reisegruppe (Kleidung, Bildung, Manieren) noch im Angebot von Speisen und Getränken kann hier die Rede von einer exklusiven Reise sein. Beurteilung: mangelhaft.

B. Die Unterbringung ist ebenso wenig exklusiv. Allerdings haben wir gut geschlafen und das Badezimmer war sauber. Beurteilung: ausreichend.

Punkt 2: Zielsetzung.

A. Statt interessanter Vorträge haben wir hier Werbung für Tourismus bekommen. Das mag für manche der Teilnehmer interessant sein, für uns Sylter natürlich völlig unerheblich. Benotung: ungenügend.

Punkt 3: Merkwürdigkeiten.

A. Um es einmal ganz deutlich zu sagen: Die Verschwörungstheorien meines Schwagers teile ich nicht. Dieser Reiseleiter, Tucke,

Tacke, wie auch immer, ist eine Null und schlecht erzogen. Unser Busfahrer ist eher lustlos und trinkt lieber Pils, als dass er Bus fährt, diese Blondine ist unwichtig und der Herr Krause …«

»Kruse«, warf Heinz ein.

»Der Herr Kruse hat weder Ahnung von Tourismus noch von Renditen.« Walter warf seinen Bierdeckel auf den Tisch und faltete die Hände. »Deshalb finde ich zwar auch, dass die Zielsetzung dieser Reise verfehlt wurde, aber dafür war sie günstig, wenn auch nicht im Detail. Aber ich sehe hier weiß Gott keine kriminellen Energien.«

»Und was ist mit dem Bauern?« Heinz wirkte nicht überzeugt. »Der Streit gestern Abend? Und nicht zu vergessen das durchwühlte Zimmer und das gestohlene Aufnahmegerät?«

Walter hob sein Bierglas. »Der Bauer hat eindeutig ein Alkoholproblem. Das ist furchtbar, aber nicht unseres. Und das Aufnahmegerät scheint ja in der Mülltonne zu liegen. Kinder, die wollen hier was verkaufen, die Zeiten sind schlecht, da möchte man sich doch nicht dauernd ins Geschäft pfuschen lassen. Wir holen das Gerät gleich aus der Tonne, sagen denen, die sollen das in Zukunft lassen, und gucken uns morgen noch ein bisschen die hübsche Gegend hier an. Und Sonntag sitzen wir sowieso wieder im Auto und werden diese Firma nicht weiterempfehlen. Fertig, aus.«

Das anschließende Schweigen wurde nach wenigen Sekunden von Finchen unterbrochen. »Ich neige dazu, Ihnen zuzustimmen, Walter«, sagte sie. »Auch wenn ich einige Dinge hier seltsam finde. Also, dass Frau Pieper uns belauschen sollte …«

»Ach, bitte«, unterbrach Walter sie. »Das sagte Frau Töpper. Heißt sie so? Und selbst wenn, wir haben doch keine Geheimnisse, sieht man von den Verschwörungstheorien meines Herrn Schwagers ab. Ich möchte jetzt noch ein schönes Pils und dann gern ein anderes Thema. Ich kann Ihnen übrigens auch ein paar gute Finanztipps geben. Wenn Sie wollen.«

»Och, nö.« Finchen winkte stattdessen dem Barmann zu. »Mein Interesse an Finanztipps ist erst mal gedeckt. Die Idee mit dem Pils ist gut. Und dann könnten wir vielleicht mal über etwas anderes reden, obwohl ich nicht alle Ihre Theorien abwegig finde, mein lieber Heinz. Aber vielleicht hat Walter auch recht und diese Reise ist einfach nur schlecht organisiert.«

»Genau«, pflichtete ihr Walter bei und schlug seinem Schwager versöhnlich auf die Schulter. »Komm, Heinz, die Welt ist nicht so schlecht, wie du immer denkst. Diese Runde geht auf mich.«

Heinz überlegte, wann Walter zum letzten Mal für mehr als drei Leute bezahlt hatte. Es fiel ihm nicht ein. Dafür etwas anderes.

»Ich habe …«, begann er, stockte und fuhr dann langsam, mit einem Blick auf Johanna, fort: »Ich habe doch noch die Telefonnummer vom Autobahnparkplatz. Und vorhin beim Spaziergang habe ich überlegt, ob man nicht irgendwo draußen an der Schlei doch telefonieren kann. Da stört ja nichts. Vielleicht sollte ich …«

»Bitte schön, vier Pils.« Der Kellner knallte die Gläser auf den Tisch, was Walter zum Lächeln brachte. Heinz schluckte den Rest des Satzes runter.

Vielleicht würde sich später die Gelegenheit ergeben, von seinem Plan zu erzählen. Im Moment hatte es einfach keinen Sinn.

Christine blieb stehen und atmete tief durch. »Meine Güte, ist das schön«, sagte sie und sah sich um. »Ich war noch nie in dieser Gegend. Warum eigentlich nicht?«

Max Schulze stockte kurz. »Wie?« Er drehte sich zu ihr um. »Was haben Sie gesagt?«

Christine rang nach Luft. Es gefiel ihr hier tatsächlich sehr, aber sie war stehen geblieben, weil sie beinahe japste. Ihr Begleiter hatte ein Tempo vorgelegt, als wäre er auf dem Weg, die Welt zu retten. Er war zwar jünger als sie, aber das war doch kein Grund, so zu rennen.

»Haben Sie einen festen Termin in dem Gasthof?« Christine hatte sich langsam wieder in Bewegung gesetzt. »Oder warum sind Sie so in Eile?«

»Bin ich?« Max Schulze sah sie fragend an. »Habe ich gar nicht gemerkt. Tut mir leid.«

Sie liefen einen schmalen Feldweg entlang. Rechts von ihnen lag die Schlei, links weite Felder, an deren Rändern die Wildblumen zu explodieren schienen. Am gegenüberliegenden Ufer blitzten weiße Reetdachhäuser durch die Bäume, die letzten Segler des Tages kreuzten über das sanft gekräuselte Wasser und über allem lag eine fast schon zu friedliche Stille.

»So habe ich mir früher Bullerbü vorgestellt«, sagte Christine und sah sich um. »Das ist ja ein Traum. Waren Sie schon mal hier?«

»Wie?« Ertappt blickte der junge Mann zur Seite. »Ähm, nein. Entschuldigung, ich war in Gedanken ganz woanders.« Plötzlich wirkte er nervös und unsicher. Christine musterte ihn forschend. »Ich will ja nicht aufdringlich sein, aber kann ich Ihnen irgendwie helfen? Ich bin die Älteste von drei Geschwistern und sehr gut darin, anderer Menschen Probleme zu lösen. Also, wenn Sie wollen?«

Sein Grinsen war gequält. »Ich habe kein Problem, danke trotzdem.« Er schwieg einen Moment. Dann sagte er: »Ich mache mir nur Sorgen um meinen ältesten Freund. Mit dem telefoniere ich im Moment andauernd. Und das geht mir überhaupt nicht mehr aus dem Kopf.«

»Oh. Ist er krank?« Mitfühlend sah Christine ihn an. Max schüttelte sofort den Kopf. »Nein, nein. Das zum Glück nicht. Er hat eine Ehekrise.«

»Ach so. Tja, das kommt leider immer wieder vor. Nie originell, aber immer anstrengend.«

»Sind Sie verheiratet?«

»Nein.« Christine hob überrascht den Kopf. »Wir lieben ohne Trauschein. Wieso?«

»Was würden Sie sagen, wenn Ihr Partner eine Nacht bei einer Frau verbracht hat, die er nicht besonders gut leiden kann, am nächsten Morgen mit einem dicken Kopf bei ihr aufwacht, keinerlei Erinnerungen an die Nacht hat, überhaupt nicht weiß, wie er in diese Situation gekommen ist, und Ihnen das genau so erzählt?«

Christine sah ihn fest an. »Ich würde ihn fragen, ob er mich für bescheuert hält.«

»Tja.« Max zog die Schultern hoch und ließ sie wieder sinken. »Genau das hat die Frau meines Freundes ihn auch gefragt.«

»Ja, und? Hält er sie für bescheuert?«

»Natürlich nicht.« Er war stehen geblieben und fuhr sich mit der Hand durch die Haare. »Er hält sie sogar für überaus klug. Aber er hat beteuert, dass es ihm genau so passiert ist. Ich weiß nicht, ob diese Mareike Wolf ihm irgendwelche Tropfen ins Bier geschüttet hat oder ob sie über Hexenkünste verfügt, aber er sagt, er habe einen völligen Blackout.«

»Mareike Wolf?«, fragte Christine überrascht. »Die Autorin?«

Max nickte. »Genau die. Ich wollte den Namen gar nicht nennen, vergessen Sie ihn bitte sofort wieder. Mein Freund hat eine Veranstaltung mit ihr moderiert. Anschließend hat sie ihn gebeten, sie ins Hotel zu bringen, weil sie keinen Orientierungssinn habe. Im Hotel hat sie auf einen Absacker an der Bar bestanden, danach weiß er nichts mehr. Er war in der Nacht nicht zu Hause und Kollegen haben ihn morgens völlig derangiert aus dem Hotel kommen sehen. Sie haben es seiner Frau gesagt und die hat ihn rausgeschmissen.«

»Das ist aber hart«, sagte Christine. »Wieso haben die beiden nicht geredet? Hätte er ihr das nicht erklären können?«

»Er weiß doch nichts mehr.« Max senkte seine Stimme sofort wieder. »Was hätte er ihr denn anderes erzählen sollen? Da war doch nichts.«

»Und hätte die Autorin das nicht aufklären können?«

Max lachte bitter. »Die hat ihn danach mit wilden Liebeserklärungen terrorisiert, und zwar an die private E-Mail-Adresse … Das hat seine Frau natürlich mitgekriegt. Und da war dann der Ofen aus.«

»Das grenzt ja an Stalking«, sagte Christine. »Wenn das alles so stimmt. Dagegen muss man doch etwas tun können. Ich habe übrigens gerade versucht, Mareike Wolfs Buch zu lesen, bin aber gescheitert, weil es so wahnsinnig langweilig ist. Verrückt kam mir die Autorin nicht vor.« Sie dachte einen Moment nach. »Aber das merkt man auch nicht immer. Ich bin sowieso zu alt für derartig gekünstelte Romantik. Vielleicht ist das Buch ja gar nicht so schlecht.«

»Geben Sie sich keine Mühe.« Resigniert winkte Max ab. »Es ist ein furchtbares Buch, wir haben es im Sender besprochen. Das heißt, meine Frau hat es besprochen. Es war ein Verriss.«

Abrupt blieb Christine stehen. »Ist Ihre Frau Johanna Jäger?«

Überrascht nickte Max. »Ja. Wieso? Kennen Sie sie?«

»Nur ihre Stimme. Aber ich weiß, dass sie auch an dieser Reise teilnimmt, weil ich mit einem ihrer Kollegen im Sender telefoniert habe. Ich hatte um einen Mitschnitt gebeten.«

Max verstand anscheinend nicht, was sie meinte, deshalb winkte Christine ab. »Ist eine längere Geschichte, nicht weiter wichtig.«

In der Bar schob Johanna ihr halb volles Bierglas zur Seite und stand auf. »Ich gehe noch mal eine Runde um den Pudding. Ihr sitzt ja bestimmt noch länger hier.«

Finchen schreckte alarmiert auf. »Wieso das denn? Und wie lange? Du kommst doch aber wieder, oder?«

»Mal sehen«, antwortete Johanna etwas irritiert. »Warum?«

»Weil …« Finchen zögerte kurz, dann sagte sie: »Weil ich nachher noch etwas mit dir besprechen will. Also, spätestens in einer Stunde, oder?«

»Na klar.« Johanna drehte sich zur Tür, wurde aber von Walter aufgehalten.

»Und was ist mit dem Bier?«

»Danke, kann weg.«

Die drei sahen ihr nach, bis sie im Gang verschwunden war, dann griff Walter nach ihrem Glas und kippte den Inhalt in seines. Heinz schüttelte resigniert den Kopf, was Walter mit einem knappen »Ich habe es doch auch bezahlt« kommentierte. Dann wandte er sich an Finchen: »Aber Sie haben nicht vor, eine eventuelle Geldanlage mit Ihrer Nichte zu besprechen, oder?«

»Nein, nein«, entgegnete Finchen und sah auf ihre Uhr. »Ich will kein Geld hier anlegen, ich habe diese Reise aus ganz anderen Gründen gemacht. Aber bislang war ich total erfolglos.«

»So.« Aufmerksam beugte Walter sich zu ihr. »Erzählen Sie es uns ruhig, vielleicht können wir behilflich sein.«

Finchen blickte die beiden nachdenklich an. »Es ist aber mehr privat. Es geht um meine Nichte. Und um Liebeskummer.«

»Das ist eine meiner leichtesten Übungen.« Jetzt rutschte Heinz näher zu ihr. »Ich habe eine Schwester und zwei Töchter. Wenn sich hier irgendjemand mit solchen Dingen auskennt, dann bin ich das.«

Walter räusperte sich. »Inge hat keinen Liebeskummer. Hat sie noch nie gehabt.«

Ungeduldig winkte Heinz ab. »Lass doch, Walter. Früher schon. Aber meine Töchter hatten dauernd welchen. Also, Josefine, die Geschichte ist bei mir in besten Händen, mir fällt da bestimmt eine Lösung ein.«

Überzeugt holte Finchen Luft und begann

ganz von vorn zu erzählen. »Johanna hat Max im Sender kennengelernt. Es war Liebe auf den ersten Blick, beide schön, beide klug, beide nicht mehr zu jung – ein Traumpaar.«

Fünf Minuten später war sie endlich auf den Punkt gekommen. »Und jetzt habe ich vor meiner Abreise ein paarmal mit Max telefoniert und ich glaube ihm. Er hat nichts mit dieser Frau gehabt. Aber Johanna ist zu stur, um über ihren Schatten zu springen. Deshalb habe ich Max hierherbeordert. Er müsste in der nächsten Stunde kommen. Ich hoffe nur, Johanna taucht auch rechtzeitig wieder auf. Sonst weiß ich auch nicht.«

Walter hatte während der ausführlichen Berichterstattung ein paarmal gegähnt. »Und Sie sind sicher, dass Ihre Nichte das überhaupt will?«

Mit einem knappen Blick auf ihn antwortete Finchen: »Natürlich. Max ist wunderbar. Und die beiden haben sich so gut verstanden. Sie arbeiten vielleicht ein bisschen zu viel und sehen sich zu wenig, aber das ist bei den jungen Leuten nun mal so. Das könnten sie jetzt nach dieser Krise mal ändern. Müssen sie auch.«

»Aber …« Walters Interesse an Liebesgeschichten hielt sich in Grenzen. Heinz unterbrach ihn rechtzeitig. »Hören Sie nicht auf meinen Schwager, er ist in solchen Dingen ein Klotz. Er weiß noch nicht mal, wie der derzeitige Freund seiner Tochter Pia heißt. Das interessiert ihn einfach nicht.«

»Pia hat gar keinen Freund.«

»Doch, Walter.« Heinz antwortete mit Nachdruck und nickte zur Bestätigung in Finchens Richtung. »Er heißt Torsten Keller und ist ein Kollege von ihr. Ganz nett.«

»Wer erzählt denn so was?« Walter fuhr hoch und starrte Heinz an. »Das hast du dir doch ausgedacht.«

»Das hat Pia vor drei Wochen erzählt, als wir alle zusammen bei euch in der Küche saßen. Sie hatte sogar ein Foto dabei. Du hast die ganze Zeit über dieses Sudoku gemacht und immer nur ›Ach ja, schön, Kind‹ gesagt. Ich aber höre richtig zu.«

»Aber nur, wenn du dein Hörgerät angestellt hast. Das machst du ja auch …«

»Wie auch immer«, versuchte Finchen den aufkommenden Streit zu verhindern. »Johanna weicht jedem Gespräch aus und ich hatte gehofft, dass wir hier Gelegenheit dazu haben würden. Hätte ich sie einfach so drei Tage eingeladen, dann hätte sie sofort abgelehnt, ich kenne das Kind doch. Sie aber meinte wohl, dass ich langsam senil werde und deswegen an seltsamen Reisen teilnehme. Sie dachte, sie müsste mir helfen, dabei ist es genau umgekehrt.«

»Tja, ja«, sinnierte Heinz, »das ist überall dasselbe, kaum werden sie älter, glauben sie, dass sie alles besser wüssten als wir. Meine Tochter hat es mir auch nicht leichtgemacht. Wir waren vor ein paar Jahren mal zusammen auf Norderney, da hat sie sich sofort unsterblich verliebt. Johann. Weißt du noch, Walter? Meine Güte, das war auch so ein ewiges Hin und Her. Ich war nicht so sehr dafür, als Vater hat man ja doch eine Antenne. Und das hielt auch nur ein Jahr. Aber jetzt hat sie einen netten Freund. David. Der hat wenigstens einen guten Job. Da muss man ja auch hingucken. Man will die Kinder doch irgendwann mal von der Tasche haben. Was ist denn, Walter?«

Sein Schwager hustete angestrengt. »Christine ist Ende vierzig«, antwortete er. »Sie ist Journalistin und liegt dir seit fast dreißig Jahren nicht mehr auf der Tasche. Du tust immer so, als wäre sie gerade erst ausgezogen.«

»Es kommt mir auch so vor«, sagte Heinz langsam und mit verträumten Augen. »Ich sehe sie noch vor mir, wie sie mit ihrem kleinen roten Fahrrad …«

»Heinz.« Walter war wirklich ein Klotz. »Wenn du jetzt von ihrem ersten Schultag anfängst, gehe ich ins Bett.«

»Schon gut.« Heinz trank einen Schluck Bier und wischte sich den Mund ab. »Und jetzt zu Johanna. Also, der Max kommt gleich hierher, als Überraschung, damit die beiden sich vertragen. So ist der Plan, oder?«

Er wartete auf Finchens Nicken und fuhr fort. »Und jetzt befürchten Sie, dass Johanna das gar nicht gut findet und sowohl Sie als auch Max zur Schnecke macht. Und danach abreist. Und alles hinterher viel schlimmer ist. Stimmt's?«

»Woher wissen Sie …«

Heinz lächelte sie an. »Genau diese Befürchtungen hätte ich an Ihrer Stelle auch. Ich glaube, das müssen wir sehr behutsam angehen. Ich gucke mir als Erstes diesen Max in Ruhe an. Und dann rede ich mal mit Johanna. Ich glaube, ich bin ihr sympathisch und sie hört auf mich. Ich gehe gleich mal los und suche sie. Nicht wahr, Walter, das wäre doch gelacht, wenn wir das junge Glück nicht wieder zusammenkriegen würden.«

Das Knurren seines Schwagers nahm er als Zustimmung.

Johanna schlenderte langsam und unauffällig an den Mülltonnen im Hinterhof vorbei. Erst nachdem sie sich zweimal umgesehen hatte, öffnete sie den ersten Deckel. Kartoffelschalen, Kaffeefilter, Blumenkohlblätter, über allem lag ein fauliger Geruch. Johanna schloss den Deckel behutsam, um keinen Lärm zu machen. In der nächsten Tonne türmten sich leere Konservendosen, in der dritten alte Zeitungen und Papier. Hier wurde der Müll ordentlich getrennt, Johanna fragte sich, unter welche Rubrik ein Aufnahmegerät fiele.

»Suchen Sie etwas?« Mit lautem Krachen ließ Johanna den Deckel fallen und fuhr herum. Schon wieder Patrick Dengler mit seinem Anschleichschritt.

»Oder warum gucken Sie in alle Mülltonnen?«

»Herr Dengler.« Es reichte ihr jetzt. »Können Sie mir bitte sagen, was genau Sie von mir wollen? Ich kann dieses ewige Anschleichen wirklich nicht mehr ertragen. Es nervt.«

Er ging einen Schritt auf sie zu und hob wie zur Beruhigung die Hand. »Ich schleiche mich nicht an. Ich gehe so leise. Und ich will gar nichts. Nur fragen, ob ich Ihnen helfen kann.«

»Wobei denn?« Johanna wurde unwirsch. »Beim Mülltonnenöffnen?«

»Ich weiß nicht, warum Sie jetzt so giftig werden«, sagte Dengler. »Ich wollte nur wissen, was Sie hier machen.«

»Das, Herr Dengler«, antwortete Johanna und stellte sich dicht vor ihn, »das geht Sie, mit Verlaub, überhaupt nichts an. Ich weiß nicht, wieso Sie hinter mir herschnüffeln, aber kümmern Sie sich doch besser mal um Ihre Frau Mutter. Die lässt sich sonst nämlich für viel Geld irgendwelche Wohnungsanteile andrehen. Schönen Abend noch.«

Sie ließ ihn stehen und marschierte wütend in Richtung Schleiufer. Wenn sie jetzt nicht für einen Moment aufs Wasser guckte, bekäme sie richtig schlechte Laune. Und außerdem gab es da unten vielleicht die Möglichkeit, Daniel anzurufen.

Direkt am Ufer lag ein großer Stein, auf den Johanna sich setzte; dann schleuderte sie aufatmend ihre Schuhe von den Füßen. Das Wasser war eiskalt, beruhigte aber in Sekundenschnelle sowohl ihre Füße als auch ihr Gemüt. Sie verstand gar nicht, warum ein Idiot wie Dengler sie so in Wallung bringen konnte. Und nicht nur der, sondern auch diese zickige Lisa Wagner. Die es doch tatsächlich geschafft hatte, ihr das Einzelgespräch zu vermasseln. Das war doch nie im Leben deren Entscheidung gewesen. Vermutlich war es dieser alberne Tacke, der von Anfang an misstrauisch gewesen war. Johanna fragte sich, warum, er war ja nicht gerade ein Ausbund an Intelligenz. Entweder hatte sie sich auffällig benommen, oder er hatte irgendeine Art Instinkt. Bislang war ihr Vorhaben eine grandiose Pleite. Alles, was sie mitbekommen hatte, war völlig uninteressant. Es waren grässliche Menschen, ein grottenschlechtes Hotel, alberne Vorträge und vertane Zeit. Und vielleicht hatte Walter mit seiner Zusammenfassung auch recht. Es gab keine großen Erkenntnisse, lediglich die Fakten, die sie schon kannte: Senioren, die zu viel Zeit haben, setzen sich in einen Bus, um ihr Geld in unnötige Dinge zu stecken. Wohnungsanteile oder Bettdecken, letztlich war es doch völlig egal. Tacke lebte von seiner Provision, deshalb wollte er keine

Unruhestifter, die Kaufwillige am Geldausgeben hinderten. Das war zwar nicht schön, aber nachvollziehbar.

Johanna seufzte und fragte sich, wie sie Spannung in die Reportage kriegen sollte. Eigentlich war alles kalter Kaffee. Ein Gedanke schoss ihr plötzlich durch den Kopf: Daniel. Er hatte sie vorhin nicht erreichen können. Johanna hoffte, dass er sich nicht aus lauter Besorgnis auf den Weg gemacht hatte. Zuzutrauen wäre es ihm. Sie zog das Handy aus der Tasche und prüfte den Empfang. Sie hatte ein Netz. Schnell wählte sie seine Nummer, doch statt seiner Stimme teilte ihr die metallische Dame mit, dass der Teilnehmer vorübergehend nicht erreichbar sei. Dann wählte sie Anne Schünkes Nummer. Anne nahm sofort ab. »Hallo, Johanna, na, was macht die Mission?«

»Hey, Anne, ehrlich gesagt frage ich mich gerade, ob ich meinen Riecher für Themen verloren habe. So richtig aufregend ist das hier alles nicht, eher deprimierend. Ist Daniel in deiner Nähe? Er sollte mich vorhin zurückrufen, aber dieses Hotel hat anscheinend die Telefonrechnung nicht bezahlt, sämtliche Apparate funktionieren nicht.«

»Daniel ist doch heute Abend auf dem Benefizkonzert. Er berichtet live von dort.«

»Ach ja, stimmt. Hatte ich vergessen. Egal, ich melde mich morgen wieder. Bis dann.«

Sie behielt das Handy in der Hand und ließ ihre Blicke über die Schlei wandern, über die sich die Abenddämmerung langsam senkte. Ein einsames Segelschiff glitt an ihr vorbei, auf dem Weg zu dem kleinen Hafen. Eigentlich wollten Max und sie im nächsten Monat einen Segelkurs machen. Zwei Wochen an der Ostsee, sie hatten die Reise schon im Januar gebucht. Damals hätte sie sich nicht träumen lassen, dass nur ein paar Monate später alles ganz anders sein würde.

Johanna stöhnte. Wenn er sich wenigstens in eine tolle Frau verliebt hätte. Oder wenn er einfach gestanden hätte, dass er aus einem verrückten Gefühl heraus mit irgendeiner Frau ins Bett gegangen war. Weil zwischen Johanna und ihm alles so schwierig geworden war und weil er nicht nachgedacht hatte. Er hätte ihr irgendetwas anderes sagen müssen, nur nicht: »Du, ich kann mich leider an gar nichts erinnern, aber da war nix.«

Er hatte doch weiß Gott genug Zeit gehabt, ihr die Wahrheit zu erzählen. Sie hatte ihn immer für ehrlich gehalten. Nie hätte sie gedacht, dass sie mit ihm jemals eine solche Situation erleben würde.

Hunderte, ach was, Millionen Paare überstehen Seitensprünge. Jeder Therapeut gibt den Rat: reden, reden, reden. Und was hat Max gemacht? Er ist sofort zu einem alten Schulfreund gezogen, bei dem er nun seit vier Wochen im Gästezimmer wohnt, und faselt irgendetwas von K.-o.-Tropfen und Amnesie.

Und sie konnte nicht mal an ihn denken, ohne dass ihr Magen rebellierte – aus Trauer und aus Wut darüber, dass sie so sprachlos geworden waren. Und wenn sie darüber nachdachte, musste sie sich eingestehen, dass diese Misere schon vor Mareike Wolf begonnen hatte. Wann hatten sie sich denn das letzte Mal über wirklich wichtige Dinge unterhalten? Wusste Max noch, was sie dachte und was sie sich wünschte? Andererseits musste Johanna zugeben, dass sie ihn noch nie gefragt hatte, ob er sich seinen Aufstieg im Sender wirklich so vorgestellt hatte. Oder wie es ihm überhaupt dabei ging. Stattdessen war sie immer mehr von seinen vielen Terminen und seinen langen Arbeitstagen genervt. Wenn er sich Zeit für sie genommen hatte, war es jedes Mal schön gewesen. Vor ein paar Monaten hatte er ihr Konzertkarten auf den Schreibtisch gelegt und einen Zettel dazu geschrieben: »Wir treffen uns am Eingang der Stadtparkbühne, 19.30, freue mich, Kuss.«

Er war vor ihr angekommen, sie hatte ihn schon von weitem gesehen und gedacht, dass er der mit Abstand attraktivste Mann im ganzen Stadtpark war. In dem Moment war sie unglaublich stolz gewesen. Aber anstatt ihm das zu sagen, hatte sie ihn nur beiläufig auf die Wange geküsst und gemurmelt, dass sie einen furchtbaren Hunger habe und sofort zum Wurststand müsse. Er hatte sich mitziehen lassen.

Johanna griff nach einem kleinen flachen Stein und ließ ihn übers Wasser tanzen. Zwei Mal sprang er, dann ging er unter. Sie stand auf und nahm den nächsten. Wenn sie es vier Mal schaffte, dann würde sie Max anrufen. Er fehlte ihr. Auch wenn sie das gut verdrängen konnte, wobei es von Tag zu Tag schwieriger wurde. Dann ließ sie den nächsten fliegen. Drei Mal. Den nächsten. Zwei Mal. Dann fand sie den perfekten Stein. Rund, flach, nicht zu klein. Sie ging in die Knie und holte Schwung. Der Stein flog über das glitzernde Wasser.

Eins, zwei, drei, vier Mal. Johanna starrte auf die immer größer werdenden Kreise und hob die Hand, in der sie noch das Handy hielt. Während das Freizeichen ertönte, ließ sie sich wieder auf den großen Stein sinken und räusperte sich. Er nahm nicht ab. Johanna wartete einen Moment, bis die Mailbox ansprang. Max war nicht zu erreichen. Im Aufstehen griff sie wahllos einen Stein und feuerte ihn über die Wasseroberfläche. Er sprang tatsächlich sieben Mal.

Christine ging voran und stand plötzlich in einem dunklen Flur, in dem es nach Blumenkohl und altem Fett roch. Sie sah Max über ihre Schulter an und rümpfte die Nase. »Das ist ja furchtbar.«

Sie folgten einem Schild, das zur Rezeption zeigte, hinter dem Tresen saß allerdings niemand. Während sie sich suchend umsahen, tauchte plötzlich ein älteres Paar auf. In bequemer Freizeitkleidung und bequemen Schuhen bogen sie laut redend um die Ecke und blieben neben ihnen stehen.

»Hier ist niemand«, rief der Mann und wurde von der vermutlich dazugehörenden Gattin ermahnt. »Bärchen, nun schrei doch nicht so. Vielleicht ist Herr Tacke noch im Saal bei den Einzelgesprächen. Es waren doch noch nicht alle dran. Und wir können ihm das auch später sagen. Ich muss jetzt mal.«

Bevor sie sich auf den Weg zum Ausgang machten, hielt Christine sie auf. »Entschuldigen Sie, wir suchen die Herren Schmidt und

Müller und Frau Jäger. Haben Sie die vielleicht gesehen?«

Mit gerunzelter Stirn sah die Frau sie an. »Ist etwas passiert? Sind Sie von der Polizei?«

»Polizei? Nein, nein«, beeilte sich Christine zu sagen. »Ich war nur gerade in der Gegend und habe gehört, dass sie hier übernachten.«

»Misch dich da nicht ein, Gisela«, unterbrach der Mann die Überlegungen seiner Frau. »Die sitzen in der Bar. Die sind ja gern für sich. Meinen auch, die sind was Besseres.«

»Bärchen.« So weit wäre Gisela wohl nicht gegangen.

»Stimmt doch.« Er zog sie jetzt am Arm mit sich, redete aber so laut weiter, dass Christine es wohl verstehen sollte. »Die tun doch so vornehm. Vor allem dieser Müller. So ein Klugscheißer.«

Christine verbiss sich ein Grinsen. Er konnte nur Onkel Walter meinen.

Über einer Glastür stand das Wort »Bar«, das wirkte so deplatziert wie der Strauß künstlicher Sonnenblumen, der in einer bemalten Milchkanne in der Ecke stand. Während Christine versuchte, sich zu orientieren, wurde die Glastür aufgestoßen.

»Max.« Die kleine, rothaarige Dame im

nachtblauen Seidenkleid ging Max Schulze gerade einmal bis zur Brust. Deshalb konnte man auch nicht davon sprechen, dass sie ihm um den Hals fiel.

»Na endlich. Hast du Johanna schon getroffen? Sie ist …«

Sie stockte in dem Moment, als sie sah, dass Max nicht allein gekommen war. Mit sehr verhaltener Stimme sagte sie: »Guten Tag. Sie sind …?«

Plötzlich stand Heinz hinter der blauen Seide und starrte Christine perplex an. »Wie kommst du denn hierher?«

»Ich …« Christine wollte nicht gleich mit der Tür ins Haus fallen. »Ich bin zufällig hier. Also, um ein paar Tage auszuspannen. Und Mama hat mir gestern erzählt, dass ihr hier im Hotel seid.«

»Meine Tochter«, wandte Heinz sich zunächst an Finchen. »Die Älteste. Die mit dem Liebeskummer.« Er sah sie ratlos an. »Du hättest auch anrufen können. So bin ich ja gar nicht auf einen Besuch vorbereitet. Und es ist auch schon spät.«

Christine war es gewohnt, dass ihr Vater sich bei solchen Überraschungen vor Freude nicht gerade überschlug. Aber jetzt hatte er offensichtlich etwas weitaus Wichtigeres vor, als seine Tochter zu unterhalten.

»Du, wenn ich dich störe …«, begann sie, wurde aber von Onkel Walter entdeckt, der auch plötzlich an der Tür stand. »Sagt mal, soll ich jetzt etwa allein …? Christinekind, was machst du denn hier? Ist was passiert?«

»Ähm, nicht wirklich, ich …«

»Sie ist sowieso in der Gegend«, erklärte ihm Heinz. »Charlotte hat ihr gesagt, wo wir sind. Sie wollte nur mal gucken.« Er drehte sich wieder zu ihr. »Christine, dann komm doch morgen früh zum Frühstück. Das ist zwar nicht doll hier, aber im Preis drin. Und anschließend zeige ich dir mal was.«

Finchen und Max waren der Unterhaltung verblüfft gefolgt, hatten aber kein Wort gesagt. Schließlich fand Finchen dann doch noch Worte.

»Aber Sie können doch noch ein Glas mit uns trinken. In der Bar.«

»Nein, nein«, lehnte Heinz freundlich ab und nahm galant Christines Arm. »Das machen wir morgen. Wir haben doch den ganzen Tag Zeit. Ich komme noch ein Stück mit, Christine, ich wollte mir ohnehin die Beine vertreten.«

Er schob seine Tochter, die gerade noch Zeit fand, Max Schulze und seiner angeheirateten Tante kurz zuzuwinken, zum Ausgang.

Als sie draußen standen, ließ Heinz ihren Arm los. Mit gedämpfter Stimme sagte er: »Christine, es ist ja nicht so, dass ich mich nicht freue, dich zu sehen. Aber es gibt im Moment hier so viele Dinge, um die ich mich kümmern muss, dass ich gar keine Zeit für dich habe. Hier passieren lauter komische Sachen. Onkel Walter sieht das zwar nicht so, aber du weißt ja, wie unsensibel er ist. Und dann ist auch noch diese nette Johanna Jäger, die Radiomoderatorin, hier. Stell dir vor, die hat einen solchen Liebeskummer, dass mich ihre Tante um Hilfe gebeten hat. Jetzt warte ich auf ihren Mann, also auf Johanna Jägers Mann, um mir den mal anzusehen. Er muss nämlich jeden Moment kommen.«

Christine kannte diese Stimme ihres Vaters und sie kannte auch den Blick, mit dem er sie jetzt ansah. Ihr Vater versuchte schon wieder, auf seine eigene Weise, Dinge ins Lot zu bringen.

»Papa«, begann sie vorsichtig, in dem Bemühen, nichts Falsches zu sagen. »Papa, du steigerst dich aber nicht wieder in irgendwas rein, oder?«

Er musterte sie verständnislos. »Was meinst du mit ›reinsteigern‹? Ich kümmere mich nur um meine Mitmenschen. Wenn man mich um Hilfe bittet, dann bin ich da.«

Christine konnte sich nur schwer vorstellen, dass Johanna Jägers Tante die Probleme ihrer Nichte in die Hände von Heinz gelegt hatte, aber das wollte sie jetzt nicht sagen. Und wenn die Tante es doch getan haben sollte, müsste Christine vielleicht morgen ein paar Sätze mit ihr wechseln.

Sie versuchte es anders. »Aber es geht dich eigentlich nichts an.«

»Angehen.« Heinz schnaubte. »Wenn das alle denken würden, dann wären die Welt und die Menschlichkeit am Ende. Man muss mit offenen Augen durchs Leben gehen. Sag mal, wo wohnst du hier überhaupt?«

»Im ›Schlosshotel Burgsee‹«, antwortete Christine. »Das ist übrigens eindeutig schöner als eure Kaschemme hier.«

»Die sind aber ausgebucht. Übrigens, mit wem bist du denn da gerade gekommen? Das war doch nicht David. Wo ist der eigentlich?«

»Unterwegs, Papa.« Christine schulterte ihre Handtasche und setzte sich langsam in Bewegung. »Und apropos ›offene Augen‹: Das war Max Schulze, der Mann von Johanna Jäger und dein Zielobjekt. Und das Hotel ist nicht ausgebucht, die haben jede Menge Zimmer frei. Alles Weitere besprechen wir lieber morgen, vielleicht bist du dann nicht so im Stress. Gute Nacht.«

»Christine?«

Sie drehte sich um und sah ihren Vater an, der mit hängenden Armen und zerknirschtem Gesichtsausdruck hinter ihr hersah. »Ja?«

»Das ist nett von dir, dass du uns besuchen kommst. Morgen freue ich mich auch darüber. Nur heute Abend passt es nicht so gut. Nicht, dass du es falsch verstehst.«

»Das ist schon okay.« Christine verbiss sich ein Lächeln. »Bis morgen.«

»Ach, Kind.«

Sie blieb wieder stehen. Der Abstand zwischen ihnen betrug mittlerweile zehn Meter.

»Hast du dein Auto dabei?«

»Ja.«

Er lächelte sie an. »Dann machen wir morgen früh einen schönen Ausflug. Ich muss dir was zeigen, was Besonderes. Ich bin gespannt, was du darüber denkst. Fühlst du dich einsam in dem großen Hotel?«

»Papa, bitte. Gute Nacht.«

»Um halb neun ist Frühstück. Pünktlich. Und schließ die Zimmertür hinter dir ab.«

Johanna schlenderte langsam wieder zurück. Kurz vor der Abzweigung zum Parkplatz stand eine Bank, auf der jemand saß. Sie musste die Augen zusammenkneifen, um in der Dämmerung etwas sehen zu können. Erst beim Näherkommen erkannte sie eine der beiden Schwestern aus Papenburg. Sie wirkte mitgenommen, zögernd blieb Johanna vor ihr stehen.

»Hallo. Ist alles in Ordnung?«

»Ich …« Erschrocken guckte die Frau hoch, bevor sie ein Stück zur Seite rückte. »Ich bin nur … Möchten Sie sich setzen?«

Es klang mehr nach einer Bitte als nach einer Frage. Johanna suchte nach dem Namen der Schwester. Als er ihr plötzlich wieder einfiel, nahm sie Platz.

»Na, Frau Meier, ist es Ihnen hier nicht zu kalt?«

»Doch. Aber ich habe mich mit meiner Schwester gestritten und bin einfach losgegangen. Meine Jacke hängt noch über dem Stuhl.«

»Dann gehen Sie doch einfach wieder rein«, schlug Johanna vor. »Bevor ich mir einen Schnupfen hole, würde ich mich lieber wieder mit meiner Schwester vertragen.«

Luzia Meier schüttelte den Kopf. »Das sagt sich so leicht. Wissen Sie, Hermia und ich leben in Papenburg in einem Haus. Es ist unser Elternhaus, und es ist schön, direkt am Kanal, mit viel Garten und viel Platz. Aber es geht immer mehr kaputt. Wir bräuchten ein neues Dach, oben neue Fenster, da kommt noch viel auf uns zu. Wir haben Geld gespart und angelegt. Nächsten Monat können wir darüber verfügen. Und jetzt macht Hermia so etwas. Das können wir uns doch gar nicht leisten.«

Hellhörig geworden rückte Johanna näher. »Was genau können Sie sich nicht leisten?«

»Diese Wohnungsanteile.« Luzia Meier verschränkte ihre Arme vor der Brust und schüttelte zornig den Kopf. »Als ob wir jedes Jahr Urlaub an der Schlei machen könnten. Das ist doch lachhaft. Hermia hat einen Vorvertrag unterschrieben, gerade eben, da drin, bei Herrn Tacke und Herrn Kruse. Viertausend Euro kostet das. Für drei Wochen in jedem Jahr. Hermia findet die Wohnungen so schön und wollte angeblich immer schon an die Ostsee. Habe ich aber bis jetzt noch nie von ihr gehört.«

Ungläubig schüttelte Johanna den Kopf. »Viertausend Euro? Und wann müssen Sie die bezahlen?«

»Tausend hat Hermia sofort bezahlt. Musste sie. Der Rest soll dann nächsten Monat überwiesen werden, wenn unser Sparvertrag fällig ist.«

Johanna glaubte, ihren Ohren nicht zu trauen. Sie war fassungslos. Und das alles lief ohne Notar, ohne Gutachten, nur mit einem Flyer und jeder Menge Vorträgen.

»Wer hat denn noch alles gekauft?«, fragte sie.

»Einige«, antwortete Luzia Meier. »Die Piepers waren die Ersten. Deshalb war Hermia auch gleich Feuer und Flamme. Sie findet den Herrn Pieper ja so sympathisch. Und die eine der beiden Hamburgerinnen. Die hat sogar einen größeren Anteil gekauft. Und das stille Ehepaar aus Bremerhaven.«

»Meine Güte.« Johanna war perplex. Sie hatte die ganze Aktion nicht ernst genommen. »Ich war noch nicht beim Beratungsgespräch.«

»Ich habe es auch nicht bis zum Schluss

mitgemacht«, sagte Luzia Meier. »Hermia hat alles beschlossen und mich überhaupt nicht gefragt. Da bin ich gegangen. Aber falls Sie doch noch Interesse haben, dann können Sie morgen Mittag zur Baustelle fahren. Da kommt Herr Kruse auch noch mal dazu. Falls noch Fragen sind.«

Während Johanna sie noch ansah, stand Frau Meier auf und schüttelte sich leicht. »Mir ist es zu kalt, ich gehe wieder rein. Ich wollte Sie nicht volljammern, aber es ist immer dasselbe, Hermia hört nur das, was sie hören will.«

Johanna sah zu ihr hoch. »Und Ihre Schwester will hier jetzt jedes Jahr Urlaub machen? An der Schlei?«

»Im Leben nicht«, entgegnete Frau Meier. »Das können wir auch gar nicht, wir haben einen großen Garten und gar keine Zeit. Aber Hermia sagt, man könne diese Anteile wunderbar wieder verkaufen. Das hat ihr Herr Kruse erklärt. Mit bedeutend mehr Gewinn, als man bekommt, wenn man das Ersparte einfach auf einem Sparbuch bunkert. Das wäre ja gerade das Gute daran. Glauben Sie das?«

Johanna hob die Schultern und suchte nach einer Antwort. Frau Meier drehte sich um.

»Wie auch immer«, sagte sie. »Jetzt hat Hermia das unterschrieben und ich kann nichts mehr dagegen tun. Nur hoffen, dass wir bis zum nächsten Winter trotzdem neue Fenster bekommen. Einen schönen Abend noch.«

Sie beeilte sich, in den Gasthof zu kommen, während Johanna nachdenklich vor sich hin sah.

Max setzte sein Glas ab und fragte sich, warum er Finchen nachgegeben hatte. Von Johanna war weit und breit nichts zu sehen, stattdessen saß er mit drei überengagierten Senioren in einer Bar, die diese Bezeichnung nicht verdient hatte.

»Heinz, können Sie denn nicht mal gucken, wo Johanna steckt?« Finchen legte ihre Hand auf seine. »Sie wollte in einer Stunde wieder hier sein, die ist doch schon lange vorbei.«

»Ich mache mich gleich auf die Suche.« Heinz musterte Max wie ein Forscher eine Stubenfliege. »Und Sie sind auch beim Funk?«

»Ja.« Max quälte sich zu einem Lächeln. »Beim Radio.«

»Aha. Meine Tochter ist Journalistin. Beim ›Nord-Kurier‹.«

»Ich weiß. Sie hat es mir erzählt.« Max fixierte die Tür, aber Johanna erschien einfach nicht. Heinz folgte seinem Blick. »Warten Sie auf jemanden?«

»Ja, natürlich.« Max sah ihn irritiert an. »Das können Sie sich doch denken.«

Finchen stieß Heinz zaghaft an. »Jetzt sehen Sie doch bitte mal nach meiner Nichte. Langsam mache ich mir Sorgen.«

»Ich gehe.« Max trank sein Bier aus und wollte aufstehen. »Irgendwo muss sie ja sein.«

Zwei Hände legten sich rechts und links auf seine Schultern. Finchen und Heinz hielten ihn auf dem Sitz. »Lass mal, Max«, sagte Finchen. »Sie weiß ja nicht, dass du kommst. Ich halte es für besser, wenn Heinz sie sucht. Leiste mir doch noch ein bisschen Gesellschaft. Trinkst du noch was?«

Max schwieg. Heinz stand langsam auf und zog den Reißverschluss seiner Jacke zu. Bevor er ging, beugte er sich zu Max. »Sie haben sehr freundliche Augen«, sagte er. »Aber Sie sind ein bisschen zu still. Frauen mögen Männer, die reden. Sie müssen darauf achten.«

Er nickte ihm aufmunternd zu und verließ die Bar.

Walter hatte die ganze Zeit stumm danebengesessen. Sobald die Tür hinter seinem

Schwager zugeklappt war, räusperte er sich und sagte: »Wollen Sie sich auch diese Wohnungen ansehen?«

Johanna hatte ihre Hände in den Taschen vergraben und ging langsam zum Gasthof zurück. Aus der Entfernung konnte sie Heinz erkennen, der in die entgegengesetzte Richtung lief. Vermutlich wollte auch er sich die Beine vertreten.

Viertausend Euro. Das war eine Menge Geld für die Schwestern. Johanna nahm sich vor, morgen früh auf jeden Fall mit Finchen an einem Beratungsgespräch teilzunehmen. Da musste ihre Tante durch, aber Johanna brauchte jetzt erst einmal mehr Informationen. Dabei fiel ihr wieder das Aufnahmegerät in der Mülltonne ein. Vielleicht war jetzt eine gute Gelegenheit, sie zu durchsuchen. Dengler konnte ja nicht dauernd auf dem Hof stehen.

Kurz bevor sie die Einfahrt erreicht hatte, hörte sie ein Husten. Es kam von den Mülltonnen, vermutlich war es jemand vom Personal, der noch mehr Müll auf das verschüttete Aufnahmegerät warf. Johanna seufzte leise und blieb hinter der Mauer stehen. Sie schrieb

Daniels Gerät schon fast ab und hoffte nur, dass es sich nicht um das teuerste Modell gehandelt hatte, das sie nun ersetzen müsste.

Vorsichtig lugte sie um die Ecke, um zu sehen, ob sie freie Bahn für die Mülldurchsuchung hätte, und wich entsetzt zurück. Es konnte nicht sein, sie sah Gespenster.

Nach einer Schrecksekunde beugte sie sich wieder nach vorn, das Gespenst blieb. Sofort stieg eine Welle aus Wut in ihr hoch. Johanna schloss kurz die Augen, zählte bis fünf, holte tief Luft und bog mit schnellen Schritten in die Einfahrt. Die Person, die auf der Mülltonne stand und versuchte, durch das Fenster zu sehen, fuhr zusammen und drehte sich ertappt um.

Johanna fixierte sie mit zusammengekniffenen Augen und ging, ohne ein Wort zu sagen, an ihr vorbei. Erst als sie an der Tür war, sagte sie honigsüß über ihre Schulter: »Ich sage drinnen Bescheid, dass hier jemand im Müll wühlt. Passen Sie auf, dass Sie nicht darunter begraben werden. Falls der Deckel bricht.«

Mareike Wolf starrte ihr stumm hinterher.

Heinz war zunächst in Richtung Schleiufer gegangen. Er wollte zu der Bank, auf der Johanna am Tag zuvor mit Patrick Dengler zusammen gesessen hatte.

Wenn er gestern schon gewusst hätte, dass Johanna in einer Ehekrise steckte, wäre er dazwischengegangen. Auch weil Patrick Dengler im Vergleich zu Max Schulze schlecht abschnitt, das musste man einfach feststellen. Er war doch viel zu alt und viel zu glatt für Johanna.

Heinz nickte bekräftigend und nahm sich vor, ihr genau das zu sagen. Natürlich nicht so direkt, eher sensibel und verständnisvoll. Seine eigene Tochter hörte ja nur selten auf ihn, aber das war in den meisten Familien so. Da musste immer erst jemand von außen kommen. Und in diesem Fall war er das.

Und er glaubte auch, dass Johanna auf ihn hören würde. Er war ihr sympathisch, das hatte er gemerkt.

Ein Gedanke schoss Heinz plötzlich durch den Kopf. Was hatte Johanna gesagt? Sie fand

Patrick Dengler seltsam. Also bestand gar keine Gefahr, dass sie sich von diesem Mann trösten lassen würde. Das war dann ja schon mal eine Aufgabe weniger, die Heinz zu erledigen hatte. Und damit kam er wieder auf das Thema, um das er sich eigentlich kümmern wollte: die Reisegesellschaft, insbesondere der Reiseleiter. Vor allem aber Dennis Tacke und sein Gespräch mit Karsten Kock über den Bauern. Hier lief irgendein krummes Ding, davon war Heinz überzeugt. Da konnten die anderen sagen, was sie wollten. Er hatte sich den Prospekt genau durchgelesen. Natürlich hatte er nicht so viel Ahnung von Finanzen und Steuern wie sein Schwager, aber er hatte einen gesunden Menschenverstand und machte im Übrigen seine Steuererklärungen immer selbst. Und das, was er gelesen und von Frau Pieper gehört hatte, das konnte nicht stimmen. Da musste ein Haken dabei sein. Außerdem spürte er sein komisches Bauchgefühl, und darauf konnte er sich immer verlassen. Das hatten natürlich nur sensible Geister, Walter kannte so ein Gefühl nicht.

Er bog um die Kurve und blickte unvermittelt über die Schlei. Ruhig und verlassen glitzerte das Wasser in der Abendstimmung.

Kein Segler war mehr zu sehen, über allem lag eine friedliche Stille, die so schön war, dass Heinz den Atem anhielt. Und zwar so lange, bis ein knatternder Motor die Stille zerriss. Als er sich umdrehte, sah er ein Moped langsam und etwas schlingernd auf sich zusteuern. Heinz ging ein Stück zur Seite, um es vorbeifahren zu lassen, aber plötzlich beschleunigte es und fuhr genau auf ihn zu. Erschrocken machte er einen Satz auf den Grünstreifen und brüllte los. »Stopp. Sind Sie wahnsinnig?«

Im letzten Moment bremste das Moped ab, der Hinterreifen rutschte über den Schotterweg, der Fahrer verlor das Gleichgewicht und stürzte zur Seite. Die Räder drehten weiter in der Luft, eine Staubwolke hüllte die Szenerie ein.

Nach einer Schrecksekunde rappelte sich der Fahrer auf und nahm den Helm ab. Es war schon wieder der Bauer.

»Ist Ihnen etwas passiert?« Heinz machte einen Schritt auf ihn zu, der Bauer hob abwehrend die Hände und sah ihn mit glasigen Augen an. »Lassen … Sie …«

Umständlich versuchte er, das Moped aufzurichten, das Hinterrad rutschte wieder weg. Heinz fasste mit an, zusammen gelang es schließlich. Noch immer das Moped haltend, beugte Heinz sich vor und bemerkte sofort die Alkoholfahne.

»Sie sollten nicht unter Alkoholeinfluss fahren«, sagte er tadelnd. »Das wäre ja fast schiefgegangen. Haben Sie mich nicht gesehen? Sie hätten mich fast umgemäht.«

»Sie ... sahen aus wie je...mand anders.«

Trotz seiner Promille wirkte der Mann entschlossen. Und stinksauer. Heinz vergewisserte sich, dass das Moped stehen blieb, bevor er seine Hände zurückzog und ein paar Schritte zur Seite machte.

»Ach. Und wenn ich derjenige gewesen wäre, dann hätten Sie mich umgefahren?«

Der Mann hievte das Moped auf den Ständer, dann wandte er sich an Heinz. »Sie ... gehören doch auch ... zu dieser Reise...gruppe, oder?«

Der heftige Schluckauf ließ die Frage weniger bedrohlich wirken. Heinz nickte trotzdem nur vorsichtig.

»Dann ... sagen Sie ... diesem Tacke ... wenn er nicht ... bezahlt, dann ... passiert was. Ich ... warte nicht ... mehr, es ... reicht. Ich habe ... Bekannte ...«

Ohne auf eine Antwort zu warten, drehte

er sich weg, schob das Moped schwankend auf die Mitte des Weges und ließ den Motor anspringen. Umständlich bestieg er sein Gefährt und fuhr schlingernd davon.

Fast wie im Schock blieb Heinz auf derselben Stelle stehen und sah ihm nach. Er hatte es gewusst. Sein Bauchgefühl stimmte. Hier geschah etwas, das in gar keinem Fall normal war. Der Bauer hatte »Bekannte«. Heinz stellte sich sofort einen Trupp maskierter Männer vor, die mit Baseballschlägern und anderen Waffen entweder den Gasthof oder sogar den Bus stürmten. Er hörte jetzt schon die Schreie der unschuldigen Reiseteilnehmer. Und das alles, weil dieser gewachste und arrogante Dennis Tacke illegale Geschäfte machte. Es war Heinz in diesem Moment gleichgültig, ob es um Drogen, Geldwäsche oder andere Dinge ging. Aber es waren Unschuldige im Spiel. Und er, Heinz, war jetzt informiert und hatte die Pflicht zu handeln. Um Johannas Liebesgeschichte würde er sich später kümmern. Jetzt ging es um Menschenleben.

Er zog sein Handy aus der Jackentasche und gab seine PIN ein. Danach wartete er auf die Netzanzeige. Sie kam. Mit zufriedenem Lächeln fischte er die Visitenkarte aus seiner

Brusttasche und tippte die Telefonnummer ein. Als die Mailbox ansprang, holte er tief Luft und fing an zu reden.

Johanna saß auf dem zugeklappten Toilettendeckel und betrachtete ihre Fingernägel. Der Anblick von Mareike Wolf auf der Mülltonne, in der vermutlich Daniels Aufnahmegerät verschüttet lag, war so absurd gewesen, dass sie sich fragte, warum sie das eigentlich so in Rage gebracht hatte. Aber was zum Teufel hatte diese Möchtegernautorin hier zu suchen? Johanna biss ihre Nagelhaut ab. Ihr erster Gedanke war, dass die Wolf hinter ihr herspionierte. Vielleicht hatte Max ihr gesagt, dass sie hier recherchierte, und Mareike Wolf wollte mit ihr reden. Aber wozu? Und warum turnte sie dann vorher auf einer Mülltonne herum?

Entschlossen stand Johanna auf. Sie hatte keine Lust, sich auf dem Klo sitzend Gedanken über eine durchgeknallte Frau zu machen, bei deren Anblick ihr schon übel wurde. Sie würde jetzt zu Finchen und ihren neuen Freunden gehen, ein letztes Bier trinken und dann den Abend beenden. Vorher wollte sie noch einen letzten Versuch bei den Mülltonnen machen, damit sie morgen ihre Recherchen endlich mal ernsthaft und mit Verstand aufnehmen könnte.

Sie entriegelte die Tür, wusch sich Hände und Gesicht mit kaltem Wasser und ging langsam zur Bar. Die Tür stand offen, das Erste, was sie sah, war Finchens strahlendes Gesicht, das sich jemandem zuwandte, der in der Ecke saß. Das Zweite, was sie sah, ließ Johanna abrupt stehen bleiben. In der Ecke saßen weder Heinz noch Walter, sondern – Max. Das Nächste, was Johanna merkte, war, dass jemand ihr in die Hacken trat.

»Entschuldigung«, brummte Walter und stellte sich neben sie. Dann streckte er seine Hand aus, auf der ein von Kartoffelschalen und Blumenkohlröschen bedecktes, in Zeitungspapier gewickeltes Päckchen lag. »Hier. Ich habe reingeguckt, ich habe es gefunden. Ich weiß aber nicht, ob das noch funktioniert. Ist ja alles voller heller Sauce.«

Johanna sah unkonzentriert auf das Päckchen, dann in Walters triumphierendes Gesicht und schließlich zu dem Tisch. Max war mittlerweile aufgestanden und kam mit einem Lächeln auf sie zu. Finchen strahlte ihm hinterher und Johanna entgegen.

»Da bist du ja endlich.« Max stand jetzt vor ihr. »Ich habe mir schon Sorgen gemacht.«

Johanna hob langsam den Kopf. »Du solltest dir lieber Sorgen um deine Autorin machen. Sie knallt anscheinend gerade ganz durch.«

»Wie?« Verwirrt hielt Max ihrem Blick stand. »Was meinst du?«

So verächtlich sie konnte, musterte sie sein Gesicht. »Es ist eine Frechheit, dass ihr beide zusammen hier aufkreuzt und du es auch noch wagst, dich mit Finchen an einen Tisch zu setzen. Wolltest du ihr deine Neue vorstellen, oder was soll das?«

»Johanna, ich verstehe kein Wort. Ich bin allein hier. Ich habe Mareike Wolf seit Wochen nicht gesehen.« Er ging einen Schritt auf sie zu.

Wütend wich Johanna einen Schritt zurück. »Sie steht im Hof auf der Mülltonne. Warum auch immer. Ist aber ein schönes Bild.«

»Apropos Mülltonne«, mischte Walter sich ein und zog Johanna am Arm. »Haben Sie mich verstanden? Ich habe es gefunden.«

Er senkte die Stimme, als er bemerkte, dass die anderen Gäste ihre Gespräche unterbrochen hatten und mit gespannten Mienen die

Szene beobachteten. »Wir sollten mal vor die Tür gehen.«

»Das ist eine sehr gute Idee.« Max gab Finchen ein Zeichen und schob die wütende Johanna zum Eingang. »Ich glaube, ich muss was klären.«

Erst als sie draußen standen, nahm Max seine Hand von Johannas Rücken. »Jetzt hör mir mal zu«, begann er, bevor er harsch von Walter unterbrochen wurde.

»Nein. Sie kommen später dran«, sagte der und stellte sich mit grimmigem Gesichtsausdruck zwischen Max und Johanna. »Ich musste mir diese privaten Geschichten schon den ganzen Abend anhören und weiß jetzt mehr, als ich wissen wollte. Entweder vertragen Sie sich wieder oder Sie lassen es. Aber das versteht doch kein Mensch, das mit dieser komischen Frau, mit der er was hat oder nicht. Wie auch immer, ich habe mich jedenfalls um die wesentlichen Dinge gekümmert und deshalb den Müll durchwühlt.«

Verständnislos sah Max ihn an. »Wie …?«

»Natürlich mit Handschuhen.« Walter schüttelte unwirsch den Kopf. »Reden Sie nicht dauernd dazwischen. Ich habe so komische Gummihandschuhe gefunden, die lagen auf einem Reinigungswagen vor der Toilette. Drei Mülltonnen musste ich durchkämmen, bis ich das Aufnahmegerät gefunden hatte. Ein kleines ›Danke schön, Herr Müller‹ wäre vielleicht mal angebracht.«

Er streckte Johanna das Päckchen entgegen.

»Danke schön, Herr Müller«, wiederholte Johanna, während sie ihm seine schmutzige Trophäe abnahm und vorsichtig aus der klebrigen Zeitung wickelte. »Das haben die also tatsächlich in den Müll geschmissen. Ich glaube es nicht. Hat Sie denn jemand gesehen? Nicht, dass es noch mehr Ärger gibt.«

»Gesehen?« Walter warf sich in die Brust. »Ich bin doch kein Stümper. Natürlich habe ich genau aufgepasst, dass niemand etwas mitbekommt. Was macht denn das auch für einen Eindruck? Ich kopfüber in der Biotonne.«

»Kann mir jemand erklären, warum das Aufnahmegerät in der Mülltonne war? Und wer soll es angeblich reingeschmissen haben?«, fragte Max dazwischen.

Weder Johanna noch Walter antworteten ihm. Stattdessen wischte sich Walter die Hände mit einem Stofftaschentuch ab und faltete es anschließend umständlich zusammen. »Sie sollten ausprobieren, ob das Gerät noch intakt ist. Ich hätte gern Ihre Aufzeichnungen für meinen Bericht. Und jetzt gehe ich mal meinen Schwager suchen. Den habe ich ganz vergessen. Der ist noch auf der Suche nach Ihnen. Und …«

Sein Blick ging fragend an Johannas Kopf vorbei und heftete sich auf einen Punkt hinter ihr. »Können wir Ihnen helfen?«

Die Frau, die plötzlich wankend vor ihnen stand, wirkte verwirrt und abgehetzt.

»Max. Da bist du ja. Endlich. Ich habe dich überall gesucht. Wer war die andere Frau?« Mareike Wolf brach in Tränen aus.

Johanna sog hörbar den Atem ein und wandte sich zu Max. »Das glaube ich jetzt nicht«, zischte sie. Max blieb wie erstarrt stehen, sein Gesichtsausdruck war unergründlich. Walters Blick ging von der weinenden Mareike zu der wütenden Johanna, dann seufzte er tief, tippte sich mit dem Finger an die Stirn und murmelte: »Haltet mich da bloß raus.« Keine Sekunde später war er verschwunden.

»Ich bin dir hinterhergelaufen. Ich habe

dich im Hotel gesehen. Wo ist die Schlampe? Du bist mit ihr hierhergegangen.«

Mareike Wolf stand mittlerweile vor Max und hatte ihre Hände gegen seine Brust gestemmt. Sie kreischte und heulte, stampfte mit den Füßen auf und raufte sich die Haare.

Johanna trat ein paar Schritte zurück. Diese Frau war offensichtlich verrückt, so etwas gab es doch sonst nur im Film. Und Max stand da wie ein Baum im Gewittersturm. Johanna verstand überhaupt nichts mehr.

Und dann kam Tante Finchen. Sie eilte nach einem kurzen Blick entschlossen zu Mareike, sah Max entschuldigend an, holte aus und ließ ihre flache Hand klatschend auf Mareikes Wange landen.

Sofort herrschte Ruhe.

Mareike Wolf legte sich die Hand ans Gesicht und starrte Finchen mit weit aufgerissenen Augen an. »Sie …«

Ihr Mund klappte auf und zu, dann holte sie Luft und schrie los. »Sie haben mich geschlagen. Das ist Körperverletzung. Ich gehe zur Polizei, Sie spinnen ja.«

Johanna konnte sich kaum bewegen. Auch Max verharrte auf der Stelle, blickte entgeistert Finchen an und rang offensichtlich nach Worten.

»Was ist denn hier los?« Plötzlich stand Heinz neben Johanna. »Ich habe Sie überall gesucht. Wer schreit denn hier so rum?«

Mareikes Atem ging flach, sie presste die Lippen zusammen, stieß Max vor die Brust nahm ihre Handtasche, drehte sich auf dem Absatz um und lief los. »Ich zeige Sie an. Jetzt sofort. Das ist ja wohl das Letzte.«

Mit offenem Mund sah Heinz ihr hinterher. »Na, das ist ja ein Temperament. Wer ist das überhaupt?«

Finchen stand aschfahl neben Max und knetete nervös ihre Hand. Sie sah winzig aus neben ihm. Ihr Blick ging unsicher hin und her, dann traf er Johanna, die endlich aus ihrer Starre erwachte.

»Hinterher«, sagte sie. »Die kann Finchen doch nicht anzeigen.«

»Was?« Entsetzt hielt Heinz sie am Arm fest. »Ihre Tante anzeigen? Weshalb?«

»Finchen hat ihr eine geknallt.« Johanna trabte los. »Max, los, du kommst mit. Das kann sie nicht machen.«

»Ist das diejenige …« Heinz folgte Johanna.

»Ja.«

»Dann hat sie es verdient. Diese Ehebrecherin.« Heinz beschleunigte seine Schritte. Im Laufen drehte er sich noch mal um und rief zurück: »Josefine, wir hauen Sie da raus.« Dann beeilte er sich, Max und Johanna zu folgen.

Johanna hörte Max' Atem, drehte sich aber nicht nach ihm um. Er schloss zu ihr auf und lief neben ihr.

»Du kannst doch nicht ernsthaft glauben, dass ich diese Frau toll finde.«

»Es ist mir egal.« Sie merkte jetzt schon, dass ihre Kondition eine einzige Katastrophe war. »Ich will nur nicht, dass Finchen wegen dieser Ziege Schwierigkeiten kriegt.«

»Johanna.« Er zog sie am Arm und blieb stehen. »Wir müssen reden. Das ist alles ein riesiges Missverständnis. Du warst jetzt lange genug stur. Ich liebe dich.«

»Was ist?« Schnaufend holte Heinz sie ein. »Junger Mann, Sie müssen Prioritäten setzen. Wir bereden alles hinterher. Wo ist denn überhaupt die Polizei?«

»Direkt am Ortseingang.« Max zeigte in die Richtung. »Da vorn und dann links. Wir sind vorhin dran vorbeigekommen.«

»Ja, dann weiter.« Heinz schlug Max auf

die Schulter und setzte in seinem Walkingschritt die Verfolgung fort. »Normalerweise habe ich meine Stöcke dabei, ohne sieht es vielleicht komisch aus, ist aber effektiv. Und schnell.«

Er machte Tempo.

Ist er umgekippt?«

Inges Stimme klang mehr fröhlich als besorgt, Christine meinte sogar, eine leichte Sensationslust herauszuhören. Sie streifte ihre Schuhe ab und zog die Beine auf die Couch. »Nein«, antwortete sie.

»Hat er gebrüllt? Will er jetzt die Stadt Bremen und die Polizei verklagen?«

»Ich habe es ihm noch gar nicht gesagt.« Mit einer Hand versuchte Christine, den Verschluss der Wasserflasche abzuschrauben. »Es passte gerade nicht.«

Am anderen Ende der Leitung war Stille. Dann hörte Christine ihre Tante rufen: »Charlotte, sie hat es ihnen nicht gesagt. Es hätte gerade nicht gepasst. Walter weiß noch nichts. Und nun?«

Christine klemmte sich den Hörer unters Kinn und drehte den Deckel ganz ab.

»Gib sie mir mal.« Das war Charlottes Stimme. Christine trank vorher aus der Flasche.

»Christine?«

»Hallo, Mama.«

»Was heißt, ›es passte gerade nicht‹? Hast du das Hotel nicht gefunden? Oder waren sie nicht da?«

»Ich habe das Hotel gefunden. Hotel ist übrigens gut, das ist die letzte Kaschemme. Ich habe mich gewundert, dass Papa und Walter da schlafen konnten. Sonst sind sie doch immer so pingelig. Ich habe die beiden auch gesehen, aber sie waren wahnsinnig beschäftigt. Ihre Wiedersehensfreude hielt sich in Grenzen.«

»Womit waren sie denn beschäftigt?« Charlottes Stimme klang skeptisch. »Ist das jetzt eigentlich so eine Verkaufsfahrt oder nicht? Hast du was mitbekommen?«

Christine trat auf den Balkon, von dem aus sie auf die Schlei blickte. Zwei Stühle standen um einen kleinen Tisch. Sie ließ sich auf einen sinken und streckte ihre Beine aus.

»Kennst du Johanna Jäger?«

Ihre Mutter überlegte keine Sekunde. »Die Radiomoderatorin?«

»Genau.« Christine lächelte, als ihr der Gesichtsausdruck ihres Vaters wieder einfiel. »Sie ist auch dabei. Und Papa löst gerade ihre Ehekrise.«

»Wie bitte?« Charlotte japste. »Oh Gott,

Christine, er kennt sie doch gar nicht. Was soll die denn von ihm denken? Er kann sich doch nicht in fremder Leute Leben einmischen. Hat sie überhaupt eine Ehekrise?«

»Doch, das schon. Wie auch immer, Papa hatte damit so viel zu tun, dass er mich wieder in mein Hotel geschickt hat. Ich habe nämlich ein anderes gebucht. Aber morgen darf ich zu ihnen zum Frühstück kommen. Anschließend will er mir was zeigen. Was, hat er nicht gesagt.«

»Hm.« Charlotte schien nachzudenken. »Und wird denn da etwas verkauft? Ich habe nämlich gestern Abend in einer Zeitschrift über einen älteren Herrn gelesen, der auf einer Werbefahrt eine Reise gewonnen hat und anschließend so viel Gebühren zahlen musste, dass er fast ruiniert war. Schrecklich. Meinst du, dass Papa und Walter …?«

»Als würde Walter freiwillig Geld ausgeben«, beruhigte Christine ihre Mutter. »Das glaubst du doch selbst nicht. Außerdem liest er immer das Kleingedruckte. Aber ich werde es morgen ja sehen. Papa will mir eben erst was zeigen und danach kann ich die beiden vielleicht zum Mittagessen einladen. Wenn sie nichts anderes auf dem Programm haben. Dabei ergibt sich hoffentlich die Gelegenheit, Onkel Walter schonend beizubringen, dass er sich einen neuen Wagen kaufen muss.«

»Mach das aber erst nach dem Essen«, mahnte Charlotte. »Walter muss doch diese Blutdrucktabletten nehmen, und so eine Nachricht ist nicht gut auf nüchternen Magen. Wenn du es ihm vorher sagst, hat er keinen Appetit mehr.«

»Wenn ich ihn einlade, schon.« Christine ließ ihre Blicke über die Landschaft wandern. »Du, das ist übrigens entzückend hier. Es würde dir gefallen. Überall Stockrosen.«

»Das kannst du ja mal deinem Vater mitteilen. Aber der wollte unbedingt mit Walter los.« Sie atmete tief ein und aus, bevor sie weitersprach. »Christine, ich habe irgendwie ein blödes Gefühl. Ich kenne doch deinen Vater. Auch wenn du es jetzt albern findest, aber kannst du nicht noch mal zu ihm fahren und ihm ganz nachdrücklich sagen, dass ich ihn darum bitte, sich nicht einzumischen? Egal, in was. Er soll ins Bett gehen. Und morgen kümmerst du dich ja um die beiden. Wenn sie das von dem Auto hören, wollen sie vielleicht auch früher nach Hause. Dann seid ihr vielleicht am Abend schon da. Fahr bitte gleich hin.«

Christine hatte so etwas befürchtet. Von wegen, sie sollte ihnen nur die Hiobsbotschaft überbringen und sie dann nach Hause fahren. Jetzt musste sie doch wieder die Rundumbetreuung übernehmen.

»Mama, es ist fast …«

»Bitte.« Sie hasste es, wenn ihre Mutter diese Stimme hatte. Dann kam garantiert noch ein Nachsatz. Und richtig: »Mach es mir zuliebe. Ich komme sonst die ganze Nacht nicht in den Schlaf. Und ich habe wirklich ein ganz komisches Gefühl.«

Seufzend angelte Christine nach ihren Schuhen.

Sie lenkte das Auto vom Hotelparkplatz und ärgerte sich dabei über sich selbst. Wahrscheinlich saß ihr Vater mit Walter noch vor einem Pils in der komischen Hotelbar. Oder er stand schon im Schlafanzug beim Zähneputzen. Sie würde sich auf jeden Fall wieder einmal zum Affen machen, weil sie nach ihm sehen musste. Nur weil ihre Mutter ein komisches Gefühl hatte. Als könnte sie, Christine, Heinz davon abhalten, die Welt durcheinanderzubringen. Er war dazu imstande, auch wenn sie neben ihm stand.

Die Straße war schmal und schlecht beleuchtet und außerdem viel länger als der direkte Fußweg zum Gasthof. Christine hatte aber keine Lust gehabt, den Weg noch einmal zu laufen. Mit Max Schulze war der Spaziergang wenigstens nicht langweilig gewesen. Er war wirklich ein sympathischer Typ. Die Geschichte mit seinem Freund und Mareike Wolf hatte sie aber schon seltsam gefunden, bevor ihr Vater ihr erzählt hatte, dass er sich um Johanna Jägers Ehekrise kümmern müsse. Also ging es doch um diesen Max. Christine war äußerst gespannt, wie der aus der Nummer rauskommen würde. Wenn er Glück hätte, würde er es selbst schaffen, und zwar zügig. Wenn Heinz erst beginnen würde, diese Krise zum Chefproblem zu erklären, dann könnte es schwierig werden.

Christine verlangsamte das Tempo. Vor ihr fuhr ein Moped Schlangenlinien, mit dem größtmöglichen Abstand überholte sie es. Wenn der in eine Polizeikontrolle käme, wäre sein Führerschein wohl weg. Vielleicht war er auch nur gelangweilt, weil die Straße so gerade war.

An der nächsten Kreuzung folgte sie dem Navi nach links. Christine fuhr langsam durch

Bullesby durch und dachte wieder, dass es Charlotte gefallen würde. Vielleicht könnten sie mal einen Mutter-Tochter-Urlaub hier machen.

Ohne Rettungsaktionen.

Kurz nach dem Ortsausgangsschild musste der Abzweig zum Gasthof kommen. Christine beschleunigte, um danach sofort auf die Bremse zu treten. Nur wenige Meter vor dem Abzweig stand in lebhaftem Gespräch eine Gruppe. Zwei Frauen, zwei Männer. Und einer davon war ihr Vater.

Stöhnend parkte Christine ihr Auto auf dem Grünstreifen. Von wegen Zähneputzen im Schlafanzug.

Mareike Wolf starrte wutentbrannt in die Runde. »Das ist mir völlig egal. Ich habe so etwas nicht nötig. Max, wie kannst du …«

»Es reicht.« Jetzt platzte Max der Kragen. »Ich bin wirklich ein friedlicher Mensch, aber …«

Heinz atmete endlich wieder normal. Er war wohl doch etwas zu schnell gelaufen. Wobei seine Kondition nicht richtig schlecht war. Das machte ihn zufrieden. Aber er hasste Streitereien. »Nun ist es aber gut. Ich mag es nicht, wenn man schreit. Das bin ich auch nicht gewöhnt. Ich habe mein Hörgerät drin, also würde ich darum bitten, etwas zivilisierter zu agieren. Ich würde vorschlagen …«

»Sie werden meine Tante nicht anzeigen.« Johannas Stimme war eisig, sie musste nicht laut werden. »Ich werde aussagen, dass sie von Ihnen angegriffen worden ist. Und kommen Sie mir nicht mit Drohungen, das zieht bei mir nicht.«

»Sie blöde …« Mareikes Handy klingelte, bevor sie richtig loslegen konnte. Sie zuckte zusammen und nahm das Gespräch sofort an. Mit völlig verwandelter Stimme sagte sie: »Christopher, das passt jetzt gerade nicht, ich melde mich später.«

Schlagartig machte Max einen Schritt nach vorn und entriss ihr das Telefon. Während er mit einem Arm die wütende Frau in Schach hielt, sagte er: »Christopher? Das passt wirklich nicht gut. Mein Name ist Max Schulze. Hat Sie Ihnen nie von mir erzählt? Sonst hat sie doch mit jedem darüber gesprochen …«

»Er lügt.« Mareike versuchte verzweifelt, das Handy zu erwischen.

Max fixierte sie. »Sind Sie noch dran, Christopher? Ja? Anscheinend weiß sie nicht, was sie will. Es wäre gut, wenn Sie die Dame hier abholen würden, sie dreht nämlich gerade durch ... Und jetzt gebe ich Sie wieder zurück.« Er drückte der heulenden Mareike das Handy mit einer schroffen Bewegung in die Hand und wandte sich ab.

»Ich gehe jetzt in mein Hotel. Das mit der Anzeige hat sich vermutlich erledigt.«

»Max?« Johanna ging ihm zögernd nach. »Was war das hier gerade?«

»Die Nummer war gut, aber sie ist nicht meine Geliebte.«

Heinz schob die Hände in die Jackentasche und lächelte zufrieden. »Hab ich mir doch gedacht. Ach, guck mal, da kommt meine Tochter.«

Er winkte Christine entgegen. »Du kommst genau richtig. Du kannst uns eben mal fahren. Ich bin so schnell gelaufen und habe keine Lust mehr, den ganzen Weg zurückzugehen.«

Christine warf, ehe sie zu ihrem Vater ging, einen irritierten Blick auf die schluchzende Mareike, die immer noch telefonierte. »Ich hoffe, das hat nichts mit dir zu tun«, sagte sie leise. »Und von Mama soll ich dir ausrichten, dass du dich bitte nicht in anderer Leute Angelegenheiten einmischen sollst.«

Heinz lächelte sie an und legte ihr den Arm um die Schulter. »Kennst du eigentlich meine Lieblingsmoderatorin Johanna Jäger? Komm, ich stell dich mal vor.«

Finchen zog den roten Samtschal enger um sich und lehnte sich ans offene Fenster. Es war noch nicht einmal sechs, aber sie war schon über eine Stunde wach. Diese Morgenstimmung hatte sie immer schon gemocht. Die Zeit, bevor der Tag richtig losging, bevor die Menschen zur Arbeit hasteten, die meisten Autos noch auf ihren Parkplätzen standen und selbst die Katzen und Hunde noch schliefen. Dann hatte sie das Gefühl, die Welt wäre nur für sie da. Und sie konnte in aller Ruhe nachdenken. Zum Beispiel über den gestrigen Abend. Sie atmete tief durch.

Was war das bloß für ein Chaos gewesen? Und was für eine unsägliche Person? Finchen war bei der Erinnerung daran schon beinahe wieder fassungslos. Sie konnte unbeherrschte Menschen ohne Manieren nicht leiden, fand sie unerträglich. Und diese Mareike Wolf war ein Prachtexemplar ihrer Art. Führte sich auf wie eine Geisteskranke. Das konnte man doch nicht aushalten. Und dann hatte sie auch noch die Frechheit besessen, sie, Josefine, anzeigen zu wollen. Unglaublich.

Aber es hatte sich ja geklärt.

Als Heinz, Johanna und Max gestern zurückgekommen waren, hatten Finchen und Walter noch auf einer Bank vorm Gasthof gesessen. Walter war schon einige Male eingenickt, wollte aber mit Finchen zusammen warten, was sie sehr charmant fand. Erleichtert hatte sie den dreien entgegengesehen. Und gemerkt, wie müde sie war. Johanna hatte ihr nur kurz die Hand auf die Schulter gelegt und gesagt, dass alles in Ordnung sei. Finchen solle ruhig ins Bett gehen, sie komme später nach. Der Anfang zur Versöhnung war offensichtlich gemacht. Mareike Wolf war weg, Max noch da und Johanna nicht mehr zornig. Finchen hatte beim Einschlafen gelächelt.

Wenn sie sich jetzt auf die Zehenspitzen stellte, konnte sie ganz rechts noch ein kleines Stück von der Schlei sehen. Es war unbestritten schön hier. Sie konnte durchaus verstehen, warum man ein kleines Stück dieser Gegend besitzen wollte. Aber was sollte sie an der Schlei? Sie hatte in Bremen ihren Golfclub, ihre Bridgerunde, ihre Freunde. Und wenn sie verreiste, dann flog sie sowieso lieber in die

Sonne. Aber das musste sie ja nicht laut sagen. Es reichte schon, dass Johanna hier schief angeguckt wurde.

Finchen hatte erst ganz spät mitbekommen, dass die giftige Lisa Wagner ihre Nichte von einer Beratung abgehalten hatte. Unmöglich fand Finchen das und hatte sich vorgenommen, als Allererstes heute mit Herrn Kruse zu sprechen. Sie würde ihm nachher erzählen, dass sie sich selten so wohl gefühlt habe wie hier an der Schlei. Es sei wie ein Nachhausekommen, sie fühle sich ganz beseelt. Und da sie zum Glück über ausreichende Mittel verfüge, hätte sie gern die Möglichkeit, in dieser Gegend von Zeit zu Zeit leben zu können. Sie würde natürlich darauf bestehen, dass ihre Nichte an dem Gespräch teilnähme. Schließlich würde die ja alles erben.

Wenn Johanna hier schon recherchieren wollte, dann sollte sie das auch tun können. Und wozu war Finchen Schauspielerin gewesen? Sie würde Herrn Kruse nachher um den Finger wickeln. Johanna würde staunen, wie schnell sie ein Beratungsgespräch hätten. Und vielleicht würde das Kind ja einer großen Geschichte auf die Spur kommen, obwohl Finchen die Verschwörungstheorie von Heinz nicht teilte. Mafia, du liebe Güte. Nur weil ein Busfahrer Anweisungen bekommen und ein Bauer zu viel Alkohol getrunken hatte. Und weil ein Aufnahmegerät im Mülleimer gefunden worden war. Finchen vermutete, dass ein Zimmermädchen das Ding beim Putzen kaputt gemacht und deshalb entsorgt hatte. Aber eigentlich war es auch egal.

Ein Geräusch lenkte Finchens Aufmerksamkeit auf eine Stelle im Hof. Sie verlagerte ihr Gewicht auf das andere Bein und beugte sich nach vorn. Lisa Wagner stand vor einer Mülltonne und warf ein Päckchen hinein. Danach blickte sie sich um und verschwand wieder im Haus. Als sie kurz danach eine zweite Person entdeckte, die ebenfalls zur Mülltonne ging und den Deckel öffnete, runzelte Finchen die Stirn und sah genauer hin. Es war Walter. Im Bademantel. Er fischte das Päckchen wieder heraus und verschwand ebenfalls. Finchen sah ihm verblüfft nach. Was war das denn nun schon wieder? Um diese Zeit? Sie würde Walter fragen, was er in aller Herrgottsfrühe in den Mülltonnen suchte.

Gerade als sie sich vom Fenster abwandte, klappte der Mülltonnendeckel ein drittes Mal. Finchen fuhr herum und sah Patrick Dengler.

Er hielt den Deckel in der Hand und stocherte mit einem Stock hektisch in der Tonne. Er wirkte sehr entschlossen. Es nützte ihm nur nichts. Frustriert klappte er die Tonne zu und ging mit leeren Händen weg.

»Finchen?« Johannas schläfrige Stimme beendete ihre Beobachtungen.

»Guten Morgen, Kind. Habe ich dich geweckt?«

»Nein. Irgendwas klapperte im Hof.« Johanna setzte sich umständlich auf und gähnte. »Was machst du denn da?«

Finchen ging langsam zu ihrer Seite vom Bett und setzte sich auf die Kante. »Nichts. Ich habe nur geguckt, wie das Wetter wird. Schön, glaube ich. Und jetzt erzähl mal von gestern. Wann bist du denn ins Bett gekommen? Und was hat Max gesagt?«

Heinz betrachtete gerade wehmütig sein dunkelblaues Jackett mit den goldenen Knöpfen, als Walter ins Zimmer kam.

»Walter«, sagte er, ohne den Blick von dem teuren Stoff abzuwenden. »Ich hätte diese Jacke gar nicht einpacken müssen. Es gab überhaupt keine Gelegenheit, sie anzuziehen. Wo kommst du eigentlich her?«

»Vom Klo.« Walter knotete den Gürtel seines Bademantels auf. »Es wird ein schöner Tag heute. Der Himmel ist ganz blau. Das wäre sowieso zu warm in der dicken Jacke.«

»Das ist Abendgarderobe.« Anklagend sah Heinz seinen Schwager an. »Aber für gemischten Braten im Dorfgasthof ist das natürlich übertrieben. Von wegen exklusive Reise.«

»Jetzt ist es aber gut.« Unwirsch warf Walter den Bademantel aufs Bett. »Das hast du bestimmt schon hundertmal gesagt. Aus dem Schreiben war nun mal nicht zu ersehen, worum es sich hier handelt. Und jetzt ist es nicht mehr zu ändern. Wer weiß, wozu es trotzdem gut ist, dass wir mitgefahren sind.«

»Wieso? Was meinst du damit?«

Walter öffnete den Mund und schloss ihn sofort wieder. Nach einem Moment des Nachdenkens antwortete er: »Im Gegensatz zu dir lasse ich mir viel Zeit bei der Beurteilung von Situationen.«

Das war Heinz neu. Trotzdem unterbrach er Walter nicht, sondern hörte weiter zu.

»Ich halte deine Mafia-Theorien zwar für Unsinn, bin aber inzwischen auch der Meinung, dass hier manche Dinge nicht ganz legal sind. Ich muss aber noch mehr Belege sammeln. Wir sollten im Laufe des Tages mal in Ruhe unsere Erkenntnisse vergleichen. Und dann überlegen, welche Schritte wir einleiten.«

»Aha.« Prüfend sah Heinz seinen Schwager an. Er war so furchtbar umständlich. »Was für Belege hast du denn schon?«

»Das sage ich noch nicht. Ich muss mich zunächst in Ruhe damit beschäftigen. Vielleicht spreche ich auch noch mal mit dem einen oder anderen.«

»Walter.« Jetzt wurde Heinz allmählich unruhig. »Nun mach doch nicht so ein Brimborium. Sag schon.«

»Nein.« Betont langsam klemmte sich Walter seinen Kulturbeutel unter den Arm und ging zur Tür. »Wenn man unüberlegt handelt, macht man Fehler. Das will ich mir nicht leisten. Ich gehe mich jetzt waschen. Bis gleich.«

Die Tür klappte hinter ihm zu. Heinz kratzte sich am Kopf und überlegte, wann Walter die Rolle des Ermittlers in diesem Film übernommen hatte.

»David, was ich gestern hier erlebt habe, war so peinlich, dass ich Skrupel hätte, jemals über Mareike Wolf einen Artikel zu schreiben.«

Christine hatte sich ein Kissen in den Rücken gestopft und die Beine unter der Decke ausgestreckt. »Mitten in dieser Schreierei rief dann nämlich Christopher März an. Der ist nicht nur der Cheflektor im Jansen Verlag, wo das Buch der Wolf erschienen ist, sondern auch ihr Lebensgefährte. Das halten die aber unter dem Deckel, damit es nicht so aussieht, als wäre Mareike Wolfs Buch nur deshalb veröffentlicht worden. Das war eine Szene wie aus einem schlechten Film. Und mitten in diesem Beziehungsdrama mein kurzatmiger Vater. Ich hatte Angst, dass die anfangen würden, sich richtig zu prügeln. Irgendwann habe ich dann alle in den Gasthof gefahren. Mareike Wolf nicht, die hat sich geweigert, ins Auto zu steigen. Ich habe es ihr natürlich angeboten.«

David lachte. »Das hört sich doch nach einem munteren Wochenende an. Was hat dein Onkel überhaupt zu dem abgebrannten Auto gesagt?«

»Das weiß er noch gar nicht.« Christine zog ihre Beine an. »Ich lade die beiden heute zum Mittagessen ein und erzähle es in Ruhe. Dann können sie auch entscheiden, ob sie sofort oder wie geplant erst morgen abreisen wollen. Mir ist es egal, ich kann noch eine Nacht im Hotel verlängern. Es ist übrigens eine Traumgegend hier. Wir sollten mal ein Schleiwochenende zusammen verbringen.«

»Machen wir.« Sie glaubte, David lächeln zu sehen. »Aber nicht mit dem Bus. So, ich muss los. Fühl dich geküsst, wir telefonieren heute Abend, okay?«

Christine blieb noch einen Moment mit dem Handy in der Hand sitzen und dachte an gestern. Wenn sie in Johannas Situation gewesen wäre, hätte sie sicherlich nicht so harsch reagiert. Sie hätte versucht, mit David darüber zu reden. Hätte sie es wirklich versucht? Oder wäre sie nicht genauso sauer und verletzt gewesen?

Nachdenklich setzte sie sich auf. Die meisten aller Beziehungsprobleme basierten leider nicht auf Vernunft. Und es ging auch selten um nur ein Ereignis.

Sie hoffte, dass Johanna und Max ihre Probleme inzwischen gelöst hatten. Christine gefielen beide ausgesprochen gut. Und jetzt musste sie unter die Dusche, um pünktlich zum Frühstück in diesem gruseligen Gasthof zu sein. Sie war gespannt, was ihr Vater ihr noch zeigen wollte. Jetzt, da er die Eherettung hinter sich hatte, konnte der Rest ja nicht mehr so aufregend sein.

Kannst du mir mal sagen, wo deine Tochter bleibt?« Walter verrenkte sich fast den Hals, um von seinem Tisch aus zum Eingang gucken zu können. »Sie war doch früher immer pünktlich.«

»Es ist erst Viertel nach«, beruhigte ihn Heinz. »Ich habe halb neun gesagt. Ich konnte ja nicht ahnen, dass du mitten in der Nacht aufstehst. Sonst fang doch schon an.«

»Das gehört sich nicht.« Walter faltete trotzdem die Papierserviette auseinander. »Aber wenn ich den halben Tag ohne Nahrung bin, wird mir schwindelig.«

Heinz verdrehte die Augen. Walter war auf nüchternen Magen kaum auszuhalten. Und dann noch seine Notizen.

»Guten Morgen.« Johanna zog einen Stuhl vor und setzte sich. »Ich darf doch, oder?«

»Aber natürlich.« Strahlend legte Heinz den Arm auf ihre Stuhllehne. »Christine kommt auch gleich. Dann braucht sie nicht allein mit alten Männern zu frühstücken.«

Jetzt rollte Walter mit den Augen: Heinz mit seiner ewigen Anbiederei.

»Sie hat sich gestern in vollem Bewusstsein mit uns verabredet«, knurrte er. »Auch wenn ich nicht genau verstehe, warum sie überhaupt hier aufgetaucht ist.«

»Sie macht sich ein schönes Wochenende«, entgegnete Heinz freundlich. »Das kann man doch mal machen. Und sie hat zufällig von Charlotte erfahren, dass wir auch hier sind. Meine Kinder haben eben viel Familiensinn.«

Er wartete nicht auf Walters Antwort, sondern drehte sich wieder zurück zu Johanna. »Haben Sie denn die Aufregung von gestern Abend gut überstanden? Sie sehen noch ein bisschen müde aus. Wo ist denn eigentlich Max?«

»Er ist im ›Schlosshotel‹«, antwortete Johanna und griff nach der Thermoskanne mit Kaffee. »Es war ja ziemlich spät und …«

»Sie müssen uns jetzt aber nicht die Details erzählen«, sagte Walter. »Kommt Ihre Tante nicht frühstücken?«

»Doch«, antwortete Johanna. »Sie hatte noch was vergessen. Sie muss gleich hier sein.« Statt Finchen kam aber erst einmal Christine. Sie gab erst Johanna lächelnd die Hand und küsste dann Heinz und dann Walter auf die Wange.

»Guten Morgen. Bin ich zu spät?«

Sie setzte sich neben Walter, der sich sofort mit einem Stofftaschentuch die Wange abwischte. »Was hast du da für ein klebriges Zeug auf dem Mund? Das ist ja fies.«

»Lipgloss, Onkel Walter.« Freundlich sah sie ihn an und fuhr mit dem Daumen über einen kleinen roten Fleck in seinem Gesicht. »Hält den ganzen Tag. Und? Habt ihr gut geschlafen? Ist da Kaffee drin?«

»Ja, ich …« Bevor Heinz zur Kanne greifen konnte, stand plötzlich Melanie von der Rezeption vor ihnen. Sie starrte Christine an, öffnete den Mund, schloss ihn wieder und sagte dann: »Ich … ich soll Ihnen sagen, also … Sie sind doch kein Gast, oder?«

»Nein. Warum?« Christine sah sie freundlich an. Melanies Gesicht war rosa angelaufen, nervös knetete sie ihre Hände.

»Ja, weil … dann können Sie hier nicht frühstücken. Das ist nur für Gäste.«

Christine warf ihrem Vater einen kurzen Blick zu. Er reagierte überhaupt nicht. Stattdessen wiederholte Melanie: »Nur für Gäste. Soll ich Ihnen sagen.«

Heinz sah sie verständnislos an, dann wandte er sich an seine Tochter. »Was für Feste?«

Christine schüttelte den Kopf, bevor sie sich vorbeugte und laut sagte: »Mein Vater hat anscheinend vergessen, mich anzumelden. Ich bin nur zu Besuch. Natürlich bezahle ich das Frühstück extra. Das kann ja kein Problem sein. Oder?«

»Ich weiß nicht.« Melanie kaute auf ihrer Unterlippe. »Da muss ich noch mal fragen.« Sie verschwand so schnell, wie sie aufgetaucht war.

Christine zuckte mit den Schultern und stieß ihren Vater an. »Mach mal dein Hörgerät an.«

Er fummelte an seinem Ohr und sagte nach einem kleinen Piepston: »Ihr müsst auch nicht immer so nuscheln. Ihr jungen Leute sprecht ja so wahnsinnig leise. Was wollte sie denn nun?«

»Du musst Christines Frühstück bezahlen«, antwortete Walter. »Die wollen keine Fremden durchfüttern.«

»Dolle Exklusivität.« Heinz schüttelte den Kopf. »Dann essen Walter und ich eben ein Brötchen weniger. Und legen die Wurst nicht ganz so dick drauf. Dann haben wir das Frühstück für Christine doch schon raus. Du isst doch morgens gar nicht so viel, oder?«

Johanna war dem Wortwechsel stumm gefolgt. Was war das nur für ein spießiges Hotel. Gut, dass Finchen noch nicht hier war. »Möchten Sie Kaffee?« Sie hob die Thermoskanne und sah Christine auffordernd an.

»Guten Morgen.« Finchen kam mit schnellen Schritten in den Raum und setzte sich dazu. »Wie schön, eine große Runde.« Sie nahm sofort ihre Tasse hoch und hielt sie Johanna hin. »Wir haben um elf ein ausführliches Beratungsgespräch, Liebes. Du bist als meine Erbin dabei, darauf habe ich bestanden. Wie findest du das?«

Verblüfft ließ Johanna die Kanne sinken. »Wie hast du das denn hinbekommen?«

Finchen lächelte. »Ich habe nur mein ausdrückliches Interesse bekundet. Bei Herrn Kruse. Ich habe … oh, da kommt er.«

Mit Melanie im Schlepptau kamen Michael Kruse und Dennis Tacke auf sie zu.

»Morgen.« Dennis Tacke nickte nur kurz, bevor er sagte: »Herr Schmidt, kann ich Sie mal kurz sprechen?«

»Ja, bitte.« Heinz nickte höflich zurück. »Sprechen Sie.«

»Wollen wir nicht …?«

»Nein, nein.« Er deutete auf den letzten freien Stuhl am Tisch. »Das können wir auch hier erledigen. Wir haben ja keine Geheimnisse, oder? Das ist übrigens meine Tochter. Nachdem ich mir Ihre Broschüre genau durchgelesen hatte, habe ich sie angerufen und sie gebeten, doch für einen Tag hierherzukommen. Ich entscheide solche großen Investitionen nicht gern allein. Und mein Schwager ist, wie Sie wissen, keine große Hilfe für mich. Christine ist meine Älteste, da hat sie auch ein gewisses Mitbestimmungsrecht darüber, was Papa mit ihrem Erbe macht. Nicht wahr, Tine? Und die Kinder wollten ja früher schon so gern an die Schlei. Übrigens, Herr Kruse: Hätten Sie denn die Möglichkeit, uns alles noch mal genau zu erklären? Gestern hatte ich leider keine richtige Gelegenheit dazu. Na ja, ich hätte vermutlich auch nicht alles verstanden. Aber jetzt, wo meine Tochter da ist … Ich finde dieses Ferienmodell ganz großartig.«

Gespannt wartete Christine auf die Antwort des schmallippigen Lackaffen, der da vor ihr stand. Ihr Vater hatte mal wieder viel zu dick aufgetragen. Tacke und Kruse wechselten einen Blick, dann ging Kruse einen Schritt vor und gab Christine die Hand. »Michael Kruse. Ich bin der Fremdenverkehrsbeauftragte hier und mit dem Projekt vom ersten Spatenstich an vertraut. Es wäre mir eine Freude, es Ihnen noch einmal zu erläutern. Haben Sie das Grundstück denn schon gesehen?«

Heinz antwortete, noch bevor Christine etwas sagen konnte. »Wir wollten gleich nach dem Frühstück hinfahren. Kind, das wird dir da gefallen, da bin ich sicher. Wissen Sie, meine Tochter liebt Stockrosen über alles und die stehen hier ja überall.«

Christine musste sich zusammenreißen, um nicht die Augen zu verdrehen. Stattdessen drehte sie nur ihren Kopf und beobachtete Tacke, der nicht so aussah, als würde er Heinz gleich vor Rührung in die Arme schließen. Aus Johannas Richtung kam ein unterdrücktes Kichern, das in einem trockenen Husten endete.

Nach einem kleinen Zögern sagte Kruse schließlich: »Ich würde Sie ja gern zum Grundstück begleiten, aber es gibt auch noch andere Teilnehmer, die großes Interesse an einem Gespräch haben. Sie müssten es sich doch allein ansehen. Und wir treffen uns im Anschluss. Vielleicht so gegen halb zwei? Das wäre dann direkt nach dem Mittagessen. Unsere Busrundfahrt beginnt ja erst um drei, da haben wir doch genügend Zeit.«

»Sehr gern.« Heinz stand auf und schüttelte ihm fast feierlich die Hand. »Danke. So, Herr Tacke, und was wollen Sie jetzt mit mir besprechen?«

Nach einem kurzen Blick auf Kruse verschränkte Dennis Tacke die Arme vor der Brust und antwortete. »Ich wollte Ihnen nur sagen, dass Frühstücksgäste angemeldet werden müssen. Aber wenn das Ihre Tochter ist, dann drücken wir mal ein Auge zu. Fühlen Sie sich eingeladen. Dann erst mal guten Appetit, bis später.«

Das Trio zog ab und am Tisch entstand andächtige Stille, bis Walter sagte: »Wer hätte Christine denn sein sollen? Meine Freundin?«

»Walter, bitte.« Heinz schüttelte den Kopf und Finchen legte Johanna die Hand auf den Arm. »Eine ähnliche Vorgehensweise habe ich vorhin übrigens auch bei Herrn Kruse gewählt. Es hat wunderbar geklappt. Man braucht für solche Gespräche schon ein gewisses Talent. Chapeau, Heinz, das war bühnenreif. Sehr gut gemacht.«

Christine blickte irritiert in die Runde. Hier

schienen Dinge vorzugehen, deren Zusammenhänge sich ihr nicht erschlossen. Und die dringend erklärt werden müssten. Sie beugte sich zu Johanna und sagte leise: »Können wir nach dem Frühstück mal ein paar Schritte gehen? Ich soll Sie von Herrn Scholl grüßen, er hat einige Informationen für Sie.«

Johanna sah überrascht hoch und nickte.

Walter wollte Johanna eigentlich bitten, ihm dieses Aufnahmegerät zu leihen. Immerhin hatte er es im Müll wiedergefunden. Natürlich hatte er im Verlauf dieser Reise genug Notizen gemacht, aber heute Morgen war er die noch einmal durchgegangen und hatte dabei leider feststellen müssen, dass er seine eigene Handschrift nicht besonders gut entziffern konnte. Das war ärgerlich. Und nun hatte er auch noch eine Sache zu verfolgen, bei der es auf die Details ankam. Da wäre es doch viel einfacher, die neuen Erkenntnisse nicht unleserlich zu schreiben, sondern mit klarer Stimme zu diktieren.

Aber Johanna hatte sich sofort nach dem Frühstück mit Christine nach draußen verzogen. Vermutlich mussten sie privates Frauenzeug besprechen. Er wollte davon gar nichts wissen. Aber er hätte Johanna gern unter vier Augen nach dem Gerät gefragt. Christine und Heinz mussten das nicht mitbekommen, sie würden nur Fragen stellen. Und wenn Walter jetzt schon sagen würde, dass er hier einigen

Ungereimtheiten auf der Spur sei, dann würde Heinz wieder so triumphierend gucken und mit seinem Mafia-Unsinn anfangen. Als ob es darum ginge. Walter war es völlig egal, ob und wer sich hier mit wem gestritten hatte. Oder warum. Das Einzige, was ihn interessierte, waren die Regeln des deutschen Steuerrechts. Und Walter hatte das sichere Gefühl, dass hier so einiges nicht beachtet wurde. Dafür gab es Hinweise. Aber bevor er seine ehemaligen Kollegen aus dem Dortmunder Finanzamt verständigen würde, bräuchte er noch mehr Indizien. Und er wusste auch schon, woher er die bekommen könnte.

Walter tastete nach seinem Notizblock in der Brusttasche und machte sich auf zu einem kleinen Spaziergang. Nach wenigen Minuten war seine Suche bereits erfolgreich. Annegret Töpper saß auf einer Bank im Garten und las Zeitung.

»Darf ich?« Ohne auf ihre Antwort zu warten, ließ er sich neben sie fallen.

»Herr Müller.« Umständlich faltete sie die Zeitung zusammen. »Bitte. Setzen Sie sich.«

»Ich sitze schon.« Walter rutschte näher. »Sagen Sie mal, Frau Töpper, Sie haben doch gestern ein Beratungsgespräch mitgemacht, oder?«

»Ja. Aber ich habe nichts unterschrieben.«

»Gut, gut …« Walter setzte sein Finanzbeamtengesicht auf und senkte seine Stimme. »Ich musste ja leider etwas früher gehen, deshalb hatte ich keine Gelegenheit, einen Blick auf die Verträge zu werfen. Sind Sie so weit gekommen?«

»Ja. Ich habe mir ja alles genau durchgelesen, weil ich so getan habe, als würde ich etwas kaufen wollen. Und danach habe ich gesagt, ich würde sofort meinen Bankberater anrufen, um zu entscheiden, wie groß der Anteil wird. Das haben die geglaubt.«

»Schön.« Walter nickte. »Aber Sie wollen nichts kaufen, oder?«

»Natürlich nicht. Obwohl ich gehört habe, dass die uns einen Teil der Reisekosten nachträglich berechnen können. Also, wenn wir hier nichts kaufen. Frau Pieper hat auch so etwas angedeutet.«

Walter schnaubte nur kurz und winkte ab. »Das werden wir ja sehen. Aber was mich interessiert: Stand auf dem Vertrag eine deutsche Bankverbindung drauf? Haben Sie das gesehen?«

»Das war irgendeine Insel. Ausländisch. Da bin ich mir sicher. In England, glaube ich. Warum?«

Zufrieden streckte Walter seine Beine aus. »Genau das habe ich mir gedacht. Steueroasen. Da haben die aber nicht mit mir gerechnet. Und was haben Sie neulich über die Piepers gesagt? Das sind Lockvögel?«

Annegret Töpper nickte. »Ja, da bin ich mir ganz sicher. Die beiden haben sich dauernd in alle Gespräche eingemischt. Das ist mir aufgefallen, weil ich öfter den Tisch gewechselt habe. Ich habe diese Reise ja eigentlich mitgemacht, weil ich neue Leute kennenlernen wollte. Stattdessen musste ich mir das Gerede der Piepers anhören. Wie toll ihre Wohnung auf Sylt ist, wie sehr sich das finanziell lohnt, wie froh sie sind, dass sie ihr Geld in Immobilien angelegt haben, und überhaupt. Gestern Mittag habe ich dann zufällig beobachtet, wie Dennis Tacke Frau Pieper einen Umschlag zugesteckt hat. Übrigens, nachdem er von ihr …«

Ein Geräusch hinter ihm ließ Walter hochschrecken. Er sprang abrupt auf und sah plötzlich Patrick Dengler hinter ihnen stehen. Mit einem Satz war er bei ihm. »Was scharwenzeln Sie eigentlich hier herum? Haben Sie uns belauscht?«

»Ja.«

Walter sah ihn fassungslos an. Er hatte von Anfang an das Gefühl gehabt, dass mit dem Mann etwas nicht stimmte. Er passte nicht in die Reisegruppe, kümmerte sich nicht besonders viel um seine Mutter, dafür umso mehr um Johanna, war sowieso zu glatt und zu smart und jetzt hatte er auch noch zugegeben, dass er hinter ihnen herschnüffele. Walter holte tief Luft.

»Stecken Sie mit dem Veranstalter unter einer Decke? Los, sagen Sie es, ich bekomme es sowieso raus.«

Auf Denglers Lippen lag ein feines Lächeln. Walter konnte nicht glauben, dass der Mann seine Enttarnung so ungerührt hinnehmen würde. Er war noch nicht mal erschrocken, fragte nur: »Sie kommen doch von Sylt, oder?«

Mit Ablenkungsmanövern war noch niemand bei Walter durchgekommen.

»Und?«, bellte er. »Was hat das mit den Veranstaltern zu tun?«

»Nichts«, antwortete Dengler und verlagerte sein Gewicht aufs andere Bein. »Haben Sie Peter Lohmüller angerufen?«

Walters Gesicht war ein einziges Fragezeichen. »Wen?«

»Peter Lohmüller. Von der Polizeidirektion in Kiel. Sie müssten ihn auf einem Parkplatz auf der A 1 kennengelernt haben. Er hat Ihnen seine Visitenkarte gegeben.«

Das Gespräch verlief jetzt ganz anders als geplant. Walter trat einen Schritt zurück und sah auf Annegret Töpper, die mit aufgerissenen Augen die Szene beobachtete. Eine Hilfe war sie nicht. Unsicher schaute er wieder zu Patrick Dengler. Der suchte jetzt irgendetwas in seiner Jackentasche, Walter wurde bei der Vorstellung, was jetzt alles passieren könnte, übel.

»Ich habe keine Ahnung, wovon Sie sprechen«, sagte er vorsichtig. »Soll ich vielleicht meinen Schwager …?«

Patrick Dengler hatte gefunden, was er gesucht hatte, und reichte Walter mit großer Geste einen Ausweis. Walter hielt ihn mit ausgestreckten Armen von sich, sah dabei immer wieder in Denglers Richtung, konnte die sehr kleine Schrift aber nicht entziffern. Er ließ die Hand sinken und sagte verärgert: »Das kann ich ohne Brille nicht lesen und die liegt in meinem Zimmer.«

Sofort nahm Annegret Töpper ihre Brille ab und reichte sie in Walters Richtung. »Versuchen Sie es mit meiner.«

Umständlich setzte Walter die rote Brille auf und starrte auf den Ausweis. Dann blickte er entgeistert Patrick Dengler an. »Ach. Weiß mein Schwager das schon?«

»War das eigentlich ein spontaner Entschluss, hierherzukommen? Und haben Sie trotzdem sofort ein Zimmer im ›Schlosshotel‹ bekommen?«, fragte Johanna die neben ihr sitzende Christine.

»Ja. Ich habe gestern erst auf dem Weg hierher angerufen. Die hatten noch jede Menge Zimmer frei.«

»Komisch.« Johanna versuchte, sich an die Szene an der Rezeption zu erinnern. Das Ehepaar Pieper hatte ihr verärgert erzählt, dass es weit und breit keine andere Übernachtungsmöglichkeit gebe, dass alles ausgebucht sei. Sie hatte es ihnen geglaubt. Das gehörte wohl zum System.

Christine hatte sie beobachtet. »Alles in Ordnung?«

Johanna zuckte die Schultern. »Also, das ist hier alles nicht ganz koscher. Ich bin gespannt, was gleich bei dem Beratungsgespräch passiert.«

»Christine! Wir wollen los.«

Heinz stand an der Tür und zeigte auf die Uhr. Seine Tochter nickte. Dann drehte sie sich wieder zu Johanna.

»Dass er immer so brüllen muss, macht mich wahnsinnig. Also, bis später.«

Johanna sah ihr nach. Sie fand Christine ausgesprochen sympathisch. Sie selbst hätte vermutlich nicht so gelassen reagiert, wenn sie ihren Vater inmitten eines Ehedramas, lautstark begleitet von einer hysterischen Jungautorin, angetroffen hätte und dann noch Schilderungen von Verschwörungen, Strafanzeigen, Mafiamethoden und irgendwelchen Stockrosen hätte über sich ergehen lassen müssen. Aber Christine war freundlich und entspannt geblieben, hatte ihren Vater zwar etwas skeptisch im Blick behalten, sich jedoch nicht zu den Geschehnissen geäußert.

Ohne große Umstände hatte sie angeboten, Max und Johanna zum »Schlosshotel« mitzunehmen. Das Einzige, was sie auf der Fahrt zu Max gesagt hatte, war »Ihr Freund, ja?« gewesen. Dabei hatte sie gelächelt.

Max. Johanna wollte jetzt eigentlich nicht

über ihn nachdenken. Sie hatten die halbe Nacht auf seinem Bett gesessen und geredet. Über Mareike Wolf, über Johannas Sturheit, über Max, der am liebsten alles aussaß, über die letzten drei Jahre und über das, was sich alles ändern müsste. Es war eine ganze Menge. Sie hatten beide mit den Tränen gekämpft, bis Max gesagt hatte: »Jetzt lass uns einen Punkt machen und einmal durchatmen. Es ist nichts passiert, worüber man nicht diskutieren könnte. Und es gibt für alles eine Lösung. Wir müssen beide was tun, du genauso wie ich, aber ich glaube, wir schaffen das. Falls du es willst.«

An dieser Stelle hatte Johanna angefangen zu weinen. Vor lauter Gefühl für Max und vor lauter Traurigkeit darüber, dass sie so leichtfertig miteinander umgegangen waren.

Er hatte sie in den Arm genommen, das erste Mal nach vier Wochen und mit mehr Inbrunst als in den letzten drei Jahren.

»Ich liebe dich«, hatte er gesagt. »Kannst du nicht hierbleiben?«

Johanna hatte in diesem Moment alle gutsituierten Senioren und sämtliche Reportagen vergessen.

Später hatte sie sich schlaftrunken aufgesetzt und von Max gelöst, ohne die Augen von ihm zu nehmen. Er war aufgewacht, hatte sie angelächelt und gesagt: »Ich kenne diesen Blick. Du denkst an Finchen, oder?«

»Ja«, war ihre Antwort gewesen. »Ich kann sie nicht allein in diesem schrecklichen Zimmer lassen. Und sie weiß gar nicht, wo ich bin.«

Max hatte sich auf die Seite gedreht und gelacht. »Das weiß sie, mein Herz, da sei sicher. Aber vielleicht ist es besser, du behältst ein Auge auf die exklusiven Rentner. Unter denen sind schon einige schräge Vögel.«

Irgendwann hatte Max sie in ihr Hotel gefahren.

»Ich mache jetzt diese Reportage«, hatte Johanna ihm zum Abschied gesagt. »Wir sehen uns Sonntagabend. Zu Hause. Und dann reden wir weiter.«

Max hatte sie lange geküsst. »Grüß Finchen von mir«, hatte er danach gesagt. »Das war eine große Idee von ihr.«

»Ja.« Johanna stieg aus dem Auto und beugte sich noch einmal zurück. »Ich will es, Max«, sagte sie. »Ich weiß jetzt erst, wie sehr.«

Sie war stehen geblieben, bis die Rücklichter seines Autos in der Nacht verschwunden waren.

Da vorn musst du links fahren.« Heinz fuhr den Arm aus und traf Christine am Kinn. Die zuckte zurück und verriss fast das Lenkrad. »Papa. Pass doch mal auf.«

»Was denn?« Heinz stützte sich an der Konsole ab. »Du musst aufpassen. Du fährst auch viel zu schnell. Hier ist siebzig.«

»Ich fahre fünfundsechzig. Guck richtig hin. Und fuchtel nicht so rum.«

Christine bog von der Bundesstraße auf eine schmale Nebenstraße. Rechts erstreckten sich Felder, an deren Ende man die Schlei sah. Auf der linken Seite lagen vereinzelt Bauernhöfe. Die Häuser waren auch hier reetgedeckt, die Gärten bunt. Christine fuhr an Kühen und Schafen vorbei und sah ihren Vater von der Seite an. »Viel los ist hier ja nicht.«

»Das ist die pure Idylle, Christine«, antwortete er sofort. »Ein Stück vom Paradies, hier ist die Welt noch in Ordnung. Sagt Herr Kruse auch.«

»Aha. Und was wolltest du mir nun zeigen?«

Sein Arm fuhr wieder nach vorn. »Da rechtsrum. Richtung Schlei. Ist nicht mehr weit.«

»Hoffentlich.« Christine warf einen Blick auf die Uhr. »Es ist übrigens blöd, dass wir Walter nicht gefunden haben. Ich wollte ihm, oder eigentlich euch, noch etwas sagen. Ich dachte, wir könnten zusammen mittagessen. Bevor ihr auf die Bustour geht.«

»Kind, ich habe um halb zwei einen Beratungstermin.«

»Das war doch nicht dein Ernst, Papa. Ich habe sowieso nicht verstanden, was das ganze Gerede über Investitionen und dein Erbe sollte. Ich dachte, das wäre ein Witz.«

Heinz sah mit mildem Lächeln nach vorn. »Ein Witz? Nein, da irrst du, Kind. Ich sage nur so viel: Hier gehen Dinge vor, die Walter und mir nicht gefallen. Und wir können wirklich nicht mehr so tun, als ginge uns das nichts an. Ich muss dir das nachher mal alles in Ruhe erklären, später, wenn Walter dabei ist. Der hat sich sogar Notizen gemacht. Dann vergessen wir nichts. Was wolltest du uns denn erzählen?«

Christine wartete einen Moment. Dann holte sie tief Luft und sagte: »Eigentlich wollte ich warten, bis Walter dabei ist, aber es ist auch egal. Also, ihr habt doch in Bremen …«

»An dem großen Baum wieder links«, unterbrach sie ihr Vater. »Ich hatte aber auch keine Lust, Walter zu suchen. Der kann doch auch mal Bescheid sagen, wenn er spazieren gehen will. Immer macht er, was er will. Der wird im Alter wirklich noch anstrengender. Meine arme Schwester.«

Christine setzte den Blinker und bog langsam ab. »Apropos Inge. Sie hat mich nämlich angerufen und Folgendes …«

»Halt an!« Heinz krallte sich plötzlich in Christines Arm. »Stopp, stopp. Da liegt was.«

Christine machte eine Vollbremsung, obwohl sie selbst nichts gesehen hatte.

»Was ist denn?«

Heinz hatte die Autotür schon geöffnet. »Da liegt ein Moped im Graben. Ich glaube, das kenne ich. Wie kommt das denn hierher?«

Er sprang aus dem Auto, Christine folgte ihm langsam.

Das Moped lag im Gras. Es war mit Sand und Matsch bespritzt, der Ständer war abgebrochen und es wirkte, als hätte der Fahrer es einfach an dieser Stelle fallen lassen.

Christine sah sich um, vom Fahrer gab es

keine Spur. Achselzuckend wandte sie sich zu ihrem Vater. »Und nun?«

»Das Moped gehört dem Bauern. Der hat Ärger mit Dennis Tacke. Ich glaube, da steckt noch mehr dahinter.« Heinz drehte sich ratlos um die eigene Achse. »Aber ich sehe ihn nicht. Er trinkt ja auch. Vielleicht hat er gemerkt, dass er zu betrunken ist, um zu fahren, und hat das Moped hiergelassen.«

»Vielleicht.« Christine dachte an ihre Mission und an die fortgeschrittene Zeit. »Können wir weiterfahren?«

»Ja.« Gedankenverloren starrte Heinz auf das Moped. Dann riss er sich zusammen und wandte sich wieder zu Christine. »Wir müssen nicht mehr fahren, wir sind schon da. Hier, hinter der Kurve, ist dieses Grundstück, auf dem die Wohnungen gebaut werden. Das sollst du dir angucken.«

Er lief los, und Christine versuchte, mit ihm Schritt zu halten. Vor ihnen lag eine große Weide, von Bäumen begrenzt und mit Blick aufs Wasser. Christine ging langsamer, dann blieb sie abrupt stehen.

»Papa, da liegt jemand. Ist das dein Bauer?«

Sie wechselten einen kurzen Blick und liefen los.

»Vor der Geschäftsabwicklung muss eine sogenannte Validitätsurkunde ausgestellt werden, eine reine Formsache.« Michael Kruse lächelte Finchen gewinnend an. »Das klingt komplizierter, als es ist.«

Johanna ließ den Stift sinken, als Dennis Tacke an den Tisch kam. Er warf einen misstrauischen Blick auf ihren Block. »Was schreiben Sie denn da mit? Sie bekommen doch alle Unterlagen.«

Johanna hob nur kurz die Augenbrauen. »Ach, das ist nur für den Fall, dass meine Tante die Verträge nachher nicht versteht. Und ich habe ein so schlechtes Gedächtnis.«

»Darf ich mal sehen?« Dennis Tacke griff über den Tisch nach den Notizen. Finchen legte schnell ihre Hand darauf. »Nein.«

Mit bösem Blick sah sie erst ihn, dann Michael Kruse an. »Jetzt ist es langsam mal gut. Es geht Sie überhaupt nichts an, was meine Nichte oder ich hier mitschreiben. Was ist los, Herr Tacke? Erst verweisen Sie Herrn Müller des Raums, dann stellen Sie meiner Nichte komische Fragen und jetzt werden Sie hier übergriffig. Haben Sie ein Problem mit uns?«

Michael Kruse legte beschwichtigend seine Hand über ihre. »Frau Jäger, das haben Sie völlig falsch verstanden.« Er drehte sich zu Tacke und sagte mit eisiger Stimme: »Dennis, wir sind auch gleich fertig hier, nur noch eine Unterschrift.«

Dennis Tacke presste die Lippen aufeinander und drehte sich auf dem Absatz um. Er ließ die Tür hinter sich zuknallen.

»Sie müssen dieses Verhalten entschuldigen«, sagte Kruse mit weicher Stimme. »Er steht im Moment sehr unter Druck. Beruflich und privat. Und dazu kommt noch, dass die Geschäftsleitung den Verdacht hatte, dass sich hier Mitarbeiter der Konkurrenz einschmuggeln. Das will er natürlich verhindern. So, Frau Jäger, dann wollen wir mal zum Abschluss kommen.«

»Nein.« Entschlossen stand Finchen auf und schob den Riemen ihrer Handtasche über die Schulter. »Das hat mich jetzt geärgert. Und ich will …«

Mit Schwung wurde die Tür aufgerissen. Alle drei drehten sich zum Eingang und sahen Walter, der sich aufgeregt im Raum umsah. »Ich suche meinen Schwager. Haben Sie …«

»Herr Müller.« Dennis Tacke stand plötzlich hinter Walter im Flur. »Sie stören hier.«

Er legte ihm die Hand auf die Schulter, zog ihn zurück und verstellte den Eingang. Unwirsch schob Walter ihn beiseite.

»Gehen Sie aus dem Weg. Und nehmen Sie Ihre Hände weg. Sonst ist hier gleich was los.«

»Wie bitte?«

Wer den Anfang gemacht hatte, war später unklar. Aber in Sekundenschnelle waren sie mitten in einem Handgemenge, was fast aussah wie eine Schlägerei. Während Johanna und Michael Kruse noch erstarrt sitzen blieben, war Finchen schon an der Tür. Mit aller Kraft schwang sie ihre Handtasche durch die Luft. Das rote Leder traf Tacke am rechten Ohr. Er taumelte zur Seite und fiel krachend in die leeren Getränkekisten, die in der Flurecke standen. Die letzte Kiste kippte erst um, als er schon am Boden lag.

»Danke.« Walter zog seine Jacke zurecht, bevor er Finchen ansah. »Aber ich wäre auch allein mit ihm fertiggeworden. Was ist, Tocke? Stehen Sie auf. Sie werden sich doch nicht von einer Frau niederstrecken lassen.«

Ein dumpfes Stöhnen war die Antwort.

Johanna war jetzt neben Finchen. »Dass du so gewaltbereit bist, habe ich ja nie geahnt.« Mit einem kurzen Blick überzeugte sie sich, dass Tacke nicht schwer getroffen war, obwohl es ihn ordentlich erwischt hatte.

Empört drehte Finchen sich um. »Ihr sitzt da und guckt zu, wie Herr Müller bedroht wird. Einer muss doch eingreifen.«

Johanna bemühte sich um ein ernstes Gesicht, was ihr auch gelang, zumal Patrick Dengler gerade um die Ecke bog. »Was ist denn hier passiert?«

»Nichts«, antwortete Finchen schnippisch. Mit einem irritierten Blick auf sie beugte Dengler sich vor, um dem derangierten Dennis Tacke wieder auf die Beine zu helfen. »Alles in Ordnung?«

Der knurrte nur etwas, was zum Glück niemand verstand, und hielt sich umständlich das Ohr.

»Ich würde Sie gern mal unter vier Augen sprechen.« Patrick Dengler blieb ruhig vor ihm stehen. »Sie und Herrn Kruse.«

»Das geht jetzt nicht«, antwortete Tacke und wandte sich ab. »Kommen Sie nach dem Mittagessen.«

»Nein.« Zu Johannas Verwunderung griff Dengler grob Tackes Arm. »Jetzt. Kommen Sie bitte?«

Johannas erstaunter Blick fiel auf Walter.

Der nickte zufrieden. Dann drehte er sich um und zeigte auf den Tisch, an dem Michael Kruse gerade noch gesessen hatte. »Kruse ist weg. Ist wohl hinten rausgegangen. Soll ich hinterher?«

Dengler sah ihn an. »Lassen Sie lieber. Ich finde ihn schon. Herr Tacke?«

Er ließ ihm den Vortritt in den mittlerweile leeren Raum und schloss die Tür hinter sich.

Finchen sah ihm verblüfft nach. »Was soll das denn jetzt? Ob Dengler der eingeschmuggelte Konkurrent ist?«

»Keine Ahnung«, antwortete Johanna.

Finchen fasste sie am Ärmel. »Vielleicht will ja Theo von Alsterstätten seine Mitarbeiter hier beobachten. Vielleicht haben sich schon vor uns Leute beschwert.«

»Nein, nein.« Walter trat einen Schritt näher und beugte sich mit blitzenden Augen zu Finchen. »Sie sind auf der ganz falschen Fährte, meine Liebe. Lassen Sie uns nach draußen gehen, dann erzähle ich Ihnen was. Und dabei suchen wir meinen Schwager und meine Nichte. Die wissen nämlich auch noch nicht, was ich herausgefunden habe.«

»Schnell, gib mir dein Telefon.« Heinz war kreidebleich und konnte seine Blicke nicht von dem im Gras liegenden Bauern lösen. »Hoffentlich funktioniert hier das Handy. Oh Gott, hast du die Axt da gesehen?«

Die Axt lag direkt neben ihm, nur unweit des Schildes, das aufs Schönste das zukünftige Wohnensemble »Strandglück« zeigte.

Mit einer Hand fingerte Christine aus ihrer Jackentasche das Telefon heraus und gab es ihm, während sie sich langsam bückte, um den Mann näher anzusehen. Als sie vorsichtig den Puls am Hals fühlte, hörte sie ihren Vater hektisch ins Telefon schreien. »Polizei? Mein Name ist Schmidt. Ich muss einen Mord melden.«

Christine beugte sich noch weiter runter. Der Bauer hatte eine auffällige Fahne und einen zwar schwachen, aber deutlich fühlbaren Puls.

»Papa!«

Heinz ließ sich nicht ablenken. »Ja. Hier liegt ein Toter, neben einer Axt, wahrscheinlich die Mordwaffe … Wo? Auf der Baustelle vom ›Strandglück‹ … Wie? Sind Sie überhaupt Polizist? … Das ist ein großes Bauprojekt, das müssen Sie doch kennen.«

»Papa!« Christine schob vorsichtig ihre Jacke unter den Kopf des Bauern. »Wir brauchen einen Krankenwagen, schnell.«

Heinz redete lauter. »Ich glaube, er ist tot, habe ich doch gesagt. Soll ich ihn umdrehen? Nein? Was? Die Straße? Na, dieses Wohnensemble ›Strandglück‹. Das ist mir doch egal. Warum kennen Sie das nicht?«

Christine versuchte, ihm das Handy abzunehmen. Heinz drehte sich weg.

»Warten Sie, da ist so ein Straßenschild: Uferdamm. Kennen Sie den? Gut. Also schnell. Polizei und Krankenwagen. Vielleicht ist doch was zu retten.«

Er drückte auf die Taste und sah besorgt auf den Bauern. Christine hatte sich wieder zu ihm gebeugt. »Er atmet noch. Hoffentlich beeilen die sich.«

Heinz fühlte ihm die Stirn, Christine schob seine Hand weg. »Wieso hast du diesen Blödsinn erzählt? Von wegen Mordwaffe?«

»Damit die Polizei kommt. Was nützt mir der Krankenwagen?«

»Der ist nicht für dich, sondern für ihn. Sag mal …« Kopfschüttelnd sah sie ihren Vater an. Der stand da und fuchtelte mit den Armen. »Christine, du hast ja keine Ahnung. Das war ein Mordversuch, das ist doch eindeutig. Dieser Mann hatte Streit mit dem Reiseleiter, er war ständig in der Nähe des Hotels, ich habe Gespräche mitgehört, da wurde mir schon als Zeuge angst und bange, und dann liegt da auch noch eine Axt. Das ist eine ganz klare Beweiskette.«

Er ging vor der Axt in die Knie und betrachtete sie mit gebührendem Abstand. »Schade, es sind keine Blutspuren zu sehen.«

Christine atmete tief durch und fühlte noch einmal den Puls.

Die Türen des Krankenwagens wurden zugeschlagen, dann fuhr er mit Blaulicht davon. Der jüngere der beiden Polizisten vervollständigte ihre Personalien, bevor er einen Schritt zurücktrat und den Kopf in den Nacken legte.

»Wohnensemble ›Strandglück‹«, las er laut und sah Heinz und Christine fragend an. »Seit wann steht das Schild denn hier?«

»Ich habe es gestern das erste Mal gesehen«, antwortete Heinz förmlich. Vor Uniformen hatte er Respekt. »Wir, also mein Schwager und ich, nehmen gerade an einer Reise teil. Es geht um Finanz- und Wirtschaftstipps für gutsituierte Senioren. Hier sollen Ferienwohnungen entstehen, für die man Nutzungsrechte kaufen kann. Der Verkauf läuft gerade im Gasthof ›Zu den drei Linden‹. Durchaus erfolgreich, würde ich sagen. Aber es gibt Ungereimtheiten. Mein Schwager und ich sind einigen Dingen auf der Spur. Mein Schwager hat sich Notizen gemacht, außerdem gibt es Tondokumente.«

»Tondokumente?« Christine und der Polizist fragten im Chor.

»Ja«, antwortete Heinz. »Wir haben eine Radiojournalistin dabei, die hat inkognito ermittelt. Und jede Menge Gespräche aufgezeichnet. Das Gerät lag zwar zwischenzeitlich in der Mülltonne, aber es war nur Blumenkohl drauf. Das konnte es ab.«

Der Gesichtsausdruck des Polizisten ließ Christine erahnen, dass nicht nur sie Schwierigkeiten hatte, den Zusammenhang zu begreifen. Er sagte aber nichts, sondern ging ein paar Schritte zur Seite, um zu telefonieren. Sie konnten nicht verstehen, was er sagte, aber während des gesamten Gesprächs blieb sein Blick auf die Holztafel gerichtet. Dann beendete er das Telefonat und ging zu dem Schild, wo bereits sein älterer Kollege stand und mit den Fingern langsam über die Holzhalterung strich. Sie redeten kurz miteinander, dann kehrten sie zu ihnen zurück. Der Ältere sah beide ernst an.

»So«, sagte er mit neutraler Stimme. »Dann sollten wir mal zu den ›Drei Linden‹ fahren. Ich fahre hinter Ihnen her. Wie heißt denn der Reiseleiter?«

»Dennis Tacke«, antwortete Heinz sofort. »Und dann ist noch der hiesige Fremdenverkehrsbeauftragte da. Herr Kruse.«

»Kruse?«, fragte der Polizist. »Da müssen Sie sich verhört haben. Der hiesige Fremdenverkehrsbeauftragte heißt Jörn Mertens. Seit acht Jahren. Einen Kruse gibt es nicht. Lassen Sie uns fahren.«

Als Christine den Wagen startete, sagte sie knapp: »Ich hoffe, dass Mama die Details dieser Reise nicht erfährt. Und ich will übrigens gar nichts wissen. Schnall dich bitte an.«

»Natürlich.« Heinz zog am Gurt und räusperte sich. »Und, Christine?«

»Was?«

»Kannst du bitte Gas geben? Nicht, dass gleich alle im Hotel denken, wir hätten Ärger mit der Polizei. Versuch bitte, den Abstand möglichst groß zu halten.«

»Da kommt mein Schwager.« Walter hob den Kopf und zeigte zur Auffahrt. »Verfolgt von einem Streifenwagen. Es ist doch nicht zu fassen. Seine Tochter fährt anscheinend genauso halsbrecherisch wie er.«

Er saß zwischen Finchen und Annegret Töpper auf einer Bank neben dem Hoteleingang. Sie wollten nichts verpassen und Walter hatte diesen Platz für geeignet gehalten. »Wir haben hier den größtmöglichen Überblick«, hatte er gesagt. »Wir sehen, wer kommt, wer geht und wer flieht. Wir brauchen nur noch etwas zu trinken, wer weiß, wie lange das alles dauert.«

Sie hatten die Bank nur ein paar Meter zur Seite gerückt und einen Tisch aus der Gaststube dazugestellt. Für die Getränke und Walters Notizen.

Der Streifenwagen hielt auf dem Parkplatz, direkt neben Christines Auto. Die beiden Polizisten stiegen aus, setzten ihre Mützen auf, sprachen noch kurz mit Heinz und gingen an ihnen vorbei zum Hoteleingang. Als sie die

Bank passierten, nickten sie kurz, dann waren sie verschwunden.

Verblüfft sah Walter ihnen nach, dann seinem Schwager und seiner Nichte entgegen. »Was ist das denn?«, fragte er. »Wollen sie dich nicht überprüfen, Christine? Alkoholtest und Führerschein und so? Ich denke, die haben euch verfolgt?«

»Wir haben sie hierher geleitet.« Aus Heinz' Stimme klangen gleichermaßen Aufregung und Triumph. »Du kannst dir nicht vorstellen, was wir gerade erlebt haben …«

»Und wir erst«, entgegnete Walter und strahlte dabei übers ganze Gesicht. »Hier gab es Vorfälle – nennen wir es Begegnungen. Wenn du davon hörst, wirst du dich gleich ärgern, das verpasst zu haben. Holt euch mal zwei Stühle raus, die stehen an der Seite in der Rezeption, und dann erzählen wir alles.«

Christine sah sich zweifelnd um. »Müssen wir denn hier direkt auf dem Parkplatz sitzen? Auf dem Schotter? Geht das nicht irgendwo anders?«

»Nein.« Entschieden schüttelte Walter den Kopf. »Das ist eine strategisch günstige Stelle. Wir bleiben hier. Holt euch Stühle, sonst verpasst ihr die Hälfte.«

In der Rezeption war niemand. Christine fand die Klappstühle sofort, klemmte sich zwei unter die Arme und ging wieder zurück. Heinz hatte sich nicht von der Stelle bewegt und starrte immer noch seinen Schwager an.

»Du hast mir ja nicht geglaubt«, sagte er jetzt und wartete, bis Christine einen Stuhl zurechtgerückt hatte und er sich setzen konnte. »Danke. Gab es kein Sitzkissen? Na, egal. Wir waren nämlich auf dem Baugrundstück. Kurz vorher allerdings haben wir etwas entdeckt, das da nicht hingehörte. Ich habe sofort erkannt, was es ist. Schließlich gehe ich mit offenen Augen durchs Leben.«

»Jetzt komm mal zum Punkt«, unterbrach ihn Walter. »Sonst fangen wir an. Frau Jäger hat nämlich Tacke niedergeschlagen. Aber ich muss vorher anfangen. Ich hatte mich gerade mit Frau …«

Heinz unterbrach ihn. »Wo ist eigentlich Johanna? Die muss doch das alles auch hören.«

»Johanna ist im ›Schlosshotel‹«, antwortete Finchen. »Sie hat dort angerufen und gefragt, ob sie den Internetzugang benutzen kann. Das geht. Der Herr Dengler ist nämlich … Da kommt ein Auto. Ob das …«

Heinz drehte sich sofort um und sah einen silberfarbenen BMW langsam über den Parkplatz rollen. Als die Autotür geöffnet wurde, stand er sofort auf. »Das ist doch Herr Lohmüller.« Begeistert wandte er sich an Walter. »Unser Polizist von der Autobahn. Ich habe ihn angerufen, um ihm meinen Verdacht zu schildern. Siehst du, er hat mir geglaubt.«

»Ich weiß.« Walter brauchte seine ganze Selbstbeherrschung, um so lässig zu bleiben. »Ich wusste, dass er auf dem Weg ist. Er ist nämlich ein Kollege von Patrick Dengler.«

Heinz winkte Peter Lohmüller begeistert zu. »Hallo, hier.«

Plötzlich verharrte er. »Dengler? Wieso Dengler? Das ist doch dummes Zeug.«

»So schnell sieht man sich wieder.« Peter Lohmüller kam auf Heinz zu und bedachte alle mit einem freundlichen Lächeln. Dann zeigte er mit dem Daumen in Richtung Streifenwagen. »Und ich sehe, die Kollegen sind schon hier?«

Annegret Töpper warf nur einen kurzen Blick in die Runde und flüsterte: »Der Herr Dengler ist von der Polizei. So ein Undercoverbeamter. Ganz geheim. Der ist nicht mit seiner Mutter hier, sondern der soll Beweise sammeln. Weil es den Verdacht gibt, dass diese Firma ›Ostseeglück‹ kriminell ist. Jetzt verhört er gerade Dennis Tacke. Die anderen wissen noch nichts davon, wir dürfen auch nichts sagen.«

»Und Sie ermitteln jetzt auch?« Heinz drehte sich zu Peter Lohmüller. Der zuckte nur leicht die Achseln. »Nach Ihrem Anruf hatte ich so ein komisches Gefühl und habe mich vorsichtshalber mal bei den Wirtschaftskriminalern in Kiel erkundigt. Und da bin ich zufällig auf Patrick Dengler gestoßen. Wir kennen uns schon seit unserer Ausbildung. Und jetzt wollte ich mal sehen, wie weit er gekommen ist. Und wie es Ihnen geht. Sie waren ja sehr aufgeregt am Telefon.«

Einer der beiden Polizisten kam aus dem Hotel, ging zu seinem Auto, telefonierte kurz, kam zurück und blieb bei Christine stehen. »Herr Tetje ist wieder bei Bewusstsein. Er hatte Glück, dass Sie ihn gefunden haben. Es war ein leichter Herzinfarkt. Aber durch die rechtzeitige Versorgung ist das Schlimmste verhindert worden.«

»Das ist gut«, antwortete Christine. »Papa, hast du gehört? Dein Bauer ist außer Lebensgefahr.«

Der Polizist tippte sich kurz an die Mütze und ging wieder ins Hotel.

»Ja.« Heinz nickte zerstreut und sah wieder Peter Lohmüller an. »Und was ist jetzt dabei rausgekommen? Also bei Denglers Recherchen?«

»Das darf ich Ihnen leider nicht sagen. Aber ich gehe jetzt mal rein. Wir sehen uns ja noch.« Er folgte dem Polizisten.

»Welcher Bauer ist denn jetzt außer Lebensgefahr?« Wenigstens Finchen hörte noch zu. »Ich habe nur ›Herzinfarkt‹ verstanden.«

»Wir haben auf der Baustelle dieser Ferienwohnungsanlage einen Mann gefunden«, sagte Christine. »Er lag neben einer Axt vor dem Schild ›Strandglück‹ und war bewusstlos. Und Papa kannte ihn, es war ein Bauer, der wohl ein paarmal hier war und sich mit eurem Reiseleiter gestritten hat.«

»*Der* Bauer?« Walter sah Heinz mit aufgerissenen Augen an. Sein Schwager nickte. »Ja, Walter, genau der. Aber wir haben ihn rechtzeitig entdeckt. Zum Glück. Obwohl du mir nicht geglaubt hast, dass er sich in Lebensgefahr befindet.«

Annegret Töpper und Finchen starrten

sprachlos auf Heinz, bis Finchen stotterte: »Furchtbar. Das ist ja … furchtbar. Wer hat denn das … auf dem Gewissen?«

»Niemand«, antwortete Christine irritiert. »Der Polizist hat es doch gerade gesagt: Er hatte einen leichten Herzinfarkt. Da war niemand beteiligt.«

»Und die Axt?« Walter konnte nicht mehr sitzen. »Die lag doch daneben.«

»Da war kein Blut dran«, sagte Heinz. »Aber was macht der Dengler denn da drin? Die Ereignisse überschlagen sich ja jetzt. Und ich habe furchtbaren Durst.« Er griff nach Walters Glas und trank. Nachdem er es wieder zurückgestellt hatte, neigte er sich zu seiner Tochter. »Ich wollte es doch selbst alles erzählen«, sagte er leise. »Du hast das so … lieblos geschildert. Dein Onkel hat die Dramatik gar nicht mitbekommen.«

»Welche Dramatik?« Walter zog sein Glas wieder zu sich. »Ein Herzinfarkt ist tragisch, aber du hast ja immer von Mafiaverschwörungen geredet. Das wäre dramatisch gewesen. Aber so ein Infarkt und dann nur ein leichter? Das passiert eben.«

»Das war aber noch nicht alles.« Heinz hielt jetzt den Zeitpunkt für gekommen, um seinen nächsten Trumpf auszuspielen. »Das Stichwort lautet ›Fremdenverkehrsbeauftragter‹.«

Seine wirkungsvolle Pause verpuffte, weil plötzlich die aufgeregte Frau Hollenkötter vor ihnen stand.

»Was macht die Polizei denn hier?« Sie zeigte hektisch auf den Streifenwagen. »Wo ist denn mein Mann? Hat Tacke wirklich die Polizei gerufen? Das kann doch nicht wahr sein.« Sie brach in Tränen aus und niemand rührte sich. Bis Christine sich mit einem bösen Blick auf die herumsitzende Truppe erhob und Frau Hollenkötters Arm nahm. »Setzen Sie sich. Die Polizei ist hier, weil mein Vater und ich einen bewusstlosen Mann gefunden haben. Und weil irgendetwas mit diesem Baugrundstück nicht in Ordnung ist. Wir haben die angerufen. Und was ist jetzt mit Ihrem Mann?«

Gisela Hollenkötter ließ sich auf den Klappstuhl fallen und sah verzweifelt zu Christine. »Mein Mann hat unterschrieben, aber er hat nicht verstanden, dass wir nicht die Wohnung gekauft haben, sondern nur so ein Nutzungsrecht. Für das ganze Geld darf man nur zwei Wochen im Jahr da wohnen.« Sie schluchzte. »Das hat er erst heute Morgen begriffen, ist zu Tacke gegangen und wollte das rückgängig machen. Der aber hat gesagt, das ist zu spät. Mein Mann hat sich aufgeregt, das passiert dann leider. Sie haben furchtbar gestritten und Tacke hat gebrüllt, dass wir hier gleich richtig Ärger bekommen würden. Die Rechnung für die ganze Reise bekämen wir sowieso per Post. Und vom Reiseprogramm wären wir ab sofort ausgeschlossen. Und jetzt ist hier die Polizei. Und mein Mann ist weg. Nicht, dass er eine Dummheit gemacht hat.«

Christine fragte sich, warum sie sich das antat. Es war doch immer dasselbe. Ihr Vater zog so etwas an.

»Jetzt beruhigen Sie sich doch erst mal«, sagte sie mit ihrer sanftesten Stimme. »Es wird sich alles klären.« Sie reichte Frau Hollenkötter ein Taschentuch.

»Was ist dieser Tacke denn für ein Idiot?«

»Er ist ein Flegel«, sagte Finchen. Szenen wie diese waren ihr zwar zutiefst zuwider, trotzdem fand sie die Geschichte komisch und aufregend zugleich.

»Haben Sie mal mit Herrn Kruse gesprochen, Frau Hollenkötter? Der scheint mir vernünftig zu sein und seriös. Er kann das bestimmt in Ordnung bringen.«

»Eben nicht.« Heinz hielt es nicht mehr auf

seinem Klappstuhl. »Ihr lasst mich ja nicht ausreden. Der ist überhaupt nicht seriös. Der echte Fremdenverkehrsbeauftragte hier heißt Jörn Mertens. Nicht Kruse. Der gibt sich nur dafür aus. Das haben die Polizisten gesagt. Und …« Er brach ab und drehte sich sehr plötzlich um. Zwei weitere Polizeiwagen fuhren hintereinander auf den Hof.

»Ich glaube, jetzt geht's los.« Mit glänzenden Augen setzte er sich wieder und griff nach Christines Hand. »Das ist doch gut, dass du jetzt dabei bist, oder?«

Es dauerte nur ein paar Minuten, bis die Beamten Dennis Tacke und Lisa Wagner in die Autos begleiteten. Tacke vermied es, auch nur den Kopf zu heben. Atemlos verfolgte die Gruppe das Geschehen.

»Kruse ist nicht dabei«, erwähnte Walter knapp. »Und weiß jemand, was mit dem Busfahrer ist?«

»Der Kock ist in Ordnung«, entgegnete Heinz. »Für den lege ich meine Hand ins Feuer. Das habe ich im Gefühl.«

»Du mit deinem Gefühl.« Walter beugte sich ein wenig nach vorn, um die Abfahrt der Autos genau zu beobachten. »Kann uns nicht langsam mal jemand erklären, was für Fakten es genau gibt?«

»Ich verstehe überhaupt nichts mehr«, rief Frau Hollenkötter aufgeregt. »Was machen wir denn jetzt?«

»Nichts.« Finchen hatte ihre Arme vor der Brust verschränkt und ihren Blick auf den Parkplatz gerichtet. »Wir schreien hier jedenfalls nicht rum. Es wird schon jemand kommen, der was weiß. Wollen Sie nicht mal Ihren Mann suchen? Der kann ja nicht weg sein.«

»Ich, ich …« Gisela Hollenkötter tippelte wie ein Huhn von einem Bein aufs andere. »Wo soll ich denn anfangen?«

»Auf Ihrem Zimmer«, antwortete Finchen energisch. »Schauen Sie nach. Und dann halten Sie Ihre Handgelenke unter kaltes Wasser, das beruhigt.«

Frau Hollenkötter lief los, während Finchen die Augen verdrehte. »Meine Güte, und dann noch diese Stimme. Hoffentlich kriegt die sich wieder in den Griff. Wie geht es denn jetzt hier weiter?«

»Ich erkundige mich mal«, entschied Heinz und marschierte los. »Vielleicht kann ich bei der Aufklärung helfen. Außerdem will ich wissen, was mit Karsten Kock ist.«

Walter war sofort auf den Füßen. Er griff den Block und die Bierdeckel und folgte seinem Schwager. »Warte. Du brauchst mich und meine Aufzeichnungen. Ihr könnt ja hier sitzen bleiben.«

»Stopp!« Christine machte einen Satz nach vorn und erwischte Walter noch am Ärmel. »Papa, bleib stehen. Ihr geht da bitte nicht rein und sprengt die Ermittlungen. Wir werden schon geholt, wenn es Zeit ist. Setzt euch jetzt bitte wieder hin.«

»Aber du hast ja keine Vorstellung, wie das hier alles abgelaufen ist«, rief Heinz ungeduldig.

»Papa.« Christine blieb unerbittlich. »Wir kriegen Streit.«

Finchen verhinderte eine Antwort. »Keinen Streit, bitte, mein Bedarf an Szenen ist gedeckt. Und es wird sicherlich bald mal was aufgeklärt werden. Ich frage mich allerdings, wo Johanna so lange bleibt. Nicht, dass die uns sucht.« Sie erhob sich, strich ihren Rock glatt und sah zum Eingang. »Vielleicht sollten wir doch mal gehen.«

Annegret Töpper schloss sich sofort an. »Ich will jetzt auch wissen, was los ist. Wir sind zu fünft, da können wir doch mal fragen.«

Sie mussten gar nicht fragen. Gisela Hollenkötter kam ihnen aufgeregt entgegen. Sie ruderte wie wild mit den Armen, ihr Gesicht glühte.

»Schnell«, rief sie ihnen entgegen. »Herr Dengler will etwas sagen. Es gibt sensationelle Neuigkeiten.«

Finchen wechselte einen kurzen Blick mit Heinz, bevor sie sagte: »Wir hören alle gut. Haben Sie Ihren Mann gefunden?«

»Ja«, sagte Gisela Hollenkötter, ohne ihre Stimme zu senken. »Er war in unserem Zimmer, Sie hatten recht. Und er hatte Herrn Kruse an einen Stuhl gefesselt, mit Kabelbinder. Er hat ja immer alles dabei. Er wollte ihn erst losbinden, wenn Kruse versprochen hätte, den Vertrag zu zerreißen, aber so weit waren sie noch nicht. Und jetzt hat ein Polizist Herrn Kruse mitgenommen. Dengler wollte meinem Mann nichts sagen, wir sollen jetzt aber alle ins Restaurant kommen.«

»Dann los«, sagte Christine, bevor sie an ihrem Vater vorbeiging. »Es wird übrigens Zeit, dass mir mal jemand erklärt, was hier eigentlich los ist.«

Im Restaurant herrschten wildes Stimmengemurmel und spürbare Nervosität. Mit einem kurzen Blick stellte Heinz fest, dass fast alle Reiseteilnehmer versammelt waren und schon unruhig auf ihren Plätzen saßen.

»Christine«, zischte er seiner Tochter zu. »Jetzt sind wir fast die Letzten.«

»Deine Lieblingsmoderatorin fehlt auch noch«, entgegnete Christine. »Reg dich nicht auf. Da vorn ist ein Tisch frei.«

Den Sprachfetzen, die sie rechts und links hörte, entnahm sie, dass niemand wusste, warum Patrick Dengler dieses Treffen einberufen hatte. Als er sich in die Mitte des Raumes stellte, wurde es schlagartig still. Jemand schloss die Tür. Im Gegensatz zu Dennis Tacke brauchte Dengler kein Mikrofon.

»Sehr verehrte Damen und Herren, mein Name ist Patrick Dengler, und ich ermittele im Auftrag der Staatsanwaltschaft Kiel. Leider muss ich Sie über einige unangenehme Dinge informieren.«

Heinz zog Walter aufgeregt am Ärmel.

»Guck mal links«, wisperte er. »Da sitzt Karsten Kock. Ohne Handschellen. Das ist gut.«

Walter nickte und wollte gerade antworten, als die Tür wieder aufging und Johanna eintrat. Nach kurzem suchendem Blick kam sie schnell zu ihnen.

»Hallo«, flüsterte sie. »Hat er schon was gesagt?«

Christine schüttelte den Kopf. Ihr Vater beugte sich an ihr vorbei. »Johanna, wenn Sie wüssten, was alles passiert …« Christines Ellenbogen brachte ihn zum Schweigen.

Johanna nickte ihm nur zu und flüsterte zurück: »Ich weiß schon.« Dann legte sie ihren Zeigefinger auf die Lippen und deutete auf Dengler.

Der fuhr unterdessen fort: »Aufgrund von Hinweisen einiger Geschädigter haben wir uns entschlossen, gegen die Firma ›Ostseeglück‹ ein Verfahren einzuleiten. Deshalb habe ich auch an dieser Reise teilgenommen. Wir müssen Sie nun bitten, sich zu unserer Verfügung zu halten, es gibt noch einige Unklarheiten, die wir mit Ihrer Hilfe aufklären wollen.«

Er machte eine kleine Pause, bis das aufgeregte Getuschel abnahm.

»Sie werden sich fragen, was diese Situation jetzt für Sie bedeutet. Nun, Ihre Reise ist natürlich an dieser Stelle beendet. Wir brauchen noch Ihre Personalien und haben, wie gesagt, noch die eine oder andere Frage, die Sie uns vielleicht beantworten können, aber danach steht Ihrer Abreise nichts mehr im Weg. Herr Kock wird Sie mit dem Bus zurück nach Bremen fahren, die genaue Abfahrtszeit geben wir rechtzeitig bekannt. Alles Weitere erfahren Sie dann von den Kollegen. Ich danke Ihnen.«

Er ging und viele ratlose Augenpaare folgten ihm.

»Tja«, sagte Walter und betrachtete die Runde an seinem Tisch. »Damit hat jetzt wohl keiner gerechnet. Und nun?«

»Ich habe mein blaues Jackett nicht ein Mal getragen.« Heinz sah ihn ratlos an. »Und jetzt ist es schon vorbei? Jetzt müssen wir mit dem Bus die ganze Strecke wieder zurück. Und dann noch nach Sylt. Denkt denn mal irgendjemand darüber nach, wie anstrengend das ist?«

»Papa«, Christine nahm die Flanke auf, »wir können auch von hier aus direkt …«

»Wieso darf Kock überhaupt fahren?« Walter hatte sich aufrecht hingesetzt. »Gehörte der nicht dazu?«

»Anscheinend nicht.« Annegret Töpper sah sich im Saal um. »Sonst hätten sie ihn ja auch mitgenommen. Aber ich sehe die Piepers nicht. Sind die abgehauen? Oder werden die gerade verhört? Ich werde diesen sympathischen Dengler fragen.« Johanna bemerkte als Erste den verzückten Gesichtsausdruck von Chiaras Großmutter. Der verdeckte Ermittler schien ihr zu gefallen.

Einer der Polizisten kam mit einer Liste an den Tisch. »Herr Müller und Herr Schmidt? Würden Sie bitte mit mir kommen?«

Sie sprangen sofort auf, Walter mit einem vorfreudigen, Heinz mit einem unsicheren Lächeln.

»Aber gern, junger Mann«, sagte Walter und klopfte dem Beamten kurz auf den Rücken. »Dann wollen wir mal schnell Ihre Fragen klären. Wir haben nämlich ausreichend Belege und Beweise gesammelt.«

Christine überlegte einen Moment, ob sie mitgehen sollte. Als aber Walter seinem Schwager die Hand auf die Schulter legte, entschied sie, dass ihr Onkel als Beschützer genügte.

Johanna streckte ihre Beine aus und sah Christine von der Seite an. Nachdem Finchen und Annegret Töpper ebenfalls zur Befragung geholt worden waren, hatten sie zusammen das laute Restaurant verlassen und sich wieder nach draußen gesetzt.

»Als Tacke von meiner Tante niedergeschlagen worden war, hat Patrick Dengler sich geoutet. Anschließend hat er mich unter vier Augen angesprochen. Ich habe anfangs gedacht, dass er mich anbaggern will.« Johanna lachte leise. »Er hatte aber schon im Bus mein Aufnahmegerät gesehen und wollte wissen, für wen oder was ich hier bin. Ihm gefiel einfach nicht, dass irgendeine Journalistentrulla der Staatsanwaltschaft in die Ermittlungen pfuschen würde. Sie haben nämlich schon seit längerer Zeit Hinweise auf Betrügereien.«

Christine zuckte mit den Achseln. »Ich verstehe den ganzen Aufwand nicht. Wenn ein Kaufvertrag nicht seriös ist, kann man ihn doch anfechten.«

Johanna blieb gelassen. »Weil ›nicht seriös‹ sehr geschmeichelt ist. Diese Firma ›Ostseeglück‹ macht nicht nur diese Tour. Sie war wohl zeitgleich in sechs anderen Orten unterwegs. Der Trick ist, dass sie für die Nutzungsrechte angeblich vor dem Kauf eine Validitätsurkunde ausstellen müssen. Die Kosten dafür werden sofort kassiert. Da geht es um Summen von tausend bis achttausend Euro. Du glaubst nicht, wie viele Rentner das bezahlen.«

Johanna war unbewusst zum Du übergegangen. Christine fand das in Ordnung.

»Hat das hier auch jemand bezahlt?«

Johanna nickte. »Einige. Und zwar mit Karte. Frau Wagner hatte natürlich ein Kartenlesegerät dabei. Und jetzt kommt das Beste: Dieses Grundstück, das ihr euch heute Morgen angeguckt habt, ist überhaupt kein Bauland. Das Schild hat die Firma selbst aufgestellt.«

»Lass mich raten.« Christine fügte die Fäden zusammen. »Das Land gehört einem Bauern namens Tetje.«

Erstaunt sah Johanna sie an. »Das stimmt. Der Name fiel. Woher weißt du das?«

»Das ist der Bauer, den wir heute Morgen gefunden haben. Der wollte wohl mit der Axt das Schild fällen und hat vor lauter Wut und Alkohol einen Herzinfarkt bekommen. Mein Vater hat mitgehört, dass Tetje Geld von Tacke gefordert und nicht bekommen hat. So viel zur Mafia. Ich habe meinen Vater erst gar nicht ernst genommen, weil er Verschwörungstheorien liebt. Aber dieses Mal lag er gar nicht so falsch.«

Johanna notierte sich etwas auf einen Zettel und schob ihn in die Jeanstasche. »Das ist eine solche Sauerei«, sagte sie leise. »Da werden ältere Menschen um ihre Ersparnisse gebracht, nur weil sie mal etwas erleben wollen und weil sie in den meisten Fällen zu unsicher sind, um nachzufragen. Und falls sie sich doch trauen, wird ihnen gedroht, die gesamte Reise zu berechnen. Ich bin richtig wütend.«

»Damit ist ja jetzt Schluss«, antwortete Christine. »Die Firma ist weg vom Fenster.«

»Na und?« Johanna sah sie skeptisch an. »Glaubst du, es gibt keine anderen? Alle Daten der Teilnehmer werden gesammelt und dann verkauft. Dengler hat mich gefragt, ob mir zufällig solche Listen aufgefallen sind. Er selbst hat Lisa Wagner mit Unterlagen gesehen, die sind aber nicht auffindbar.«

»Vielleicht kann man auf den Bierdeckeln meines Onkels noch Hinweise finden. Der ist ja so akribisch.« Christine atmete tief durch. »Mir fällt gerade ein, dass ich noch etwas mit ihm besprechen muss. Da muss er auch noch durch. Fahrt ihr eigentlich nachher mit dem Bus zurück nach Bremen?«

Johanna schüttelte den Kopf. »Nein. Finchen hat das sehr bestimmt abgelehnt. Sie fand die Herfahrt schon furchtbar. Max holt uns ab. Er ist schon unterwegs.«

Sie sah Christine lächeln.

Johanna lächelte auch. »Manchmal benimmt man sich in einer Beziehung doch wirklich wie ein wütender Teenager.«

»Max? Sein Freund? Oder du?«

Johanna sagte. »Wahrscheinlich alle.«

»Wir suchen euch überall.« Heinz stand plötzlich vor ihnen. »Wir sind fertig. Und nun?«

»Wo ist Onkel Walter denn?«

Heinz zeigte ins Hotel. »Der holt noch was aus unserem Zimmer. Danach müssen wir packen. Und dann nach Bremen und das Auto holen. Ich habe dazu überhaupt keine Lust.«

»Papa, du musst gar nicht ...« Christine wurde jäh gestoppt.

»Nicht verzagen, Walter fragen.« Mit strahlenden Augen und ausgebreiteten Armen kam er auf sie zu. »Man hat sich mit Handschlag bei mir bedankt. Könnt ihr euch das vorstellen? Mit Handschlag. Und die Beamten würden sich wünschen, dass alle Mitbürger so aufmerksam wären. Dann sähe die Aufklärungsquote in diesem Land ganz anders aus. So, und jetzt sagt was.«

»Mit Handschlag?« Heinz guckte skeptisch. »Warum?«

»Weil ich alter Steuerfuchs eine Nase für beiseitegeschaffte Unterlagen habe. Diese Frau Wegener …«

»Wagner«, verbesserte Heinz automatisch.

»Ist doch egal, sie ist sowieso verhaftet. Ich habe gesehen, wie sie einen Umschlag mit Papieren in den Hausmüll geworfen hat. In den Hausmüll, obwohl eine Papiertonne danebensteht. Da hat bei mir sofort eine Alarmglocke geklingelt. Ich habe den Umschlag sofort sichergestellt. Darin waren Listen mit sämtlichen Daten aller Reiseteilnehmer. Unmöglich. Als hätten wir keinen Datenschutz. Ich habe diese Listen gerade der Polizei übergeben. Ihr hättet die Gesichter sehen sollen. Wie gesagt, mit Handschlag haben sie sich bedankt.«

»Aha.« Heinz nickte beeindruckt. »Das war gut. Im Müll. Unsere Daten. Das gibt's ja gar nicht.«

Walter setzte sich neben Christine auf die

Bank und hielt sein Gesicht in die Sonne. »Vielleicht haben wir jetzt hier alles erledigt«, sagte er schließlich. »Dann sollten wir mal packen gehen.« Er dachte einen Moment mit geschlossenen Augen nach, dann sagte er. »Christine, könntest du uns nicht mit deinem Auto nach Bremen fahren? Das geht doch schneller als mit dem Bus. Und wer weiß, wann der fährt. Mir graut sowieso vor der langen Rückfahrt. Ich will auch auf keinen Fall noch mal unterwegs übernachten.«

Johanna hatte einen anderen Vorschlag. »Sie können auch mit uns nach Bremen fahren. Max holt uns gleich ab. Es wird vielleicht etwas eng hinten zu dritt, aber es ist auf alle Fälle besser als mit dem Bus.«

Walter reagierte verhalten. Er setzte sich nicht gern zu fremden Fahrern. Und hinten mochte er schon gar nicht eingeklemmt werden.

»Mir wird hinten schnell schlecht«, antwortete er und sah hilfesuchend seine Nichte an. »Ich möchte einfach schnell nach Hause.«

Christine erkannte die Chance. »Also, das heißt, ich fahre euch nach Bremen, das sind ungefähr drei Stunden, dann steigt ihr um in den anderen Wagen und fahrt ungefähr fünf

Stunden wieder zurück Richtung Sylt. Das ist ganz schön anstrengend, oder?«

Ihr Vater wirkte fast verzweifelt. »Walter, das war wirklich eine blöde Idee. Wir hätten mit dem Wagen direkt hierherfahren können. Wie lange hätten wir gebraucht? Christine?«

Harmlos guckte sie zurück. »Bis zum Autozug keine zwei Stunden.«

Walter sah erst sie, dann Heinz entsetzt an. »Dann wären wir zum Kaffeetrinken zu Hause. Ist das ärgerlich. Aber was können wir denn mit dem Auto machen? Das steht jetzt in Bremen rum. Jetzt müssen wir nach diesen ganzen Anstrengungen auch noch diese Höllentour machen. Und dabei wäre es für Christine ein Leichtes, uns einfach gemütlich und schnell nach Hause zu fahren.«

»Onkel Walter?« Christine rutschte ein Stück näher und legte ihre Hand auf sein Bein. »Ich muss dir etwas erklären, worum Tante Inge mich gebeten hat. Ich habe ihr aber versprochen, dass ich es dir so sage, dass du dich nicht aufregst. Geht das?«

»Kind, ich habe mich bei diesem Krimi hier kaum aufgeregt. Also sag schon.«

»Es geht um dein Auto.«

Jetzt regte er sich doch auf. »Ja, ich weiß. Es

steht in Bremen und kostet uns heute noch mindestens acht Stunden Lebenszeit. Was hat Inge damit zu tun?«

Christine verstärkte mit der Hand den Druck auf sein Bein, hoffte auf einen beruhigenden Akupressurpunkt an dieser Stelle und sagte mit sanfter Stimme: »Tante Inge hat einen Anruf bekommen. Der Wagen steht nicht mehr da. Er ist abgebrannt. Das Wrack ist bereits entsorgt.«

Verständnislos starrte Walter sie an. »Abgebrannt? Warum?«

»Brandstiftung. Ich war schon in Bremen und habe alle Formalitäten erledigt. Du musst da nicht mehr hin.«

»Nicht mehr hin?«, wiederholte Walter. Plötzlich erschien ein Lächeln auf seinem Gesicht. »Heinz. Christine kann uns direkt nach Hause fahren. Lass uns schnell packen.«

Als er schon an der Tür war, drehte er sich kurz um.

»Höchstens eine halbe Stunde. Und mach dir um den Wagen keine Sorgen. Der ist gut versichert. Bis gleich.«

EPILOG

Als die letzten Töne der Band verklangen, setzte der freundliche Applaus des Publikums ein.

»Das ist eine sehr gute Gruppe«, sagte Walter anerkennend zu Heinz und verstärkte seinen Beifall. »Kannst du die überhaupt hören?«

»Natürlich«, entgegnete Heinz. »Meinst du, ich stelle bei einer solchen Veranstaltung das Hörgerät aus? Hast du gesehen, was die Eintrittskarten kosten? Stell dir mal vor, wir hätten bezahlen müssen. Da wärst du doch nie mitgekommen.«

»Wäre ich doch. Du tust immer so, als wäre ich ein verknöcherter Geizhals.«

»Bist du …«

»Heinz! Walter!« Charlotte und Inge stießen sie von beiden Seiten an. »Jetzt seid doch mal still. Es geht weiter.«

Heinz zupfte nervös ein imaginäres Haar von seinem dunkelblauen Jackett und rieb schnell über die Goldknöpfe. Walter zog seine Krawatte fest und machte ein ernstes Gesicht.

»Ich glaube, jetzt kommt sie«, flüsterte Finchen, die genau hinter ihnen saß und sich jetzt vorbeugte. »Ich bin ganz aufgeregt.«

Max zog sie unter den amüsierten Blicken von Christine und David wieder zurück.

Die blonde Moderatorin trat ans Mikrofon. »Meine Damen und Herren, wir kommen zur nächsten Kategorie. Die beste Reportage. Ich freue mich, Ihnen den Laudator vorzustellen. Begrüßen Sie mit mir Daniel Scholl.«

Unter dem Beifall des Publikums betrat Daniel in elegantem Anzug die Bühne. Er nickte der Moderatorin freundlich zu, legte seine Notizen auf das Stehpult und wartete, bis Ruhe eingekehrt war.

»Der hat mir den Mitschnitt geschickt«, flüsterte Walter seiner Inge zu. »So ein netter junger Mann.«

»Und er hat so eine hübsche Krawatte«, antwortete sie, bis Christine sie von hinten anstupste.

»Pst!«

»Guten Abend, meine Damen und Herren. Ich freue mich sehr, dass ich heute Abend der diesjährigen Preisträgerin den Deutschen Radiopreis in der Kategorie ›Beste Reportage‹ verleihen darf. Es geht um dreiste Abzocke, es geht um Betrug in großem Stil, es geht um falsche Versprechungen und um viel kriminelle Energie, um Täter, die rücksichtslos und ohne jegliche Skrupel Menschen betrügen, die sich nicht wehren können oder wollen. Diese Reportage dokumentiert, was immer wieder passiert. Die Begründung der Jury lautet: ›Das Thema ist bekannt, die Zahl der Geschädigten groß. Diese Reportage geht über eine Berichterstattung hinaus. Sie versetzt den Hörer mitten ins Geschehen, sie lässt Beteiligte zu Wort kommen, sie rüttelt auf, sie warnt und möglicherweise kann sie auch verhindern.‹

Geehrtes Publikum, der diesjährige Deutsche Radiopreis geht an Johanna Jäger für die Reportage ›Herzlichen Glückwunsch, Sie haben gewonnen!‹.«

Unter tosendem Applaus kam Johanna im schwarzen Abendkleid mit hochgesteckten Haaren auf die Bühne, umarmte Daniel, der ihr den Preis, eine kleine Skulptur, überreichte, wurde von der Moderatorin beglückwünscht und stellte sich ans Mikrofon.

Heinz und Walter strahlten. Sie drehten sich nach allen Seiten um, blickten zur Bühne, dann wieder nach links und rechts und hörten nicht auf zu klatschen. Einige Reihen hinter ihnen wurde euphorisch gepfiffen. Christine erkannte Annegret Töpper mit zwei Fingern im Mund. Patrick Dengler saß neben ihr.

»Danke.« Johannas klare Stimme durchdrang den Applaus. »Ganz herzlichen Dank.« Sie machte eine kleine Pause, bevor sie fortfuhr. »Ich möchte mich an dieser Stelle natürlich bei all denen bedanken, ohne die diese Reportage nicht zustande gekommen wäre. An allererster Stelle bei meiner Tante Josefine, die mich, wenn auch aus ganz anderen Gründen, gezwungen hat, an dieser Reise teilzunehmen. Liebes Finchen, danke, es ist alles wunderbar aufgegangen. Weiterhin möchte ich Heinz Schmidt und Walter Müller danken, die mich mit Hinweisen aller Art versorgt haben und deren Schilderungen im Beitrag zu hören sind. Dank auch an Annegret Töpper und die ermittelnden Beamten, die mir mit Informationen und Hilfe zur Seite standen. Ihnen ist auch zu verdanken, dass aus dieser Reise niemand als finanziell Geschädigter zurückbleibt. Und ich bedanke mich natürlich auch bei meinen Kollegen im Sender und ganz besonders und deshalb zum Schluss bei meinem Mann Max. Ich wünsche Ihnen noch einen schönen Abend. Vielen Dank.«

Mitten im Applaus standen Walter und Heinz auf und verbeugten sich nach allen Seiten.

Finchen brach vor lauter Stolz in Tränen aus.

Der Beifall wollte gar nicht enden.

DANKE SCHÖN

Ich möchte danken:
Ingrid Grimm, Ulrika Rinke, Silvia Schmid, Konstanze Renner und Bianca Dombrowa;
Anouk Schollähn und André Schünke;
Christine Püffel, Béa Habersaat und Petra Büscher;
meinen dtv-Kollegen;
und wie immer und stets Joachim Jessen.
Es war eine Freude.

Dora Heldt